KB147005

서사, 인간 존엄성 그리고 문학교육

임경순 林敬淳

전북 김제에서 성장하고, 서울대학교 사범대학 국어교육과를 졸업했다. 같은 학교 대학원 국어교육과에서 교육학 석사와 박사 학위를 취득했다. 해군 OCS 80차 장교로 복무했으며, 서울대 국어교육연구소 선임연구원, 서울대 기초교육원 전임대우강사를 거쳐, 한국외국어대학교 교육대학원 교수로 재직 중이다. 한중인문학회 회장, 김유정학회 회장, 한국외대 교육대학원장, 과천중앙고등학교 운영위원장을 지냈으며, 여러 학회에서 고문 및 이사로 활동하고 있다. 주요 연구 분야는 삶·서사·교육과 관련된 것으로 인문·사회·자연과학의 통섭을 모색하면서, 틈틈이 창작 활동을 하고 있다. 주요 저서로『서사, 연대성 그리고 문학교육』(2013 문화체육관광부 우수학술도서),『서사표현교육론 연구』(2004 대한민국 학술원 우수학술도서),『문학의 해석과 문학교육』(2005 대한민국 학술원 우수학술도서),『국어교육학과 서사교육론』,『한국어문화교육을 위한 한국문화의 이해』,『한국어교육을 위한 한국문화교육론』,『인생이란 어디론가 떠나는 것』(여행수필집),『파도가 하늘을 쏟아낼 때』(3인 시집) 등이 있다.

서사, 인간 존엄성 그리고 문학교육

인쇄 · 2022년 10월 20일
발행 · 2022년 11월 5일

지은이 · 임경순
펴낸이 · 한봉숙
펴낸곳 · 푸른사상사

주간 · 맹문재 | 편집 · 지순이 | 교정 · 김수란, 노현정 | 마케팅 · 한정규
등록 · 1999년 7월 8일 제2−2876호
주소 · 경기도 파주시 회동길 337−16(서패동 470−6)
대표전화 · 031) 955−9111~2 | 팩시밀리 · 031) 955−9114
이메일 · prun21c@hanmail.net
홈페이지 · http://www.prun21c.com

ⓒ 임경순, 2022

ISBN 979−11−308−1963−1   93800
값 36,000원

저자와의 합의에 의해 인지는 생략합니다.
이 도서의 전부 또는 일부 내용을 재사용하려면 사전에 저작권자와 푸른사상사의 서면에 의한 동의를 받아야 합니다.
이 도서의 본문 레이아웃 디자인에 대한 권리는 푸른사상사에 있습니다.

푸른사상 학술총서 **61**

Narrative, Human Dignity and Literature Education

임경순

서사, 인간 존엄성 그리고 문학교육

푸른사상
PRUNSASANG

　박사학위를 받은 후 단독 학술서를 출간하는 건 이번이 일곱 번째이다. 20여 년 가까이 되었으니 3년 내외에 한 권 정도씩 단독 저서를 낸 셈이다. 그 사이 논문이나 공동 저서들도 썼고, 여행수필집이나 시집도 내었으니, 나름 꾸준히 연구와 창작 생활을 해온 듯하다.

　어느덧 나이는 육십 가까이 되었다. 시대 차이가 있기는 하지만, 공자님이 말씀하신 불혹(不惑), 지천명(知天命)을 지나 이순(耳順)에 이르렀다. 세상일에 정신을 빼앗겨 판단을 흐리는 일이나, 하늘의 명을 깨닫는 나이도 지났다. 이제는 귀가 순해져서 모든 말을 객관적으로 듣고 이해할 수 있는 나이가 되어야 한다. 하지만 나는 삶과 학문과 창작 사이에서, 때때로 방황하면서 아직도 공자님 말씀에 온전히 도달하지 못한 상태이다. 더구나 나이 삼십이 되면 마음이 확고하게 도덕 위에 서서 움직이지 않는다고 했는데, 이제야 겨우 도덕과 윤리에 감을 잡고 있을 뿐이다.

　지난번에 출간한 학술서는 『서사, 연대성 그리고 문학교육』이었다. 몇 년 동안 연대성이라는 화두를 갖고 고민하던 것을 정리해서 세상에 내놓았던 것이다. 그 서문에 언급했듯이, 기실 이것은 밀란 쿤데라라는 소설가가 근대소설의 효시 가운데 하나로 알려진 돈키호테를 언급하면서, 그는 패배할 수밖에 없는 운명이라는 것, 그와 함께하는 인간의 삶이라는 것은 필연적으로 패배할 수밖에 없다는 것, 그리하여 우리에게 남아 있는 유일한 것은 그 패배를 이해하고자 애쓰는 것이라는 것, 그래서 그 과업에 동참하는 소설이 존재하는 유일한 이유라는 것을 언급한 것과 관련되어 있었다.

하지만 패배를 이해하고자 애쓰는 것을 넘어설 수는 없겠는가. 그것에 대한 숙고 끝에 나온 것 가운데 하나가 연대성이라는 화두였다. 그러니까 소설(서사)은 그것을 넘어 인류의 연대성을 위한 가능성을 제공해줄 수 있을 것이라는 희망이 전제되어 있었다. 그것은 인류의 도덕적 진보에 공헌한 것은 철학이나 종교적인 글을 통한 것이라기보다는 고통과 굴욕에 대한 서술을 통해서였다는 어느 지성인의 견해에 공감한 것이었다. 아리스토텔레스가 비극을 토대로 시학을 썼듯이, 희극이 아니라 비극 즉 고통과 굴욕에 대한 이야기는 인간 이해와 연대성의 본질을 다루는 것이다. 탐욕스런 즐거움을 독점하기 위한 결속과는 달리 진정한 즐거운 삶 속에서는 연대성이라는 것이 성립하기 어렵다. 삶이 즐거운데, 거기에 어떤 연대가 필요하겠는가. 그것은 그것 자체가 천국이기 때문이다. 모두가 지향하는 바가 아니겠는가. 하지만 삶은 그것과는 먼 곳에 있다. 욕망, 경쟁, 갈등 속에 있는 인간의 삶이란 고통과 굴욕 속에 놓이기 마련이고, 그럴 때일수록 인간은 천국을 바라본다. 그러나 그것을 향해 달려가면, 그것은 다가올 듯하면서도 멀어진다. 인간은 이 패배를 가슴에 담고, 살아 있는 사람은 저마다 아침이면 다시 일어나 일터로 나간다.

우연히 인간의 손에 놓인 이 서사라는 문학은 그들의 마음을 사로잡는다. 온갖 인물들이 등장하는 거기에는 우리를, 세상을, 돌아볼 수 있는 사건들로 넘쳐난다. 우리를 슬프게도, 기쁘게도 하면서 위로와 격려뿐 아니라 세상을 살아가는 지혜를 주기도 한다. 무엇보다 거기에는 고통과 굴욕 속에 살아가는 우리의 처지와 같은 인물들이 있지 않은가. 그들과 함께 대화하면서 세상은 결코 고립되어 있지도, 외롭지도 않다는 것을 알게 된다. 그러니 그 어느 때보다 지금은 문학이 필요한 때가 아닐까.

　이번 책 제목에서 알 수 있듯이, 중요한 화두는 인간의 존엄성 문제이다. 특히 제4차 산업혁명 시대라 하는 오늘날, 인공지능이나 로봇과는 다른 인간이란 누구인가라는 문제가 첨예하게 대두하고 있다. 스파이크 존즈가 감독한 〈그녀(Her)〉(2014)에서는 인간(테오도르)이 인공지능 프로그램(사만다)과 사랑에 빠진다. '그녀'는 친구이자 애인이자 비서로서 활약한다. '그녀'는 수천 명과 동시에 대화를 하고, 수백 명과 동시에 '사랑'을 나눈다. 그런데 인간 테오도르는 사만다의 정체를 알고서도 절망하지 않는다. TV 드라마 연재물인 〈휴먼스 1, 2〉(2015, 2016)에서는 인공 뇌를 장착한 '인간'이 등장하고, 인간 생활을 돕고 있는 로봇은 사람이 사랑하는 대상이 되기도 한다. 지능면에서 인간보다 월등히 우월한 휴머노이드(Humanoid)의 등장이 이른 시기에 가능할 것이다. 인간만의 성역이라고 할 수 있는 감정마저 그것이 지니지 못하리라는 것 또한 장담할 수 없다.

　로봇은 감정을 지닌 인간이 되고 싶어 하고, 인간은 불멸의 로봇이 되고 싶어 한다. 인간로봇(기계)과 로봇(기계)인간. 청소년 시절 빠졌던 애니메이션 〈은하철도 999〉가 있었다. 메가로폴리스에 사는 부유한 특권 계급은 기계 몸에 인간의 정신을 주입함으로써 불멸의 시간을 보낼 수 있었다. 기계인간의 멸시로부터 벗어나기 위해 테츠로는 기계몸으로 개조해준다는 은하철도 999에 몸을 싣는다.

　그런데 수많은 사람들과 사귀는 사만다, 메가로폴리스에 사는 불멸의 기계인간들은 영원히 행복할까. 사만다와 사랑의 감정을 느끼는 테오도르는 영원히 행복할까. 하지만 머지않아 똑똑한 사만다로부터, 불멸의 기계인간으로부터 이별을 통지받거나, 천대를 받거나, 급기야, 이 지구에서 추방당할 수도 있을 것이라 곰곰이 생각해봐야 하지 않을까. 문제는 사람이니까. 사랑 때문에 마음이 아플지라도, 차라리 다시 일어나서 사랑을 해야 하니까.

인간은 이제 인간들끼리만이 아니라, 로봇이나 인공지능들과도 갈등 혹은 공존해야 하는 현실에 직면해 있다. 그것이 제4차 산업혁명의 본질이다. 인간들끼리는 갈등과 공존이 길항하면서 갈등이 증폭되고 있다. 인간들끼리의 공존을 위한 연대성은 아스라이 멀어지고 있다. 여전히 인간이 인간을 모멸하고 그로 인해 패배와 굴욕, 소통 부재, 타인에 대한 책임 의식의 부재도 고스란히 남아 있다. 여기에다가 이제 인간은 로봇이나 인공지능들과도 관계를 정립해야 하는 문제를 안고 있다.

이 일을 바로 세우는 데 출발은 무엇일까. 그 과업 가운데 하나는 인간의 존엄성 문제라는 것이 이 저술의 주된 화두다. 제1부에서는 제4차 산업혁명 시대를 맞아, 서사와 문학교육은 인간의 존엄성이라는 문제를 큰 과제로 삼아야 한다는 것을 다루었다. 제2부에서는 한국전쟁, 제2차 세계대전 특히 일본군 '위안부'와 관련된 내러티브를 통해 서사(문학)교육이 지향해야 하는 바가 무엇인지를 논의하였다. 제3부에서는 다양하게 존재하는 문학작품과 이론 가운데 그 문제 의식을 살펴보고, 문학(서사)교육이 그것을 어떻게 비판적으로 수용하고, 교육적인 내용과 방법으로 삼아야 하는지를 살폈다. 문학교육의 성과를 점검하고, 문학(서사)교육이 문어 중심에서 벗어나 구어, 복합매체, 일상 속으로 확장되어야 한다는 것을 언급하였다. 이 모든 것이 저자의 연구 분야로서 삶·서사(문학)·교육과 관련된 통섭의 산물 가운데 하나임은 물론이다.

이 책에 실린 글들은 기존 발표 원고들을 수정한 것들이 대부분이다. 가령 교육과정이 바뀐 것들은 현행 교육과정에 비추어 대폭 수정하였으며, 논지에 맞지 않은 것들은 그것에 맞게 수정했다. 어떤 것은 이미 공저 형식으로 혹은 대중화를 위해 풀어서 발표한 것들도 있지만, 이 단행본을 통해 일관되고 통일된 의도하에 그 논지를 전개시킨다는 취지에서 포함시켰다.

끝으로 이 책이 나오도록 흔쾌히 출판을 허락해주신 푸른사상사의 한봉숙 대표님과 꼼꼼하게 편집과 교정에 힘을 쏟으신 편집진에게 감사를 드린다.

2022년 가을
이문동 연구실에서
임경순

차례

제2부 사건과 기억, 문학교육의 의미망

제1부

제4차 산업혁명 시대,
서사와 문학교육

제1장
제4차 산업혁명 시대의 인문교육

1. 머리말

주지하듯이 '제4차 산업혁명(The Fourth Industrial Revolution)'이라는 말은 세계경제포럼(World Economic Forum)을 이끌고 있는 클라우스 슈밥 회장이 2016년 다보스포럼에서 사용하기 시작했다. 그에 따르면 오늘날 우리는 컴퓨터혁명 혹은 디지털혁명으로 일컬어지는 제3차 산업혁명을 거쳐 제4차 산업혁명에 들어섰다. 디지털 혁명에 기반한 제4차 산업혁명은 "유비쿼터스 모바일 인터넷, 더 저렴하면서 작고 강력해진 센서, 인공지능과 기계학습"[1] 등이 그 특징이다. 이는 초연결, 초지능 사회로의 진입을 뜻하기도 한다. 슈밥이 보기에 이것이 '제4차 산업혁명'인 이유는 그 속도, 범위, 규모, 시스템의 충격 등에서 파괴적인 변화와 혁신이 이루어지고 있기 때문이다.

미래학자들이 예견하듯이 물리학, 디지털, 생물학 기술이 이끄는 제4차

---

[1] 클라우스 슈밥, 『클라우스 슈밥의 제4차 산업혁명』, 송경진 역, 새로운현재, 2016, 25쪽.

산업혁명은 인간, 산업, 국가 등에 전대미문의 근본적인 영향력을 행사할 것으로 보인다. 그런데 혁명을 이끄는 핵심 기술들의 불확실성과 이로 인해 인류가 어느 방향으로 변화할 것인가에 대한 명징한 해답을 찾기가 쉽지 않아 보인다. 가령 제4차 산업혁명을 "인간 본성의 정수인 창의성·공감·헌신을 보완하는 보완재의 역할을 하며, 우리의 인간성을 공동 운명체라는 생각에 바탕을 둔 새로운 십단적 윤리의식으로 고양시킬 수도 있다"[2]고 다소 긍정적인 평가를 내놓는 것은 현실을 수용하면서도 인간이라는 가치를 고수하고 있는 입장이라 하겠다. 그러나 호모 사피엔스가 굶주림, 전염병, 전쟁 등을 극복하고 불멸, 행복, 신성 등을 추구하는 '호모 데우스'[3]가 되어가고 있는 현실에서 반드시 이에 대한 대가를 치러야 한다고 할 때 과학기술의 발전을 긍정적으로만 보기 어려울 것이다.

어찌 되었든, 과학기술의 발전으로 말미암아 초래하는 급격한 현실 변화에 대응하기 위해 교육적 논의와 실천도 긴박하게 움직일 수밖에 없는 상황이다.

1997년 OECD 국제 심포지엄에서는 급속한 과학기술의 발전과 사회 변화 속에서 성공적인 삶을 위해 필요한 인간 능력에 대하여 논의한 바 있고, 2003년에는 이를 기초로 하여 OECD가 진행한 DeSeCo(Defining and Selecting Key Competencies) 연구에서 모든 사람이 반드시 갖추어야 할 9가지 핵심역량을 제시하기도 하였다.[4] 역량 중심의 교육이라는 이러한 세계적인

---

2   클라우스 슈밥 외, 『4차 산업혁명의 충격 : 과학기술 혁명이 몰고 올 기회와 위협』, 김진희 외 역, 흐름출판, 2016, 28쪽.
3   유발 하라리, 『호모데우스 : 미래의 역사』, 김명주 역, 김영사, 2015.
4   OECD, 'Defining and Selecting Key Competencies : Executive Summary'. http://www.oecd.org/pisa/35070367.pdf
     · Using tools interactively : the ability to using language, symbols and texts interactively/the ability to using information and knowledge interactively/the ability to using tech-

흐름 속에서 서울대학교 교육학과를 중심으로 진행된 'BK21 역량기반 교육 혁신 연구 사업단'은 역량기반교육의 이론적 기반을 탐색하기도 하였으며,[5] 한국교육개발원의 교육과정 혁신 연구에[6] 이어서 역량 중심의 초중등 교육과정(2015개정 교육과정) 개정으로 이어졌다. 또한 미래창조과학부는 2016년 다보스포럼 이후 제4차 산업혁명을 핵심어로 한 중장기 종합대책을 마련하였으며,[7] 학계와 정부는 합동으로 미래 교육에 대한 본격적인 대응 방안을 모색한 바 있다.[8]

이뿐 아니라 제4차 산업혁명의 흐름과 관련한 여러 교육적 논의는 과학 기술의 발전에 따른 급변하는 현실과 미래에 대한 대응 논의가 주를 이룬다. 역량중심 교육과정, 인성교육, 창의 · 인성교육, 창의 · 융합, 이공계 중심 학과 통폐합 등을 둘러싼 교육 정책과 실천은 바로 그런 현상을 보여주는 지표이다. 그러나 이에 대한 근본적이고 충분한 성찰 과정을 거치지 못한 채 진행된 일련의 교육 처방들은 인문학의 심각한 혹사로 이어질 가능성이 클

---

nology interactively
- Interacting in socially heterogeneous groups: the ability to enter into and maintain relations with others/the ability to cooperate with others/the ability to manage and resolve conflicts
- Acting autonomously: the ability to understand one's situation and act within a broader context/the ability to form and conduct life plans and personal projects/the ability to assert and defend one's own rights (interests, needs)

5 서울대학교 교육학과 BK21 역량기반 교육혁신 연구 사업단 · BK21 핵심역량 연구 센터, 『역량기반교육 : 새로운 교육학을 위한 서설』, 교육과학사, 2010.
6 최상덕, 『21세기 창의적 인재 양성을 위한 교육의 미래전략 연구』, 한국교육개발원, 2011.
7 미래창조과학부, 『제4차 산업혁명에 대응한 지능정보사회 중장기 종합대책』, 미래창조과학부, 2016.
8 국제미래학회 · 한국교육학술정보원, 『제4차 산업혁명시대 대한민국 미래교육보고서』, 광문각, 2017.

뿐 아니라, 무엇보다 교육 관련 내용, 방법 등에 대한 깊은 탐색이 부족한 채 대중 요법이 될 가능성이 큰 실정이다. 가령 융복합교육이라는 것을 보면, 각기 다른 학문 영역의 텍스트를 중심으로 주제나 소재에 따라 교육내용을 추출하거나 나열하는 수준을 벗어나지 못하고 있다. 요컨대 현행 교육은 시대나 국가의 화급한 요청에 따른 교육적인 대응에 급급하면서 교육 내실을 다지지 못하고 있는 실정이라 하겠다.

따라서 인문교육의 입장에서 제4차 산업혁명을 성찰하고, 이에 따라 교육 방향 설정과 그 실천을 모색하는 일이 시급하다 하겠다. 이번 장에서는 이른바 '제4차 산업혁명' 시대로 명명되는 시대에 살면서, 이에 대한 교육의 대응을 살펴보고, 인문교육이 나가야 할 방향과 방법을 모색해보고자 한다.

2. 제4차 산업혁명 시대와 교육의 대응

인문학이란 범박하게 말하면 인간과 인간다움을 탐구하는 학문이다. 인문학이 문제시되는 것 가운데 중요한 것은 과학기술의 발달과 그에 따른 인간과 사회 그리고 교육에 대한 영향이 크다는 데에 있다. 과학기술의 발달은 인문학을 이루는 기본 조건에 대한 심각한 영향을 주고, 그에 대한 교육적 대응 논리는 다양한 교육 행위를 촉진하고 있다.

오늘날 이성, 감성, 사랑, 공감, 정의 등 인간 및 인간다움과 관련한 근본적인 것들이 과학기술의 발달과 이에 따른 급격한 변화로 인해 흔들리고 있다. 제4차 산업혁명의 영향력에 대한 통찰을 제공한 바 있는 클라우스 슈밥에 따르면, 그것으로 인해 인간과 과학기술의 연결성은 더욱 심화될 것이고, 이에 따라 인간들 간의 공감 능력이 저하되고 있다는 것이다. 대학생들의 공감 능력은 한 세대 전과 비교해서 40%나 떨어졌으며, 10대 청소년 가운데

44%는 운동, 식사할 때도 온라인과 접속해 있다. 얼굴을 맞댄 대화는 온라인 대화에 밀렸고, 온라인에 빠진 청소년들은 타인과의 대화에 공포심마저 갖게 되었다.[9] 마셜 매클루언(Marshall Mcluhan)이 일찍이 미디어는 단지 정보 전달 수단이 아니라 생각의 과정까지도 지배하게 된다고 간파한 바 있듯이,[10] 니콜라스 카(Nicholas Carr)는 인터넷은 집중력과 사색의 시간을 빼앗을 뿐 아니라, 인지 능력마저 약화시킨다고 지적한다.[11]

또한 유발 하라리가 말하고 있듯이 제4차 산업혁명이 시작된 오늘날 자유주의가 직면한 위협은 바로 구체적 기술들이다. 인간은 머지않은 장래에 개인의 자유의지가 허용되지 않는 장치, 도구 등의 일상화에 직면할 것이다.[12] 한걸음 나아가, 많은 SF 작품들이 말해주듯이, 가령 스티븐 스필버그 감독의 〈에이 아이(AI)〉(2001)에 등장하는 감정을 가진 인조인간 데이빗이라든가, 〈휴먼스(Humans) 1, 2〉(1 : 2015.6~2015.8 ; 2 : 2016.10~2016.12)에 등장하는 자의식과 감정을 갖은 휴머노이드(Humanoid)를 대할 때 인문학과 교육의 문제는 더욱 복잡해진다.

이러한 현재와 미래의 모습은 국가 차원에서 과학기술 중심의 긴급 대응책을 마련하는 것과는 다른 차원에서 인문학과 교육의 대응이 절실함을 시사한다. 미래부는 제4차 산업혁명 시대를 지능정보사회로 진단하고, 그 동인을 지능정보기술 즉 인공지능기술과 데이터·네트워크 기술에 기반한 지능정보기술의 발전에 두고서 변화 전망과 정책 방향, 그리고 추진 과제 등을

---

9   클라우스 슈밥, 앞의 책, 162~164쪽.
10 마셜 맥루한, 『미디어의 이해』, 김상호 역, 커뮤니케이션북스, 1999.
11 니콜라스 카, 『생각하지 않는 사람들 : 인터넷이 우리의 뇌 구조를 바꾸고 있다』, 최지향 역, 청림출판, 2011.
12 유발 하라리, 앞의 책, 419쪽.

제시한 바 있다.[13]

제4차 산업혁명에 대응한 지능정보사회 중장기 추진 과제[14]

1. 미래 경쟁력 원천인 데이터 자원의 가치 창출

2. 지능정보기술 기반 확보

3. 데이디·시비스 중심의 초연결 네트워크 환경 구축

4. 국가 근간 서비스에 선제적인 지능정보기술 활용

5. 지능정보산업 생태계 조성을 통한 민간 혁신 파트너 역할 수행

6. 지능형 의료서비스를 통한 혁신 가치 창출

7. 제조업의 디지털 혁신

8. 지능정보사회 미래교육 혁신

9. 자동화 및 고용형태 다변화에 적극적 대응

10. 지능정보사회에 대응한 사회안전망 강화

11. 지능정보사회에 대비한 법제 정비 및 윤리 정립

12. 사이버 위협, AI 오작동 등 역기능 대응

12가지 추진 과제 가운데 '8. 지능정보사회 미래교육 혁신'을 보면 "암기·주입식 교육이 아닌 문제 해결·사고력 중심 교육 실현, 지능정보기술을 활용한 맞춤형 교육 체제 전면화, 신산업 발전을 이끌 지능정보 핵심인력

---

13 "지능정보사회란 고도화된 정보통신기술 인프라(ICBM)를 통해 생성·수집·축적된 데이터와 인공지능(AI)이 결합한 지능정보기술이 경제·사회·삶 모든 분야에 보편적으로 활용됨으로써 새로운 가치가 창출되고 발전하는 사회". "데이터와 지식이 기존 생산요소(노동, 자본)보다 중요해지고 다양한 제품·서비스 융합으로 이종산업간 경계가 붕괴되며, 지능화된 기계를 통한 자동화가 지적노동 영역까지 확장되는 등 경제·사회 전반에 혁신적인 변화가 발생". 미래창조과학부, 앞의 책, 3쪽.

14 위의 책, 34~59쪽.

양성, 교원 양성 및 지능정보사회 교육인프라 구축"[15] 등이 제시되어 있다. 여기에서는 SW 및 STEAM 교육과[16] "STEAM 교육을 기반으로 컴퓨터 과학, 데이터 분석, SW 개발 등에 능통한 창의적인 지능정보영재 양성"이[17] 핵심 내용이다.

이 시대를 지능정보사회로 규정하고 지능정보기술을 발달시키는 것을 목표로 한 일련의 실천 과제들은 그 무게중심이 과학기술에 놓여 있음을 알 수 있다. 'STEAM 교육'을 놓고 볼 때 인문학이 과학, 기술, 공학, 수학과 더불어 융합교육의 구성원으로 당당히 자리 잡고 있긴 하지만, 인문학은 창의적인 과학기술의 생산성을 위해 존재하는 측면이 강하다. 따라서 과학기술이 인문학을 위해 존재하는 것은 상대적으로 약할 수밖에 없다. 후자와 관련해 볼 때, 신경망 번역 시스템과 같은 공학 기술이 통·번역에 기여하고, 앱 등의 소프트웨어가 수업과 학습 능률에 도움이 되고, 시선 추적 장치 등이 학습자들의 읽기 능력 향상에 기여하는 것을 볼 때,[18] 과학기술의 발전은 인간 활동의 다방면에 그 유용성이 클 것이다. 그러나 그것이 인간성을 향상시킬 수 있는 일에 얼마나 기여할 수 있는지는 여전히 과제로 남아 있다.

이와 같은 경향은 국제미래학회와 한국교육학술정보원이 공동으로 기획하고 각계 전문가 57명이 참여하여 마련한 대한민국 미래 교육의 청사진에서도 확인할 수 있다. 국제미래학회 미래정책연구원장인 안종배는 초연결·초지능 사회에 따른 새로운 교육혁명이 필요하다는 전제하에, '세계 일류의 제4차 산업혁명 시대를 주도할 미래 창의 혁신 인재 양성'이라는 미래

---

15 위의 책, 50~51쪽.

16 STEAM(융합인재교육, Science, Technology, Engineering, Arts & Mathmatics)

17 미래창조과학부, 앞의 책, 51쪽.

18 김정우 외, 「과학 기술 문명의 발전과 문학교육의 대응 : 시선추적장치를 통해 본 지능정보사회 시 교육의 한 가능성」, 『문학교육학』 제53호, 한국문학교육학회, 2016.

교육 비전을 제시한다. 미래 교육의 목표로는 '제4차 산업혁명 시대에 대응하고 글로벌 경쟁력을 갖춘 미래 창의 혁신 인재를 양성하는 교육과 개인의 창의성과 다양성이 존중되고 행복한 삶과 건강한 사회의 지속 발전에 기여하는 교육'을 제시하고, 학습자의 창의성, 다양성, 유연성을 핵심 가치로 삼고 있다. 요컨대 정보화 이전의 산업사회 패러다임에 머무르고 있는 대한민국 교육은 초연결 · 초지능 사회의 패러다임에 맞는 교육 혁명이 필요하다는 것이다.[19]

우리 교육은 2000년대 들어 변화하는 현실에 시의성을 잃지 않는 교육 대응 조치를 위해 교육과정을 수시 개정 체제로 전환했다. '2007 개정 교육과정'이 그 시작이다. 물론 '21세기 지식정보화 사회'에 대응되는 '창의적 인간 양성'을 목표로 한 제7차 교육과정(1997~2007)이 과학기술 변화에 교육적으로 적극적인 대응을 시도한 것이지만, 교육과정 수시 개정 체제로의 전환은 보통 10년 단위의 교육과정 개정으로는 과학기술의 발전 속도와 그로 인한 사회 변화에 대처하기 어렵다는 판단에 따른 것이다. '2015 개정 교육과정'에서는 '미래 사회가 요구하는 핵심역량을 함양하여 바른 인성을 갖춘 창의융합형 인재 양성'[20]을 목표로 제시하였다. 시대의 화두인 핵심역량, 바른 인성, 창의 · 융합 등을 교육에 반영한 것이다.[21]

'2015 개정 교육과정'이 강조하는 핵심역량으로는 '자기관리 역량, 지식정보처리 역량, 창의적 사고 역량, 심미적 감성 역량, 의사소통 역량, 공동체

---

19 안종배, 「제4차 산업혁명 시대 대한민국 미래교육의 목적과 방향 설정」, 『제4차 산업혁명시대 대한민국 미래교육보고서』, 광문각, 2017, 167~171쪽.

20 교육부, 『(교육부고시 제2015-74호) 초 · 중등학교 교육과정 총론』, 교육부, 2015a.

21 '2015 개정 교육과정'과 관련한 창의, 인성, 융합, 창의융합 등에 대한 논의는 다음 참조. 임경순, 「2015 개정 교육과정과 국어교육의 가능성」, 『국어교육』 제159집, 한국어교육학회, 2017.

역량 등이 있다.[22]

> 가. 자아정체성과 자신감을 가지고 자신의 삶과 진로에 필요한 기초 능력과 자질을 갖추어 자기주도적으로 살아갈 수 있는 자기관리 역량
>
> 나. 문제를 합리적으로 해결하기 위하여 다양한 영역의 지식과 정보를 처리하고 활용할 수 있는 지식정보처리 역량
>
> 다. 폭넓은 기초 지식을 바탕으로 다양한 전문 분야의 지식, 기술, 경험을 융합적으로 활용하여 새로운 것을 창출하는 창의적 사고 역량
>
> 라. 인간에 대한 공감적 이해와 문화적 감수성을 바탕으로 삶의 의미와 가치를 발견하고 향유하는 심미적 감성 역량
>
> 마. 다양한 상황에서 자신의 생각과 감정을 효과적으로 표현하고 다른 사람의 의견을 경청하며 존중하는 의사소통 역량
>
> 바. 지역·국가·세계 공동체의 구성원에게 요구되는 가치와 태도를 가지고 공동체 발전에 적극적으로 참여하는 공동체 역량[23]

이 역량을 중심으로 각 교과에서는 이에 대응하는 역량을 제시하고 있다. 가령 '문학(국어)'에서 추구하는 역량은 '비판적·창의적 사고 역량, 자료·정보 활용 역량, 의사소통 역량, 공동체·대인관계 역량, 문화 향유 역량, 자기 성찰·계발 역량'이다.[24]

---

22 교육부, 앞의 책, 2쪽.

23 위의 책, 2쪽.

24 교육부, 『(교육부고시 제2015-74호) 국어과 교육과정』, 교육부, 2015b, 3쪽. 국어과 교육과정에서 공통과목에 해당하는 '국어' 과목에 제시된 역량은 일반 선택과목에 해당하는 '문학'에서도 동일하게 제시되어 있다. 이는 국어과 내의 연계성을 확보하기 위한 것이라 할 수 있다. 다만, 문학 과목의 특수성과 역량을 다음과 같이 연계성을 모색하고 있다. "학습자는 작품에 대한 주체적 해석과 심미 체험을 바탕으로 하여

① 비판적 · 창의적 사고 역량 : 다양한 상황이나 자료, 담화, 글을 주체적인 관점에서 해석하고 평가하여 새롭고 독창적인 의미를 부여하거나 만드는 능력

② 자료 · 정보 활용 역량 : 필요한 자료나 정보를 수집, 분석, 평가하고 이를 효과적으로 활용하여 의사를 결정하거나 문제를 해결하는 능력

③ 의사소통 역량 : 음성언어, 문자언어, 기호와 매체 등을 활용하여 생각과 느낌, 경험을 표현하거나 이해하면서 의미를 구성하고 자아와 타인, 세계의 관계를 점검 · 조정하는 능력

④ 공동체 · 대인관계 역량 : 공동체의 가치와 공동체 구성원의 다양성을 존중하고 상호 협력하며 관계를 맺고 갈등을 조정하는 능력

⑤ 문화 향유 역량 : 국어로 형성 · 계승되는 다양한 문화를 이해하고 그 아름다움과 가치를 내면화하여 수준 높은 문화를 향유 · 생산하는 능력

⑥ 자기 성찰 · 계발 역량 : 삶의 가치와 의미를 끊임없이 반성하고 탐색하며 변화하는 사회에서 필요한 재능과 자질을 계발하고 관리하는 능력[25]

그러나 역량과 관련하여 각 교과뿐 아니라 교과 간의 융합 차원에서 무엇을 어떻게 가르쳐야 하는가, 역량이란 구체적으로 무엇을 말하는 것이며, 그 구체적인 실천태는 무엇인가 등에 대한 논의는 충분히 이루어지고 있지 못

자료 · 정보 활용 역량과 자기 성찰 · 계발 역량, 문화 향유 역량을 기르고, 다양한 사람들과 작품 세계를 공유하고 소통하는 가운데 의사소통 역량과 공동체 · 대인관계 역량을 기른다. 또한 작품의 수용과 생산 과정에서 창의적이고 복합적인 사고를 수행함으로써 비판적 · 창의적 사고 역량을 함양한다"(교육부, 앞의 책, 2015b, 123쪽).
25 교육부, 앞의 책, 2015b, 122~123쪽.

하다.

　한편, 대학은 어떠한가. 교육부는 대학 학사제도를 개선하고,[26] 산업연계교육활성화선도대학사업(PRIME)을 통해 인문·예체능계 정원 감축과 이공계 정원 확대뿐 아니라 대학 구조조정을 유도하고, 인문역량강화사업(CORE)을 통해 인문학 진흥을 도모하고 있다.[27] 이것들이 제4차 산업혁명에 걸맞은 것들인가를 논의하는 일은 차치하고, 그것이 과학기술의 혁신적 변화로 인한 일자리 감소, 새로운 직업의 출현, 교육내용의 변화[28] 등에 대한 국가 및 대학 차원의 대응책의 일환이자 고육책이라 평가할 수 있다.

　대학 교육 시스템의 혁신적 변화를 꾀하고 있다는 어느 대학의 경우, 그 이유를 과학기술, 특히 ICBM(IoT, Cloud, Big data, Mobile)으로 지칭되는 것과 관련한 지식과 능력이 요구되는 시대에 대학이 그러한 변화에 대응하지 못하면 미래의 인재 배출이나 국가 경쟁력에 심각한 위협이 될 것이라는 데서 찾는다.[29] 이 같은 인식과 실천은 비단 특정 대학에만 해당되는 것이 아니라 우리 대학 전체가 직면해 있는 현실이다.

26　교육부, 「창의혁신인재 양성을 위한 대학 학사제도 개선방안」, 2016. 12. http://www.moe.go.kr/newsearch/search.jsp. 유연학기제, 집중이수제, 융합(공유)전공제, 전공선택제, 학습경험인정제, 이동식수업, 원격수업, 프랜차이즈 방식 외국 진출 등을 방안으로 제시하였다.

27　2016년부터 3년간 21개 대학에 6000억 원이 투입되는 프라임 사업으로 인문사회계열에서 2500명이 감소하고 공학계열에서 4429명이 늘었다. 인문역량강화 사업은 프라임 사업에 대한 반대 급부 성격이 강하다.

28　유발 하라리는 2016년 한국 방문 때 기자 간담회에서 다음과 같이 발언한 적이 있다. "현재 학교에서 아이들에게 가르치는 내용의 80~90%는 이 이 아이들이 40대가 되었을 때 전혀 쓸모없을 확률이 크다. 어쩌면 수업 시간이 아니라 휴식 시간에 배우는 것들이 아이들이 나이 들었을 때 더 쓸모 있을 것이다." 이대희, 「〈사피엔스〉 저자 "학교교육 80~90%, 쓸모 없다"」, 〈프레시안〉, 2016.4.26. http://www.pressian.com

29　이남식, 「미래 대학 교육 시스템은 어떻게 바뀌어야 하나?」, 『제4차 산업혁명시대 대한민국 미래교육보고서』, 광문각, 2017, 257~264쪽.

조동성은 미래(2020년대)의 대학 모습을 대학4.0으로 명명한다. 주체의 변화 측면에서 교육의 주체는 학생이고 교수는 조력자이자 질문자이다. 환경의 변화에서는 소비자가 주도하는 시대이고, 자원의 변화에서는 인공지능이라든가, 인공지능이 할 수 없는 지혜(가치 판단력, 창의력, 인간다움) 등이 대상이 될 것이라 본다. 그는 제4차 산업혁명으로 인한 사회 변화에 대처하기 위한 대학의 길을 크게 두 가지로 나눈다. 대학이 인공지능을 개발하고 활용하는 능력을 길러주는 길(알파대학)과 대학이 인공지능이 침범하지 못하는 영역(가치 판단력, 창의력, 인간다움 등)을 학생들이 갖추도록 하는 길(베타대학)이 그것이다. 그는 전자의 경우 단기적으로 성장, 발전할 수 있을 것이지만, 결국 장기적으로는 보다 나은 지식에 의해 대체될 것이라 본다. 후자의 경우 단기적으로는 시대 변화에 대응을 잘 못하지만, 장기적으로는 알파대학이 위축되는 시대가 되면 살아남을 수 있다고 본다.[30] 인문교육과 관련해 볼 때 흥미로운 것은 고전을 통해 지혜를 터득하는 일과 인성(인간다움)을 강조하고 있다는 점이다. 우리의 교육은 많은 경우 과학기술 발달에 대응하는 컴퓨터적 사고력(Computational Thinking)과 문제 해결 능력을 기르는 교육을 강조한다. 이는 전자에 해당하는 교육이라 할 수 있다. 반면에 지혜, 인성 등과 관련한 교육은 우리 교육에서 미약하다.[31]

---

30 고대사회, 산업사회, 초기정보사회, 정보사회, 후기정보사회는 각각 대학0.0, 대학 1.0, 대학2.0, 대학3.0, 대학4.0에 대응한다. 조동성, 「미래 대학 모습은 어떻게 변하는가?」,『제4차 산업혁명시대 대한민국 미래교육보고서』, 광문각, 2017, 383~396쪽.
31 「인성교육진흥법」(2015.1.20. 공포, 2015.7.21. 시행, 2016.12.20. 일부 개정 및 시행)

3. 제4차 산업혁명 시대를 넘어 공존을 모색하는 인문교육

2000년대 벽두에 레이 커즈와일은 과학기술이 인간을 초월하는 순간, 즉 과학기술이 비약적으로 발전해 인간 지능을 뛰어넘는 시점(특이점 singularity)이 곧 온다고 했다.[32] 이러한 징후로 나타난 것이 구글 딥마인드사가 개발한 인공지능 '알파고 리'가 이세돌 9단을 물리친 사건과, 이전보다 더욱 진화한 인공지능 '알파고 제로'가 '알파고 리'를 상대로 100전 100승을 거둔 사건이다. '알파고 리'가 기존 기보를 통해 학습했다면, '알파고 제로'는 바둑의 규칙을 익힌 후 스스로 연습하면서 학습했다. 이는 '알파고 제로'가 제한된 범위에서 창의적 영역까지 능력을 발휘할 수 있다는 것을 의미한다. 레이 커즈와일은 미래의 기계 지능은 인간만이 가질 수 있다는 감정 이해뿐 아니라 이에 대한 대응 능력도 습득하게 될 것이라 예견한다.

이런 상황에서 감정 이해와 이에 대한 적절한 대응 능력이 인간의 영역이라 볼 때, 그런 능력은 없지만 지능면에서 인간보다 월등히 우월한 휴머노이드에 대항하기 위해서는 인문교육을 통해 인간들에게 그러한 능력을 더욱 강화할 수 있도록 하는 것이 중요 과제일 것이다. 그러나 그런 휴머노이드가 인간의 고유 능력이라 할 수 있는 감정 능력까지 갖게 된다면 상황은 달라진다. 앞에서 언급한 〈에이 아이〉(2001)에 등장하는 인조인간 데이빗이 엄마의 버림을 받고 헤어지는 장면이라든가, 엄마를 만나기 위해 인간이 되고픈 그가 요정으로부터 인간이 될 수 없다는 말을 들었을 때 눈물을 흘리는 장면은 그것을 보고 있는 인간도 슬프게 한다. 〈휴먼스 1, 2〉(2015, 2016)에서는 인

---

32 레이 커즈와일, 『기술이 인간을 초월하는 순간 특이점이 온다』, 김명남 역, 김영사, 2007.

공 뇌를 장착한 '인간'이 등장하고, 인간 생활을 돕고 있는 로봇은 사람이 사랑하는 대상이 되기도 한다. 스파이크 존즈가 감독한 〈그녀(Her)〉(2014)에서는 인간(테오도르)이 로봇이 아닌 인공지능 프로그램(사만다)과 사랑에 **빠진**다. '그녀'는 친구이자 애인이자 비서로서 활약한다. 그런데 '그녀'는 8316명과 동시에 대화를 하고, 641명과 사랑을 나누고 있다. 사만다의 정체를 알고서도 테오도르는 절망하지 않는다.

과학기술의 발전을 제어하기 힘든 현실을 감안할 때 이 같은 일들이 SF에서나 나올 법한 것이라고 단정하기는 어려울 것이다. 이미 홍콩의 로봇 스타트업 회사 핸슨 로보틱스가 만든 휴머노이드 '소피아'는 불완전하긴 하지만 사람처럼 다양한 감정 표현이 가능하다. 상대방과 눈을 맞추며 대화할 수 있고, 상호작용도 가능하다. 피부도 인간과 흡사하다. 요컨대 인간과 거의 유사한 로봇 '소피아'는 사람처럼 사고하고, 자신의 의지나 욕망, 감정을 드러낸다.[33] '소피아'를 개발한 데이비드 핸슨 박사는 "20년 내로 로봇과 인류가 구별되지 않는 세상이 올 것이라고 전망한다."[34]

영화 〈그녀〉에서 아내와 별거 중 외로움과 공허함 속에 살아가는 테오도르가 인공지능 프로그램인 사만다와 사랑에 빠질 수 있었던 것은 무엇일까. 장대익이 적절하게 지적하고 있듯이 그것은 무엇보다 "인간과 함께하는 상호작용 능력"과 관련되어 있을 것이다.[35] 사람의 마음을 읽고 소통하고 위로하는 능력이 그것이다. 그 근저에는 상호 간에 가장 깊은 소통을 가능케 하는 공감이 자리 잡고 있다.

여기에서 다시 인간다움에 대하여 묻지 않을 수 없다. 그 근본은 남이 기

---

33 박영숙·제롬 글렌,『세계미래보고서 2055』, 비즈니스북스, 1917, 126~129쪽.
34 위의 책, 128쪽.
35 장대익,『울트라 소셜 : 사피엔스에 새겨진 '초사회성'의 비밀』, Humanist, 2017, 238쪽.

뻐하거나 슬퍼할 때 함께 기뻐하고 슬퍼할 수 있는 능력이다. 그것을 일컬어 공감 능력이라 한다. 이것은 알고리즘에 기반한 디지털 세상에서도 여전히 유효할 것으로 보인다.

오늘날은 공감의 시대라 할 만큼 인간 능력 가운데 그것은 새롭게 조명받고 있다. 심리학자이자 인지과학자인 스티븐 핑커는 타인의 생각을 이해하고 타인의 감정을 느끼는 것을 뜻하는 공감을[36] 자기 통제, 생물학적인 진화, 도덕성과 터부, 이성 등과 함께 인류의 폭력성을 감소시키는 데에 기여한 요인으로 보고 있다. 인간의 평화적 공존을 가능케 하는 능력들이 인간의 진화적 동력학으로부터 선택될 수 있다는 것을 부인할 수 없다는 것이다.[37] 공감은 진정한 이타성을 촉진할 수 있으며, 현실에서의 인간이거나 가상의 인물이거나 공감은 그 계층에게까지 확대될 수 있다. 이는 공감을 통해 다른 생명체의 경험에 민감하게 반응하고 그들의 고통이 감소하기를 바라는 것이 인도주의 혁명에 기여했다는 가설에 대한 증거라고 볼 때, 인류의 미래사에 시사하는 바가 크다. 공감은 예컨대 잔인한 처벌, 노예제, 변덕스런 처형, 여성, 아동, 동성애자, 소수 민족, 동물, 전쟁, 정복, 인종 청소 등 제도적 폭력, 소수 집단 폭력 등을 감소시키는 데에 광범하게 기여한다.[38]

공감은 협력, 배려, 이해, 전수와 더불어 호모 사피엔스가 이룩한 초사회

---

36 공감은 "타인의 감정을 교감적으로 인지하는 것을 넘어, 이를 바탕으로 타인의 희로애락 감정과 동일하거나 유사한 감정을 자기 안에서 재생하여 느끼는 것"이다. 황태연, 『감정과 공감의 해석학1』, 청계, 2015, 54쪽. 공감이라는 말은 동양에서는 일찍이 공맹 철학의 핵심 개념으로서의 서(恕)가 공감을 의미한 이후 오랫동안 그것을 발전시키지 못하다가, 19세기 후반 동감이라는 말과 함께 등장했으며, 서양에서도 경멸과 금기의 대상이 되었다가 섀프츠베리, 허치슨, 흄, 스미스 등 17세기 후반~18세기의 영국 모럴리스트에 의해 등장했다. 위의 책, 65~85쪽.
37 스티븐 핑커, 『우리 본성의 선한 천사』, 김명남 역, 사이언스북스, 2014, 972쪽.
38 위의 책, 1002쪽.

성의 탄생 요인이다. 정서적 공감은 포유류나 영장류도 갖고 있는 특성이지만, 인지적 공감은 인간만이 가진 독특한 특징이다. 그래서 인간은 시공간적 제약이 있거나 감정적 연결성이 약한 대상에게까지도 사회적 공감의 지평을 넓힐 수 있다. 그것은 자연스럽게 발달하기도 하지만 교육을 통해 길러질 수 있는 것이다.[39] 여기에 공감을 중심으로 한 인문학적인 교육의 의의와 가능성이 놓인다.

4. 인문교육의 방법으로서의 공감교육

미래학자들은 제4차 산업혁명의 영향력을 볼 때 경제 성장을 촉진하고 세계적인 문제들을 해결하는 데 기여하는 측면이 있지만, 불평등, 실업, 권력을 잃은 시민 등의 문제가 심화될 것으로 예측한다.[40] 로봇과 인공지능으로 상징되는 미래 사회는 지식과 부가 소수에게 집중되고, 다수는 실업자로 전락한다. 더구나 경험과 느낌, 즉 자기 의식의 세계에서 존재 의미를 찾던 인본주의 인간은 알고리즘과 빅데이터를 받아들여 '호모 데우스'가 되려 한다. 나아가 지능이 의식에서 분리되고, 호모 사피엔스의 전유물로 여겨지던 의식이 강력한 지능을 가진 로봇에게도 가능해진다. 그러므로 유발 하라리가 우리에게 던진 "의식은 없지만 지능이 매우 높은 알고리즘이 우리보다 우리 자신을 더 잘 알게 되면 사회, 정치, 일상에 어떤 일이 일어날까?"[41]라는 질문은 "의식과 지능이 매우 높은 알고리즘이 우리보다 우리 자신을 더 잘 알

---

39 장대익, 앞의 책. 호모 사피엔스만이 유일하게 형성한 문명은 사회성의 산물인데, 이러한 인간의 사회성을 두고 '초사회성(ultra-sociality)'라 한다.
40 클라우스 슈밥, 앞의 책, 제3장 참조.
41 유발 하라리, 앞의 책, 544쪽.

게 되면 사회, 정치, 일상에 어떤 일이 일어날까?"라는 질문으로 바뀌어야 할 때가 온 것이다.[42]

이와 같이 제4차 산업혁명 혹은 그 이후에 전개될 세계가 다소 불확실하기는 하지만 긍정적인 측면보다는 인간성의 상실로 이어질 가능성이 크다. 이렇게 본다면 폭력, 질병 등 악으로부터 인간과 세계의 선을 위한 기획은 여전히 유효한 것이다. 이 기획의 가능성 가운데 하나를 공감에서 찾고자 한다.

교육이란 의도적이고 합목적적인 가르침과 배우는 과정과 결과를 아우른다. 그 내용은 학생들로 하여금 다가올 미래에 잘 적응하고 적극적으로 더 나은 세상을 만들어나가는 능력을 길러주는 것이다. 따라서 교육의 이러한 특성을 고려한다면 공감교육의 가능성과 의의는 확대될 수 있다.

타인의 관점을 취하거나 상상함으로서 공감을 갖게 된다고 보는 '관점-공감 가설(perspective-sympathy hypothesis)'은 공감교육에 이론적 근거를 제공한다. 스티븐 핑커는 픽션, 회고록, 자서전, 르포, 역사, 저널리즘 등이 인류의 공감을 확장시켜 인도주의와 권리 혁명, 장구한 평화를 이끌어왔다는 점을 인정함으로써 이 가설을 지지한다.[43] 이는 문학, 역사, 철학 등 인문학적 텍스트가 공감 형성에 기여해왔으며, 그것은 인류사에 매우 긍정적인 역할을

---

42 일라 레자 누르바흐시는 로봇 기술자들이 지능형 기계들이 스스로 사회에 통합될 수 있게 구축하는 방법을 생각해야 한다고 주장하면서, 로봇 기기와 로봇 행위자로 구별하는 방법을 제안한다. 로봇 기기와 같이 자율 결정권이 없이 지시만 따르는 로봇의 인지 능력은 제한되어야 한다. 로봇 행위자와 같이 인격화된 특성을 지닌 로봇은 성장과 함께 책임도 물을 수 있어야 한다. 그러나 로봇 행위자가 인간의 통제를 벗어날 때 이를 통제할 방법이 없다는 한계를 지닌다. 일라 레자 누르바흐시, 「다가오는 로봇 디스토피아」, 클라우스 슈밥 외, 앞의 책, 204쪽.

43 스티븐 핑커, 앞의 책, 991쪽. 스티븐 핑커는 픽션, 회고록, 자서전, 르포, 역사, 저널리즘 등의 장르들뿐 아니라 영화, 텔레비전 드라마 등도 공감을 넓히는 데에 기여한다고 여러 근거를 들어 논증한다.

해왔다는 것을 의미한다.

공감교육의 방법론으로서의 관점 취하기는 타인의 관점뿐 아니라 생각과 느낌을 알고, 느끼는 것을 포함한다. 그러나 그것은 우리가 다른 사람들을 모방할 때 중요한 역할을 하고, 다른 사람들의 마음을 읽을 때 결정적인 역할을 하는 것으로 알려져 있는 거울 뉴런(mirror neuron)의[44] 자동 반사 반응이리기보다 공감을 할 수도, 하지 않을 수도 있으며, 역공감까지도 기능한 것이다. 이는 우리가 상대와의 관계를 어떻게 인식하느냐에 따른 반응인 것이다.[45] 또한 공감이 공정성의 원칙과 충돌할 때 안녕을 저해할 수도 있다는 것이다. 가령 특정 인간에게 공감을 하여 새치기를 할 때 다른 사람이 피해를 입을 수 있다. 또한 공감이 모든 사람의 이해를 포괄하기에는 부족하다는 것이다. 가령 공감은 외모(귀엽거나, 잘생겼거나), 혈연, 유사성 등에 눈길을 준다.[46] 그러나 공감으로 인해 성취한 역사적인 의의와 교육의 본질을 생각할 때 이 같은 부정적인 것들은 극복할 수 있을 것이다.

따라서 관점 취하기로서의 공감교육을 위해서는 이 같은 일상에서 이루어지는 부정적인 요인들을 제거해야 한다. 이를 위해서는 공감의 필요성을 인식하고, 공감할 대상과 그렇지 않은 대상을 구별할 필요가 있다. 나아가 공감 대상이 특정한 일부에 한정되지 않도록 다양성을 유지해야 한다. 또한 공감과 그로 인한 행위가 옳은지 그른지를 판단할 필요가 있다.[47]

---

44 매튜 D. 리버먼, 『사회적 뇌 : 인류 성공의 비밀』, 최호영 역, 시공사, 2015, 202쪽. 이 탈리아 파르마대학교의 영장류 신경생리학자 지아코모 리촐라티 연구팀이 원숭이를 통해 발견한 거울신경세포(mirror neuron)는 남이 하는 행동을 보는 것만으로 자기가 그 행동을 할 때 뇌 속에서 벌어지는 것과 똑같은 일이 벌어지는 곳(뇌의 F5 영역)이다.

45 스티븐 핑커, 앞의 책, 980쪽.

46 위의 책, 1002~1003쪽.

47 이는 존재를 현상적으로 규정하거나 공감하는 데서 나아가, 존재의 본질에 파고들어

그런데 공감이 그 자체에 머무른다면, 그 의의는 반감될 수밖에 없다. 소통의 중요성이 여기에 있다. 앞에서 예로 든 〈그녀〉에서 인간 '남자'와 인공지능 프로그램 '여자'가 사랑을 나눌 수 있었던 것도 '상호작용 능력'이라 했다. 인간은 언어적 비언어적 소통을 통해 관계를 형성한다. 이로 보면 '그녀'가 언어적인 행위를 통해서 인간과 소통하고 사랑의 관계를 형성하는 데 성공하고 있다는 것은 놀라운 일이다. 사랑(공감)을 두고 기계와 경쟁 혹은 투쟁에서 인간이 승리하기 위해서는, 그리고 더 인간적으로 사랑을 나누기 위해서는, 과학기술의 발달보다 빠르고, 광범하고, 정교하고, 조직적인 교육이 이루어져야 한다. 그것은 초사회성의 그늘이라 할 수 있는 소외, 서열, 동조, 테러 등[48] 비인간적인 것들을 감소시키거나 제거하는 것과 상관성이 있다.

5. 맺음말

여기에서는 이른바 '제4차 산업혁명' 시대로 명명되는 시대의 흐름 속에서 국가와 교육의 대응을 살펴보고, 특히 인문교육이 나가야 할 방향과 방법을 모색해보고자 하였다.

제4차 산업혁명 시대에 접어든 인류는 과학기술의 발전이 갖는 긍정적 부정적 현실에 직면해 있다. 과학기술이 발전하면서 인간이 기술을 통제하는

존재로 하여금 이야기를 하게 하고 소통함으로써 자기(이익) 중심의 기억 행위가 아니라 공공의 잘-삶 지향의 기억 행위로서의 기억 책임 윤리를 강조하는 논의와도 맞물려 있다. 임경순, 「전쟁, 기억 그리고 문학교육에 대한 일 연구 : 윤흥길의 『소라단 가는 길』을 중심으로」, 『한중인문학연구』 제56집, 한중인문학회, 2017.
48 장대익, 앞의 책, 3부.

휴머니즘은 기술이 인간을 만드는 포스트휴머니즘을 넘어 기술로 인간이 되는 트랜스휴머니즘으로 향하고 있다. 그러나 인간은 '호모 데우스'가 되어가면서 반드시 대가를 치러야 한다.

인간과 인간다움을 탐구하는 학문인 인문학과 그 실천이 문제시되는 것은 과학기술의 발달과 그에 따른 인간과 사회 그리고 교육에 대한 영향이 크다는 데에 있다.

인간과 휴머노이드가 사랑을 나누는 머지않은 미래 세계를 목전에 두고, 인간다움에 대하여 물을 때, 그 근본에는 공감(능력)이 있다. 그것은 상호작용 능력을 구성하는 핵심 인자이자 능력이다. 공감은 협력, 배려, 이해와 더불어 호모 사피엔스가 이룩한 초사회성의 탄생 요인이며, 자기 통제, 진화, 이성 등과 함께 인류의 폭력성을 감소시켜 선한 역사 형성에 기여하는 인자이다.

문학, 역사, 철학 등 인문학적 텍스트는 공감(능력) 형성에 기여해왔으며, 그것은 인류사에 매우 긍정적인 역할을 해왔다. 공감교육의 방법론으로서의 관점 취하기는 공감 능력을 향상시키는 효과적인 것이 될 것이다. 공감교육을 위해서는 공정성 위반, 편협성 등 부정적인 요인들을 제거해야 한다. 공감은 상호작용의 소통으로 이어져야 한다. 공감을 통해 인간이 더 인간적으로 소통(상호작용)하기 위해서는, 과학기술 발달보다 빠르고, 광범하고, 정교하고, 조직적인 교육이 이루어져야 한다.

제2장
디지털 시대의 문학과 문화

1. 머리말

우리 시대가 디지털 사회, 정보화 사회 등으로 불린 지도 오래다. 이들 용어는 과거 산업 사회와는 다른 차이를 전제로 한 것이다. 마찬가지로 오늘의 우리 시대의 문학과 문화를 말할 때 디지털 문학과 문화, 정보화 사회의 문학과 문화 등이 빠짐없이 등장한다. 물론 이 또한 이전의 문학, 문화와는 질적인 차이를 함의하고 있다.

이러한 변화에는 컴퓨터와 통신기술의 발달이 핵심에 있음은 주지하는 바이다. 정보통신기술은 우리의 의식뿐 아니라 삶의 양식까지도 변화시키고 있다. 문학 역시 그러한 변화에서 자유로울 수 없다. 돌이켜보면 문학은 시대와의 길항 관계 속에서 변신을 거듭해오면서 문화를 창조하고 변혁해왔다. 문학은 구술문학과 기록문학을 거쳐 문자, 영상, 음성 등이 결합된 전자문학 혹은 다매체문학으로 시대에 따라 변모를 거듭해왔다. 컴퓨터로 대표되는 디지털 혁명은 이전과는 다른 새로운 소통 매체와 체계로써 새로운 문학 현상을 창출하고 있다.

물론 디지털 사회로의 진입이 문학의 구술성과 기록성을 완전히 벗어나는 것이 아니다. 기록문학이 이전 구술문학에서 새로운 패러다임을 열고 그것과 공존하였듯이, 다매체문학 또한 문학의 새로운 패러다임을 열고 그것들과 공존한다. 그러므로 기술의 발전과 이에 따른 소통 체계의 변화는 새로운 소통 체계를 낳고 이전 소통 체계들과 적층적인 관계에 놓인다. 그러나 어느 시대를 막론하고 시대를 지배하고 있는(또는 지배하게 될) 지배적인 소통 체계가 있기 마련이다. 이런 점에서 보면 정보화 사회로 일컬어지는 오늘날, 디지털은 이 시대를 지배하고 있는 지배소임에는 틀림없다.

지금까지 많은 논자들은 디지털과 관련된 사회 문화 현상들을 검토해보고 그 의미를 찾으려고 노력해왔다. 전자 시대의 문화는 다시 구어적 문화를 획득하고 있다고 보는 낙관적인 주장을 하거나(M. 매클루언), 대중문화야말로 대중을 기만하는 문화산업이며(T. 아도르노), 테크놀로지가 발달한 문명 또한 인간의 존재 이해를 왜곡시켜버리는 위험에 빠져버렸다고 진단하는 논의(M. 하이데거) 등이 그것이다.

문학의 차원에서 볼 때 다매체문화, 사이버문화적 환경 속에서 사이버문학, 하이퍼텍스트문학, 컴퓨터문학, 통신문학 등의 개념을 중심으로 논의되어왔다. 이는 주로 컴퓨터와 통신기술을 기반으로 하는 서사문학에 대한 논의가 주류를 이루었다. 이들은 매체 환경의 변화에 따른 서사문학의 변화 모습과 그 특징들을 논의함으로써 그 가능성과 한계를 검토하였다. 이에 대한 본격적인 논의가 시작된 때를 1990년대 중반으로 보면, 디지털 시대의 문학 논의는 이제 막 본격화되었다고 할 수 있다. 그러므로 디지털 문화적 환경이 피할 수 없는 현실이라면 이 시대의 문학 현상을 점검하고 그것을 문화적인 맥락에서 비판적으로 검토하는 일은 의미 있는 일이라 하겠다. 여기에서는 문화를 의미가 생산, 유통, 수용되는 의미화 실천 과정과 그 결과로 본다. 문화를 이렇게 보면, 디지털 시대라 일컬어지는 오늘날에도 의미가 실천되는 양식들이 다층적이며 복합적으로 존재한다. 그것은 음성언어를 매체로 할 수도 있고, 인쇄술을 기반으로 하는 문자 매체로 할 수도 있으며, 전자기술을 기반으로 하는 영상, 음성, 문자 등이 복합적으로 작동하는 다매체로도 가능하다. 그러므로 이번 장에서는 이러한 다층적인 의미화 실천 현상을 서사(이야기)를 중심으로 살펴보고, 특히 디지털 매체와 관련된 문학 행위의 문화적 의미를 비판적으로 검토해보고자 한다.

2. 디지털 시대의 문학 현상

오늘날과 같은 디지털 시대에 문학의 위기를 지적하는 사람이 적지 않다. 이들이 말하는 위기에는 대체로 인쇄 매체로서의 문학이 놓여 있다. 그렇기 때문에 이들의 논거에는 특정한 사회 맥락에 한정된 문화사적 양식이 놓임으로써 문학의 가소성과 문학이 지닌 보편적인 속성을 놓치고 있다는 한계를 지적할 수 있다. 과거와 오늘날의 문학 양식들이 문학 생산의 테크놀로지의 변화에 따라 다양하게 변화되어왔듯이, 미래의 문학 양식들도 문학 생산의 테크놀로지의 변화에 따라 얼마든지 변하고 새롭게 창조될 수 있다는 점을 인식할 필요가 있다.

이런 점에서 아리스토텔레스 이래 연구자들이 지적하고 있는 서사의 핵심, 즉 이야기에 주목해야 한다. 이야기는 전체가 조화를 이룬 잘 빚어진 항아리일 수 있으며, 이야기의 안과 밖의 구별이 없는 뫼비우스의 띠일 수 있으며, 경계도 방향도 없는 클라인 병일 수 있다. 또한 이야기를 담아내는 그릇도 다양할 수 있다. 그럴 수밖에 없는 것은 이야기가 사람 살아가는 일을 다루기 때문이며, 그것은 인간의 상징 행위로서 다양한 매체로 구현되는 문화이기 때문이다. 따라서 새로운 현실에 대한 새로운 담론들, 이를테면 문학의 위기를 말한다거나 새로운 매체의 출현을 성좌로서 굳건히 하려는 시도보다는 문학의 속성과 문학이 지닌 가소성을 인식할 필요가 있다.

그런데 여기에서 숙고할 점은 주어진 시기의 사회집단은 일종의 지적 테크놀로지에 대해 독특한 상황에 놓여 있다는 점이다. 문자 매체 혹은 전자 매체의 있고 없음이 문자 이전 시대의 그림 서사 혹은 다양한 기호들을 은폐해서는 안 된다. 마찬가지로 인쇄 문화 이후의 음성 매체, 전자 문화 시대의 음성과 문자 매체 역시 시대적인 독특한 지위가 있는 것이다. 이러한 여러 매체를 통해 형성된 소통 양식들은 그 시대의 지배적인 소통 양식과 더불어 특유의 언어문화 경험을 제공한다. 이로 보면 소통 양식의 변동이 인간의 인식 체계의 변수로 작용할 가능성이 크다. 그럼에도 불구하고 육체의 양식에는 본질적인 변화가 없다는 지적[1]을 상기할 필요가 있거니와 무엇보다 문학 양식에 놓여 있는 본질적인 속성을 주목할 필요가 있다.

오늘날의 서사 가운데 하나로 다룰 수 있는 각종 디지털 양식들(디지털 스토리텔링의 범주에서 다루어지고 있는 것들)은 매체적인 측면뿐 아니라 그것이 구현되는 특성에 있어서도 구어 서사와 문어 서사와는 다르다. 그것은 네트워크성, 상호작용성, 복합성 등의 특성을 지닌다. 그러나 이러한 특성에도 불구하고, 서사의 근본적인 속성은 유지된다고 할 수 있다. 서사의 본질과 속성을 확장시켜 인간의 삶 자체도 서사의 일종으로 설명하려는 시도가 있음을 상기할 필요가 있다.[2] 또한 서사 행위가 인간의 자기 이해라는 큰 틀에서 설명될 수 있다면, 사이버 공간에서 이루어지는 행위들은 그러한 관점에서 이해될 수도 있다. 서사 행위의 토대로서 서사적 사고가 여전히 의미를

---

1   김성곤, 「뉴미디어 시대의 책과 문화사적 의미」, 『출판저널』, 1992. 7. 20 ; 김영민, 「책의 운명 : 정보혁명과 '뿌리깊은 진보'」, 『출판저널』, 1997. 7. 20.
2   이러한 관점을 보이는 논의는 다음 참조. A. MacIntyre, 『덕의 상실(*After Virtue*)』, 이진우 역, 문예출판사, 1997.

지니는 것은 이런 이유 때문이다. 물론 구어, 문어(인쇄), 다매체(전자) 시대에
따른 정신의 특성을 간과하는 것은 아니다. 다만 시대를 초월한 서사적 사고
의 보편적 특성을 주목할 필요가 있다는 점을 지적하고자 한다.[3]

이 문제는 오늘날 인간이 하는 이야기들을 살펴볼 때 구체화될 수 있다.
일찍이 기호학자인 롤랑 바르트(R. Barthes)는 「이야기 구조 분석 입문」에서
시대, 지역을 막론한 서사의 편재성과 수많은 형식으로 구현되는 서사의 다
양성을 언급한 바 있다.

> 이 세상의 이야기(récits)는 그 수를 헤아릴 수 없다. 그것은 우선, 상이한
> 여러 실체 사이에 분배되어 있는 굉장히 다양한 장르여서, 마치 모든 주제
> 가 인간으로 하여금 인간의 이야기들을 그 주제에 위탁하기에 알맞은 것같
> 다. 즉 이야기란, 구술적이거나 기술적이거나 분절적(qrticulé)인 언어로 유
> 지될 수도 있고, 고정되거나 움직이는 이미지로도 유지될 수 있고, 제스처
> 로도 유지될 수 있으며, 이 모든 실체들의 적당한 배합으로 유지될 수도 있
> 다. 그리하여 이야기는 신화 속에 현전하기도 하고, 전설 속에 현전하기도
> 하고 우화 속에 현전하기도 하고, 콩트 속에도 있고, 단편소설 속에도 있고,
> 서사시 속에도 있고, 역사 속에도 있고, 비극 작품 속에도 있고, 드라마 속
> 에도 있고, 희극 속에도 있고, 무언극 속에도 있고, 회화(카르파치오의 성
> (聖) 위르쉴이라는 그림을 두고 하는 말이다)에도 있고, 그림 유리창에도 있
> 고, 영화 속에도 있고, 코메디 속에도 있고, 3면 기사 속에도 있고, 일상적
> 인 대화 속에도 있다. 게다가 이처럼 거의 한없는 형식을 띤 이야기는 어
> 느 시대, 어느 곳, 어느 사회에나 존재하고 있다. 이야기는 인류의 역사와
> 함께 시작한 것이다. 지상의 어느 곳에도 이야기 없는 민족이란 결코 존재
> 하지 않았던 것이다. 인간의 계층이나 집단은 모두 그들의 이야기를 갖고,
> 그리고 그러한 이야기들은 흔히 문화가 대립된 사람들이 공동으로 애호한

---

3   매체에 따른 정신의 특성에 대하여는 다음 참조. Pierre Lévy, 『지능의 테크놀로지』,
    강형식 · 임기대 역, 철학과현실사, 2000, 190쪽.

것이다.[4]

또한 툴란(M. J. Toolan)은 『서사론 : 비평 언어학적 서설』에서 다음과 같이 언급한 바 있다.

아침식사를 하는 것에서부터 잠자리에 드는 것에 이르기까지, 또는 사랑 하는 것에 이르기까지 우리가 행하는 모든 것(그리고 그것들이 어떻게-어 떤 순서로-여러 삽화를 지니는 서사물을 만들어 내게 되는가에 아침식사를 하는 것에서부터 잠자리에 드는 것에 이르기까지, 또는 사랑하는 것에 이 르기까지 우리가 행하는 모든 것(그리고 그것들이 어떻게-어떤 순서로-여 러 삽화를 지니는 서사물을 만들어 내게 되는가에 주목하라)은 하나의 서사 물-시작, 중간, 끝, 그리고 인물, 배경, 극적인 사건(해결된 난제들이나 갈 등), 서스팬스, 수수께끼, '인간적인 관심사' 그리고 도덕 등을 지니는 하나 의 서사물-로 보여지고 설정되고 설명될 수 있다. 크든 작든 그런 서사물에 서 우리는 우리 자신과 우리를 둘러싸고 있는 세계에 대한 더 많은 것을 알 게 된다. 서사물을 만들어 내고, 이해하며, 보존하는 것은 또한 다른 사실들 에 대한 이해를 돕는 일종의 사실 인식이다.

구술 및 기술 서사물이 우리의 삶에 얼마나 침투해 있고 중요한가는 만일 우리가 의존하는 서사물의 여러 형태들을 토대로 간주하는 것을 멈춘다면 분 명해진다. 전기와 자서전, 역사에 관한 텍스트들, 뉴스 스토리와 그 밖의 매 체에서의 형태들, 사적인 편지와 일기, 소설, 스릴러물과 로망스, 내과 환자 의 내력, 학교 기록부, 연례행사, 경찰의 사건기록, 일년간의 공연일지 등.[5]

---

4   R. Barthes, 『구조주의와 문학비평(Introduction à l'analyse structurale des récites)』, 김치 수 편저, 기린원, 1989, 91쪽.
5   Michael J. Toolan, 『서사론 : 비평언어학적 서설(Narrative: A Critical Linguistic Intro- duction)』, 김병욱 · 오연희 역, 형설출판사, 1993, 15~16쪽.

이렇듯 우리의 삶 속에 산재되어 있는 서사는 인류의 역사와 함께 시작된 이래 다양한 양식으로 전개되어왔다. 다양한 양식은 이야기가 구현되는 매체에 따라 크게 음성 매체 서사, 문자 매체 서사, 그리고 다매체 서사로 분류할 수 있다. 문자가 발명되고 그것이 인쇄술을 통해 대중화되기 이전에는 인간의 기억, 말, 몸짓 등을 통해 서사가 구현되었다. 물론 문자가 발명되고 소통되기 이전과 이후의 말의 지위는 다르다. 이른바 구술 시대에는 음성 매체의 구술성이 온전히 실현된 시대였다면, 문자 매체가 주도적 위치를 차지한 시대에는 말과 문자가 착종되고 혹은 말이 문자에 대해 보완적인 위치에 놓이게 된다. 옹(W. Ong)은 이를 각기 1차적 구술성(orality), 2차적 구술성이라 부름으로써 차별화한 바 있다.[6] 구텐베르크 인쇄술 이후 인류는 본격적인 인쇄 문자 시대로 들어서면서 비약적인 지적 발전을 맞이하게 되었다. 가속적인 기술의 발달은 이제 '정보화 사회'라는 새로운 시대를 열게 되었고, 그 근저에는 디지털 기술이 자리하고 있다.

음성으로 구현되는 음성 매체 서사는 구비서사(신화, 전설, 민담), 동화·소설 구연, 무가, 서사시, 라디오 뉴스·다큐멘터리·드라마, 일상 이야기, 대화, 정신분석 등을 통해 광범위하게 수행된다. 물론 서사가 소통되는 과정에서 다양한 언어적·비언어적 요인들이 작동하기 마련이고, 또한 서사가 어떤 장치나 상황을 통해 구현되느냐에 따라 고유한 특성도 존재하기 마련이다. 그러나 여기에서 서사가 실현되는 중심 매체는 음성언어이고, 따라서 구술연행(oral performance)이 문제된다. 이는 문자 중심의 서사 연구에 익숙한 연구자들에게는 그다지 관심의 대상이 되지 못해왔는데, 인간의 언어 사용의 총체적인 국면들을 고려해볼 때 바람직하지 못하다고 판단한다.

6　Walter J. Ong, 『구술문화와 문자문화(*Orality and Literacy: the technologies of the word*)』, 임명진 역, 문예출판사, 1995.

구술연행이란 이야기가 이루어지는 판에서 이야기를 구현해가는 일을 말한다. 이야기가 구연되는 장소는 일종의 이야기판이라 할 수 있는데, 이야기판이란 연행이라는 사건이 발생하여 말들에 특별한 힘들이 부여되는 장소라 할 수 있다.[7] 이 장소에서 이루어지는 이야기 행위는 청자와의 관계 속에서 연출되는 역동적인 행위로서, 즐거움, 지식, 권력, 욕망 등을 두고 상호협력적이거나 성생 관계일 수 있는 구연자와 청자와의 만남이라 할 수 있다. 그런데 여기에서 말하는 이야기의 구연을 정형화된 틀, 이를테면 이야기 경연대회나 혹은 동화 구연과 같은 공적이거나 전문적인 상황에서 벌어지는 일로만 보아서는 안 된다. 정도의 차이가 있기는 하지만 삶 속에서 이루어지는 모든 이야기들은 이야기판에서 벌어지는 연행이라 할 수 있다. 이야기판을 벌이는 이야기꾼(storyteller)은 좁게는 구연 상황에 적합하게 이야기를 창의적으로 구성해내는 능력과 그것을 청중과의 관계 속에서 소통해나가는 능력을 갖추고, 넓게는 이야기 행위를 통해 자아와 세계를 변혁시켜나감으로써 자아실현에 기여할 수 있는 능력을 갖춘 주체로 상정할 수 있다.[8] 이런 능력을 갖춘 이야기꾼은 '입담'과 '입심'을 바탕으로 창의적으로 이야기를 구연해나간다.[9]

음성 매체(구어) 서사로서의 이야기가 어떻게 생산적인 국면으로 이어지는

---

7   J. M. Folly, *The Singer of Tales in Performance*, Indiana University, 1995, pp.45~47.

8   임경순, 「이야기 구연의 방법과 의의 연구」, 『국어교육』 제114호, 한국국어교육연구학회, 2004, 참조.

9   대수롭지 않은 이야깃거리를 가지고도 청자(중)를 휘어잡을 수 있도록 그럴듯하게 이야기를 엮어나가는 이야기꾼을 두고 입심 좋다고 말하고, 전에 들은 이야기나 이미 알고 있는 이야기라 할지라도 남달리 이야기의 맛이 살아나도록 흥미진진하게 이야기를 하는 이야기꾼을 두고 입담이 좋다고 말한다. 임재해, 「구비문학의 연행론, 그 문학적 생산과 수용의 역동성」, 『구비문학연구』 제7집, 한국구비문학회, 1998, 11쪽.

지 일상 삶 속에서, 일터에서, 그리고 교육 현장에서 구체적으로 살펴보자. 일상의 대화 속에서 이야기가 인간의 삶에 어떻게 기여하는지를 다음의 인용을 보면 쉽게 알 수 있다.

예를 들어, 당신에게 배우자가 말실수를 할 때마다 지적하는 습관이 있다고 하자. 이 습관은 어쩌면 국어학과 교수인 당신의 아버지가 당신의 실수를 지적할 때부터 생긴 무의식적인 습관일지 모른다. 그래서 당신이 그렇게 어법을 정확하게 사용하기를 강요하는 건지도 모른다. 그러나 만약 당신 배우자의 초등학교 3학년 때의 선생님이 수업 중에 어법이 틀렸다고 그녀에게(혹은 그에게) 창피를 준 적이 있었다고 하자. 그래서 스스로가 바보 같다는 느낌을 받았다는 이야기를 배우자가 당신에게 하면, 그때부터 당신은 어법을 지적하는 습관을 바꾸게 될지도 모른다. 그녀가 단지 '흠좀 그만 잡아요!'라고 당신에게 말했다면, 당신의 관점이 바뀔 수 있었을까? 이야기는 듣는 사람에게 새로운 관점을 열어준다. '아내를 사랑한다'는 이야기가 '정확한 문법'이라는 현실을 이긴 것이다.[10]

우리는 일상에서 흔히 말실수를 하게 된다. 의사소통에 지장이 없을 때 대부분의 경우는 문제될 것이 없지만, 그 말실수를 가지고 불협화음이 생길 수도 있다. 예문은 그중 한 예를 보여주고 있는데, 이야기는 불협화음을 넘어서 인간의 관점과 습관을 바꿀 수 있고 나아가 인간의 관계도 변화시킴으로써 삶의 질을 바꿀 수 있음을 보여준다.

그렇다면 일터에서는 어떠한가. 세계 굴지의 한 은행의 간부를 지낸 바 있는 스티븐 데닝은 이야기의 위력을 생생히 전하고 있다.

---

10 A. Simmons, 『대화와 협상의 마이더스 스토리텔링(*The Story Factor*)』, 김수현 역, 한 · 언, 2001, 76~77쪽.

스토리텔링은 조직을 떠받치고 있는 구성원 개개인의 마음속에 들어가 생각하고, 걱정하고, 고뇌하고 자신들에 대해서 꿈꾸는 사고 방식을 바꾸어, 결국에는 그들이 몸담은 조직을 창조, 또는 재창조시키는 역할을 한다. 스토리텔링은 조직의 구성원들에게 자신과 조직을 다른 시각으로 보고, 새로운 시각, 새로운 감각, 그리고 새로운 모습에 맞추어 결정을 내리고 행동을 변화시키도록 유도한다.

이야기가 주는 매력은 무궁무신하다. 우선 이야기는 듣고 쉽고 재미있고 들으면 신이 난다. 그리고 복잡하고 골치 아픈 내용도 스토리를 통해서 들으면 쉽게 이해가 된다. 그런 의미에서 이야기는 사람들의 인식을 바꾸어주는 역할을 한다. 이야기는 적대 감정이나 계급 의식을 조장하지 않는다. 이야기를 들으면서 방어의식을 느끼는 사람은 없다. 이야기 앞에서는 모든 사람들이 다 편안해진다.[11]

스티븐 대닝이 '스프링보드'라 명명한 설득을 위한 이야기의 틀은 그 명칭의 어의가 의미하듯이 이야기꾼의 입에서 떨어진 이야기는 청중들에게 도약대로서 작용한다. 그에 의하면 설득을 위한 그 어떠한 그래프나 통계 수치, 그리고 설명들도 이야기가 지닌 마력을 따라갈 수 없다는 것이다. 최근에 경영학에서 이야기를 활용한 전략이 중요하게 자리 잡고 있는 것은 이야기의 이러한 특성을 경영에 접목한 시도라 하겠다.

교육 현장에서는 어떠한가. 구술성과 관련된 이야기 교육은 오래전부터 있어왔다. 가령 구연동화(동화 구연)가 대표적인데, 그것이 피교육자들에게 미치는 효과는 여러 연구자들에 의해 밝혀졌다. 그것은 말하고 듣는 능력뿐 아니라 나아가 읽고, 쓰는 능력에도 영향을 준다. 특히 비고츠키(L. S. Vygotsky), 굿맨(K .Goodman), 모페(J. Moffett) 등에 따르면 입문기의 아동들의

---

11 S. Denning, 『기업혁신을 위한 설득의 방법(*The Springboard: how storytelling ignites action in knowledge-era organizations*)』, 김민주 · 송희령 역, 에코리브르, 2003, 9쪽.

구어 능력은 언어 발달에 결정적인 영향을 주는 것으로 알려졌다.[12] 그러나 학습자가 능동적으로 참여하기보다는 여전히 교육자 중심의 교육이 진행되고 있는 문제점을 안고 있다. 또한 구연동화와 같은 특정한 영역에 한정되지 않고 소설 등의 허구적 양식뿐 아니라 자신의 경험을 이야기로 들려줄 수 있는 양식으로 확장시켜나가야 할 과제를 안고 있다. 가령 이와 관련된 활동 가운데 이야기 대회를 들 수 있다. 이야기 대회는 학습자들의 창의적인 이야기 능력을 신장시켜주는 좋은 방안이라는 점에서 선진국에서는 적극적으로 활용하고 있다. 그러나 우리의 경우 극히 일부에서만 실행하고 있는 실정이다.[13] 좀더 미시적인 차원으로 내려가서 교육 현장에서 이야기를 적극적으로 활용할 필요가 있다. 가령 게임의 형식으로 된 이야기를 수업에 도입함으로써 언어문화 능력의 극대화를 꾀할 수 있다.[14]

이야기 대회와 관련하여 우리의 경우 전국국어교사모임에서 주최하는 중고등학생을 대상으로 하는 이야기 대회를 들 수 있다. 제3회 이야기 대회에서 고등부 으뜸상을 받은 학생의 이야기를 들어보자.[15]

> 안녕하세요. 저는 어제 홈쇼핑 어 쇼트트랙을 담당했던 광양여자고등학교에서 온 2학년 오○○이라고 합니다. 반갑습니다. 벌써부터 시간 재지 마

---

x

12 S. R. Horowitz & J. Samuels ed., *Comprehending Oral and Written Language*, San Diego: Academic Press, 1987 참조.

13 전국 단위의 이야기 대회로는 전국국어교사모임이 주관하는 이야기 대회가 있다. 올해 7회째를 맞이하지만, 아직은 시작 단계에 있다. 이야기 잘하는 이야기꾼이 대학에 들어갈 수 있는 길이 열려야 한다. 이들은 장차 전문 이야기꾼의 재목들이기 때문이다.

14 이야기를 게임으로 풀어가는 안내서로 다음 참조. Dong Lipman, *Storytelling Games: creative activitis for language, communication, and composition across the curriculum*, Oryx Press, 1995.

15 이야기 대회 자료는 다음 참조. http://www.naramal.or.kr/

46 / 47

시구요. 저는요 이 마이크를 달구요 얼마나 떨려요. 제가 마치 배우가 된 거 같거든요.

…(중략)…

그러던 제가 4학년 때요 아버지 자전거가 너무 보기 싫기 시작했습니다. 아버지가요 자전거를 태워주실 때면요 정문에서 좀 멀리 떨어진 곳에서 태워주셨으면 좋겠고 그리구요. 비오는 날 차를 타고 오는 아이들을 보면요 왜 우리 아빠는 자동차가 없을까 왜 오토바이가 없을까 그것도 못해 그 구닥다리 자전거 버리구요 왜 기아 자전거라도 없을까. (청중 웃음) 제가요 이렇게 슬피 울어두요 웃기시면 웃어도 됩니다. (청중 웃음)

…(중략)…

비가 아주 많이 왔습니다. 그런데요 언니하고 저는요 학교를 일찍 마치고 정거장에서 버스를 기다리고 있었습니다. 저 비 사이로요 누가 노란 비옷을 입고요 그 사이로 젖은 얼굴을 내밀면서 자전거를 몰고 오시더라구요. (청중 웃음) 저와 언니는 너무 깜짝 놀라서 너무 당황했습니다. 저 우리 아빠 아니겠습니까. 언니 어떡하냐. '니 아는 척 할래 말래?' 이걸 나한테 물어보니 나도 힘든데 서로 눈빛을 주고받으면서요. 주위에 아이들은 있지요. 아빠는 다가오지요. 결정의 순간이 필요했어요. 그리고 아빠가 지나가는 순간 우산을 이렇게 내리면서 얼굴을 가리고 말았지요. 참 안타깝지요. (청중 웃음) 그런데요. (계속 웃음) 안타깝잖아요. 그런데 더 안타까운 것은요, 그 아침에 비가 오는데 우산이 없더라구요. 가족이 많다 보니까 누가 한 명 가져가면 잊어버리구요. 우산을 폈다가도 들어오구요. 우산이 없었어요. 왜 그러세요, 선생님. 우산이 없는데요. 우리 아빠가요, 새 우산을 주시면서요. 미정아, 너 이 우산 써라. 그런데 참 웃긴 것은요, 제가 초등학교였는데 초등학생에 걸맞지 않게 우산이 너무 크더라구요. 그래도 비는 덜 맞겠구나, 그러면서 왔는데 아빠도 알고 나도 아는 우산인데 설마 아빠가 몰랐을까 아냐 못 봤겠지 못 봤겠지 그리고 집에 왔습니다. 그리고 엄마 그러시더라구요. '미정이 너 아빠 봤니 못 봤니?' '못 봤습니다.' '봤니 못 봤니?' '못 봤습니다.' 웃기죠? 근데 그 상황이 너무 삭막했습니다. 그리구요 저는 너무 울음이 나와서, 너무 울어버렸습니다. 그때 아버지는요, 우리보다 저희한테

더 미안해하시더라구요. 아버지로서요 아들이나 애들한테요 좋은 모습 보이지 못하고 좋은 직장 가지지 못해서 참 부끄럽다구요. 이런 말씀을 하셨던 것이 기억이 납니다. (청중 웃음)

…(하략)…

이 경험담에는 음성 매체로 구현되는 특유의 속성들이 드러나 있거니와, 이야기에는 가난한 집안 형편, 부지런하고 자식 사랑이 지극한 아버지, 어린 시절 가난한 집안 형편에 부끄러워했던 나, 낡은 자전거를 타고 마중 나온 아버지를 외면한 채 돌려보낸 일, 자전거를 새로 사게 된 일, 아빠에 대한 나의 애정 등이 줄거리를 통해 엮이면서 청자들의 관심을 끌고 있다. 물론 이야기꾼의 이야기가 결말에 가서는 계몽투로 맺고 말았지만, 경험 이야기와 거기에 대한 의미 부여라는 측면에 초점을 두고 볼 때 일상 경험 이야기는 인간의 삶 속에서 일상화되어 있다고 할 수 있다.[16]

서사가 문자 매체로 실현되는 대표적인 양식들로 소설, 동화, 우화, 전기, 자서전, 수필, 신문 기사 등이 있다. 이들은 허구성이 강한 이야기와 사실성이 강한 이야기로 대별할 수 있겠는데, 최근에는 인문 · 사회 · 자연 과학 등의 현상과 이론들을 이야기의 형식을 빌려 서술한 저서들이 활발하게 출판되고 있다. 가령『수학귀신』(H. M. 엔첸스베르거),『고구려사 이야기』(박영규),『재미있는 경제 이야기』(이필상),『교실 밖 화학 이야기』(진정일) 등 수많은 저술들은 이야기의 형식으로 되어 있다. 이야기가 지닌 마력은 개념이나 현상을 설명하는 데서도 탁월한 효력을 발휘한다.

오늘날 특히 문제가 되고 있는 서사는 이른바 디지털 서사로 명명되고 있는 양식들이다. 이들은 대체로 단일한 매체로 생산되기보다는 여러 매체가

---

16 여기에 대한 자세한 논의는 다음 참조. 임경순,「이야기 구연의 방법과 의의 연구」,『국어교육』제114호, 한국어교육학회, 2004.

복합된 형식으로 구성되어 있다. 여기에는 사이버문학이나 하이퍼텍스트문학 등과 게임, 인터랙티브 드라마, 웹 광고, 웹 에듀테인먼트, 인터랙티브 논픽션 등 오락이나 정보에 주안점을 둔 서사들이 망라될 수 있다. 디지털 기술을 매체 환경 또는 표현 수단으로 수용하여 이루어지는 서사들은 소위 디지털 스토리텔링(digital storytelling), 사이버문학, 하이퍼텍스트문학, 다매체문학, 디지털문학 등으로 명명되면서 연구자들에 의해 그 독특한 특성이 논의되고 있다.[17] 그것은 전자 기술 즉 컴퓨터와 통신의 획기적인 발전에 힘입은 것으로 상호작용성, 네트워크성, 복합성, 하이퍼텍스트성, 다매체성, 실시간성 등이 주요 특성으로 지적되고 있다. 종래의 문학적 시각에서 보자면 이 같은 특성들을 설명할 수 없는 것 같기도 하다. 그래서 사이버(하이퍼텍스트)소설, 혹은 사이버문학에서 문학이라는 꼬리를 떼버리자는 주장도 제기되고 있다.

종래의 인쇄된 문자 텍스트와는 달리 사이버상에서 동영상, 소리, 이미지 등이 가미된 '21세기『혈의 누』'[18]란 칭호를 받은바 있는『디지털 구보 2001』을 보자.

　　　05:00 시뱅을 만나다.

　　　구보는 문득 시계를 올려다봤다. 새벽 5시를 절반쯤 넘긴 시각이었다. 조금 전까지만 해도 사방을 덮었던 어둠이 어느새 희뿌옇게 밝아오고 있었다. 그녀는 키보드를 두드리던 손가락을 뚝뚝 꺾으며 의자를 한껏 뒤로 젖히며 무심하게 화면을 응시했다.

---

17 디지털 스토리텔링에 대해서는 다음 참조. 고욱 외,『디지털 스토리텔링』, 황금가지, 2003 ; 최혜실,『디지털 시대의 영상 문화』, 소명출판, 2003 ; 자넷 머레이, 앞의 책.
18 김종회,「새로운 문학의 양식, 하이퍼텍스트 소설의 도전」,『사이버 문화, 하이퍼텍스트 문학』, 국학자료원, 2005, 188쪽.

구술 시대의 메시지 전달방식은 통합적이었다. 말, 몸짓, 표정, 소리, 눈짓, 리듬감을 동원해서 전달하는 메시지는 당연히 총체적이고 효율적이었다. 청중의 즉각적인 반응과 거기에 따른 화자의 반응. 이런 양방향성 때문에 의사소통은 훨씬 원활했다. 그러나 일단 입을 빠져나온 말은 화자와 청자의 망각에 의해 허공으로 사라져간다. 보관과 축적의 필요성을 느낀 사람들은 문자를 발명했고 이로써 지식은 축적되고 멀리까지 전달될 수 있었다.

그러나 문자는 분절적 메시지였다. 추상적인 글자로만 메시지를 전달해야 했고, 상호작용도 되지 않기 때문에 이해가 어려웠다. 따라서 글쓰기와 글 읽기를 위해 상장 기간의 훈련이 필요했다. 반면 사이버 공간의 의사소통은 구술과 문자의 장점을 통합적으로 발전시킬 가능성이 보이고 있다. (옹, 구술문화와 문자문화, 문예출판사, 피에르 레비, 지능의 테크놀로지……)

논문은 서론에서 단 한줄도 진척이 되지 않은 상태였다. 빈 화면에 깜빡이는 커서가 불안하게 뛰는 구리의 심장처럼 느껴져 그녀는 무심코 미간을 좁혔다.

구보는 다시 의자를 모니터 앞으로 바싹 끌어당겨 앉았다. 논문 쓰기를 멈춘 그녀는 채팅사이트를 클릭해 맘에 드는 아바타에게 1:1 대화를 신청했다. 곧바로 회신쪽지가 날아왔다. 그럼 그렇지. 상대방은 서른 네 살 띠동기로 닉네임이 시뱅이었다.

―시뱅? 닉네임이 상당히 특이하군여.

―그쪽도 만만치 않은데, 디지털 K씨?

존댓말인지 반말인지 모를 애매한 말투로 맞받아치는 시뱅의 말투가 어딘지 모르게 익숙하게 느껴졌다.

―뭔 뜻이지?

구보는 다짜고짜 먼저 말을 내려서 했다. 시뱅도 별로 불쾌해하는 눈치는 아니었다.

―시나리오 뱅크.

―오호라.

구보는 머릿속이 점등이라도 된 듯 순간적으로 기분이 밝아졌다. 채팅방에서 쓸만하다고 생각되는 인간을 낚아 올리는 건 대어를 낚는 것만큼이나 솔찮은 인내심이 요구되는 일이었다. 시뱅은 시덥잖은 인사말은 아예 걸렀으며 쓸데없는 호구조차 따위도 훌쩍 건너뛰었다. 단 두 번의 왕복 커뮤니케이션으로 구보의 성격과 직업을 아주 근사치에 가깝게 집어내는 재기발랄함도 보였다. 그런 그에게 구보는 점점 마음이 붙어갔다. 다소 황당한 희망이었지만 그러면 논문에 보탬이 될 만한 반짝이는 글귀 따위를 우연히 흘려줄 수도 있을 것 같았다.

　－폰이 발명돼서 사람의 귀와 입이 연장됐다면 컴이 발명돼서 연장된 점은 과연 뭐가 있을까?

　구보는 미소를 한입 크게 베어문 채 시뱅의 답변을 기다렸다. 창밖은 아까보다 한 켜 더 엷어져 있었다.[19]

　이상의 인용 부분은 『디지털 구보 2001』의 시작 부분으로 사이버상에 구현된 시각적, 청각적 장치들을 온전히 드러내고 있지 못하다. 화면에 나타난 텍스트상에 표시된 굵은 고딕체 글자를 클릭하면 다른 화자의 이야기나 관련된 텍스트로 옮겨갈 수 있도록 되어 있다. 텍스트의 블록들(어휘소)을 서로 결합시켜 전자적 연결점들로 구성된 텍스트를 하이퍼텍스트라 한다면, 그렇게 구성된 문학을 하이퍼텍스트문학이라 할 수 있다. 독자 혹은 하이퍼텍스트 실행자는 텍스트 안에 있는 개별적인 정보의 단위들을 '연결(link)' 기능에 의해 다른 마디와 연결시켜 여러 가지 형태로 활성화시킬 수 있다. 이는 종래의 인쇄 매체로는 실행이 불가능한 것으로 컴퓨터와 인터넷이라는 디지털 환경에서나 가능하다.

　하이퍼텍스트문학을 볼 때, 가장 초보적인 형태는 연결점이 본문 중간중

19　김종회 편, 앞의 책, 161~162쪽. 『디지털 구보 2001』은 현재 웹상에서 접속 불가능하다.

간에 나타나지 않고 맨 처음과 끝에만 위치하거나 화면 메뉴 목록을 통해서 이동할 수 있는 경우이다. 웹상에서 창작 유통되고 있는 판타지소설, 무협소설, 연애소설, 과학소설 등 대부분이 이 유형에 속한다. 이런 형태는 하이퍼텍스트의 특징들을 온전히 구현하고 있다고 보기 어렵다. 하이퍼텍스트문학이 앞에서 언급한 하이퍼텍스트의 특성 즉 텍스트의 블록들(어휘소)을 서로 결합시켜 전자적 연결점들로 구성될 때 온전한 하이퍼텍스트문학이라 할 수 있다. 이 유형에 속하는 대표적인 하이퍼텍스트소설로 『디지털 구보 2001』을 들 수 있다.

『디지털 구보 2001』은 인터넷 MBC가 인터넷 서점 북토피아와 손잡고 기획한 한국 최초의 본격 하이퍼텍스트소설이라 할 수 있다. 구보, 구보의 어머니, 이상 등 세 명의 초점화자가 설정되어 있으며, 24시간을 시간대별로 연결한 세 개의 스토리로 구성되어 있다. 텍스트 중간에 연결점이 설정되어 있어 독자가 선택한 화자를 독립적으로 읽어갈 수도 있고, 도중에 다른 화자의 이야기로 이동해 갈 수도 있다. 그리고 인터넷으로 연결된 각종 텍스트로 이동할 수도 있다. 이는 독자가 이야기를 읽어가면서 다양한 이야기 경로를 선택할 수 있다는 것을 의미한다.[20]

어찌 되었든 디지털문학은 종전과는 다른 나름의 독특한 특성이 있는 것은 사실이지만, 앞에서 언급했듯이 그것이 서사의 보편적인 틀을 완전히 벗어나는 것은 아니다. 구어 기반에서 인쇄 문어 기반으로, 그리고 디지털 다매체 기반으로 나가는 도정에서 서사의 양상과 특성은 달라질 수밖에 없다. 디지털 다매체를 기반으로 하는 서사는 인쇄된 문어를 기반으로 하는 서사보다 영상, 음성과 음향, 이미지, 상호텍스트성 등이 상당 부분 그 역할을 담당하게 될 것을 예상하는 일은 어렵지 않다. 또한 그것은 인쇄 문화가 지닌

---

20 채근병, 「하이퍼텍스트와 하이퍼텍스트 소설의 서사」, 김종회 편, 앞의 책, 199쪽.

선조적 문자 인식과는 다른 입체적이고 상호작용적인 인식 틀과 행위 양식을 갖고 있는 것도 사실이다.[21] 문제는 인터넷이라는 예측 불가능한 세계를 향유하는 집단이나 혹은 그것을 이용하는 집단 그리고 거기에 거리를 두고 숙고하는 집단 간의 소통 부재를 넘어서 생산적인 문학과 문화의 세계를 창조하는 데 있다.

3. 디지털 시대의 문학 행위와 문화적 의미

Internet World Stats의 조사에 따르면 2021년 12월 세계 인터넷 사용 인구는 52억 5,200만 명에 달한다. 이는 전체 지구 인구의 66.2%에 달한다.[22] 통계청 e-나라지표에 제시된 2021년 우리나라 인터넷 이용자수는 4,732만 명으로 인구 대비 93%에 이른다.[23] 이용자 및 이용 시간은 점점 증가하고 있으며, 정보의 입수 경로도 인터넷의 비중이 증가하고 있다. 인터넷은 이제 우리 생활에 없어서는 안 될 중요한 생활필수품으로 등장했음을 의미한다. 이로 보면 우리나라는 가히 '정보화 사회' 한복판에 있다고 판단할 수 있을 것이다.

그러나 인터넷과 같은 정보 매체들을 피할 수 없는 상황에서, 여러 논자들이 지적했듯이 인터넷을 이용하는 자와 인터넷을 이용하지 않거나 못하는

---

21 다매체 환경에서의 서사의 변화에 대해서는 다음 참조. 최병우, 『다매체 시대의 한국 문학 연구』, 푸른사상사, 2003.

22 https://www.internetworldstats.com/emarketing.htm. 2021년 세계 인터넷 이용자 분포를 보면, 아시아 53.4%, 유럽 4.3%, 아프리카 11.5%, 라틴 아메리카/카리브 9.6%, 북미 6.7%, 중동 3.9%, 오세아니아/호주 0.6% 등이다.

23 http://www.index.go.kr/potal/main/EachDtlPageDetail.do?idx_cd=1346

사람들과의 정보 격차를 해소하는 문제가 발생한다. 또한 인터넷 이용자들이 가진 인터넷 이용 능력이나 대처 능력 등을 보면 문제는 그리 간단치 않은 것 같다.

리스(W. Leiss)에 따르면 정보화 사회 개념은 일정한 조건하에서만 합리적인 개념일 수 있다. 즉 국민의 압도적인 다수가 전체 정보저장고에 접근하고 활용함으로써 점점 더 '잘 알 만하게' 되는 과정에 들어서야 한다는 것과 이와 같은 정보원의 활용이 민주 시민들이 현명한 판단을 내리는 능력에 있어 장기적으로 질적 향상으로 이어져야 하고, 이러한 능력들이 현실의 정치 문제들에 영향을 줄 수 있어야 한다는 것이다. 나아가 리스는 접근 가능 속도나 데이터베이스의 규모 등 정보저장고의 기술적인 면만 강조하는 것은 맹목적 숭배에 불과하며, 사회적·정치적 삶의 질에서 볼 때 방대한 양의 정보들이 존재하고 그것을 이용가능하다는 것만으로는 현실적으로 무의미하다고 비판한다.[24]

리스가 이같이 정보화 사회를 비판한 지도 상당 시간이 흘렀지만, 그의 논지는 여전히 유효한 것 같다. 오늘날 우리 현실은 축적된 정보의 양에 비해 그것을 비판적으로 활용하고 나아가서 그것을 창의적인 생산으로 이어가는 데는 여전히 많은 시간을 요하고 있는 실정이라 판단된다. 우리 사회의 정보 매체들이 민주 시민으로서의 판단 능력을 질적으로 향상시키거나 그것이 사회, 정치적으로 영향력을 증대시키도록 하는 데 있다기보다는 상업적인 오락 혹은 상업적인 정보에 포획되도록 하는 데 상당 부분 기여하는 듯하다.

레오 뢰벤탈(Leo Lowenthal)이 대중매체 시대의 소비자들은 생산적인 우상보다는 소비적인 우상에 사로잡혀 있다고 지적한 바 있는데 이는 디지털 시대에도 유효한 지적이다. 뿐만 아니라 디지털 시대의 대중은 사이버상에서

---

24 W. Leiss, 「정보사회의 신화」, 김지운 편, 『매스미디어 정치경제학』, 나남, 1990.

자신의 영웅을 만들어내고 그를 통해 자신의 욕망을 충족시켜가기도 한다.

사이버 세계에서 펼쳐지는 정보의 향연들은 디지털 정보의 분해와 합성 과정을 통해 제시되는 일종의 '유령'을 통해 이루어진다. 그 유령이 현실과 구별되지 않고 오히려 현실을 지배하려 들고 있다. 귄터 안더스(Günter Anders)의 용어를 끌어오면 판톰(Phantom)의 극단으로서의 디지털 세계는 인간의 존재 방식을 규정하고 그럼으로써 새로운 인간을 파생시킬 가능성을 배제할 수 없다. 그러나 구텐베르크의 인쇄 체계에서 마르코니(Guglielmo Marconi)의 전신 체계로의 이동은 시각에서 청/촉각으로, 이성에서 감성으로, 노동과 생산에서 정보 사회로의 변천을 촉발시켰듯이, 생물공학과 커뮤니케이션 테크놀로지의 발달은 미래에 어떤 사회를 창출해낼지 가늠하기가 쉽지 않다.

이런 상황에서 오늘날의 문학 특히 이야기가 발현되는 모습을 살펴보면, 디지털의 영역에서 벗어나 있는 것을 찾기가 어려울 정도이다. 사이버문학, 하이퍼텍스트문학, 컴퓨터 게임, 광고, 영화, 애니메이션 등 디지털을 매체로 한 문화적 산물들은 점점 그 세력을 확장해가고 있는 반면에, 아날로그의 세계에 속하는 구술적인 이야기와 인쇄 문자 문학 등은 점점 더 그 영역이 축소되고 있는 듯하다. 이로 보면 오늘날은 구텐베르크 은하계의 끝 어느 지점을 이미 통과하고 있을 법하다. 물론 디지털 세계를 창출해내는 사이버의 문학 세계가 일면 인간의 인터랙티브한 참여를 가능케 하고, 그럼으로써 새로운 감각 체험이 가능하고 나아가 인간 사회의 민주화에 기여하는 긍정적인 측면도 부정할 수 없다. 그러나 이미지가 하이퍼링크되고, 디지털 정보의 분해와 합성이 이루어지는 바깥에는 기술(자)의 조작이 놓인다는 점을 상기할 필요가 있다.[25]

---

25 정과리, 「유령들의 전쟁 – 디지털의 점령」, 『사이버문학의 이해』, 집문당, 2001, 53쪽.

모든 매체를 인간 감각의 확장으로 본 마셜 매클루언은 '미디어는 메시지'라고 선언한 바 있다. 테크놀로지가 점차로 새로운 인간 환경을 창조하고, 그렇기 때문에 매체 연구는 매체 자체가 되어야 한다는 그의 주장은 오늘날에서 보면 낡은 듯하면서도 설득력 있어 보인다. 특히 매체 간에 이종교배(異種交配)가 지닌 혼성 에너지의 힘을 보는 그의 관점은 다매체를 보는 한 시각을 열어주기도 한다. 그러나 감각의 확장 끝에는 필연적으로 몰입(나르시스)과 감각의 마비가 놓일 수밖에 없다. 그렇기 때문에 매클루언은 '자기 절단'을 통해 균형 감각을 찾으려고 했다. 여기에서 지적할 것은 감각의 확장으로서의 매체의 중심에 놓여 있는 것이 무엇이며, 자기 절단은 누가 어떻게 행하는가 하는 문제이다. 결국 매체와 자기 절단의 중심에는 몸/마음을 가진 인격체로서의 인간이 놓인다는 점이다. 그렇다면 인간을 인류의 보편적 발전 도상에 존재하는 성숙한 인물로 이끌기 위해서는 '어떻게' 해야 것인가?

이와 관련해 볼 때, 우선 인쇄된 문자 문화가 낳은 선형성, 획일성, 시각성, 개인주의 등을 넘어 구어 문화가 지닌 공동체성과 디지털 문화가 지닌 복합감각 능력을 극대화하는 것도 중요한 과제로 제시할 수 있다. 이런 점에서 새천년 벽두에 등장한 하이퍼텍스트소설로 명명되고 있는 『디지털 구보 2001』이나 하이퍼 시 사이트 '언어의 새벽(http://eros.mct.go.kr)' 등은 주목할 만하다. 그러나 공동체 사회에서 행해지는 이야기와 시가 청자(독자)의 이해를 전제하지 않는다면 청자들의 눈물과 웃음이 가능할까? 눈물과 웃음에는 청자들의 이해와 공감이 녹아 있는 것이다. 디지털 시대의 사이버 세계에서 유저들이 행하는 파편적, 선별적인 행위나 목적 없이 보이는 정보 사냥적 행

정보를 생산 가공 제공하고 그것을 유통시키고, 그것을 활용, 소비, 수용하는 주체는 다름 아닌 인간이다.

위들도 궁극적으로는 자기를 찾는 흔적들이 아니라면 어떻게 그것을 이해하고 설명할 수 있을까? 문학의 본질적 기능이 문제되는 것은 바로 이런 이유에서이다.

벤야민(Walter Benjamin)은 "미래의 문맹자는 글자를 모르는 사람이 아니라 사진을 모르는 사람"이라는 누군가의 말에 대하여 "자기 자신의 영상을 읽을 줄 모르는 사진사 또한 이에 못지않은 문맹자로 보아야 하지 않을까?"라고 반문한 바 있다.[26] 이제 "오늘날의 문맹자는 사진을 모르는 사람이 아니라 인터넷(사이버 세계)을 모르는 사람이다"라고 말할 수 있을 것이다. 또한 '자기 자신의 인터넷을 모르는 사용자 또한 이에 못지않은 문맹자로 보아야 하지 않을까?'라는 말도 가능하다. 벤야민은 표제 설명이 사진의 가장 중요한 요소가 될 것이라 주장하는데, 이를 다른 말로 하면 디지털 행위와 그 결과에 대한 '성찰'이라 할 수 있을 것이다. 디지털 행위에 맹목적으로 참여하고 몰입하는 데서 한 발자국 물러서서 그것을 찬찬히 바라볼 수 있는 능력이 필요하다는 말이다. 그것은 오늘날 감성으로 속삭이는 디지털 세계(상품의 예술화!)에 거의 무방비 상태로 노출되어 포획되어 있는 인간상을 볼 때 더욱 요청되는 것이다.

여기에서 우리는 생태학적인 건강한 문화를 건설하기 위해 보다 적극적인 대응책을 생각할 수 있다. 많은 사람들이 기술의 진보와 기술주의자들이 내놓는 담론들에 대하여 의심의 시선을 보내지만, 기술을 도구나 수단으로 보는 인식을 넘어 탈은폐(Entbergen)의 방식으로 전환시켜 볼 필요가 있다. 여기에서 기술은 수공적인 행위와 능력만이 아니라 고차적인 예술 생산과도 관련된 테크네(Techné)로서의 기술을 의미한다. 하이데거(Martin Heidegger)

---

26 발터 벤야민, 「사진의 작은 역사」, 『발터 벤야민의 문예이론』, 반성완 역, 민음사, 1996, 252쪽.

가 서구의 테크놀로지 문명을 두고 포이에시스와 분리된 추상적 테크네로써 인간 존재 이해를 왜곡하고 협소화시키는 과정의 산물이라 비판한 바 있지만, 역설적이게도 그의 기술론은 이처럼 새로운 기술의 가능성과 필요성을 제기해주고 있다. 이제 기술은 역사적으로 변화하는 인간의 존재론적 태도와 사고의 근본 양상이 드러나는 장소로써, 진리를 드러내는 매개로 적극적인 의미를 부여해나갈 필요가 있다.[27] 테크놀로지 문명의 재앙 혹은 가상의 부정적인 굴레를 피해야 한다면 말이다. 윤리가 인간의 긍정적인 삶의 길잡이로서 그 사명을 잃지 않았다면, 기술 윤리가 필요한 것은 바로 이런 때이다. 그렇다면 테크네에 어떤 윤리를 부여해볼 수도 있을 것이다. 그것이 디지털 문명을 몸의 체험으로 만드는 길, 구체적으로 사용법보다는 제작법을 익히는 일 그리하여 디지털의 감추어진 배후로 뚫고 들어가는 길일 수도 있다.[28] 가령『디지털 구보 2001』은 구보계 소설 범주들과는 사뭇 다른 구도를 가지고, 구보라는 여성 지식인을 내세워 여성성의 문제를 시사하고, 이상을 패러디하면서 디지털 기술과 인문적 상상력의 통합 가능성을 제기하는 등의 내용을 이론가, 작가 등의 전문가 집단이 동원되어 하이퍼텍스트를 매개로 '제작'되었다. 그러나 불행히도『디지털 구보 2001』은 현재 웹상에서 접속해서 감상할 수 없는 상황이다. 그것이 문자 텍스트로 채록되는 순간 그것은 더이상 하이퍼텍스트라 할 수 없다. 또한 사이버 소설이라 명명되는 일련의 텍스트들 가운데 폭발적인 인기를 누리는 것들은 무협(『청산녹수』), 판타지(『드래곤 라자』), 연애소설(『엽기적인 그녀』, 『동갑내기 과외하기』, 『그놈은 멋있었다』) 등이다. 이들은 온라인뿐 아니라 오프라인으로 출간되거나 상영되어 수

---

27 하이데거와 관련하여 기술의 의미에 대한 논의는 다음 참조. 김상환,「디지털 혁명은 존재론적 혁명 – 정보화 시대의 철학적 화두 세 가지 : 기술, 언어, 실재」,『철학과 현실』 40호, 철학문화연구소, 1999.
28 정과리, 앞의 글, 61쪽.

십만에서 수백만의 팬을 확보하고 있다. 이 같은 현상이 말해주는 의미는 무엇인가?

더구나 불행하게도 우리는 우리에게 주어진 도구조차도 잘 운용할 능력도 부족하다. 이 말을 프로그램 사용법 혹은 응용법 수준으로 생각해서는 곤란하다. 가능하면 디지털의 심장부로 뛰어 들어가 그 역기능들에 대한 전복을 모색하는 일이다. 다른 하나는 디지털 코드에서 밀려나고 있는 아날로그 코드를 확장시켜나가는 길을 모색하는 일이다. 진짜 인간이 마주하는 자리에서 이야기라는 육성을 주고받고, 몸과 몸으로써 이야기를 만들어가는 일 따위 말이다. 디지털 세계가 제아무리 구술 세계에 근접한다 해도 그것은 어디까지나 디지털 매체를 매개로 한 유사한 것에 불과하다.

무엇보다 중요한 것은 창조를 위해서든 수용을 위해서든, 디지털 세계나 아날로그 세계에 접속하는 과정에는 '누가', '무엇을', '왜', '어떻게' 해야 하는가에 대한 물음과 응답이 전제되어야 한다는 것이다. 생각건대 이러한 물음과 그에 대한 응답들은 문학을 문학이게끔 하는 핵심이 아니겠는가.[29] 오늘날 멀티미디어라는 이름 아래 원격 통신, 컴퓨터 공학, 언론, 출판, 전자 오락 등이 빠르게 재편되어 가고 있다. 그러나 피에르 레비의 지적에 따르면 그것은 유일한 것도 가장 중요한 것도 아니다. 중요한 것은 상업적 효과를 넘어, 디지털 문화와 연관된 문명의 쟁점을 명확히 조명하는 일이다. 우리는 사이버 공간에 대하여 근본적인 정치적 문화적 선택을 해야 하는 시점에 있는지도 모른다. 따라서 문제를 단순화하여 디지털 정보 혁명의 영향과 현

---

29 문학의 고유한 활동인 반성적 활동을 하이퍼텍스트에서 기대한다는 것은 어불성설인지도 모른다. 이런 생각이 가능한 것은 하이퍼텍스트문학 자체가 이미 반성적 성찰에 큰 비중을 두고 있지 않다고 보기 때문이다. 그러나 그것은 하이퍼텍스트 세계를 그렇게 규정해버림으로써 인문학적, 교육학적인 임무를 방기하는 과오를 범하게 된다.

상을 분석하는 데 급급할 것이 아니라 긍정적인 기획의 측면을 고려해야 한다.[30]

그렇다면 누가 그 기획이라는 화로에 불을 지필 것인가. 인간은 이미 욕망이라는 폭주 기관차에 동승했으며, 그것은 비트(bits)로 무장한 채 무한 속도로 달리고 있다. 그 기관차를 멈추게 할 수는 없어도 가는 길을 바꿀 수는 있다. 교육이 놓인 자리가 거기이며, 교육은 그렇게 믿고 시작되는 것이다. 그 순간 문화 또한 새롭게 창조되는 것이다.

4. 맺음말

노동의 생산성이 가치 창조의 원천인 시대에서 정보가 그것을 대신하는 시대로 접어들었다. '정보화 사회'의 진정성이 여전히 문제시되고 있지만, 기술의 발달은 과거에 이룩해놓은 성과들을 뛰어넘어 그 어느 때보다 짧은 시간에 인간의 삶에 영향을 주고 있다. 이른바 '접속의 시대'에 사는 오늘날, 인간 삶의 변화에 대한 시각이 명암을 달리하지만, 그것이 피할 수 없는 현실이고 보면 보다 적극적인 전략이 필요한 때이다.

하이데거가 '문화산업'으로 비판받는 서구 테크놀로지 문명에 대하여 묵시론적인 판단을 내린 바 있는데, 그렇기 때문에 시적 생산성을 지닌 테크네가 역설적으로 필요하게 된다. 시뮬라크르가 현실을 지배하기에 이르렀다지만, 그것은 가상(virtual)이라는 점에서 실재(reality)는 아닌 것이다. 가상적 문학을 두고서 우리는 여러 특성을 지적하고 있는데, 그것은 결국 인간이 상

---

30 Pierre Lévy, 『집단지성(*L'intelligence collective*)』, 권수경 역, 문학과지성사, 2002, 16~17쪽.

징 행위를 한 이래로 지속해온 서사 행위의 변형들을 말하는 것이다. 하이퍼텍스트문학에 제시된 하이퍼링크를 클릭하는 행위는 그것이 아무런 연관성 없는 행위로 보여질 수도 있지만, 결국 그것은 연관성을 찾는 독자(유저)의 지속적인 과정을 나타낸다. 문학을 보/읽고서 이해에 도달할 수 없다면 얼마나 끔찍한 일인가.

문학 행위란 결국 인간의 지기 이해나 세계 인식, 그리고 삶의 향유와 같은 거시적인 기획 아래 행해지는 것이다. 그러나 거기에 자본의 논리에 따른 기획이 작동되거나 그것이 인간의 인식과 감성을 혼란에 빠뜨리게 할 때는 몰입을 단절시키고 성찰할 수 있는 능력이 필요하다. 나아가 기술의 심장부에 들어서서 그것을 전복시키고, 진리를 드러내고, 시적 아름다움을 창조할 수 있는 능력도 요청된다.

또한 디지털에 밀려 부차적인 것으로 점차 전락하고 있는 아날로그를 삶속에서 복원 혹은 활성화시키는 일도 중요하다. 이러한 일들에 방향타를 제공하는 것은 삶에 대한 믿음 곧 윤리의 몫이다. 그리고 그것을 가능케 하는 것은 인류가 만든 가장 큰 신령한 선물인 교육이다. 건강한 문화의 건설은 적어도 거기에서 가능성을 찾을 수 있다고 믿는다.

제3장

인간의 존엄성을 위한 문학과 문학교육

1. 머리말

문학과 문학교육은 왜 하는가? 그것은 다양할 수 있다. 여기에서는 인간으로서의 존엄성을 살리는 문학과 문학교육이라는 측면에서 그 질문에 대한 대답을 탐색하고자 한다. 물론 이것은 더불어 잘 살아가기 위한 삶의 목적이라는 큰 방향 속에서 이루어지는 것이다. 이것은 지역, 민족, 인종 편견을 넘어서기 위한 문학과 문학교육의 존립 근거와 목적을 논의하는 일이기도 하다.

아시아는 동쪽으로는 일본, 서쪽으로는 터키,[1] 북쪽으로는 시베리아, 남쪽으로는 몰디브에 이르는 지역으로 세계 전체 인구의 60%, 세계 육지 면적의 30% 정도를 차지한다. 아시아의 많은 나라는 식민지 경험을 한 바 있으며, 지금도 여전히 분쟁에 휘말려 있다.

'세계인과 함께 읽는 아시아 문예 계간지'를 표방하며 2006년 여름에 창간

---

1   공식 명칭은 '튀르키예'이지만 이 글에서는 관행대로 '터키'라고 표기한다.

된『ASIA』의 발간사를 보면 우리 문학계의 한 동향을 읽을 수 있다.

> 21세기에 들어서도 한글로 쓰는 문학은 마치 냉전체제의 기나긴 늦겨울을 지나가는 것처럼 '민족'이라는 두툼한 외투를 벗지 못하고 있다. 분단의 철조망을 걷어내는 그날까지, 민족은 '방어를 위한 저항'이라는 정당 방위 수준의 논리적 토대로 작용할 것 같다. 그러나 우리의 민족은 배타적인 모습을 드러내기도 한다. 북녘의 '우리 민족끼리'와 남녘의 아시아 출신 외국인 노동자에 대한 편견이 그것을 대표한다.
> 이렇게 위험한 민족 담론의 이중성을 극복하는 길은 무엇인가? 이 질문에 대한 오랜 고민의 한 갈래가 '상상력의 확장'을 거듭하여 아시아를 시야의 지평에 넣게 되었다. 언제라도 아시아의 패권지역으로 둔갑할 가능성이 있는 '동북아시아'가 아니라 36억 인구가 살아가고 있는, 존재하는 그대로의 아시아였다.[2]

발행인(이대환)이 쓴 발간사에 따르면 민족 담론의 이중성을 극복하는 길은 '상상력의 확장'의 결과로서의 아시아를 시야에 확보하는 일이다. 그가 밝히고 있듯이 아시아의 언어들이 서로의 내면으로 대화를 나눈 경험은 딱할 정도로 빈약하다. 따라서 서로의 언어 안에 흐르는 정서, 영혼, 역사를 이해하는 일은 민족의 경계를 넘어 아시아의 연대와 공존을 확보하는 전제조건이라는 것이다. 나아가 그것은 인류사회가 새롭게 기획해야 할 평화의 질서를 위해서도 절실한 일이라는 것이다.

이러한 논지의 근거를 더욱 확고하게 한 것은 창간호에 실린 김재용의「평화와 민주주의를 위한 아시아 작가의 연대」[3]라는 글이다. 1956년 12월 인도 뉴델리에서 열린 아시아작가대회, 1958년 타슈켄트에서 열린 아시아-아프

---

2 이대환,「발간사」,『ASIA』Vol.1, No.1, 아시아, 2006 여름, 2쪽.
3 김재용,「평화와 민주주의를 위한 아시아 작가의 연대」, 위의 책, 360~376쪽.

리카 작가회의 발족과 대회로 이어지는 일련의 움직임은 반식민주의 평화운동의 일환으로 연대성을 강화해나가는 긍정적인 점도 있었다. 그러나 이러한 식민주의 혹은 신식민주의에 대한 비판적 태도는 오늘날에도 여전히 정당한 의미를 부여받을 수 있지만, 냉전적 대립의식과 자민족중심주의에 입각한 민족주의는 경계해야 할 문제이다. 특히 민족주의의 국가주의화 경향과 이로 인한 민주주의의 심대한 훼손은 인류에게 고통을 지속시킬 뿐이다. 요컨대 평화만이 아니라 민주주의가 현재 아시아에서 문학적 연대를 이야기하는 지구적 의미라는 것이다.

『ASIA』지의 발간은 공기업(포스코청암재단)의 후원으로 가능했다면, '인천 AALA문학포럼'은 지역(인천직할시) 차원의 후원으로 이루어진 경우이다.

> AALA는 아시아(Asia), 아프리카(Africa), 라틴아메리카(Latin America)의 교류와 소통을 의미하는 약칭입니다. 인천 AALA문학포럼은 그동안 유럽 중심으로 흘러온 세계문학의 판도를 인류 문명의 근원지인 아시아, 아프리카, 라틴아메이카로 확장하여, 진정한 의미의 세계문학을 이야기하고자 인천문화재단이 마련한 자리입니다.[4]

위 소개에 따르면 '인천AALA문학포럼'은 유럽(구미) 중심 세계문학에서 변방에 위치한 아시아, 아프리카, 라틴아메리카 문학의 소통을 통하여 진정한 의미의 세계문학을 구현하고자 하는 당찬 포부를 담고 있다. 이는 아시아—아프리카의 상상력을 넘어 라틴아메리카까지 포함하는 상상력으로 확대되고 있다는 점에서 의의를 찾을 수 있을 것이다.

그러나 이러한 의의에도 불구하고 이들은 여전히 반식민주의, 반제국주의로 묶일 수 있는 지역적 틀 속에서 연대와 소통을 이야기하고 있다. 이로 볼

---

4 인천 AALA 문학 포럼(http://aala.ifac.or.kr)

때 아시아적 상상력을 넘어선다는 것은 아시아와 비아시아, 주변과 중심, 서와 동, 반제국주의와 제국주의, 반식민주의와 식민주의 등을 넘어서야 새로운 가능성을 탐색할 수 있을 것이다.

여기에서 논의하고자 하는 터키문학과 한국문학 그리고 문학교육은 이런 차원에서 논의를 한층 심화시킬 수 있는 가능성을 지니고 있다. 특히 터키문학은 아시아의 서부 끝에서 유럽과 교류를 하면서 지역적 한계를 넘어 보편성을 획득하고 있다는 점에서 우리의 문학과 문학교육에 시사하는 바가 크다. 특히 아지즈 네신, 야샤르 케말, 그리고 2006년 노벨 문학상을 받은 오르한 파묵 등은 터키 작가들 중 가장 많이 세계에 번역되어 알려진 작가들로서 세계인으로부터 공감을 받는 작품을 생산했다. 야샤르 케말의 경우 소수 민중의 고통과 인간의 존엄성을 다루고 있다는 점에서, 한국문학과의 연계 속에서 문학교육의 한 방향을 탐색하는 데에 시사점을 줄 것이다.

여기에서는 아시아를 넘어 인류의 보편적 이념인 잘-삶을 위해 문학과 문학교육의 지향태로서의 한 가능성을 탐색하는 것을 목적으로 한다. 그것은 구체적으로 인간성을 부정하는 인간 모멸을 넘어 인간의 존엄성을 회복하는 일에 문학과 문학교육이 놓인다는 것을 의미한다. 이를 위해 한국과 터키 소설을 통해 살펴볼 것이다.

2. 한국 속의 터키, 터키 속의 한국문학과 문학교육

2000년 이후 한국에 번역 소개된 터키의 작품은 대략 26편 정도이다.[5] 출

5　단행본으로 출간된 소설은 아래와 같다. 네자티 쥬마르, 『비와 토지』, 김대성 역, 한

간된 단행본 문학(소설)을 보면 우리에게 특정 작가에 집중되어 있음을 알 수 있다. 이는 터키문학뿐 아니라 세계문학에서도 비중 있게 다루어지고 있는 작가라는 점에서는 다행이라 할 수 있다. 하지만 제한된 작가에 치중해 있다는 점에서는 충분치 못한 실정이다. 특히 오르한 파묵이 2006년 노벨 문학상을 수상하면서 언론과 비평계의 집중적인 조명을 계기로 그의 작품에 대한 독자들의 관심이 높아졌다. 문학사회학에 관심이 높은 독자들은 야샤르 케말이나 아지즈 네신과 같은 작가들의 작품에 주목하였다.

한국에 터키문학을 소개하고 연구하는 것이 미흡한 실정에서, 터키문학이 우리 문학교육 혹은 문학 교과서에 미치는 영향은 적을 수밖에 없다. 이러한 실정이 우리 문학교육과 문학 교과서에 고스란히 반영되어 있다.

국외국어대학교 출판부, 1996 ; 무라트 툰젤, 『이난나 사랑의 여신』, 오은경 역, 아시아, 2011 ; 아지즈 네신, 『제이넵의 비밀편지』, 이난아 역, 푸른숲, 2004 ; 아지즈 네신, 『당나귀는 당나귀답게』, 이난아 역, 푸른숲, 2005 ; 아지즈 네신, 『생사불명 야샤르』, 이난아 역, 푸른숲, 2006 ; 아지즈 네신, 『튤슈를 사랑한다는 것은』, 이난아 역, 푸른숲, 2007 ; 아지즈 네신, 『개가 남긴 한마디』, 이난아 역, 푸른숲, 2008 ; 아지즈 네신, 『더 이상 견딜 수 없어』, 이난아 역, 살림FRIENDS, 2009 ; 아지즈 네신, 『왜들 그렇게 눈치가 없으세요』, 이난아 역, 살림FRIENDS, 2009 ; 아지즈 네신, 『일단 읽고 나서 혁명』, 이난아 역, 푸른숲, 2011 ; 야샤르 케말, 『메메드』, 홍진주 역, 주우문학사, 1982 ; 야샤르 케말, 『의적 메메드 상, 하』, 오은경 역, 열린책들, 2014 ; 야샤르 케말, 『독사를 죽였어야 했는데』, 오은경 역, 문학과지성사, 2005 ; 야샤르 케말, 『바람 부족의 연대기』, 오은경 역, 실천문학사, 2010 ; 오르한 파묵, 『새로운 인생』, 이난아 역, 민음사, 1999 ; 오르한 파묵, 『내 이름은 빨강 1, 2』, 이난아 역, 민음사, 2004 ; 오르한 파묵, 『눈 1, 2』, 이난아 역, 민음사, 2005 ; 오르한 파묵, 『하얀 성』, 이난아 역, 문학동네, 2006 ; 오르한 파묵, 『검은 책 1, 2』, 이난아 역, 민음사, 2007 ; 오르한 파묵, 『이스탄불―추억과 도시』, 이난아 파묵, 역, 민음사, 2008 ; 오르한 파묵, 『순수 박물관 1, 2』, 이난아 역, 민음사, 2010 ; 오르한 파묵, 『고요한 집 1, 2』, 이난아 역, 민음사, 2011 ; 오르한 파묵, 『제브데트 씨와 아들들 1, 2』, 이난아 역, 민음사, 2012 ; 오르한 파묵, 『내 마음의 낯섦』, 이난아 역, 민음사, 2017 ; 오르한 파묵, 『빨강머리 여인』, 이난아 역, 민음사, 2018 ; 오르한 파묵, 『페스트의 밤』, 이난아 역, 민음사, 2022.

학교교육에서 이루어지는 외국문학 교육을 살펴보기 위해서는 우선적으로 교육과정을 살펴볼 필요가 있다. 2015 개정 교육과정에 해당하는 '국어'의 성격을 보면, "가치 있는 국어 활동을 통해 바람직한 인성과 공동체 의식을 함양하는 과목"[6]이라는 것을 분명히 명시하고 있다. '국어'의 학습을 통해 '국어'가 추구하는 역량인 "비판적 · 창의적 사고 역량, 자료 · 정보 활용 역량, 의사 소통 역량, 공동체 · 대인관계 역량, 문화 향유 역량, 자기 성찰 · 계발 역량" 가운데 특히 공동체 · 대인 관계 역량이나 문화 향유 역량 등은 그것과 밀접하다 하겠다. 이에 따라 문학 영역의 핵심 개념으로 자아 성찰과 더불어 타자의 이해와 소통 등이 핵심 개념으로 제시되어 있다.

  이는 심화 선택과목의 하나인 '문학'으로 심화 확장된다. 문학 과목에는 "타인 및 세계와 소통하며 자아를 성찰하고 문학문화의 발전에 기여한다."[7]는 목표가 분명하게 명시되어 있다. 또한 내용 체계에는 '한국문학의 성격과 역사' 영역의 내용 요소로서 '한국문학과 외국문학' 등에서 외국문학을 다룰 수 있게 하였으며, 성취 기준으로 "[12문학03-05] 한국문학과 외국문학을 비교해서 읽고 한국문학의 보편성과 특수성을 파악한다."[8]로 구체화했다. 교수 · 학습 방법 및 유의 사항에서는 "⑤ 한국문학의 보편성과 특수성을 지도할 때에는 동일한 소재, 유사한 주제 의식 등이 드러난 한국문학과 외국문학 작품, 학습자에게 친숙한 동화나 옛이야기 등을 제재로 활용하되, 균형 잡힌 시각으로 한국문학과 세계문학을 감상하도록 한다."[9]고 명시하였으며, 교수 · 학습 방향에 있어서도 "'문학' 교수 · 학습 과정에서 자아를 성찰하고 타자를 이해하는 정서 교류 활동을 통해 인간과 세계를 총체적으로 이해하고

---

6 교육부, 『(교육부 고시 제2015-74호 별책 5) 국어과 교육과정』, 2015, 3쪽.
7 위의 책, 123쪽.
8 위의 책, 128쪽.
9 위의 책, 129쪽.

상생과 공존의 문화를 발전시키도록 하는 데 중점을 둔다."[10]고 함으로써 문학교육을 통해 바람직한 인성 함양에 기여하도록 하고 있다.

또한 문학 교과서 편찬상의 유의점 및 검정 기준 가운데 내용 선정의 유의점[11]을 보면, 교수·학습 내용, 제재 선정 등에서 '인류의 문화적 다양성', '편견으로부터 벗어나기', '다른 문화의 이해와 공감', '소수자에 대한 관심과 배려' 등은 인성적 측면과 관련되어 있을 뿐 아니라, 이른바 '다문화 시대'에 대한 교육적 대응의 측면도 지닌다.

2015 교육과정에 따라 제작된 고등학교 문학 교과서에 실린 외국문학은 편향되고 미흡한 실정이다. 허연주·박형준에 따르면 10종의 『문학』 교과서에는 중복 작품을 포함하여 총 42편이 실려 있다.[12] 미국 포함 서구 유럽 작품 29편, 아시아 10편, 라틴아메리카 2편, 아프리카 1편이다. 서구 유럽 작품은 미국(7편)과 영국(8편) 출신 작가를 중심으로 거의 70%에 가깝게 수록되어 있어, 지역적으로 편향되어 있음을 알 수 있다. 아시아의 경우만 해도 중국(5편)과 일본(2편)에 편중되어 있다. 베트남(1편), 파키스탄(1편), 몽골(1편)의 작품이 실려 있기는 하지만 터키 작품은 1편도 없다. 더구나 총 42편의 외국문학 작품 가운데 본문 제재로 실려 있는 작품은 15편이다. 이 가운데 유럽과 미국의 작품이 12편이고, 아시아가 3편이다. 라틴아메리카나 아프리카 작품은 수록되어 있지 않다.[13]

---

10 위의 책, 133쪽.

11 문영주 외, 「초·중등학교 교육과정 개정고시 제011-361호에 따른 초·중등학교 교과용 도서 편찬상의 유의점 및 검정기준」, 『한국교육과정평가원연구자료ORM 2011-49』, 한국교육과정평가원, 2011, 83~84쪽.

12 허연주·박형준, 「고등학교 『문학』 교과서에 수록된 외국문학 제재의 성격과 함의 연구」, 『우리말교육현장연구』 제14집 1호(통권 제26호), 우리말교육현장학회, 2020.

13 2011 교육과정 문학 교과서에는 브라질, 스페인, 칠레 등 라틴아메리카의 작품이 실려 있다. 2011 교육과정에 따른 고등학교 문학 교과서 11종에는 각 교과서당 외국문

10종 『문학』 가운데 외국 소설의 경우, 단원 본문 제재로 수록된 작품으로는 「망자」(제임스 조이스, 아일랜드), 『변신』(프란츠 카프카, 독일), 『노인과 바다』(어니스트 헤밍웨이, 미국) 등 3편이고, 활동 제재로 수록된 작품으로 「헛, 허허허허!」(중국), 「술라」(토니 모리슨, 미국), 『왕자와 거지』(마크 트웨인, 미국), 『로빈 후드의 모험』(하워드 파일, 미국), 『해리 포터』(J. K. 롤링, 영국), 『유토피아』(토마스 모어, 영국) 등 6편이다. 그리고 참고자료 등으로 실린 작품으로는 『레 미제라블』(빅토르 위고, 프랑스), 『어린 왕자』(생텍쥐페리, 프랑스), 『숨그네』(헤르타 밀러, 루마니아 출신 독일) 등 3편이다.

대학에서의 터키문학 과목은 1973년에 신설된 한국외국어대학교 터키-아제르바이잔어과의 경우[14] 4학년 2학기에 터키문학의 이해가 개설되어 있는데 총 27과목 중 1과목이다(3.7%). 대학 교과과정에서의 이러한 문학의 비중은 다른 대학에서도 비슷할 것으로 보인다. 따라서 한국에서 터키문학을 소개하고 가르치고 연구하는 기반은 매우 취약할 수밖에 없다.

한국과 비교해볼 때 터키의 경우 한국문학과 한국문학 교육의 실상은 어떨지 살펴보자. 우선 터키에 번역 소개된 한국의 작가와 작품을 들면 다음과 같다.[15]

이청준, 『예언자』, Sevgi Tamgüç 역, İletişim, 1993.
박범신 외, 『한국문학단편선』, Nana LEE 역, İletişim, 2001.

학 작품이 2편에서 4편 정도 실려 있다. 갈래와 지역이 편중되어 있거나 다양하지 못하다. 영국 5편, 프랑스 3편, 그리스, 독일, 미국, 브라질, 스페인, 중국, 칠레 등 각 1편이다. 소설 6편, 시 3편, 수필 1편, 희곡(시나리오) 5편 등이다.

14 2009년 터키어과에서 터키-아제르바이잔어과로 명칭이 변경되었다.

15 이난아, 「터키 문단과 언론에 나타난 한국문학 - 현황과 전망 그리고 제안」, 『세계문학비교연구』 제26집, 세계문학비교학회, 2009, 144쪽.

이청준, 『이청준 수상 작품집』, Nana LEE 역, Everest, 2004.

이광수, 『무정』, Yesim Ferendeci · Soung Ju Kim 역, Agora, 2004.

김소월, 『김소월 시선』, Hatice Köroğ.lu 역, Agora, 2005.

이문열, 『우리들의 일그러진 영웅』, Göksel Türköz · Yesim Ferendeci 역, İmge, 2006.

김영하, 『나는 나를 파괴할 권리가 있다』, Nana LEE 역, Agora, 2007.

천상병, 『귀천』, Nana LEE · Fahrettin Arslan 역, Özgür, 2008.

한 연구자에 따르면 2008년까지 터키에 소개된 한국문학은 위와 같이 매우 소략하다. 또한 터키 문단과 언론에 나타난 한국문학은 고정된 독자층이나 문단의 주목을 받지 못하고 있다.[16]

터키 중고등학교에서의 한국문학 교육(한국어교육)에 대한 현황을 파악하기 어려우나, 터키 대학의 경우 한국어문학과의 교육과정을 보면 상황을 짐작할 수 있다. 앙카라대학의 경우 2001년 이전에는 1학년 2학기-한국어 문학 입문, 2학년 4학기-한국문학, 3학년 5학기-한국문학(시), 3학년 6학기-한국소설론, 4학년 7학기-한국시 해석, 4학년 8학기-한국문학(소설) 등으로 총 41과목 중 6과목이 문학 과목이다(14.6%). 2001년 이후에는 3학년 5학기-고대 한국 문학사, 3학년 6학기-현대 한국 문학사, 4학년 한국소설론, 4학년 8학기-한국시론 등 총 48과목 중 4과목이 문학 과목이다(8.3%).[17] 2001년 이후에는 문학 과목이 오히려 축소되었다.

이로 보면 터키에서 한국의 문학 소개는 한국에서 터키문학이 소개되는 것보다 활발하지 못하고, 한국의 문학교육은 적어도 대학 차원에서는 한국

---

16 위의 글, 150쪽.
17 G. Türközü, 「터키에서의 한국어 교육 현황」, 『이중언어학』 제18호, 이중언어학회, 2001.

의 대학보다 사정이 나은 편이라 할 수 있을 것이다.

요컨대 민간 차원에서 한국문학과 터키문학의 번역 출판은 2000년 이후 간헐적으로 지속되고 있으나 여전히 미미할 뿐 아니라 다양하지 못하다. 중등교육에서는 전무한 실정이고, 고등교육에서도 미흡한 실정이다.

3. 인간의 존엄성을 위한 문학교육과 모멸의 형상화

1) 인간의 존엄성을 위한 문학교육

왜 자국어교육 혹은 외국어교육에서 (외국)문학을 가르쳐야 하는가라는 문제를 제기할 수 있다. 문학의 교육적 가치에 대하여 수많은 사람들이 언급하였다. 이 가운데 G. Lazar은 다음과 같이 문학의 교육적 가치를 제시하고 있다.[18]

- 문학은 매우 강한 동기를 부여해준다.
- 문학은 실제적인 자료이다.
- 문학은 보편적인 교육적 가치를 지닌다.
- 문학은 많은 실라버스(교수요목)에서 발견된다.
- 문학은 다른 문화를 이해하도록 돕는다.
- 문학은 언어 습득에 자극을 준다.
- 문학은 해석 능력을 발달시킨다.

---

18 G. Lazar, *Literature and Language Teaching: A guide for teachers and trainers*, Cambridge: Cambridge Unversity Press, 1993, pp.14~20.

- 문학은 흥미를 부여한다.
- 문학은 높은 가치를 담고 있다.
- 문학은 학생들의 언어 인식력을 확장시켜준다.
- 문학은 다른 사람의 의견과 감정을 이야기할 수 있도록 고무시켜준다.

이렇듯 문학은 언어, 문화, 흥미, 미적, 정서적, 상상적 능력을 확장시켜주고 강화시켜주는 교육적 가치를 지니고 있는 것으로 인정받고 있다. 그러나 앞에서 살폈듯이, 외국문학의 수용을 통한 문학교육, 특히 한국과 터키 양국의 외국문학 교육은 지역학이나 실용적인 언어 차원에서 접근할 경우 그 위상과 현실은 미흡할 수밖에 없다. 그러나 문학이 언어, 문화, 교육에서 차지하는 본질적인 위상을 볼 때 결코 소홀히 할 수 없을 것이다. 특히 성장 과정 속에 있는 존재에 대한 교육적 영향력을 고려해볼 때 문학교육의 중요성은 강조될 필요가 있다.

어느 나라나 문화, 종교, 민족, 인종 등에서 복잡한 문제를 안고 있다. 터키의 역사를 일별해보면, 터키는 동서 문명, 종교, 민족, 인종 등에서 매우 복잡한 역사를 지니고 있다. 한국은 분단 상황에서 특히 최근 외국인 이주자 등 소수자 문제가 집중적으로 거론되고 있다는 점에서 쿠르드족 등 소수자 문제를 안고 있는 터키와도 공감대를 형성할 수 있다.

한 사회의 주류를 형성하지 못하는 소수자 문제는 평화와 민주주의 그리고 인간의 잘-삶의 문제와 맞닿아 있다는 점에서 공동체 구성원들의 공감대, 연대감 등을 형성하는 데에 중요한 의미를 지닌다. 앞에서 살펴보았듯이 한국의 문학교육 과정에서는 이러한 문제를 중요한 교육 과제로 삼고 있음에도 불구하고 문학 교과서에서는 이러한 문제를 본격적으로 다루는 데는 한계가 있다. 이 점에서 외국, 적어도 아시아의 문학 교과서도 더 나은 형편은 아닐 것으로 보인다.

소수자 문제를 다양한 각도에서 바라볼 수 있지만, 그 해법의 핵심에는 인간의 존엄성이 놓여 있다고 볼 수 있다. 존엄성은 '감히 범할 수 없는 높고 엄숙한 성질'로서 아주 중요한 것, 절대로 훼손되어서는 안 되는 것이다. 페터 비에리는 남이 나를 어떻게 대하는가? 나는 남을 어떻게 대하는가? 나는 나에게 어떻게 대하는가? 이 세 가지 물음이 존엄성의 개념을 이룬다고 하였다. 그는 존엄이라는 것을 인간이 삶을 살아가는 특정한 방법 즉 사고와 경험, 행위의 틀과 연관지어 생각한다. 그는 인간이 존엄성을 지키며 살아가는 방법을 제시하면서 존엄성을 독립성으로서의 존엄성, 만남으로서의 존엄성, 사적 은밀함을 존중하는 존엄성, 진정성으로서의 존엄성, 자아 존중으로서의 존엄성, 도덕적 진실성으로서의 존엄성, 사물의 경중을 인식하는 존엄성, 유한함을 받아들이는 존엄성 등으로 제시하였다.[19]

인간의 존엄성을 훼손하는 방식에는 다양한 것들이 있지만, 이 가운데 인간으로 하여금 모멸감을 갖도록 하는 것을 들 수 있다. 모멸은 사전적인 의미로 '업신여기고 얕잡아 보'는 것을 말하는데, 적나라하게 가해지는 공격적인 언행에 가까운 모욕과 은연중에 무시하고 깔보는 태도에 가까운 경멸 혹은 멸시를 동시에 아우르는 말이다.[20] 모멸은 비하, 차별, 조롱, 무시, 침해, 오해 등의 스펙트럼을 갖는다.[21]

그런데 인간은 생명을 부지하는 것 이상의 그 무엇을 원한다. 그것은 존재감, 그리고 그것을 통한 존엄성을 확보하는 것이라 할 수 있다. 인간은 자신의 가치를 인식할 뿐 아니라 타인을 통해 그것을 확인하면서 살아 있음을 느끼고 살아갈 가치를 느끼는 것이다. 모멸은 이러한 인간의 존엄성을 훼손하는 것을 말한다.

19 P. Bieri, 『삶의 격 : 존엄성을 지키며 살아가는 방법』, 문항심 역, 은행나무, 2014.
20 김찬호, 『모멸감 : 굴욕과 존엄의 감정사회학』, 문학과지성사, 2014, 67쪽.
21 위의 책, 제3장.

2) 모멸의 형상화

(1) 명예살인의 희생자:『독사를 죽였어야 했는데』(야샤르 케말)

터키의 작가 야샤르 케말의 장편소설『독사를 죽였어야 했는데』(1976)는 이른바 명예살인을 다루고 있다. 명예살인(honor killing)은 "집안의 명예를 더럽혔다는 이유로 가족 구성원을 죽이는 관습"[22]을 말한다. 명예살인은 중동뿐 아니라 아시아에서도 근대 이전까지 존속했다. 이런 악습이 대부분의 국가에서는 근대화 과정을 지나면서 사라지거나 변형되었는데, 이슬람 문화권 등 중동 지역에 명예살인이 존재하는 것은 부족주의 전통이 강하게 남아 있기 때문이다. 명예살인의 대상자는 대부분 여성이고, 당사자의 오빠나 아버지 등 친족에 의해 살해된다. 명예살인이 행해지는 것은 "피해자의 죽음이 가문의 명예이자, 죽는 사람의 명예 회복에도 도움이 된다는 의식"[23]이 작용하기 때문이다. 가까운 혈육에 의한 근친 살해를 '명예롭다'고 하는 것은 인륜적 차원에 볼 때 전혀 납득할 수 없는 것이다.

『독사를 죽였어야 했는데』는 여성인 약자가 잘못된 관습에 의해 공동체 타자들에 의해 인간의 존엄성이 파괴되고 있는지를 잘 보여주고 있다.

『독사를 죽였어야 했는데』는 추쿠로바 지방의 미인인 에스메가 사랑하지 않는 사람 할릴에게 납치되어 살다가, 사랑했던 사람 압바스에게 남편 할릴이 죽고, 사람들에게 압바스도 죽은 뒤, 그녀가 가족과 마을 사람들로부터 모멸을 받다가 끝내 아들 하산에게 살해되는 비극적인 이야기를 담고 있다.[24]

---

22 오은경, 「야샤르 케말의『독사를 죽였어야 했는데』를 통해 본 명예살인의 메커니즘 연구」,『한국중동학회논총』제28-2호, 한국중동학회, 2008, 196쪽.
23 위의 글, 2008, 197쪽.
24 야샤르 케말,『독사를 죽였어야 했는데』, 오은경 역, 문학과지성사, 2005. 이하 인용 부분 쪽만 명기함.

사람들이 엄마도 끌고 왔다. 삼촌들이 엄마에게 발길질을 해대고 두들겨 패어 난장판이 벌어졌다. 엄마의 온몸이 시퍼렇게 멍이 들었다. 새하얀 머릿수건이며 머리카락 할 것 없이 온통 피로 범벅이 되어 있었다. 입고 있던 치마도 갈기갈기 찢겨 넝마가 되었다. 만신창이가 된 엄마에게 남녀노소 할 것 없이 다들 달려들어 두들겨 패고 침을 뱉었다.(17쪽)

하산의 어머니 에스메는 남편을 죽이지 않았음에도, 삼촌은 그녀를 화냥 년이라고 하고, 할머니는 그녀를 원수라 한다. 산속에 사는 할머니의 친척은 그녀에게 총질을 하고, 마을 사람들은 그녀를 창녀라고 하면서 미워한다. 가족과 마을 사람들은 그녀에게 모욕과 폭행을 가한다.

마을 사람들 모두가 엄마를 미워했고 엄마에게는 전부 적이었다. 이런 인간관계는 숨이 막힐 뿐이다.(13쪽)

급기야 친척과 마을 사람들은 에스메의 아들 아홉 살짜리 하산에게도 폭력을 가한다.

"이놈 자식, 그 썩을 년 품에서 잔 것 좀 봐. 그 화냥년 품에서…… 제 아비를 죽인 원수인지도 모르고, 망할 자식!"
…(중략)…
그들은 집 안을 샅샅이 뒤졌지만 엄마는 찾아내지 못했다. 분이 풀리지 않은 남자들은 하산에게 다가와 한 사람씩 발길질을 해댔다.
"이것도 사람 새끼라고……" 하며 혀를 찼다.
"자기 아버지를 죽인 원수인지도 모르고 살을 맞대고 살고 있으니, 돼지만도 못한 놈!"(43~44쪽)

결국 하산은 "엄마를 보면 미칠 것 같은 공포감에 사로"잡혀 "차라리 안 보는 게 나을 것" 같다는 생각을 갖게 되어, 마침내 아버지의 총으로 그의 어머니 에스메를 쏴 숨지게 한다.

(2) 모멸을 당하는 한국인과 이방인 : 『이슬람 정육점』(손홍규)

손홍규의 장편소설 『이슬람 정육점』에는 고아원에서 자란 '나', 산전수전다 겪고 밥집을 운영하고 있는 안나 아주머니, 연탄장수 아들 말더듬이 김유정 그리고 이방인으로서 터키 사람 하산과 그리스 사람 야모스 등이 등장한다.[25] 이 소설은 한국전쟁 참전 후 상처를 안고 돼지고기 정육점을 하면서 살아가는 무슬림 터키인과 멸시와 폭행을 당하며 상처투성이로 살아온 한국인이 모멸을 참고, 타자로서의 한국인과 터키인을 포용하고, 인간의 존엄성을 확보해나가는 가능성을 보여주고 있다는 점에서 주목할 수 있다.

사람들은 무슬림이자 터키 사람 하산을 두려워한다. 그러나 그는 사람들에게 겁을 주거나 불량스럽게 대하지 않는다. 그에게는 적도 없고 무기도 없다. 그럼에도 불구하고, 사람들이 그를 두려워하는 이유는 오로지 자신들과다르다는 사실, 즉 "콧수염을 길러서, 눈이 더 깊고 그윽해서"(51쪽) 그렇다. 그것은 터키인 하산에 대한 혐오감으로 이어진다. 우리 사회가 이방인을 겉모습만으로 부정적 판단을 내린다는 것을 잘 보여주고 있다. 하지만 이것은 "자신과 다르다는 이유만으로 상대방을 경멸해도 좋다는 교육을 받은 적이 없는 생명체들은 하산 아저씨를 보고 까르르 웃었다."(51쪽)는 것에서 알 수 있듯이 후천적이며 문화적으로 형성되었을 가능성이 크다.

인간이 모멸감을 느끼는 극단은 전쟁터에서의 경험일 것이다. 하산은 라마단 기간에 터키식 미트볼을 먹다가 한국전쟁 때 겪었던 인간의 존엄성을

---

25 손홍규, 『이슬람 정육점』, 문학과지성사, 2010. 이하 인용 부분 쪽만 명기함.

파괴하는 극한 상황을 재경험한다.

> 전쟁 때였다. 보급은 끊기고 우리 중대는 고립되었다. …(중략)… 포연
> 이 걷히고 적들의 사격이 뜸해졌을 때 나는 내 입속에 무언가가 들어 있는
> 걸 깨달았다. 나는 그걸 조심스럽게 씹었다. 달콤했다. 그게 포탄에 맞아 찢
> 겨진 사람의 살점이라는 건 한참 뒤에야 알았다. 전쟁이란 사람이 사람을
> 먹는 거라는 생각이 들었지.(213쪽)

그는 전쟁 상황에서 사람이 사람을 먹는, 그리하여 인간의 존엄성이 송두
리째 뽑혀버리는 경험을 한다. 하산은 그러한 경험으로부터 입은 트라우마
로부터 벗어날 수 없었다. 이렇듯 전쟁 경험, 즉 동족, 친족을 비롯한 인간을
죽이는 것에서 비롯된 깊은 상처로부터 고통받는 것은 그리스인 야모스에
게도 해당한다. 그는 조국 그리스와 한국에서 겪은 전쟁 트라우마로부터 자
유로울 수 없었다. 인간성을 파괴하는 행위는 당사자들 누구도 그 고통으로
부터 자유롭지 못한 것이다.

실상, 모멸이라는 것은 이방인에게만 해당하는 것이 아니라 한국인 사회
에 편재하는 것이다. 돈, 명예, 권력 등으로부터 소외된 소수자에게 지배자
가 행하는 모멸은 곳곳에 산재한다. 부모로부터 버림받은 '나'는 고아원에서
고아원 원장으로부터 육체적 정신적 모멸 속에서 상처투성이로 자란다. 하
산은 그를 고아원으로부터 양자로 받아들이고, 인간으로 성장해가기를 원
한다.

> "머리가 나빠요."
> 하산 아저씨가 왜 나를 중학교에 보내지 않느냐고 물었을 때 고아원 원장
> 이란 작자는 그렇게 대답했다. 나는 모욕을 느꼈다. 만일 내게 진짜 부모가
> 있었더라면, 내 부모는 이렇게 말해줬을 것이다. '머리는 좋은데 집중력이

부족해요.'(21쪽)

> 고아를 믿는 사람은 없었다. …(중략)…
>
> 나는 그들의 눈빛에서 이 세상에 태어나서는 안 될 돌연변이를 보는 듯한 경멸을 엿보았다. 더러는 애정과 동정이 가득한 눈빛을 띠기도 했지만, 그들에게 침을 뱉거나 반항하면 그 애정과 동정은 순식간에 사라졌다.(91쪽)

터키인 하산이 고아원 원장에게 중학교에 들어갈 나이가 넘어선 '나'를 왜 학교에 보내지 않았느냐는 질문에 대하여, 원장은 '머리가 나빠서' 그랬다는 것을 서슴지 않고 말한다. 그가 고아라는 이유로 받는 모멸은 비단 그에게만 해당하는 것이 아니라 우리 사회의 모습을 보여주는 상징이기도 하다.

4. 모멸로부터 존엄성을 위한 문학과 문학교육

인간성을 말살하는 모멸로부터 인간의 존엄성을 회복하고 계발하는 문학과 문학교육을 위해 우리는 무엇을 어떻게 해야 하는가.

그것은 가족과 마을 사람들이 가하는 고통 속에서 이를 감내하면서 필사적으로 아들을 보호하면서 살아가고자 하는 에스메의 존엄성을 살리는 길이다. 그것은 또한 생김새가 다르고 피부 색깔이 다르다고 해서 사람들에게 어떠한 피해도 주지 않고 살아가는 이슬람 터키인 하산의 존엄성을 살리는 길이다. 또한 커다란 상처를 안고 고아원에서 자란, 그래서 모멸과 고통 속에 살아가는 '나'를 비롯한 소외된 사람들의 존엄성을 살리는 길이다. 그리고 그것은 현실 속에 살아가는 생활인이자 독자들이 문학 혹은 문학교육을 통해 모멸을 넘어 인간으로서의 존엄성을 확보해가는 길이기도 한 것이다.

『독사를 죽였어야 했는데』에서 코잔 지방에 이르기 전, 여행길에서 만난 쿠르드족 식당 주인이자 아버지 친구인 슐로는 하산에게 다음과 같이 말한다.

> 네 엄마를 죽이거나 할 생각은 추호도 하지 마라. 알겠지? 사람이 자기 엄마를 죽이고도 두 다리 쭉 뻗고 잘 수는 없는 법이야. 그러면 말이다. 저세상에 가서도 저승사자들이 가만히 놔두지 않지. 내 말을 명심하거라.(66쪽)

하산은 아버지 친구의 이러한 충고로도, 어머니 에스메를 죽이는 일을 멈추지 못한다. 결국 하산의 행위는 관습에 굴복하고 만다. 이것은 그가 악습을 주체적으로 자각을 하지 못하고 그것을 극복하지 못한 것이라는 점과 그것이 한 개인에게만 국한하지 않는 공동체의 문제라는 점에서 한계와 과제를 동시에 지닌다 할 수 있다.

반면,『이슬람 정육점』의 '나'는 '고통과 슬픔에 진심으로 동감해줄 사람'으로서 모멸을 넘어 인간의 존엄성을 확보하는 존재로 거듭난다. "내 몸에는 의붓아버지의 피가 흐른다"로 시작하는『이슬람 정육점』의 '나'는 입양받던 날 하산 아저씨를 보면서 해외로 입양되어 장기가 적출되고, 결국 그의 근육질의 팔뚝으로부터 벗어날 수 없다는 운명을 예감하고 두려워한다. 그러나 '나'는 하산 아저씨가 '나를 의심하지 않은 최초의 사람'이었음을 고백하고, 그를 아버지라 부르고, 사랑한다는 말을 하고 마침내 "내 몸 속에는 여전히 의붓아버지의 피가 흐른다"(237쪽)는 고백을 하게 된다. 상처투성이인 '나'가 이방인에 가진 선입견과 멸시를 벗어버리고, 그를 받아들임으로써 마침내 공감과 연대성을 획득하게 된다.

이 같은 가능성은 "상처받은 사람을 놀리는 건 인간만이 가진 능력"(91쪽)을 지닌 일상인들과는 달리 가난하고, 천대받고, 소외된 안나 아주머니로부터도 확인할 수 있다. 세상 사람들과 달리 오직 안나 아주머니만 상처받은 자들, 곧 '나', 대머리, 김유정, 맹랑한 녀석 등뿐 아니라 이방인인 하산과 야모스를 똑같이 대한다. 이것이 가능한 것은 상처입은 자인 그녀가 상처받은 타인들을 공감하고 포용하고 희생과 자비를 베풀고, 연대감을 형성하고 있기 때문이다.

소수자로서 모멸 속에서 살아가는 인간들은 '흉터의 여왕'인 안나를 '나'는 자식으로서, 하산은 시아버지로서, 야모스는 남편으로서 받아들인다.

한 꺼풀 옷으로 감싸인 안나 아주머니의 몸에는 내 몸에 새겨진 것보다 훨씬 많은 흉터가 있었다. 하지만 사실 우리 가운데 누구도 그걸 직접 목격한다거나 입으로 말할 용기를 지닌 사람은 없었다. 그래서 하산 아저씨는 눈썹을 움직이는 묘기를 보이면서 시아버지답게 다정한 말을 건넸고, 야모스 아저씨는 남편답게 어깨를 빌려주었으며, 나는 자식답게 대체 지금 눈앞에서 벌어지는 일의 의미가 무엇인지 알 수는 없지만 엄마가 우니까 나도 슬프다는 식으로 안나 아주머니의 두툼한 팔뚝을 붙잡고 거기에 볼을 댔다(165쪽).

『이슬람 정육점』은 모멸을 딛고 인간으로서의 존엄성을 획득하기 위해서 공감, 희생, 자비, 연대, 사랑과 같은 우리 마음의 천사를 일깨우고, 사람들을 가르치고, 그리고 그것을 실천해야 한다는 당위성을 보여주고 있다. 문학과 문학교육은 이 일에 기여할 수 있을 것이다.

그런데 오늘날 인류는 전쟁에서 사람 죽이는 일을 마치 게임하듯이 즐기고, 진실을 목격하고 표현하는 일에 피로를 느끼고 있다. 또한 우리는 타인이 고통당하는 이미지마저 도덕적, 정서적으로 받아들이기가 어려운 현실에 직면해 있다. 전 지구적으로 만연한 위험사회 속에 살아가는 인류는 쉴 새 없이 직면하는 위험, 공포 등의 이미지에 둔감화, 정신적 마비, 심리적 황폐화, 온정피로증 등의 증상 속에서 살아간다. 그리하여 타자에 대한 관심의 약화, 타자에게는 아무것도 해줄 것이 없다는 냉소주의의 만연은 전지구적

시장체제가 원하는 바일 수도 있을 것이다.[26]

문학과 문학교육이 이에 맞설 수 있을 것인지. 디지털 이미지가 아닌 언어의 행간을 넘나듦 속에서 형상적 사유의 힘을 길러내는 일이 그러한 가능성으로 이어질 수 있을 것인지. 여기에 문학과 문학교육의 사명과 운명이 놓여 있다.

5. 맺음말

왜 인간의 모멸을 넘어서 인간의 존엄성을 살리는 문학과 문학교육인가. 그것은 인간은 본질적으로 인간답게 살 권리가 있다는 것을 전제로, 인간의 모든 행위는 그것을 말살할 어떠한 명분도 권한도 없다는 데서 출발한다. 문화 행위의 과정이자 결과이기도 한 문학과 문학교육은 이러한 인류의 큰 사명과 과제로부터 자유로울 수 없다.

이 글에서는 아시아, 그중에서도 한국과 터키의 소설을 통해, 인류의 보편적 선한 삶의 목적을 위해, 문학과 문학교육이 인간의 존엄성을 살리는 방향으로 가야 한다는 것을 살폈다. 이것은 지역적, 민족적, 인종적 편견을 넘어서고 고통받는 소수자를 살리는 문학교육의 존립 근거와 목적을 논의하는 일이기도 하다.

이를 위해서는 자국 문학과 세계문학의 소통이 활발해야 한다. 그러나 한국 속의 세계문학과 문학교육, 세계 속의 한국의 문학과 문학교육은 미미하거나 유럽과 미국 중심으로 편중되어 있는 것이 현실이다.

---

26 스탠리 코언, 『잔인한 국가 외면하는 대중─왜 국가와 사회는 인권침해를 부인하는가』, 조효제 역, 창비, 2009, 제7장.

인류의 보편적 잘—삶의 목적을 지향하기 위해서는 문화적, 민족적, 인종적, 계급적 문제들이 소수자(minority)와 맞물리면서 발생하는 문제에 대하여 함께 고민하고 해결 방안을 모색해야 한다.

한국과 터키의 소설을 통해 확인했듯이 여성을 비롯한 소외된 인간들과 이방인들은 인류의 소수자로서 모멸당하고 인간의 존엄성이 상실되는 삶을 살아가고 있다. 오늘날 인간 존엄성의 파괴는 관습, 편견 등을 통해 자행되고 있으며, 그것은 문화라는 이름으로 구조 속에서 자연화된 상태로 지속되고 있다. 또한 그것은 전 지구적 시장체제라는 사회적 맥락 속에서 더욱 심화되고 있다.

『독사를 죽였어야 했는데』에서 살폈듯이, 그것은 우리가 주체적으로 자각을 하지 못하고 악습에 굴복하고, 공동체의 문제로 확장시키지 못한다면 해결할 수 있는 문제가 아니다.

그것에 대한 해결은, 『이슬람 정육점』에서 보았듯이, 모멸을 딛고 인간으로서의 존엄성을 획득하기 위해서 우리 마음의 천사를 일깨우는 데서 출발한다. 그리고 그러한 선한 마음을 갖도록 교육을 통해 사람들을 가르치고, 그것을 실천하도록 해야 한다.

그러므로 오늘날 타인의 고통에 대한 마비 증상을 넘어, 인간의 존엄성을 회복하는 길은 공감, 희생, 자비, 사랑을 통해 연대성을 형성하고, 사회구조를 변화시켜나가는 것이다. 형상적 사유의 힘과 인간의 선한 본성을 고양시키는 힘을 갖고 있는 문학과 그것을 가르침으로써 인간 성장을 도모하는 힘을 가진 문학교육은, 이러한 공공 영역을 고양시키는 일에 사명이 있다.

제2부

사건과 기억,
문학교육의 의미망

전쟁 서사와 소통을 위한 문학교육

1. 머리말

6·25전쟁은 1950년 6월 25일 전쟁이 발발한 후 1953년 7월 27일 유엔군 사령관과 공산군 사령관이 휴전협정을 조인하기까지 수많은 인적 물적 손상을 초래했다. 그뿐 아니라 휴전 상태가 지속되는 남북 분단 상황은 남북한 사람들의 정치적 문화적 국면 등 사회 전반에 걸쳐 광범위하게 영향을 미치고 있다. 그만큼 분단 현실이 삶에 미치는 영향은 막대하다 하겠다. 따라서 이른바 분단문학으로 통칭되는 문학 현상은 분단 현실에서 말미암은 문제들에 대한 문학적 대응이라는 점에서 큰 의의가 있다 할 것이다.[1]

1950년으로부터 거의 70여 년 가까운 세월이 흐른 현시점에서, 어른이 되어 6·25전쟁을 몸소 체험한 사람들은 거의 세상을 떠났고, 그것을 어린 시절에 체험한 사람들도 거의 남지 않았으며, 이제는 직접적인 체험과는 거리

---

[1] 분단 시대의 문학, 분단문학, 분단소설에 대한 논의는 다음 참조. 임경순, 「분단문제의 소설화 양상」, 『한국현대소설사』, 삼영사, 1999.

가 먼 사람들이 살아간다. 따라서 문학적인 특정한 사건의 체험, 기억, 소통의 문제가 부각되지 않을 수 없다.

그동안 문학 분야에서 6 · 25전쟁 문학을 논의할 때 세대론적 시각에서 접근해 온 것도 그것의 체험과 관련된 것이었다. 이는 소재론적이거나 주제론적인 것과는 달리 체험과 기억의 질적인 차이를 전제로 한 것이었고, 그것이 내용적 양식적인 차이로 나타나고 있다는 것이 논의되어왔다. 이는 6 · 25 기원에 대한 것 못지않게 세대 간의 인식 차이의 중요성을 간파한 것인데, 일반적으로 그것은 본격적 체험 세대, 유소년기 체험 세대, 미체험 세대 등으로 분류한다.[2] 이 가운데 "유년기 체험 세대야말로 세계의 눈뜸과 함께 오는 악의 과제와 그것을 감당할 수 있는 스타일의 다양화를 가능케"[3] 한 세대로 규정된다.

작가들을 세대론적으로 볼 때, 6 · 25전쟁 체험과 그것을 바라보는 시각에는 분명 차이가 있다. 그러나 중요한 것은 그 자체가 아니라 왜, 어떤 체험을 기억하고 어떻게 그것을 이야기하느냐에 있다. 작가가 기억을 통해 이야기(체험)를 선택하고 형상화하는 행위는 그의 세계관을 반영하고 그의 문학적 성취 여부에 영향을 줄 뿐 아니라, 그것이 일종의 상징 권력으로 작동하면서 독자, 사회, 교육에 영향을 주기 때문이다.

이번 장에서는 윤흥길이 1999년부터 2003년까지 연작 형식으로 발표한 단편소설들을 묶은『소라단 가는 길』(창비, 2003)을 대상으로 한다. 윤흥길은 1942년생으로 김원일, 전상국, 문순태 등과 함께 유소년기 체험 세대에 속한다. 이들은 그동안 분단문학(소설)을 집중적으로 발표해온 작가들이다. 이

2 　위의 글, 354쪽. 혹은 체험 세대, 유년기 체험 세대, 미체험 세대 등으로 구분하기도
　　한다. 김윤식, 「6 · 25전쟁문학 : 세대론의 시각」, 『1950년대 문학 연구』, 예하, 1991,
　　15쪽.
3 　김윤식, 위의 글, 15쪽.

는 4 · 19를 지나 분단 현실에 대한 객관적 인식이 가능하게 된 시대적인 흐름과 맥을 같이 한다.

그동안 『소라단 가는 길』에 대하여, 방언 사용을 체험의 구체적 형상화뿐 아니라 원혼의 해혼과 그로 인한 우주의 아픔과 부조화까지 바로잡는 힘과 관련시킨다거나,[4] 작품에 나타난 언어 즉 방언, 속어, 유행어, 개인어 등을 분석하고 일상어의 자유로운 구사를 통한 자유 · 화해 · 고향 찾기와 관련시켜 논의했다.[5] 또한 탈식민성을 전통 양식의 변용에서 찾는다거나,[6] 6 · 25전쟁에 대한 소설적 심화와 확대 차원에서 평가한다거나,[7] 치유나[8] 교육적[9] 차원에서 그 가치를 논의해왔다. 물론 이들 논의는 『소라단 가는 길』을 이해하고 평가하는 데에 기여하고 있는 것은 틀림없다. 그러나 이 작품은 6 · 25를 다루고 있다는 점, 그것에 대한 체험과 기억의 문제가 핵심 연구 과제로 대두할 수밖에 없다는 점에서 문제적이다.

『소라단 가는 길』은 「장마」(1973)에서 사용된 소년 화자, 이른바 '순진한 눈'을 통한 세상 보기라는 미적 장치만으로 서술된 이야기가 아니라, 작중 현실과 옛 기억이 교차되고 있다. 그러므로 국민학교 시절로부터 한 세대 이상이나 훌쩍 지난 시점에서 과거를 기억하고 이야기한다는 점에서 작중 현실

---

4 정호웅, 「원혼의 한을 푸는 신성 언어」, 『소라단 가는 길』, 창비, 2003.
5 이태영, 「윤흥길의 『소라단 가는 길』에 나타난 일상어의 특징」, 『국어국문학』 142, 국어국문학회, 2006.
6 고인환, 「윤흥길의 『소라단 가는 길』에 나타난 탈식민성 연구 : 전통 양식의 전용 양상을 중심으로」, 『현대소설 연구』 31, 한국현대소설학회, 2006.
7 이정숙, 「6 · 25전쟁 60년과 소설적 수용의 다변화, 그 심화와 확대」, 『현대소설연구』 45, 한국현대소설학회, 2010.
8 임주인, 「『소라단 가는 길』과 『낙원길에서의 결투』에 나타난 치유의 메시지」, 『동서비교문학저널』 20, 한국동서비교문학회, 2009.
9 윤영옥, 「『소라단 가는 길』의 사회문화적 의미와 교육적 가치」, 『한국근대문학연구』 7-2, 한국근대문학회, 2006.

과 관련된 체험, 기억 등의 문제를 논의할 가치가 있다. 이는 "전쟁이 여전히 강력한 후경으로 자리 잡고 있으면서 우리 교육을 제어하는 한 기제로 작용하고 있을 뿐만 아니라, "우리의 현재적 삶과 의식을 지배해 온 실제적인 현상"이자 "인류 보편의 가치 측면에서도 다루어져야 할 대상"[10]이라는 이유와 관련되어 있는데, 이에 대한 교육적 논의가 부족한 게 사실이다. 따라서 이 빈 장에서는 선쟁 체험 이야기가 갖는 교육적 함의가 무엇인지를 밝힘으로써 문학(소설)교육에 기여할 수 있을 것으로 기대한다.

2. 문학, 체험 그리고 기억

오늘날 '기억의 위기'라는 말이 표상하고 있는 것처럼 그것을 둘러싼 일련의 것들이 현저하게 위협받고 있다. 이런 때에 역설적으로 인문학적으로 기억과 이야기의 중요성은 커지고 있다.

우리에게 가장 큰 사건으로 영향을 미치고 있는 6·25전쟁을 다루고 있는 『소라단 가는 길』은 이런 점에서 주목할 수 있다. 이 작품은 어린 시절에 6·25전쟁을 체험한 사람들이 그들의 어린 시절을 기억하는 이야기를 다룬다. 그들은 국민학교 동창들로, 졸업한 지 40년 만에 전북 이리에 있는 모교를 공식 방문하게 되고, 모교 운동장에서 일종의 '이야기 돌리기'를 통해 이야기를 들려준다.

여기에서 두 가지의 기억을 논의할 수 있다. 하나는 이야기하는 주체가 체험한 사건들을 기억하는 체험적 기억과 다른 하나는 그것이 소설이라는 매

---

10 김동환, 「암호화(暗号化)된 전쟁 기억과 해호화(解号化)로서의 문학교육」, 『문학교육학』
    33, 한국문학교육학회, 9~10쪽.

체를 통해 형성되는 기억이다. 『소라단 가는 길』에 등장하는 각각의 이야기 발화 주체들의 기억은 전자에 해당하고, 그것이 소설이라는 매체를 통해 독자들과 커뮤니케이션 과정을 통해 형성되는 기억은 후자에 속한다. 따라서 체험 기억 주체가 무엇을 어떻게 기억하느냐는 문제는 그것이 매체를 통해 소통되는 기억의 형성과 깊이 있게 관련될 수밖에 없는 것이다.

기억이라는 것은 개인들이 자신의 과거를 현재화시키는 행위라고 할 수 있다. 그러나 기억을 사회 및 집단 차원에서 보면 그것은 사회적, 집단적인 행위의 과정이자 결과이기도 하다. 또한 그것이 의미를 갖기 위해서는 이야기하는 행위가 수반되어야 하는데, 이로써 그것은 다양한 매체를 통해 공유되는 것이다.[11]

사람들은 기억을 사회 속에서 획득하고, 구체화한다. 이러한 공동체의 기억은 집단기억(collective memory)으로서 사회 구성원의 정체성 형성에 능동적으로 작용한다.[12] 그것은 구성원의 기억뿐 아니라 한 집단과 구성원들을 동시에 구성하면서 집단의 결속과 존속을 가능케 한다. 이런 점에서 기억 행위는 일종의 재구성하기에 해당한다. 따라서 이런 관점에서 보면 기억 행위라는 것은 구성적 서사로서의 역할이 강조될 수 있다.[13]

---

11 기억의 물질적 기반이자 보조 수단인 기억 매체(media)의 변천 과정의 문화사적 의미에 대한 논의는 다음 참조. 김수환, 「문화적 기억과 매체의 고고학 : 흔적에서 네트까지」, 『디지털 시대의 컨버전스』, 이화여자대학교 출판문화원, 2011.

12 M. Halbwachs, *On Collective Memory*, Chicago(IL): The Uni. of Chicago, 1992. 베르그송의 제자이자 뒤르켐 학파의 대표자인 모리스 알박스가 강조하는 집단기억은 사회적으로 형성된 개인의 기억과 집단적 개념 재현 및 기억 흔적을 가리킨다. 그러나 제프리 K. 올릭(Jeffrey K. Olick)으로부터 그가 이 두 현상 각각의 고유 구조가 무엇인지를 설명해주지 않으며, 그것이 어떻게 연결되는지를 밝히지 않고 있다고 비판받고 있다. 제프리 K. 올릭, 『기억의 지도─집단기억은 인류의 역사와 사회 그리고 정치를 어떻게 뒤바꿔놓았나』, 강경이 역, 옥당, 2011, 43쪽.

13 신응철, 「문화적 기억과 자기이해 그리고 기억 책임」, 『해석학연구』35, 한국해석학

그런데 집단기억은 역사적 기억과 대비되어 논의되기도 하는데, 전자가 집단의 특성과 정통성을 유지하고, 복수로 존재하는 반면에 후자는 정체성 유지 기능을 하지 않으며, 단수로 존재한다.[14] 여기에 기억에서 역사로 이행하는 역설이 존재한다. 특정 기억을 일반 기억으로 유지시키고자 하는 역사가 기억의 그러한 속성을 약화시킨다. 이는 방언과 표준어의 관계로 비유될 수 있을 것이다. 풍요로운 기억의 시공(時空)은 역사화를 통해 약화되고 급기야 소멸된다. 문학, 특히 소설은 개인기억과 집단기억을 오가며 기억의 시공 속에서 체험과 사건에 대하여 문제를 제기하고 그것을 풍요롭게 한다. 따라서 문학은 일종의 기억의 역사화 과정에 저항하는 것이라 할 수 있다.

역사의 가속화는 기억을 지배 권력의 심판대에 올려놓음으로써 체험과 기억으로부터 주체를 상실하게 한다. 그러나 문학작품의 속성이 그렇듯이『소라단 가는 길』은 여러 화자들이 기억을 되살려 그들 각자의 체험이자 동시에 공동체의 체험을 이야기하면서 '역사의 가속화'에 대항한다.

또한 문학이 의미의 전달자라는 점에서 일종의 '문화적 기억'과 관련하여 논의하기도 한다. 얀 아스만에 따르면 문화적 기억이란 의미를 전달하는 것이다. 예를 들어 모방적인 어떤 틀이 의식(儀式)의 상태를 취할 때 그것이 실제적인 기능(practical function)을 넘어서는 의미를 나타낸다면, 그것은 모방 행위 기억의 경계를 넘어서게 되는 것이다. 의식이라는 것은 문화적 의미가 전승되고 현재의 삶에 이어지는 형태이기 때문에 문화적 기억의 일부라는 것이다. 그것은 의식에만 해당하는 것이 아니고, 다른 것들 즉 상징, 아이콘, 기념물, 무덤 등과 같은 표상들이 실제적인 목적을 넘어서는 의미를 가리킨

회, 218쪽. 신응철은 이 논문에서 기억의 공동체로서의 진정한 공동체와 구성적 서사의 역할을 강조한 로버트 벨라(R. N. Bellah) 등의 견해를 소개한다.

14 알라이다 아스만,『기억의 공간 : 문화적 기억의 형식과 변천』, 변학수 · 채연숙 역, 그린비, 2011, 177쪽.

다면 그것들에도 동일하게 적용할 수 있다.[15] 또한 문화적 기억은 저장 시스템 기술, 관련 집단, 매체, 전통 그리고 문화적 의미의 순환 구조에서의 역사적인 변화와도 관련된다. 즉 그것은 전통 형성, 과거 지시, 정치적 정체성 혹은 상상과 같은 모든 기능적 개념을 아우르는 것이다. 얀 아스만은 문화를 제도, 인위적인 실현과 관련시키고, 기억을 사회적 커뮤니케이션과 관련시킨다.[16] 요컨대 사회적 커뮤니케이션 과정에서 제도적으로 형성된 문화적 기억은 문화적 의미를 지닐 뿐 아니라 현재의 공동체에도 영향을 미치는 기억이라 할 수 있다.[17] 문학이라는 것도 이런 측면에서 보면 문화적 기억에 속하는 형태라 할 수 있을 것이고, 교육은 그것을 형성하는 중요한 역할을 하는 것이다.

3. 끔찍한 전쟁의 기억과 추억담으로서의 이야기

작가 윤흥길은 『소라단 가는 길』을 마무리하는 '작가의 말'에서 이렇게 말한다.

반세기 가까이 내 내부의 감옥 안에 갇힌 채 무기징역을 사는 것들이 있었다. 6·25를 전후한 어린 시절의 기억들이다.[18]

---

15 Jan Assmann, *Cultural Memory and Early Civilization-Writing, Remembrance, and Political Imagination*, Cambridge University Press, 2011, pp.6~7.

16 *ibid.*, p.9.

17 정래필, 「문화적 기억의 문학교육적 가능성」, 『국어교육』 제143호, 국어교육학회, 2013, 193쪽.

18 윤흥길, 『소라단 가는 길』, 창비, 2003, 324쪽. 앞으로 이 소설 인용은 쪽만 표시함.

『소라단 가는 길』은 작가의 말처럼 그에게 오랫동안 묵혀 있었던 6·25를 전후한 어린 시절의 기억을 이야기한 것이다. 그것은 세상을 알기 시작할 무렵인 6·25를 전후한 시절의 체험을 여러 인물들의 입을 통해 이야기하고 있다. 물론 이 소설은 여러 인물들이 번갈아가며 이야기한 어린 시절에 겪었던 사건들이 주된 이야기지만, 그에 못지않게 중요한 역할을 하는 것은 회갑을 바라보는 나이의 인물들의 이야기다. 실제로 이 이야기는 프롤로그에 해당하는 「귀향길」과 에필로그에 해당하는 「상경길」은 이들의 이야기이며, 프롤로그와 에필로그 이야기 사이에 존재하는 9편의 이야기들은 이들 또래들이 어린 시절의 기억을 더듬은 이야기들이다.

이야기꾼으로 등장하는 인물들은 부동산 중개사(「묘지 근처」), 교수(「농림학교 방죽」), 한약재 도매상(「안압방 아자씨」), 실업자(「아이젠하워에게 보내는 멧돼지」), 교사(「개비네 집」), 한량(「역사는 밤에 이루어진다」), 사업가(「종탑 아래에서」) 등이다. 소설의 프롤로그와 에필로그에 해당하는 「귀향길」과 「상경길」에서는 소설가와 실업자가 등장하고, 이 밖에 출판사 사장, 교장 등이 등장한다. 지식인, 작가, 사업가, 자영업자, 실업자 등의 인물들은 오늘날 우리 사회에서 일반적으로 볼 수 있는 자들인데, 이야기의 주도권은 소설가인 '나'에게 있다.

「묘지 근처」에서 언급하고 있듯이, 동창생들의 최고의 화젯거리는 6·25와 관련한 추억담이다. 그들은 서로 약속이나 한 듯이 다른 화제보다 전쟁 이야기에만 매달린다. 전쟁 당시를 회고하는 동안 그들은 '열 살 안팎의 코흘리게 시절'로 돌아간다.

> 국민학교 입학 당시를 말하면서 그들은 순식간에 초등학교 입학생이 돼버렸다. 동창생들 사이에 단연 최고의 화젯거리로 일찌감치 터를 잡아버린 것은 6·25와 관련된 추억담이었다. 그 나이에 이르도록 산전수전 다 겪어 할

말들이 무진장이련만 늙다리 동창생들은 다른 화제 다 제쳐놓고 약속이나 한 듯이 너도나도 오로지 전쟁 이야기에만 매달리는 것이었다.(26쪽)

이들이 겪은 어린 시절의 기억은 "세상물정 모르던 천진한 시절에 몸으로 겪은 끔찍한 전쟁의 기억"(26쪽)으로 남아 있는 것이다. 왜 끔찍한 전쟁의 기억인지는 이야기 속에 등장하는 인물과 사건들이 근거가 된다.

「묘지 근처」에는 상이군인이 등장한다. 전쟁에 참가했다가 고무다리를 하고, 수류탄을 맞은 뺨이 처참하게 일그러진 사내는 세상을 향해 울부짖는다.

수류탄이 터질 적에 오른편짝 턱이 공중으로 널러가뿌렸단다. 응뎅잇살을 띠어다가 뺨을 땜질혔는디, 날이면 날마닥 술만 퍼마시고 지랄를 허니깨 생채기가 아물 새가 없어서 움직일 적마다 살이 덜렁덜렁헌다.(49쪽)

초등학교 시절 시립병원 관사에 사는 나(유만재)의 친구 소주호가 친구들에게 상이군인을 구경시켜주면서 한 말이다. 그는 "기형의 그 흉측스런 오른쪽 뺨만 아니라면 지난날 틀림없이 미남 소리를 들었을 법한, 매우 잘생긴 얼굴 바탕의 새파란 청년"(40쪽)이었으며, 그는 '나'에게 둘째 삼촌과 비슷한 인상이었다. 그러나 턱이 날아가고 살이 덜렁덜렁한 그의 그로테스크한 모습은 아이들에게 두려움의 대상이었고, 어른들에게는 존재해서는 안 될 회피의 대상이었다. 그러나 상이군인은 나라에 몸바친 자신을 '개', '도야지'로 취급한다고 생각한다. '짐승의 포효 같은 울부짖음'이 이야기의 곳곳에 등장하는 것은 이런 그의 내면의 표출이다. 더군다나 그를 저승사자로 인식하고 있는 '나'의 할머니에게는 필사적으로 맞서야 하는 존재이다. 전쟁터로 간 아들(둘째 삼촌) 병권이가 살아 돌아오기 전에는 그를 따라 나설 수 없기 때문이다. 그러나 할머니는 끝내 죽고, 아들은 다리를 못 쓰는 상이군인으로 돌아온다. 할머니가 그토록 물리치고자 했던 청년 상이군인은 바로 자신의 피붙이였던 것이다.

이렇듯『소라단 가는 길』에는 울부짖는 상이군인을 비롯하여, 고문당하는 부역자와 미치광이, 멸시받다 죽은 빨갱이 자식, 전쟁에 징집된 후 정신병자가 되어 죽은 아저씨, 시대의 희생자가 되어 불구가 된 청소년, 밀항 도피하다 죽은 반동 '뿌르좌지' 딸과 빨치산이 된 가난한 집 딸, 전쟁고아가 된 피난민, 고달프게 살아가는 피난민과 전몰장병 유가족, 부모가 죽창에 찔려 죽는 모습을 보고 장님이 된 아이 등이 등장한다. 이 인물들이 6 · 25전쟁이 파생시킨 인간을 모두 대신하지는 못할지라도, 남녀노소나 계층을 아울러 전쟁이 낳은 수난과 고통에 찬 인물들을 표상한다.

기억에 포착된 어린 시절 체험 속의 인물들의 삶은 6 · 25전쟁과 관련된 비극을 보여주고 있다는 점에서 분명 전쟁에 대한 나름의 의미가 담긴 메시지를 전하고 있다. 뿐만 아니라 어른들의 세계와는 다른, 어른들이 이해하기 힘든 그들의 세계도 이야기하고 있다는 점에서 이런 형식의 이야기가 갖는 특성이 드러나 있다.

그러나 그것이 지금-여기의 삶과 치열하게 연결되기에는 무리가 있다. 그것은『소라단 가는 길』이 시도한 형식, 즉 모교를 방문한 동창생들이 자신들의 어린 시절 체험을 이야기하고, 그것에 대한 청자들의 반응을 이야기하는 형식과도 관련된다. 프롤로그와 에필로그에 해당하는 「귀향길」과 「상경길」을 제외한 이야기들은 세 부분으로 구성되어 있다. 세 부분 중 처음과 끝은 외화에 해당하고, 중간은 내화에 해당한다. 외화는 이야기를 듣는 어른들의 이야기이고, 내화는 소년 화자의 어린 시절의 이야기다. 내화에서 전개되는 어린 시절 체험 이야기는 그 시절에 한정되고, 외화의 역할을 하는 도입과 마무리에서는 이야기의 바통을 이어받을 사람을 지명하고, 내화 이야기를 두고 반응하고, 다음 이야기로 이어지도록 하는 구성으로 되어 있다.

그러니까 내화 이야기꾼의 이야기, 즉 이야기를 하는 인물들이 체험한 사건들은 그것이 진정 의미 있게 형상화되어 있는지의 여부는 차치하고, 그들 나름 의미 있다고 여기는 것들을 이야기한 것이며, 이에 대한 청자들의 반응이 구성상의 중요 역할을 하는 것이다. 왜냐하면 개인의 체험과 기억이 구성원들과 어떻게 상호작용하면서 의미 있는 공동체의 체험과 기억으로 존재할 수 있는지를 알 수 있기 때문이다.

이로 볼 때, 이야기에 대한 청자들의 반응은 '추억담'(26쪽)으로, "파적거리 삼어서 동창들끼리 주고받은 하룻밤 회고담"(309쪽)에 불과하다. 상경길에 하인철과 소설가인 내가 나눈 대화에서 하인철의 입을 통해 확인할 수 있듯이, 화자들의 이야기는 "한몸뗑이 안에 순진무구헌 동심 세계허고 발랑 까진 악동 세계가 의초롭게 공존허던 시절"(300쪽)의 이야기로 추억담, 회고담의 이야기이다. 그것은 "그렇게 순수한 시절이 있었다는 게 믿어지지 않을 정도"로 "세상 때에 찌든 더러운 몸뚱이를 맑은 개울물에다 깨끗이 빨래하는 기분"(300쪽)을 주는 것이었다. 6·25전쟁 체험이 '순수한 시절', '마법상자 같은 보물'의 세계인 것이다. 그러니까 어린 시절 겪었던 체험과 기억의 세계가 '지금-여기'로 이어지지 않고 단절되어버린 것이다.

무엇보다 자신들이 아주 운이 좋은 축에 속한다는 사실을 확인하는 데서 이러한 사고방식의 절정을 보여준다.

> 뭣보다도 중요한 사실은 우리 모두가 운이 아주 좋은 축에 든다는 걸 재확인할 수 있었던 바로 그 점일 거야. 우리 세대는 어린 나이로 온갖 고통이나 어려움들을 훌륭히 견디고 전쟁 비극 속에서도 무사히 살아남은, 아주 독종 인간들이지. 그 지독한 억척빼기 정신이 결국 오늘날 한국의 경제발전을 가능케 만드는 원동력이 됐다고 생각해. 부모세대 희생 덕택에 고생을 모르고 자란 요즘 젊은것들은 우리보고 시대에 뒤떨어진 구닥다리 기성세대라고, 그러니까 이젠 신세대한테 자리를 양보하고 물러갈 때가 됐다고 떠들어대

지만, 어림도 없는 수작이지! 직사하게 고생만 하다가 이제 겨우 한숨 돌리려는 참인데 우리더러 벌써 물러가라니, 천만에 말씀이지!(300쪽)

실업자 신세가 된 하인철의 입을 통해 진술되는 이야기에서 자신들은 6·25전쟁 비극에서 운좋게 살아남은 독종 인간들로서 한국 경제개발의 주역이자 원동력이 되었다는 자부심을 갖는다. 전쟁의 비극 속에서도 살아서 경제발전을 이룩한 주역으로서 전쟁 체험을 기억하는 것은 '순진무구한 동심의 세계'로서 '오래간만에 과거의 나 자신을 되돌아볼 수 있는 좋은 기회'(300쪽)이자, 어린 시절 전쟁을 체험한 기성 세대를 몰라주는 후손(신세대)들에 대한 경고이기도 하다.

4. 체험, 기억, 소통으로서의 문학교육

교육의 차원에서 6·25와 관련된 근래의 논의들을 살펴보면, 교육의 내외적 측면에서 전쟁은 유의미하게 다루어져야 한다는 데 대체로 의견 일치를 보인다. 그동안 국어과 교과서에서 다루어온 6·25전쟁 관련 작품과 학습 활동 등을 살핀 한 연구자에 따르면 전쟁 교육과 관련하여 긍정적인 기억의 재생산이 가능하게 된 것은 4차 국어 교과서 이후다. 그러나 그가 분석한 결과는 학습자들이 학습하게 되는 전쟁에 대한 이해는 '일종의 암호 풀기'와 같은 것이라 진단한다. 이런 관점에서 보면 해결 방향은 암호 해독이라는 장애를 넘어서는 것이 된다. 따라서 그는 '공동체의 문화 전승'이라는 보편적인 문학교육의 목표에 입각해서 한국전쟁의 문화적 원천으로서의 의미를 살리기 위한 방법론을 모색하는데, 작가론과 문학사적 지식 등을 활용한 '지식과 맥락의 활성화', 소설, 일기, 수필 등과 같은 '보완 텍스트를 통한 확장', '구술 자료의 활용' 등을 구체적인 방법론으로 제시한다.[19] 이 같은 시각과 방법론은 문학(국어)교육에서 학습자의 6·25전쟁에 대한 이해력을 높이는 데에 기여할 것으로 보인다.

그러나 학습자들에게 전쟁 자체에 대한 이해력 못지않게 '지금-여기'의 삶의 문제로 그것을 발전시킬 수 있는 보다 근본적인 문제에 천착해 들어갈 필요가 있다. 이러한 지적은 분단과 관련하여 한국문학 교육을 문화적 기억이라는 개념에 천착하여 방법론을 모색한 논의에도 해당한다고 할 것이다. 사건의 상징화 과정을 분석하는 문화적 기억 찾기, 상호텍스트성 활용을 통한 기억의 담론 이해하기, 독서 토론과 같은 방법을 활용한 문화적 기억의 의미 생성 등과 같은 방법론을 제시한 논의는[20] 이해를 넘어 생산이라는 차원으로 확대하고 있다는 점에서 의의가 있다. 그러나 이 논의 역시 구체적인 방법론 이전에 보다 근본적인 논의를 보완할 필요가 있다.

이런 점에서 어떤 체험을 기억하고, 어떻게 그것을 이야기하느냐, 그리고 그와 관련한 교육의 국면들을 어떻게 구성해나가느냐가 중요한 과제가 아닐 수 없다. 여기에서는 문학교육에서 체험, 기억과 관련한 교육의 근본적인 한 방향을 모색해보고자 한다.

우리가 과거의 체험을 기억을 통해 이야기로 생산하거나 이해할 때는 일상적인 이야기부터 문학작품과 같이 진지한 이야기에 이르기까지 그 스펙트럼은 매우 다양하다. 여기에서 교육의 근본 과제 특히 문학교육의 차원에서 그것을 고려해볼 필요가 있겠는데, 문학교육은 문학의 본질과 특성에 입각해서 그 가능성의 최대치를 학습자들에게 교육할 필요가 있는 것이다. 가령 사건이나 체험 등을 다루되 그것의 본질과 의미를 꿰뚫어 보고 그것을 생

---

19 김동환, 앞의 글 참조.
20 정래필, 앞의 글.

산하고 이해할 수 있는 능력을 길러주자는 것이다. 이런 점에서 문학작품은 문학교육뿐 아니라 국어교육 나아가 시민교육에서 큰 유용성을 지닌다 하겠다.

왜 체험을 이야기하는 것일까. 문학작품과 관련해 볼 때, 적어도 그것이 일상의 상투적인 이야기나 그저 그런 끄적임이 아니라면 그것은 자신의 삶을 기억하고, 그 시절 의미 있게 나아온 사건들을 청자(독자)와 함께 소통하는 행위인 것이다. 6·25전쟁이 희극적인 측면보다는 비극적인 측면과 관련되어 있다고 볼 때, 그와 관련한 체험을 기억하는 행위는 고통이 수반되는 수난사적인 내용을 함의한다고 볼 수 있다. 앞에서 언급했듯이 『소라단 가는 길』의 '이야기 돌리기' 형식에서 체험 주체들이 기억을 통해 회상한 이야기에는 심신이 처참하게 된 상이군인을 비롯하여, 부모가 죽창에 찔려 죽는 모습을 보고 장님이 된 아이 등에 대한 이야기는 바로 그러한 것에 해당한다. 제재의 측면에서 이런 인물과 사건들은 6·25전쟁과 관련한 체험의 본질을 이야기하는 데에 있어 매우 긍정적이라 할 수 있다. 『소라단 가는 길』에 등장하는 이야기꾼들은 이야기 바통 돌리기에 따라 이야기를 하게 되지만 어찌 되었든 전쟁 체험 이야기를 기억 속에서 풀어낸다.

이와 달리 아무리 이야기할 기회(순서)가 주어진다 해도 이야기를 할 수 없는 경우도 있을 것이다. 그 이유는 도저히 이야기할 만한 의미를 발견할 수 없다거나, 이야기를 할 수 있는 재간이 없다거나, 체험에 압도되어 이야기를 할 수 없거나 거부하는 등에 해당할 것이다. 대개의 경우 첫 번째에 해당할 것이다. 이런 경우 영화 〈원더풀 라이프〉(고레에다 히로카즈 감독, 1998)는 하나의 시사점을 제공한다. 이 영화는 죽은 자들이 '저승' 세계로 가기 위해 가장 행복했던 시절의 기억을 선택하는 문제를 다룬다. 그 기억은 대단히 중요한데, 왜냐하면 그 이후에 그 기억을 지니고 살아야 하기 때문이다. 대부분은 그것을 수행해서 저승 세계로 가지만, 그렇지 못하는 사람들도 있다. 지난날 자신의 삶에게 특별한 의미를 발견할 수 없었던 인물들은 그곳 면접관이나 타자들의 도움으로 그 순간을 기억하고 선택한다. 그들 역시 태평양전쟁을 겪고 죽은 이들이라는 점에서 전쟁의 그늘에서 벗어날 수 없는 존재들로서, 자기 혹은 타자의 삶이 타자 혹은 자기에게 큰 의미가 있다는 사실을 깨닫는 순간에 선택은 이루어진다.[21] 여기에서 중요한 것은 기억 속의 의미 발견은 관계성 속에서 발생한다는 것이다. 『소라단 가는 길』에 등장하는 화자와 청자들은 6·25전쟁 무렵의 어린 시절, 이리라는 '장소'를 함께 공유하면서 이야기하고 있다는 점에서 일단 긍정적이라 할 수 있다.

그러나 관계성 속의 의미 발견은 그렇게 쉽지만은 않다는 것을 『소라단 가는 길』은 보여준다. 가령 첫 이야기꾼으로 등장하여 이야기를 풀어간 복덕방쟁이 유만재의 이야기(「묘지 근처」의 2 부분)에 대하여 동창생들의 반응과 이에 대한 유만재 간에 오간 대화를 살펴보면 이렇다.

> "그때 당시는 참말로 상이군인들이 질바닥에 지천으로 깔리다시피 혔었지. 행패도 이만저만이 아니었고. 그만침 법은 멀고 주목은 가차운 시절이었으니깨."
>
> …(중략)…
>
> "개중엔 가짜 상이군인도 흔혔지. 우리 동네에도 해방 전부텀 외팔이였던 청년 하나가 살고 있었는디, 진짜보담도 외려 더 행패가 심허기로 소문이 자자헌 가짜 상이군인이었어."(47쪽)

유만재가 이야기를 마치자마자 동창생들은 당시 기억을 떠올리며 상이군인들의 행패를 말한다. 그러자 그는 벌컥 화를 내며 다음과 같이 반응한다.

---

21 오카 마리, 『기억 서사』, 김병구 역, 소명출판, 2004, 126~133쪽.

제1장 전쟁 서사와 소통을 위한 문학교육

"우리 작은아버지를 모욕허는 놈은 내가 내비 안 둔다! 우리 작은아버지로 말헐 것 같으면, 전쟁터에서 다리 한짝을 잃고 불구가 된 뒤로도 넘들한티 눈 한번 안 흘리고 평생을 즘잖은 인격자로 곱게 늙으신 분이여!"(48쪽)

유만재가 들려준 이야기에 등장하는 상이군인과는 달리 그의 작은아버지야말로 "평생을 점잖은 인격자로 곱게 늙으신 분"이라고 격하게 항변한다. 이로써 "좌중은 느닷없이 손찌검이라도 당한 듯 일제히 입을 다물"게 된다. 뒤늦게 어색한 분위기를 수습하지만 그것은 다음 이야기로 넘어가기 위한 수사적인 것에 불과하다. 따라서 이야기꾼과 청중과의 의미 있는 소통에는 한계가 있다.

작품 내적인 회로 속에서 인물들의 관계와는 달리, 작품과 독자와의 소통을 위해서는 일종의 '목숨을 건 도약'이 필요한 것이다.[22] 그들의 이야기가 하인철에게 "눈앞이 캄캄할 적에 빛을 주고 갈급헐 적에 물을 주고 기진맥진헐 적에 기운을 주는 마법상자 같은 보물"(309쪽)로 비춰지듯이, 독자(타자)들에게도 그럴지는 미지수다. 또한 이 점은 『소라단 가는 길』에서 프롤로그와 에필로그 즉 「귀향길」과 「상경길」에서 비중 있게 등장하고 있는 하인철의 삶도 마찬가지다. 「상경길」에서 하인철은 자신의 삶의 내력을 장황하게 이야기한다. 넥타이 정장 차림의 서울말을 쓰는 하인철은 사업 실패, 마약 밀수 누명과 감옥에서의 치욕, 가족의 파탄 등으로 자살을 시도하려 그 '보물' 즉 어린시절의 기억을 통해 고향과 화해하고 자살을 포기했다고 고백한다. 더구나 그는 다른 동창들과는 달리 귀경길에 사투리(방언)를 더욱 심하게 사용한다.

그는 비극적인 6·25전쟁에서 살아남은 독종 인간, 한국 경제개발의 주역

---

22 가라타니 고진, 『탐구 1』, 송태욱 역, 새물결, 1998, 3장 목숨을 건 도약 참조.

으로서의 자부심, 이를 통해 치욕과 파탄에 처한 인물이 재생의 의지를 다지고, 이런 자신들을 몰라주는 신세대를 비판한다. 이 대목에서 우리는 낯익은 목소리 '이것을 말하더라도 오늘날의 젊은이들은 잘 알지 못하겠지만 옛날은 말이야'를 듣는 듯하다.[23]

그러나 '목숨을 건 도약과 성공'은 서울과 지방, 표준어와 방언, 어른과 어린이, 기성세대와 신세대 등의 이분법의 논리를 넘어서는 데에 있다. 이런 논리가 지배하는 세계는 필경 어느 한쪽이 자기의 입장을 강조하거나, 다른 한쪽을 배제하게 되어 있기 때문이다. 이 같은 관점은 전쟁과 같은 고통스런 체험에 대하여 정면으로 응시하고 거기서 파생되는 문제를 날카롭게 제기하지 못하는 데서 기인한 것이기도 하다.

그렇다면 어떻게 해야 하는가. 그것은 예컨대 「묘지 근처」에서 보여준 할머니와 상이군인의 맞섬에서 단서를 찾을 수 있을 것이다. 할머니는 상이군인을 저승사자로서 맞서야만 하는 대상으로 삼았다. 그 이유는 자기가 추운 겨울에 죽게 되면 후손들을 고생시킨다는 것, 전쟁에 나간 아들을 보기 전에는 죽을 수 없다는 것, 그리고 아들을 절대로 죽게 할 수 없다는 데에 있다. 이 같은 근거들은 결국 혈연과 관련된 것들이다. 혈연을 기준으로 한 안과 밖이 대립하는 구도가 형성된다. 물론 인륜이라는 측면에서 보면 이는 매우 자연스런 것이라 할 수 있을 것이지만, 그것은 6·25전쟁에서 파생되는 사태의 본질을 해결할 수 있을 것 같지 않다. 상이군인과 같은 타자들이 끼어들 여지가 없는 한 더욱 그런 것이다. 상이군인과 같은 전쟁 폭력의 희생자들처럼 그 부당성을 지속적으로 제기하고 있는 존재들을 맞섬 혹은 배제의 논리로 기억하고 표상하는 것은 '자신의 피해만을 기억하고 상기하고' 있음으로써 '타자의 부인이라는 내셔널리즘적인 욕망, 그리고 내셔널리즘 자체

---

23 오카 마리, 앞의 책, 132쪽.

를 분유하고 있는 것'일지도 모른다.[24]

화자가 기억하고 있는 할머니의 상이군인과의 맞섬의 세계, 할머니를 도와 임무를 수행한 체험 자아의 세계, 그리고 그런 세계를 경험하고 성장한 주체들이 만들어가는 세계는 상이군인과 같은 존재들의 흔적을 지워온 생애사이다.

따라서 6 · 25전쟁의 그늘이 오늘날까지 지속되고 있는 '지금-여기'에서 그러한 한계를 넘어서기 위한 문학과 문학교육의 출발은 상이군인을 '짐승의 울부짖음'으로 자신을 드러낼 수밖에 없는 존재로 규정할 것이 아니라, 그들의 울부짖음을 파고들어, 그들로 하여금 이야기를 하게 하고 그들의 이야기에 귀를 기울이고 소통하는 데서 시작해야 한다. 이는 자기(이익) 중심의 기억 행위가 아닌 공공의 잘-삶 지향의 기억 행위로서 기억 책임의 윤리와도 연결되는 것이다. 그것은 문학 혹은 문학교육이 세대론적인 장벽, 이분법적 사고, 기술(기능)의 훈련, 목적론적 의도 등을 넘어서 공동체에 대한 일말의 책임을 질 수 있는 방법론적인 단초를 제공할 수 있을 것이다.

5. 맺음말

이번 장에서는 6 · 25전쟁과 관련하여 기억의 문제를 소설을 통해 검토해 보고, 그 문학교육적 방향에 대하여 고찰하고자 하였다. 6 · 25전쟁은 전쟁 발발 이후 사회 전반에 막대한 영향을 주고 있으며, 70여 년의 세월이 흐르면서, 그것에 대한 체험, 기억, 소통의 문제가 부각되지 않을 수 없다.

유소년기 체험 세대에 속하는 윤흥길의 소설집 『소라단 가는 길』은 6 · 25

---

24 위의 책, 144쪽.

를 다루고 있다는 점, 그것에 대한 체험과 기억의 문제가 핵심 연구 과제로 대두할 수밖에 없다는 점에서 문제적이다.

『소라단 가는 길』은 여러 인물들이 번갈아가며 이야기한 6·25를 전후한 어린 시절에 겪었던 사건들이 주된 이야기지만, 그에 못지않게 중요한 역할을 하는 것은 회갑을 바라보는 나이의 인물들의 이야기다. 이들은 지식인, 작가, 사업가, 자영업자, 실업자 등으로 우리 사회에서 일반적으로 볼 수 있는 자들이다. 이들이 어린 시절을 기억하며 이야기의 화두로 삼고 있는 인물들은 상이군인, 부역자, 빨갱이 자식, 정신병자, 불구 청소년, 반동 '뿌르좌지' 딸, 빨치산이 된 가난한 집 딸, 피난민, 전몰장병 유가족 등이다. 이 인물들은 전쟁이 낳은 수난과 고통에 찬 인물들을 표상한다. 이들 인물들의 이야기는 청자(동창생)들에게 추억담과 회고담으로 들린다. 따라서 어린 시절 겪었던 체험과 기억의 세계가 '지금-여기'로 이어지지 않고 단절되어버린다.

교육의 국면에서 볼 때 학습자들에게 전쟁 자체에 대한 이해력이나 문화적 기억을 활용한 구체적인 방법론 못지않게 '지금-여기'의 삶의 문제로 그것을 발전시킬 수 있는 보다 근본적인 문제에 천착해 들어갈 필요가 있다.

『소라단 가는 길』에는 이념과 이해 관계가 달라 서로 맞서는 세계, 그 속에서 자신도 모르게 어느 한 편에 서 있거나 돕는 체험 자아의 세계, 그리고 그런 세계를 경험하고 성장해간 주체들이 만들어가는 세계가 맞물리면서 상이군인 등과 같은 존재들의 흔적을 지워온 시간이 내재되어 있다. 여기에는 배제의 논리와 이분법적이고, 세대론적인 장벽이 가로 놓여 있으며, 그리하여 그것은 관계성 속에서의 의미 창출을 어렵게 하고 있다.

따라서 6·25전쟁의 그늘이 오늘날까지 지속되고 있는 '지금-여기'에서, 전쟁, 체험, 기억과 관련하여 그러한 한계를 넘어서기 위한 문학과 문학교육의 출발은 상이군인 등과 같은 수난자들로 하여금 자신의 목소리로 이야기를 하게 하고 그들의 이야기에 귀기울이고 소통하는 데서 시작해야 한다. 이는 자기(이익) 중심의 기억 행위가 아닌 공공의 잘–삶 지향의 기억 행위로서 기억 책임의 윤리와도 연결되는 것이다.

제2장
'정신대' 문제를 통해 본
인류 해방을 위한 서사교육

1. 머리말

이번 장에서는 『토지』(박경리)에 나타난 '정신대' 문제를 중심으로 인간의 고통과 수치를 넘어서 인간 해방의 가능성과 방안을 탐구해보도록 한다. 이는 『토지』를 한 민족의 문학으로서뿐 아니라 인류의 그것으로 볼 수 있는 가능성을 탐색하는 것이기도 하다. 따라서 그것은 『토지』를 인류 공동체의 문화적 의미망 속에서 포착하는 일이기도 하며, 교육적인 차원에서 접근한다는 점에서 교육과의 연관성을 내포하고 있다.

여느 위대한 문학작품들이 그렇듯이 그것이 위대하다는 의미는 여러 측면에서 접근할 수 있는 것이지만, 특별히 이 글에서는 '예술의 가장 보편적인 단 하나의 주제가 인간적 고통'의 표상과 관련되어 있다는 점에 주목한다. 마르크스주의나 정신분석학, 페미니즘, 탈식민주의 등 문학과 사회과학 이론의 핵심에 고통이 놓여 있다는 점에서도, 문학은 고통이라는 문제를 빗겨갈 수 없을 것이다.

문학(서사)작품이 인간의 고통 문제를 다룬다는 것은 사건을 통해서 표상된다. 특별히 그것이 공감과 수치를 통해서 한 민족이나 종족과 같은 특수성 차원에 그치는 것이 아니라 인류 보편성 차원으로까지 확장됨으로써, 그것을 통해 연대성을 모색하고, 궁극적으로 인류 해방으로까지 나아갈 수 있는 길을 여는 단초를 제공한다는 점에서 의미를 부여할 수 있을 것이다.

『토지』는 우리 식민 시대의 민족적 고통을 다른 어느 장편소설보다 풍부하게 형상화하고 있다는 점에서 많은 논점들을 제공한다. 주권을 빼앗긴 망국의 식민지인으로 살아가는 고통스런 삶의 조건 속에서, 땅을 빼앗기고 삶의 터전을 상실한 사람들, 일제의 폭력과 학살에 희생당하는 사람들, 타국에서 유이민으로서 힘들게 살아가는 사람들 등이 그들이다.

그동안『토지』를 둘러싼 많은 논의 성과[1]와 더불어『토지』의 교육적 문화적 가능성을 시도한다는 점에서 그 의미를 더할 수 있을 것이다. 특히『토지』에 형상화되어 있는 이른바 '정신대'[2] 문제를 중심으로 공감과 연대성을 방법적인 틀로, 그것을 통해 인간성의 회복을 통한 인류의 해방에 기여할 수 있는 길이 무엇인지를 논의하고자 한다.

---

1 그동안 논의된 성과들 가운데 단행본으로 출간된 것들만 몇 가지 들면 다음과 같다. 정현기 편,『恨과 삶:『토지』 비평1』, 솔, 1994 ; 정현기 편,『한·생명·대자대비 : 토지 비평집 2』, 솔, 1995 ; 한국문학연구회 편,『『토지』와 박경리 문학』, 솔, 1996 ; 최유찬 편,『박경리』, 새미, 1998 ; 이상진,『『토지』 연구』, 월인, 1999 ; 최유찬 외,『토지의 문화지형학』, 소명출판, 2004 ; 김정자 외,『왜 다시 토지(土地)를 말하는가』, 태학사, 2007 ; 최유찬,『세계의 서사문학과『토지』』, 서정시학, 2008 ; 최유찬,『『토지』를 읽는 방법』, 서정시학, 2008 ; 최유찬 외,『한국 근대문학과 박경리의『토지』』, 소명출판, 2008 ; 김윤식,『박경리와 토지(土地)』, 강, 2009.
2 '일본군 성노예'라는 용어는 유엔 인권위원회에서 채택된 용어이다. 끌려간 여성들이 성적 자기결정권이 전혀 없는 상태에서 일본군에게 비인간적인 상태에 놓여 있다는 점에서 이 용어가 적절한 듯하다. 그러나 확정된 용어가 아직 정립되지 않은 채 일본군 '위안부'라는 용어가 많이 쓰이는 편이다. 『토지』에서는 '정신대'라는 용어를 쓰고 있기 때문에 원문의 의미를 살릴 때는 '정신대'라는 용어를 쓴다.

2. 공감과 연대성의 매개로서의 '정신대'

리처드 로티는 현대의 지성이 도덕적 진보에 공헌한 것은 철학이나 종교학 논문을 통해서라기보다는 특별한 형태의 고통과 굴욕에 대한 상세한 서술을 통해서였다고 말한 바 있다.[3] 철학과는 달리 문학 특히 소설은 삶의 고통을 서사화함으로써 우리 자신과는 다른 사람들이 우리 자신과 다름없는 사람들이라는 공감과 연대의식을 갖게 해준다는 점에서 각별한 의미를 지닌다.

공감(sympathy)이라는 말이 함께(σύν)라는 말과 고통(πάθος)이라는 말에서 유래했듯이, 그것은 '고통을 함께 느낀다'는 의미를 지닌다.[4] 공감에 대한 탁월한 논의를 하고 있는 제러미 리프킨(J. Rifkin)에 따르면, 공감의 '감(pathy)'은 "다른 사람이 겪는 고통의 정서적 상태로 들어가 그들의 고통을 자신의 고통인 것처럼 느끼는 것"을 뜻하며, 공감은 "적극적인 참여를 의미하며 관찰자가 기꺼이 다른 사람의 경험의 일부가 되어 그들의 경험에 대한 느낌을 공유한다는 의미"를 지닌다.[5]

이 문제와 관련하여 문학에서는 주로 리얼리즘 문학에서 다루어왔다. 리얼리즘이란 현실을 고통스럽게 자각하고 그것을 통해서 희망을 꿈꾸는 것과 관련되기 때문이다. 그런데 오늘날 리얼리즘의 쇠퇴를 지적하는 논의들이 일반화되고 있듯이, 그것이 갖는 교육적 가능성도 점점 약화되어 가고 있

---

3 Richard Rorty, 『우연성 아이러니 연대성(*Contingency, irony, and solidarity*)』, 김동식 · 이유선 역, 민음사, 1996, 349쪽.
4 공감과 공감으로서의 리얼리즘 소설교육에 대한 논의는 다음을 참조. 임경순, 『서사, 연대성, 그리고 문학교육』, 푸른사상사, 2013, 제1부 제2장 참조.
5 J. Rifkin, 『공감의 시대(*The Empathic Civilization*)』, 이경남 역, 민음사, 2010, 19~20쪽.

다는 우려가 제기되고 있다. 문화적인 맥락에서 리얼리즘의 쇠퇴가 '공동경험의 축소, 공유 경험의 붕괴, 경험 교환 가능성에 대한 믿음의 상실' 등과 관련되어 있다고 한다면, 현실 상황을 고려할 때 공감이라든가 연대의식에 대한 논의와 실천 가능성은 어려워 보인다.[6] 그럼에도 불구하고, 근대적 의미의 공감의 출현이 "성별과 계급과 무관하게 타자와 자신의 감정을 동등하게 여기며 이를 통해 관계를 만들어가는 공감의 출현"[7]에 있다고 할 때, 그 긍정적인 기능을 간과할 수 없기 때문이다. 이를테면 평등한 주체들의 상호성의 원리에 입각해서 모래화된 주체들을 타자들에 대한 관심과 공존, 연대성 형성에 이르게 하는 구심점을 제공해줄 수 있다는 것이다.

　다른 자리에서 필자가 살폈듯이 그것은 리처드 로티가 제안한 "우리 자신과 매우 다른 사람들을 '우리'의 영역에 포함시켜 볼 수 있는 능력",[8] 좀더 구체적으로 타자의 고통에 대한 공감과 잔인성에 대한 가책을 통한 연대성을 모색하는 방법과 연결된다. 이는 민족이나 혈육이 내포한 또 다른 차별과 배제의 위험성을 벗어나게 해주는데, 그것은 예컨대 '그는 나와 같이 전쟁터에서 총상을 입고 고통을 당하고 있는 사람이다'라고 이해, 공감, 창작, 수용 등을 통해 연대성을 모색하는 길이다. 필자는 중국 조선족 소설을 검토하면서 이러한 연대성의 가능성과 한계를 검토한 바 있는데, 「비단이불」의 경우처럼 '자기 전우애'에 빠진다든지, 「고국에서 온 손님」의 경우처럼 자기의 잔인성을 중단하고 타인의 고통에 접근하는 것일 수 있다. 그러나 이는 그러한 감정과 인식을 확장시키려는 지속적인 노력이 부족하다는 점에서 한계를 지니기도 한다. 그러나 한편으론 민족, 인종, 국가를 넘어 중국 내외에서 타

6　유종호, 「근대소설과 리얼리즘」, 『창작과비평』 39호, 1976, 241~242쪽.
7　박숙자, 「근대국가의 파토스, '공감'의 (불)가능성 — 『검둥의 설움』에서 『무정』까지」, 『서강인문논총』 32집, 2011, 서강대인문과학연구소, 74~75쪽.
8　Richard Rorty, 앞의 책, 1996, 349쪽.

인의 고통에 공감하고 인간의 잔인함에 대하여 혐오하는 인간들과 연대하는 일에서 그 가능성을 찾기도 하였다.[9]

『토지』가 여타 다른 장편소설 예컨대,『태백산맥』이나『혼불』등과 같은 현대소설과 비교해볼 때 분량이나 규모에 있어 독자에게 부담으로 작용할 수도 있다. 그렇지만 그렇기 때문에 다양한 인물과 사건들을 담아낼 수 있다는 장점도 있다.

작품의 시간적 배경이 1890년대에서 1945년에 이르는 기간에서 알 수 있듯이 이 시기는 국권 상실과 일제 식민 시대와 대체로 일치한다. 따라서『토지』는 일본과의 관계 속에 놓인 인물들과 사건들이 핵심을 차지한다고도 볼 수 있다.

나라를 잃은 피압박 민족으로 살아간다는 것은, 그것도 특별히 전쟁 상황에 내몰린다는 것은 보편적인 인간 이하의 삶 속에 놓여 있다는 것을 의미한다. 이러한 삶 속에 놓여 있는 인간들 가운데, 여기에서 주목하고자 하는 것은 이른바 '정신대' 즉 일본군 '위안부'에 주목하고자 한다.

일본군 '위안부' 문제는 이 용어가 암시하듯이 성과 관련하여 어떠한 주권도 주어지지 않은 일본군의 노예로서의 존재를 의미하기 때문에, 전쟁이 인간에게 준 가장 악랄한 고통과 관련되어 있다는 점에서 심각성이 있다. 더구나 그것은 지금까지 어떠한 해결에 이르지도 못하고 있다는 점에서 현재 진행형의 문제이다. 이것을 문제삼는 것은 그것에 대한 실질적, 역사적, 정치적, 경제적, 윤리적 해결 없이는 앞으로 이와 같은 상황은 언제든지 발생할 수 있기 때문이다. 그것은 사람이 사람을 사람으로서 대우하지 않고, 짐승보다도 못한 잔혹성을 보여준다는 점에서 반드시 해결해야 할 문제인 것이다.

---

9   임경순,「고통을 넘어 연대성 모색하기」,『서사, 연대성 그리고 문학교육』, 푸른사상사, 2013.

'서발턴(subaltern)'으로서 일본군 '위안부'와 같은 사람들은 자신들의 고통이 인간이 참을 수 있는 임계점을 넘어섰다는 것과 그것을 수용하거나 해결해줄 사회적 상황에 이르지 못하기 때문에 자신들의 경험을 이야기하지 못하고 침묵 속에 오랜 기간 있어야만 하는 것이다. 다행히 우리 사회는 지난 몇십 년간 한국정신대연구소, 한국정신대문제대책협의회, 여성부 등을 중심으로 지속적으로 그녀들을 발굴하고 관심을 가짐으로써 그녀들의 말문을 열 수 있었다.[10]

그러나 최근까지 우리 사회에 알려진 일본군 '위안부' 가운데 상당수가 사망함으로써 남은 인원은 극히 일부에 불과한 실정이다. 즉 1992년 이후 여가부에 공식 등록된 238명의 '위안부' 가운데 생존자는 2015년 46명, 2022년 7월에는 11명에 불과하다. 생존자는 거의 90세 전후 고령자로서 이들도 얼마 지나지 않으면 사망하게 될 것이다. 물론 우리 사회의 따가운 시선 때문에 자신이 '위안부'였다는 사실을 알리지 않은 사람이 훨씬 많지만, 이들 역시 고령으로 사망했거나 극히 일부만 생존해 있을 것으로 보인다. 더구나 해외에 거주하는 '정신대' 할머니들이 훨씬 많을 것으로 추산되는데, 이들에

---

10 한국정신대문제대책협의회·정신대연구회 편,『강제로 끌려간 조선인 군위안부들』, 한울, 1993 ; 한국정신대문제대책협의회·정신대연구회 편,『강제로 끌려간 조선인 군위안부들 2』, 한울, 1997 ; 한국정신대연구소·한국정신대문제대책협의회 편,『강제로 끌려간 조선인 군위안부들 3』, 한울, 1999 ; 한국정신대문제대책협의회 2000년 일본군 성노예 전범 여성국제법정 한국위원회 증언집,『강제로 끌려간 조선인 군위안부들 4 : 기억으로 다시 쓰는 역사』, 풀빛, 2001 ; 한국정신대문제대책협의회 2000년 일본군 성노예 전범 여성국제법정 한국위원회·한국정신대연구소,『강제로 끌려간 조선인 군위안부들 5』, 풀빛, 2001 ; 여성부 권익기획과 편,『"그 말을 어디다 다 할꼬" : 일본군 '위안부' 증언자료집』, 여성부권익기획과, 2002 ; 한국정신대문제대책협의회 부설 전쟁과여성인권센터 연구팀,『역사를 만드는 이야기 : 일본군 '위안부' 여성들의 경험과 기억』, 여성과인권, 2004.

대한 실태 파악조차 되어 있지 못한 실정이다.[11]

일본군은 그들이 주둔한 전역에 군 위안소를 설치했는데, 그들에게 끌려간 일본군 '위안부'는 대략 14만에서 20만 명이나 달한다. 그중 한국 여성이 80% 즉 11만 8,000명에서 16만 명으로 추산된다. 이들 중 생존 귀환한 사람이 1/2~1/10에 불과하다는 연구가 있다.[12] 이로 보면 귀국하지 못한 일본군 '위안부'의 수는 적지 않다는 것을 알 수 있다. 1930~1945년 사이 조선의 인구가 2,000~2,500만 명 정도였음을 감안할 때, 남성을 제외하고, 여성 가운데 어린이와 노인을 제외한 인구로 보면 실로 엄청난 인원인 것이다.

집단기억으로부터 멀어질 뿐 아니라, 자신들로부터도 해방되지 못한 '위안부'들의 문제는 그들만의 문제가 아니라 우리의 문제이자 인류의 문제라는 점에서 매우 중요한 의미를 지닌다. 그것은 식민 조선의 지역적인 차원에 국한되는 것이 아니라 오늘날 전 지구적 차원에서 해결해야 할 문제인 것이다.

1980년대 말 이후에야 일본군 '위안부' 문제가 오랜 침묵 속에서 부각된 것을 보면, 『토지』에 표상된 '정신대'는 이러한 사회 역사적 문제 상황을 안고 있다.

---

11 해외 거주 여성들에 대한 조사는 매우 미미하다. 여성부가 나서서 조사한 것은 오키나와와 해남도 정도이다. 여성부 권익기획과 편, 『(2002년) 국외거주 일본군 '위안부' 피해자 실태조사』, 여성부권익기획과, 2002.

12 강영심, 「종전 후 중국지역 '일본군 위안부'의 행적과 미귀환」, 『한국근현대사연구』 40, 한국근현대사학회, 2007. 1937년 중일전쟁 후 끌려간 한인 수는 1백만 명으로 급증하였고, 해방 당시에는 230여 만 명에 달했다.

3. 『토지』에 형상화된 '정신대' 수난자들

『토지』에서 '정신대'라는 말이 등장하기 시작한 것은 5부 3편 5장 이후이다. 『토지』 5부가 『문화일보』에 연재된 때는 1990년대 초(1992.9.1 ~1994. 8.30) 시기로, 1980년대 말부터 사회적 관심을 받기 시작한 '정신대' 문제가 공론화된 시기를 반영한다. 『토시』 5부의 시간적 배경이 대량으로 일본군 위안소가 설립되기 시작한 1937년 난징(南京) 학살 이후의 시기와도 맞물려 있기 때문이기도 하다.[13] 『토지』가 오랜 침묵 속에 빠져 있던 '정신대' 문제를 일찍이 다루고 있다는 점에서 보면 의미 있는 일이라 할 수 있다.

5부 3편 5장에서는 정신대에 대하여 언급되어 있을 뿐이다. 일본군의 전세가 악화되는 상황에 대한 우려 속에서 서희가 윤국과 양현의 결혼을 진행하는 과정에서 겪는 심리적인 갈등을 기술하는 부분이 있다. 거기에서 서술자는 "정신대라는 이름으로 끌려나가는 어린 처녀들이 어디로 가는지 알고 있었으며 농부며 노동자, 심지어 도시의 중산층 청년들까지 어디로 끌려가고 있는지 알고 있었다"는 말이 제시되어 있다. 이는 당시 인물들이 '정신대'가 어떤 일을 하고, 어디로 끌려가는지를 알고 있었다는 것을 의미한다.

5부 3편 5장에서 '정신대'에 대한 서술자의 언급으로 끝나는 것과는 달리, 제5부 4편 2장 독아(毒牙)에서는 일본군에게 강간을 당한 소녀가 쇠락해가는 상황에서 '정신대'로 끌려갈 수 있음을 보여준다.

> "말이야 차차 지 맘 내킬 때 하겠지마는 지가 걱정하는 것은 핵교를 그만두는 일보다, 건강이 나쁘다는 것도 큰일이기는 하지만 시국이 시국인 만치로 정신대에 뽑혀가지 않을까 그기이 걱정입니다."

---

13 안영선, 『성노예와 병사 만들기』, 삼인, 2003, 20쪽.

정신대라 했을 때 남희는 강한 반응을 나타내었다. 어쩌면 그는 정신대 내막에 관하여 소상하게 알고 있는 것 같기도 했다.

"정신대라 카믄 여자 보국대 말가."

"예, 수을찮이 처녀 아아들이 뽑히 나간 모앵인데, 이 동네서도 더러 나갔을 걸요?"

"하모, 웃담에 사는 길수 딸이 나갔고 성냥간(대장간) 하다 온 그 집 손녀도 나갔고, 전에는 모집이라 캄서 선금 주고 아아들을 데리고 갔는데 갔다한 연에는 편지 한 장 없단다. 세상에, 그런 생이별이 어디 하나둘가."(19권 35쪽)[14]

이 대목은 어머니를 따라 부산에 갔던 석이의 딸 남희가 일본군 장교에게 강간을 당하고 평사리 할머니 집에 겨우 당도해서 몸을 추스르고 있을 때, 성환 할매와 연학이 나눈 대화이다. 개동이의 술책으로 처녀애들 공출해가는 식으로 끌려가는 일이 일본의 앞잡이 노릇을 하는 조선인을 통해 자행되고 있으며, 평사리도 예외는 아니라는 것을 보여준다.

"게다가 요새 평사리가 요상하게 돼 있어서, 정신대다 머다 함서 처녀애들 공출해가는 시절 아닙니까. 우가네 개동이 놈 또 무신 술책을 쓸지 그것도 걱정이 돼서요."

"그 목이 뿌러져 죽을 놈이 감정 있는 집을 골라감서 징용에 뽑아 갔다믄서?"

"이자는 감정이고 머고, 마구잡입니다."

"하기사 진주도 그렇다. 우리 승구도 산판에 보내기를 잘했제."(19권 46쪽)

우가의 둘째 아들, 우개동은 아버지가 죽은 후, 징용 간 동생의 후광을 입

---

14 인용 표기는 박경리, 『토지』, 마로니에북스, 2012.

고 면서기가 되어, 징용병과 '정신대' 모집에 앞장서서 마을 사람들의 원성을 산다. 일제의 앞잡이 역할을 하는 이러한 인물은 일제 치하 조선에서 흔했다.

일본군 장교로부터 정신대로 끌고 가겠다는 협박을 당한 남희로서는, 정신대로 끌려가게 될지도 모른다는 연학의 말에 '강한 반응'을 보인다. 이는 정신대로 끌려간다는 것이 의미하는 바가 무엇인지를 알고 있는 듯한 남희에게, 그것이 그녀에게 얼마나 큰 공포로 다가오는가를 말해준다. 조준구의 누명에 따른 남편의 죽음, 독립운동을 하는 아들의 만주행, 며느리의 가출, 손주 성환이의 징용, 그리고 딸 귀남네의 냉대 속에서 살아가는 정환조의 처 성환 할매에게는 손녀 남희마저 '정신대'로 끌려가는 것은 견디기 어려운 일이었다.

'제5부 5편 6장 졸업'에는 조선 소녀들이 '정신대'에 갖는 공포가 학교라고 해서 예외가 아니었음을 보여준다.

"빨리 해! 빨리 빨리!"
요장이 우왕좌왕하고 있는 아이들에게 소리쳤다.
"대관절 뭐가 어떻게 된 거야?"
요장이 다가오는 것을 본 오송자가,
"요장!"
하고 불렀다.
"무슨 일이야!"
"나도 몰라."
요장의 대답이었다. 무리가 술렁댄다.
"모른다니? 모르고서 한밤중에 우릴 깨웠니?"
그러자 김신이가,
"설마 우릴 징용에 끌고 가는 건 아니겠지?"

아직 잠에서 덜 깬 듯, 그리고 툭바리 깨지는 듯한 음성으로 말하자, 잔뜩 움츠리고 있던 학생들은 와하고 웃었다. 그러나 그 웃음소리는 갑자기 멎었다. 형용하기 어려운, 이상한 침묵이 흐른다.

…(중략)…

보연이나 상의는 정신대라는 것에 대하여 깊이는 알지 못했던 것이다. 군인 비슷하게 나가는 것으로 생각했다. 그럼에도 부모들은 딸을 내어놓지 않으려고 무리하여 결혼을 시켰고 돈을 써가며 취직을 시키곤 했던 것이다. 아버지는 떠날 때도 상의에게 졸업하면 곧장 만주로 와야 한다는 말을 되풀이했다.

'왜 아버지 생각이 났을까? 지금, 가네야마상이 징용 어쩌구 하니까, 그 생각이 났나 부다. 한데 이 밤에 왜 사 학년생만 집합하라 하는 걸까? 우릴 어디 데려가는 것이 아닐까?

그러나 상의는 무서워서 그 말을 입 밖에 낼 수가 없었다.(20권 273~276쪽)

이 장면은 '정신대'에 끌려가는 것이 당시 학생들에게 얼마나 공포의 대상이었는지를 말해준다. 졸업을 앞둔 4학년 학생들이 추위가 가시지 않는 3월 초, 밤 12시가 지난 시각에 어디론가 불려가는 가는 도중 '징용'에 끌려가는 것이 아닌가라고 말하는 동기의 말에 그녀들은 '형용하기 어려운, 이상한 침묵'에 휩싸인다. 그리고 상의는 '정신대'를 떠올리고 공포에 빠진다.

당시 열두 살 전후의 어린아이들을 조직적으로 '정신대'에 보낸 것이 사실이었음은 어느 일본이 여교사의 참회 편지를 통해 확인할 수 있다.

2006년으로 84세의 길을 걷기 시작한 나는 심신이 약하고, 밖에 나가는 일도 무리하게만 느껴집니다. 머지않아 죽음을 앞두고 있기 때문입니다. 치매기도 시작되었고, 종이와 펜만으로도 하루 불과 몇 시간 만에 피로해지고 마는 현실입니다. 그래도 살아가고 있습니다. 1941년 4월부터 2년 반 동안, 조선민주주의인민공화국에서 조선의 아이들의 학교에 근무했습니다. 생도 수는 2,400명, 1반에 74명 모두 일본어를 사용했습니다. 6살 때 일본어 시험으로 4배의 경쟁률 가운데 입학한 아이들은 다툼도 일본어로 했습니다. 학교 후미진 곳에서도 일본어밖에 들을 수 없었습니다. 조선에서 태어나 자라온 나이지만, 〈조선〉말을 하지 못했습니다. 그리고 일시는 다르지만, 많은 소녀들이 사라졌습니다. '만주국이 좋아서 가출했다', 이것이 일분 군부의 대답이었습니다. 성노예로서 10살 전후의 소녀들은 일본으로 납치되었고, 그것을 거부했기 때문에 일본군에 의해 학살당했던 것입니다. 일본은 이러한 일을 방치한 것만이 아니라, 은폐하기 위해 북조선 비난에 필사적입니다. '내 딸아…'라고 눈물을 흘리며 인파들 속으로 사라져 간 학부모들, 나를 바라보는 그 소녀들, 그러한 모습들이 지금 내 안에서 점차 커져가고 있습니다. 올해는 이 일(의 해결)에 힘을 다할 생각합니다. 감사합니다.

2006년 월 일

이케다 마사에(池田正枝)[15]

이 편지는 일제 조선에서 일본인 2세로 태어나 국민학교 교사를 지낸 바 있는 이케다 마사에의 글이다. "'내 딸아…'라고 눈물을 흘리며 인파들 속으로 사라져간 학부모들, 나를 바라보는 그 소녀들"이라는 말에는 이러한 사연이 있다. 마사에는 '정신대'를 모집하라는 교장의 지시를 받는다. 그리하여 마사에는 아이들과 부모들을 구슬러 제자들을 '정신대'원으로 모집해서 군악대 음악이 연주되는 가운데, 서울역에서 제자들을 환송한다. 거기에서 아이들을 보내는 부모들은 눈물을 흘렸고, 아이들은 선생을 바라봤던 것이다. 이케다 마사에는 죽기 전에 참회와 용서를 구하는 일을 하고자 했지만 제자들은 일본의 반성, 사죄, 그리고 합당한 조치가 없는 한 마사에의 용서

---

15 안홍선, 「12살 소녀들을 정신대로 보낸 어느 일본인 교사의 '참회의 여정'」, 『교육비평』 21, 교육비평, 2006, 173~174쪽.

를 받아들일 수 없다는 답변을 받은 채 2008년 12월 4일 사망한다.[16]

'제5부 4편 4장 만 리(万里) 길을 오가며'에 나오는 일본인들 간의 대화가 이채롭다. 코스모폴리타니즘의 신봉자 오가타 지로와 그의 누나 유키코와의 대화이다.

> "조선인들 징용에 비하면 일본인들 징용은 천국입니다. 조선인 노동자는 사람도 짐승도 아닌 기계지요. 일본은 언젠가 벌을 받을 것입니다."
>
> "그 얘기는 나도 들었다. 몹쓸 사람들⋯⋯ 조선 여성들 정신대 얘기도 들었어."
>
> "도시락 싸들고 공장으로 일하러 나가는 젊은 여자들, 그들이 불만에 차서 못 견디겠다, 못 견디겠다 하고 있을 때 전선에서는 마구 무차별로 끌고 온 조선 처녀들이 하루에도 수십 명, 심할 때는 오십 명 이상의 군인 놈들을 받아내고 있었습니다."
>
> 유키코 얼굴에 피가 모여들었다. 수치와 분노였다.
>
> "나는 내 자신이 일본인이라는 데 대하여 세 번 절망하고 증오했습니다."
>
> "⋯⋯."
>
> "한 번은 남경학살사건이었고 두 번째는 조선의 처녀들, 그 더러운 짐승들의 지옥 같은 형상을 생각할 때였습니다."
>
> 오가타는 세 번째의 절망과 증오에 대해서는 말하지 않는다. 그것은 중국인들의 목을 잘라서 그것을 배추같이 무더기로 쌓아놓고, 죽인 중국인 남근(男根)을 베어 목이 잘린 그 입에다가 마치 시가처럼 물려놓고 무공을 자랑하기 위하여 그 앞에서 사진을 찍어 가족에게 보냈다는 얘기다. 누이였지만 그도 여성이라 오가타는 차마 입 밖에 내어 말할 수가 없었던 것이다.(19권 152~153쪽)

'정신대'에 대한 오가타의 말은 더욱 구체적이다. '마구 무차별로 끌고 온

---

16 위의 글.

조선 처녀들이 하루에도 수십 명, 심할 때는 오십 명 이상의 군인 놈들을 받아내고 있었'다는 것, 그것이 자신이 일본인이라는 데에 절망하고 증오하게 된 것 가운데 하나라는 것이다. 가해 당사국 국민 중의 한 사람인 오가타가 반성을 넘어, 절망과 증오에 이른 사건들이다.

> 침략을 애국으로 날조하여 국민을 전선으로 전선으로 내몰았던 그들, 침략과 약탈이 목적인 만큼 제아무리 정의라는 허수아비를 내세워도 그것은 범죄자이며 짐승의 본능이며 남경대학살 같은 지옥은 전개되게 마련이었다. 하루에 수십 명의 병사를 받아내야만 했던 정신대의 존재도 필요했을 것이다.(19권 163쪽)

서술자는 침략과 약탈이 목적인 전쟁에서 남경대학살이나 '정신대'의 존재나 그녀들에 대한 학살은 일어날 수밖에 없는 것이었으며, 그 일을 저지른 자들은 범죄자라는 사실을 분명히 한다.

4. 고통을 넘어선 인류 해방을 위한 서사교육

교육을 논의하기 위해서는 현행 교육과정을 분석할 필요가 있다. 2015 개정 국어과 교육과정의 공통 교육과정에 해당하는 '국어' 과목의 문학 영역 내용 체계는 표 1과 같다.

이 내용 체계를 보면 핵심 개념, 일반화된 지식, 학년(군)별 내용 요소, 기능이 체계적으로 제시되어 있다. 핵심 개념은 문학의 본질, 갈래와 역사, 수용과 생산, 태도가 제시되어 있어, 지식(본질, 갈래, 역사)뿐 아니라 활동(수용과 생산), 태도 등이 망라되어 있다. 2011 개정 교육과정이 '실제'를 중심으로 그것이 '지식', '수용과 생산', '태도'로 단순화된 것과는 차이를 보인다.

표 1. 국어 '문학' 영역 내용 체계[17]

핵심 개념	일반화된 지식	학년(군)별 내용 요소					기능
		초등학교			중학교 1~3학년	고등학교 1학년	
		1~2학년	3~4학년	5~6학년			
문학의 본질	문학은 인간의 삶을 언어로 형상화한 작품을 통해 즐거움과 깨달음을 얻고 타자와 소통하는 행위이다.			•가치 있는 내용의 언어적 표현	•심미적 체험의 소통	•유기적 구조	
문학의 갈래와 역사 •서정 •서사 •극 •교술 문학과 매체	문학은 서정, 서사, 극, 교술의 기본 갈래를 중심으로 하여 언어, 문자, 매체의 변화와 함께 시대에 따라 변화해왔다.	•그림책 •동요, 동시 •동화	•동요, 동시 •동화 •동극	•노래, 시 •이야기, 소설 •극	•노래, 시 •이야기, 소설 •극 •교술	•서정 •서사 •극 •교술 •문학 갈래의 역사	
문학의 수용과 생산 •작품의 내용·형식·표현 •작품의 맥락 •작가와 독자	문학은 다양한 맥락을 바탕으로 하여 작가와 독자가 창의적으로 작품을 생산하고 수용하는 활동이다.	•작품 낭독·감상 •작품 속 인물의 상상 •말놀이와 말의 재미 •일상 생활에서 겪은 일의 표현	•감각적 표현 •인물, 사건, 배경 •이어질 내용의 상상 •작품에 대한 생각과 느낌 표현	•작품 속 세계와 현실 세계의 비교 •비유적 표현의 특성과 효과 •일상 경험의 극화 •작품의 이해와 소통	•비유, 상징의 효과 •갈등의 진행과 해결 과정 •보는 이, 말하는 이의 관점 •작품의 사회 문화적 배경 •작품의 현재적 의미 •작품 해석의 다양성 •재구성된 작품의 변화 양상 •개성적 발상과 표현	•갈래 특성에 따른 형상화 방법 •다양한 사회 문화적 가치 •시대별 대표작	•몰입하기 •이해·해석하기 •감상·비평하기 •성찰·향유하기 •모방·창작하기 •공유·소통하기 •점검·조정하기
문학에 대한 태도 •자아 성찰 •타자의 이해와 소통 •문학의 생활화	문학의 가치를 인식하고 인간과 세계를 성찰하며 문학을 생활화할 때 문학 능력이 효과적으로 신장된다.	•문학에 대한 흥미	•작품을 즐겨 감상하기	•작품의 가치 내면화 하기	•문학을 통한 성찰	•문학의 주체적 수용과 생활화	

17 교육과학기술부, 『(교육부 고시 제2015-74호) 국어과 교육과정』, 2015, 10쪽.

선택 중심 교육과정은 일반선택과 진로선택으로 나뉜다. 일반선택은 화법과 작문, 독서, 언어와 매체, 문학으로 구성되어 있다. 일반선택은 공통 교육과정(공통과목)인 국어의 심화·확장 과정이다. 진로선택은 실용 국어, 심화국어, 고전 읽기로 구성되어 있다. 진로 선택 중 실용 국어는 공통 교육과정인 국어를 바탕으로 직무 능력을 향상시키기 위한 과목이다. 심화 국어는 국어를 바탕으로 학문 탐구 능력을 향상시키기 위한 과목이다. 고전 읽기는 국어를 토대로 다양한 고전을 읽으며 통합적인 국어 능력을 기르는 과목이다.

2011 개정 국어과 교육과정은 공통 교육과정과 선택 교육과정으로 구성되어 있다. 공통 교육과정에서는 '국어', 선택 교육과정에는 '국어 I', '국어 II', '화법과 작문', '독서와 문법', '문학', '고전' 등의 과목이다.

2015 개정 교육과정 일반 선택과목 중 '문학'의 내용 체계는 표 2와 같다.

표 2. 선택 중심 교육 과정 – 일반 선택과목 '문학' 내용 체계[18]

영역	핵심 개념	일반화된 지식	내용 요소	기능
문학의 본질	•언어예술 •진·선·미	•문학은 언어를 매재로 한 예술로서 인식적·윤리적·미적 기능이 있다.	•인간과 세계의 이해 •삶의 의미 성찰 •정서적·미적 고양	•작품 선택하기 •맥락 이해하기 •몰입하기 •보조·참고 자료 활용하기
문학의 수용과 생산	•문학 능력 •문학 문화 •작가와 독자 •작품의 내재적·외재적 요소 •문학의 확장	•문학 활동은 다양한 맥락에서 작품을 수용·생산하며 문학문화를 향유하는 행위이다.	•작품의 내용과 형식 •작품의 맥락 •문학과 인접 분야 •작품의 수용과 소통 •작품의 재구성과 창작 •문학과 매체	•이해·해석하기 •감상·비평하기 •성찰·향유하기 •모방·개작·변용하기 •창작하기 •공유·소통하기 •점검·조정하기
한국문학의 성격과 역사	•한국문학 •문학사와 역사적 갈래 •문학과 사회·문화	•한국문학은 공동체의 삶과 시대 상황을 담고 있는 민족문화이다.	•개념과 범위 •전통과 특질 •갈래별 전개와 구현 양상 •문학과 시대 상황 •한국문학과 외국문학 •한국문학의 발전상	

18 위의 책, 124쪽.

문학에 대한 태도	•자아 성찰 •타자의 이해와 소통 •문학의 생활화	•문학을 통해 삶의 다양한 문제의식을 타인과 공유하고 소통할 때 문학 능력이 효과적으로 신장된다.	•자아 성찰, 타자 이해 •공동체의 문화 발전	

교육과정에서 밝힌 '문학' 과목의 목적은 다음과 같다. "'문학'은 초·중·고 공통 '국어'의 문학 영역을 심화·확장한 과목으로, 다양한 문학 경험과 활동을 통해 작품을 수용·생산하는 능력을 기르고 문학에 관한 소양과 태도를 함양하여 문학 문화를 향유하고 발전시키는 데 목적이 있다."[19]

'국어'의 내용 체계와는 체계상 약간 차이가 있다. '국어'에서는 모호했던 핵심 개념 항목을 따로 두어 그것을 명확히 했고, '국어'의 핵심 개념 대신 '문학'에서는 '영역'으로 대체했다.

2015 개정 교육과정 일반 선택과목 중 '문학' 과목의 성취 기준을 제시하면 다음과 같다.

(1) 문학의 본질

[12문학01-01] 문학이 인간과 세계에 대한 이해를 돕고, 삶의 의미를 깨닫게 하며, 정서적·미적으로 삶을 고양함을 이해한다.

(2) 문학의 수용과 생산

[12문학02-01] 문학작품은 내용과 형식이 긴밀하게 연관되어 이루어짐을 이해하고 작품을 감상한다.

[12문학02-02] 작품을 작가, 사회·문화적 배경, 상호 텍스트성 등 다양한 맥락에서 이해하고 감상한다.

---

19 위의 책, 122쪽.

[12문학02-03] 문학과 인접 분야의 관계를 바탕으로 작품을 이해하고 감상하며 평가한다.

[12문학02-04] 작품을 공감적, 비판적, 창의적으로 수용하고 그 결과를 바탕으로 상호 소통한다.

[12문학02-05] 작품을 읽고 다양한 시각에서 재구성하거나 주체적이 관점에서 창삭한다.

[12문학02-06] 다양한 매체로 구현된 작품의 창의적 표현 방법과 심미적 가치를 문학적 관점에서 수용하고 소통한다.

(3) 한국 문학의 성격과 역사

[12문학03-01] 한국 문학의 개념과 범위를 이해한다.

[12문학03-02] 대표적인 문학작품을 통해 한국 문학의 전통과 특질을 파악하고 감상한다.

[12문학03-03] 주요 작품을 중심으로 한국 문학의 갈래별 전개와 구현 양상을 탐구하고 감상한다.

[12문학03-04] 한국문학 작품에 반영된 시대 상황을 이해하고 문학과 역사의 상호 영향 관계를 탐구한다.

[12문학03-05] 한국 문학과 외국 문학을 비교해서 읽고 한국 문학의 보편성과 특수성을 파악한다.

[12문학03-06] 지역 문학과 한민족 문학, 전통적 문학과 현대적 문학 등 다양한 양태를 중심으로 한국 문학의 발전상을 탐구한다.

(4) 문학에 관한 태도

[12문학04-01] 문학을 통하여 자아를 성찰하고 타자를 이해하며 상호 소통하는 태도를 지닌다.

[12문학04-02] 문학 활동을 생활화하여 인간다운 삶을 가꾸고 공동체의
문화 발전에 기여하는 태도를 지닌다.

'문학의 수용과 생산'과 '한국 문학의 성격과 역사' 영역이 비슷한 비중으로 다루어졌고, '문학의 본질'이나 '문학에 관한 태도' 영역은 상대적으로 적은 비중을 차지한다.

고등학교 1학년까지에 해당하는 공통교육과정에서는 '국어' 과목에 제시된 성취 기준을 분석해보면, 문학의 수용과 생산 23개(초등학교 12개, 중학교 8개, 고등학교 3개), 문학의 본질 3개(초등 1개, 중학 1개, 고등 1개), 문학에 대한 태도 5개(초ㆍ중ㆍ고 각1개)이다. 따라서 고1까지는 문학의 수용과 생산을 비중있게 다루고 있다. 심화 확장 과목인 '문학' 과목에서는 '한국 문학의 성격과 역사'가 새롭게 강화되어 있음을 알 수 있다.

이상을 통해 볼 때 교육과정에 나타난 문학 관련 내용은 크게 지식, 수용과 생산, 태도로 범주화 할 수 있다.

『토지』뿐 아니라 '정신대' 문제를 다룬 작품들은 지식, 수용과 생산, 태도 차원에서 교육의 자료, 내용, 방법 등을 제공해줄 수 있다. 그것은 인권, 평화, 탈식민, 윤리, 인간의 고통과 그 해결, 인간 이해 등 다양한 차원에서 다루어질 수 있는 것이다.

여기에서는 구체적인 방법론을 제시하기보다는 '정신대' 문제를 통해 인류 해방에 기여할 수 있는 길이 무엇인지에 대한 원론적인 논의를 하고자 한다.

다음은 '정신대'에 끌려간 이옥선 할머니의 이야기다.

울산에서 고통스런 나날을 보내던 어느 날 백화점에 잠간 들렀다가 집으로 돌아가고 있었다. 난데없이 웬 건장한 사나이가 나를 훌쩍 들어 트럭에

싣는 것이었다. 얼떨결에 일어난 일이었다.

　어찌된 일인지 영문도 모르는 사이에 트럭은 떠났다. 천막 덮개를 친 트럭 안에는 우리 또래의 여자애들이 대여섯 있었다. 일본 사람 하나와 조선 사람 하나가 우리를 감시하였다.

　나는 몹시 놀랐다. 그리고 무서웠다. 우리들은 꼼짝 못하고 끌려가는 판이다. 그날 저녁에 기차를 탔다. 어디로 가는지도 몰랐다. 기차를 날 때에는 우리 같은 애들이 30명 정도 되었다. …(중략)…

　나는 지금까지도 무슨 영문인지 연길에 도착한 날짜만은 잊혀지지 않는다. 1942년 7월 23일이다.

　나의 이름은 '도미꼬'라고 지어주면서 등록부에 올렸다. 우리들을 비행장 철조망 안에 있는 일본군 병영으로 들여보냈다. 한 방에 넷씩 들어 있던 일본 군인들을 다른 곳으로 옮기고 그 대신에 우리들을 들여보냈다. 우리 5명은 한 방에 2명, 다른 방엔 3명이 들었다. 옆방에는 일본 군인들이 들어 있었다. 그들이 하는 말소리까지 들렸다. 일본군 병영에 함께 있었기 때문에 무슨 위안소란 간판도 없었다.

　그날 저녁부터 일본군들이 몰려들기 시작했다. 한 칸에 둘, 셋씩 들어 있었지만, 그런 것은 일도 아니라는 듯이 성폭행을 해댔다. 며칠이 지나서 합판으로 중간을 막아 작은 칸에 한 사람씩 들게 했다.

　나는 악에 바쳐 반항을 하였다. 그렇지만 결국 매만 맞고 발가벗기고 말았다. 그제야 왜놈들이 우리를 위안부로 끌고 왔다는 것을 알게 되었다.

— 이옥선 구술, 「연길에서의 군위안부 3년」[20]

　'정신대'로 끌려간 사람들은 영문도 모른 채 어디로 가는지도 모르고 '정신대'로 끌려가는 경우도 있고, 돈 벌러 가는 줄로 알지만 속고서 어디로 가는지도 모르고 '정신대'로 끌려가는 경우도 많다. 진술자들은 '정신대'로 끌려

20　강용권, 『끌려간 사람들, 빼앗긴 사람들: 강제 징용자와 종군위안부의 증언』, 해와달, 2000.

간 뒤에 겪은 참혹한 경험들은 대체로 잘 이야기하지 않거나, 하더라도 자세히 말하지 못한다. 그것을 말할 정도로 성숙한 사회가 되지 못한 것이 그 주된 원인일 것이다.

일제하와 한국전에서의 학살, 관동대지진 조선인대학살, 남경대학살, 유대인대학살, 베트남전에서의 대학살 등 인류 대학살(Genocide)은 인간이 저지른 큰 범죄들이다. '정신대' 역시 크게 보면 대학살이라는 측면과도 관련되어 있다. 사람을 사람으로 대하지 않고, 목숨과 주권이 없는 노예로서 대했다는 것은 죽은 것이나 진배없는 것이다. 더구나 패전국이 된 일본은 퇴군하면서 증거를 인멸하기 위해 '위안부'들을 잔혹하게 죽이기도 했다.

『토지』의 전체 분량에 비하면 일본군 '위안부'에 대하여 매우 소략적으로 다루고 있다. 그것은 작가의 관심뿐 아니라 역량과도 관련되어 있지만, 시대적 상황과도 밀접하게 관련되어 있는 것으로 보인다. 앞에서 언급했듯이 간간이 이루어지는 몇몇 문학작품과 논의가 있었기는 하지만, '정신대(일본군 '위안부')에 대하여 피해 당사자들이나 학계 그리고 정부는 침묵으로 일관해 왔다. 피해 당사자들로서는 말할 수 없는 사회적 분위기뿐 아니라, '피해자는 말이 없다'는 격언처럼 일상적 고통에 내몰리는 사람들은 희생자로서의 역할을 넘어서지 못한다. 더욱이 고통의 극단은 말의 효력이 닿지 않는 영역에 있었는지도 모른다. 이런 점에서 『토지』가 보여준 '정신대(일본군 '위안부')에 대한 문제의식은 의미 있는 작업이었다고 할 수 있다.

일본군 '위안부'와 관련하여 인물들이 갖는 고통과 분노는 국가, 민족, 계급, 성 등이 복합적으로 관련되어 있으며, 그것은 한국(조선)이라는 지역에 국한된 것이 아니라 식민 경험이 있는 제3세계의 국가, 나아가 전 세계와 관련되어 있다는 점에서 문제의 심각성과 중요성이 있다. 그것은 언제든지 어느 곳에서든지 재발할 수 있다는 점에서 반드시 해결해야 할 문제인 것이다.

서사(문학)가 역사와 달리 서발턴의 삶을 이야기함으로써 그들의 고통과 맞설 수 있듯이, '정신대' 이야기를 통해 그들만이 아니라 우리 모두의 고통이기도 한 삶의 질곡을 딛고 인류 해방에 기여할 수 있는 길을 찾아야 한다.

그것은 사건들을 타자와 나누어 가질 수 있도록, 폭력적인 사건을 현재의 서사로 살아갈 수밖에 없는 타자들의 존재를 이야기라는 형식을 통해서 집단기억 속에 자리 잡도록 하는 것이나. 그것은 사건을 일개의 국가라는 한정된 차원이 아닌 탈식민적 탈국가적 지구적 차원에서 접근할 때 가능성은 커지는 것이다. 이런 점에서『토지』는 그 한 가능성과 함께, 과제를 동시에 안고 있는 것이다.

『토지』에는 '정신대' 당사자의 목소리가 직접적으로 등장하지는 않는다. 조선 소녀들과 조선인들의 고통, 두려움, 분노 그리고 양심적 일본인에 의해 이야기가 전개되어 있다.

『토지』와 더불어 그동안 발행된 '정신대' 할머니들의 구술 이야기와 이들의 경험에 바탕을 둔 소설들은 이를 읽는 독자(학습자)들로 하여금 수치심을 느끼게 하고, 그를 통해 사태 해결을 위한 사유를 하게 하고 실천적인 방법을 모색하도록 하는 방아쇠의 역할을 할 수 있다.

타율적 윤리관에 입각한 수치심이야 감추어야 할 부정적인 정서로 간주되지만, 능동적이고 진정성에 입각한 수치심은 혁명적 힘이 될 수 있다. 그것은 인간이 가진 힘을 현실화하지 못하고 있는 것에 대한 부끄러움, 분노를 통해 가능한 것이다.[21]

그것은 피해를 당한 당사자들뿐 아니라, 그것을 직간접적으로 공유하고

---

21 여기에 대한 논의는 다음 참조. 임경순, 「재중(在中) 조선인 전 일본군성노예의 서사와 윤리공동체 : 석문자 위안소 거주자 김순옥의 서사 인터뷰를 중심으로」, 『문학치료연구』 제30집, 한국문학치료학회, 2014 ; 이상린, 『수치심의 철학』, 한울아카데미, 1996, 180~192쪽.

있는 사람들, 그들과 유사한 상황에 처한 사람들이 연대를 형성하고, 나아가 인간성의 회복을 통한 인간의 진정한 해방에 기여할 수 있는 단초를 제공할 수 있을 것으로 보인다.

이는 필자가 이미 제안한 바 있듯이, 우리 자신과 매우 다른 사람들을 '우리'의 영역에 포함시켜 볼 수 있는 능력,[22] 좀더 구체적으로 타자의 고통에 대한 공감과 잔인성에 대한 가책(수치심)을 통한 연대성을 모색하는 방법과 관련되어 있다. '그는 나와 같이 전쟁터에서 총상을 입고 고통을 당하고 있는 사람이다', '나는 그와 같이 잔인한 행위를 할 수 있을 뿐만 아니라, 그것을 당할 수도 있는 사람이다'라고 이해 · 공감하고, 수치심을 느끼고, 그리하여 그러한 사람들이 연대성을 형성해나갈 때 인간 해방에 성큼 다가갈 수 있다는 것이다.[23]

이런 점에서 『토지』에 표상된 조선 민족의 '정신대(일본군 '위안부')'의 서사는 더욱 치열한 치욕의 서사로 되살아날 필요가 있다. 그런데 유키코가 동생 오가타 지로의 '정신대'에 대한 이야기를 듣고 가졌던 타자의 고통과 잔인성에 대한 '수치'와 '분노'는 그것이 피해 당사자가 아닌 가해 국민의 한 사람으로서 느낀 것이라는 점에서 의미 있는 반응이라 하겠다. 그러나 그것이 개인적 차원에 그칠 뿐 집단의 수치심과 연대성의 차원으로까지 나아가지는 못하다는 점에서 한계를 지닌다.

---

22 Richard Rorty, 앞의 책, 349쪽.
23 임경순, 「'중국 조선족' 소설의 분단 현실 인식과 방향 연구」, 『한중인문학연구』 제37집, 한중인문학회, 2012, 150쪽.

제2장 '정신대' 문제를 통해 본 인류 해방을 위한 서사교육

5. 맺음말

이번 장에서는 『토지』(박경리 장편소설)에 나타난 '정신대' 문제를 중심으로 인간의 고통(苦痛)과 수치(羞恥)를 넘어서 인간 해방의 가능성과 방안을 탐구하였다. 이는 『토지』를 인류 공동체의 문화적 의미망 속에서 포착하는 일이기도 하며, 교육적인 차원에서 접근한다는 점에서 교육과의 연관성을 내포하고 있다.

『토지』는 우리 식민 시대의 민족적 고통을 다른 어느 장편소설보다 풍부하게 형상화하고 있다는 점에서 많은 논점들을 제공한다.

이 글은 그동안 『토지』를 둘러싼 많은 논의 성과에 힘입어, 특히 『토지』에 형상화되어 있는 이른바 '정신대' 문제를 중심으로 공감과 연대성을 방법적인 틀로 그것을 통해 인간성의 회복을 통한 인류의 해방에 기여할 수 있는 길이 무엇인지를 논의하였다.

소설은 삶의 고통을 서사화함으로써 우리 자신과는 다른 사람들이 우리 자신과 다름없는 사람들이라는 공감과 연대의식을 갖게 해준다는 점에서 각별한 의미를 지닌다.

『토지』의 시간적 배경이 1890년대에서 1945년에 이르는 기간에서 알 수 있듯이 이 시기는 국권상실과 일제 식민 시대와 대체로 일치한다. 따라서 『토지』는 일본과의 관계 속에 놓인 인물들과 사건들이 핵심을 차지한다. 나라를 잃은 피압박 민족으로 살아간다는 것은, 그것도 특별히 전쟁 상황에 내몰린다는 것은 보편적인 인간 이하의 삶 속에 놓여 있다는 것을 의미한다. 이러한 삶 속에 놓여 있는 인간들 가운데, 여기에서 주목하고자 한 것은 이른바 '정신대' 즉 일본군 '위안부'였다. '정신대'로 끌려간 인원은 당시 인구를 고려할 때 매우 많은 수와 비율이었다. 최근 이에 대한 관심이 고조되고 있지만, 아직도 해결되지 않은 문제로 남아 있다.

『토지』에서 '정신대'라는 말이 등장하기 시작한 것은 5부 3편 5장 이후이다. 『토지』 5부가 연재된 때는 1990년대 초(1992.9.1.~1994.8.30) 시기로, 1980년대 말부터 사회적 관심을 받기 시작한 '정신대' 문제가 공론화된 시기를 반영한다. 『토지』 5부의 시간적 배경이 대량으로 일본군 위안소가 설립되기 시작한 1937년 난징 학살 이후의 시기와도 맞물려 있기 때문이기도 하다. 그렇지만 『토지』가 오랜 침묵 속에 빠져 있던 '정신대' 문제를 일찍이 다루고 있다는 점에서 보면 의미 있는 일이라 할 수 있다.

5부 3편 5장에서 '정신대'에 대한 서술자의 언급에서부터, 제5부 4편 2장 독아(毒牙)에서는 일본군에게 강간을 당한 소녀가 쇠락해가는 상황에서 '정신대'로 끌려갈 수 있음을 보여주었다. 제5부 5편 6장 졸업에는 조선 소녀들이 '정신대'에 갖는 공포가 학교라고 해서 예외가 아니었음을 보여준다. 제5부 4편 4장 '만 리(万里) 길을 오가며'에 나오는 일본인들 간의 대화에서는 당사국 국민 중의 한 사람인 오가타가 반성을 넘어, 절망과 증오에 이른 '정신대' 등의 사건들을 서술하였다.

『토지』뿐 아니라 '정신대' 문제를 다룬 작품들은 지식, 수용과 생산, 태도 차원에서 교육의 자료, 내용, 방법 등을 제공해줄 수 있다. 그것은 인권, 평화, 탈식민, 윤리, 인간의 고통과 그 해결, 인간 이해 등 다양한 차원에서 다루어질 수 있다.

이러한 학교교육뿐 아니라 일반인을 위한 교육은 피해를 당한 당사자들뿐 아니라, 그것을 직간접적으로 공유하고 있는 사람들, 그들과 유사한 상황에 처한 사람들이 연대를 형성하고, 나아가 인간성의 회복을 통한 인간의 진정한 해방에 기여할 수 있는 단초를 제공할 수 있을 것이다.

이런 점에서 『토지』에 표상된 조선 민족의 '정신대(일본군 '위안부')'의 서사는 더욱 치열한 치욕의 서사로 되살아날 필요가 있다.

제3장
재중(在中)조선인 일본군 '위안부'의 서사와 윤리공동체

1. 머리말

왜 지금, 여기에서 전 일본군 '위안부'[1]의 서사를 문제삼는가?

식민지 시기 일본인 2세로 조선에서 태어나 국민(초등)학교 교사를 지낸 바 있는 이케다 마사에(池田正枝)는 참회의 편지를 쓴 바 있다(제2장 3절 참조). 2006년 당시 84세의 나이였다. 그녀는 조선인 열두 살 소녀 제자들을 직접 정신대로 보냈다는 양심 고백을 통해 일본의 반성을 촉구하고 있다. 그

1　현재까지 학계에서는 군대위안부, 군위안부, 종군위안부, 위안부, 일본군 성노예 등으로 쓰여 확정된 용어가 없다. 최근에는 일본군 '위안부'를 많이 사용하고 있는 경향이 있다. 정진성은 군위안부의 개념을 검토하면서 정신대와 군위안부가 확연히 구별되는 제도가 아니었다는 점이 분명하며, 따라서 강제 동원되어 당한 착취의 내용에 따라 근로정신대와 군위안부를 구분하여 명명하기는 하지만, 이제 우리 사회에서 성노예제로 이 제도의 명칭을 정착시켜나가는 과정에 주목할 필요가 있다고 하였다. 이 글에서는 기존 연구자들이 사용한 용어는 연구자의 의도를 살려 쓰기로 한다. 정진성, 「군위안부의 개념」, 『일본군 성노예제: 일본군 위안부 문제의 실상과 그 해결을 위한 운동』, 서울대학교 출판부, 2004.

러나 2008년 12월 4일 그녀의 사망과 더불어 식민 당사자들이 사라져가는 이때 국내외의 식민 가해자들의 고백과 참회도 찾기가 점점 어렵게 되고 있다. 더욱이 식민 가해자들과 후손들 가운데 일부는 법적 책임을 지는 것과 범죄자들을 색출 처벌하도록 하는 UN의 권고[2]에도 불구하고 여전히 전쟁범죄를 부인하고 있다. 이런 가운데 고통의 식민 체험을 말할 수 없는 많은 '서발턴(subaltern)'은 침묵 속에 놓여 있고, (집단)기억에서 멀어져가고 있으며, 자신들의 과거로부터 여전히 해방되지 못하고 있다. 그러나 한국의 식민 경험이 지역적인 것, 특수한 것에 머무는 것이 아니라 전 지구적 차원에서 국가, 민족, 계급, 성과 관련된다는 점에서 문제의 심각성이 놓여 있다. 이 글이 일본군 '위안부'를 문제삼고자 하는 이유도 여기에 있다.

그동안 일본군 '위안부'에 대한 연구는 주로 사학, 국제학, 여성학, 법학, 문학 등 분야에서 다양하게 진행되어왔다. 사학자들을 중심으로 일본군 '위안부' 문제의 진상을 밝히기 위한 노력이 이루어졌고,[3] 일본군 '위안부' 문제가 여성, 계급, 민족 등과 결합되어 있으며, 일본 정부는 전장의 성폭력, 성관리 시스템인 일본군위안부제를 수립하여 식민지와 점령지 등의 여성들에게 비인도적인 전쟁 범죄를 저질렀다는 것이 밝혀졌다.[4] 또한 일본의 아시아−태평양전쟁기 여성 동원 정책에 관한 연구에 따르면 총력전 체제하의 여성 동원 논리로 이용된 모성을 이용한 동원 정책에 의해 조선 여성에게는 일본군 성노예, 노동력으로서의 역할만이 강요되었음을 알 수 있다.[5] 한편,

---

2   Radhika Coomaraswamy, 「전시군성노예 문제에 관한 UN인권위원회 특별보고서」, 『일본군 '위안부' 문제의 현황과 해결방안』, 국회의원연구단체일본군 '위안부'문제연구모임, 1997.

3   강만길 외, 『일본군 '위안부' 문제의 진상』, 역사비평사, 1997.

4   강정숙, 「일본군 '위안부'제의 식민성 연구 : 조선인 '위안부'를 중심으로」, 성균관대학교 박사학위 논문, 2010.

5   장미화, 「일본의 아시아−태평양전쟁기 여성동원정책에 관한 연구」, 한양대학교 국

정대협 활동을 중심으로 일본군 '위안부' 운동의 전개 과정과 인식을 심층적으로 분석한 연구에 따르면 한국 사회에서 민족주의가 강력하게 작동하고 있으며, 그것이 내포하는 성차별적 현상과 인식을 넘어서야 할 필요성을 알게 된다.[6] 문학 연구자들은 한국계 미국 작가들 특히 테레즈 박, 노라 옥자 켈러, 이창래 등과[7] 재일조선인 작가 유미리 등,[8] 그리고 고혜정, 김성종, 윤정모 등의[9] 종군위안부 문제를 다룬 소설들을 대상으로 역사적 사건과 체험들이 어떻게 문학적으로 재현되고 있는가에 주목하였다.

여기에서 다루고자 하는 중국에 남아 있는 일본군 '위안부' 여성들에 대한 이야기와 연구는 매우 빈약할 뿐 아니라, 이들에 대한 상세한 현황은 아직까지도 파악되지 않고 있다. 이런 점에서 개인적 집단적 노력에 의해 수집된 자료와 연구는 매우 의미 있는 작업이었다. 이 글에서 분석 자료로 삼고 있는 중국 거주민 증언집, 『(50년 후의 증언) 중국으로 끌려간 조선인 군위안부들』, 『중국으로 끌려간 조선인 군위안부들 2』, 그리고 『끌려간 사람들, 빼앗긴 사람들 : 강제징용자와 종군위안부의 증언』[10]은 이런 점에서 매우 소중

제학대학원 박사학위 논문, 2007.
6 김정란, 「일본군 '위안부' 운동의 전개와 문제인식에 대한 연구 : 정대협의 활동을 중심으로」, 이화여자대학교 박사학위 논문, 2004.
7 박보량, 「'종군위안부' 역사의 문학적 재현 : 테레즈 박의 「천황의 선물」, 노라 옥자 켈러의 「종군위안부」와 이창래의 「제스처 라이프」를 중심으로」, 상명대학교 박사학위 논문, 2003 ; 신행순, 「한국계 미국소설에 나타난 여성 자아 연구 : 「초당」, 「9월의 원숭이」, 「토담」, 「종군위안부」를 중심으로」, 경기대학교 박사학위 논문, 2005 ; 손정미, 「이창래의 『제스처 라이프』에 나타난 전쟁범죄와 트라우마」, 충북대학교 박사학위 논문, 2012.
8 윤송아, 「〈8월의 저편〉에 나타난 일본군 성노예' 재현의 의미」, 『국제한인문학연구』 8, 국제한인문학회, 2011.
9 김미영, 「역사 기술과 변별되는, 문학의 내러티브의 특성 : 한국인 종군위안부 소설을 중심으로」, 『어문학』 93, 한국어문학회, 2006.
10 강용권, 『끌려간 사람들, 빼앗긴 사람들 : 강제징용자와 종군위안부의 증언』, 해와달,

한 자료라 할 수 있다. 그것은 단순히 증언집 이상의 의미로 해석될 것을 요구한다. 한국정신대문제대책협의회 부설 전쟁과여성인권센터 연구팀이 밝히고 있듯이 증언을 통해 '위안부' 문제를 제기하고 그 해결을 모색하는 것뿐 아니라, 구술자들의 체험과 관련되어 있기 때문이다.[11] 그것은 '끌려간'이라는 제목이 암시하고 있듯이 인터뷰어의 의도된 초점에 한정되는 것이 아닌, 생존자들의 이야기는 그녀들이 삶의 주체로서 사건에 대하여 반응하면서 자신의 목소리를 통해 자신들의 삶의 의미를 드러내는 서사(narrative)라는 점이다.

여기에서 특히 주목하고자 하는 것은 바로 이야기하는 주체는 사건 속에서 행위 주체로 존재한다는 것이고, 그/녀는 이야기를 통해 자신의 정체성을 형성해가는 과정 중의 존재라는 것이다. 특히 그/녀는 타자와의 관계 속에서 행위 주체로 사건에 의미를 부여하고 해석해나가면서 자신의 정체성을 형성해나간다.[12] 따라서 이 글에서는 서사 인터뷰를 통해 드러나는 일본군 '위안부' 여성(조선인)의 이야기에서 화자들이 의미를 부여하는 사건을 통해서 어떻게 자기 정체성을 형성해나가는가에 주목하고자 한다. 이것은 그동안 일본군 '위안부' 서사를 사실 차원에서 접근해왔던 역사나 사회과학과는 다른 접근으로서 이야기를 통한 그녀들의 삶의 서사가 지닌 의미를 파악하는 데에 기여할 것으로 보인다. 또한 나아가 중국(해외) 거주 전 일본군 '위안부' 서사가 우리에게 주는 문제성에 입각하여 그것을 넘어서는 방법이 무엇인지를 진정한 수치심의 공유를 통한 윤리공동체 형성 차원에서 탐구해

2000.

11 한국정신대문제대책협의회 부설 전쟁과여성인권센터 연구팀,『역사를 만드는 이야기 : 일본군 '위안부' 여성들의 경험과 기억』, 여성과인권, 2004. 총론 참조.

12 P. Ricoeur,『시간과 이야기 1(Temps et récit I)』, 김한식 · 이경래 역, 문학과지성사, 1999.

보고자 한다.

2. 재중조선인 일본군 '위안부'의 현황과 내러티브

1) 재중조선인 일본군 '위안부'의 현황

중국에 거주하는 조선인 전 일본군 '위안부' 현황에 대하여 아직까지 풍부한 자료와 연구를 확보하고 있지 못하다. 이런 상황에서 종전 후 중국 지역 일본군 '위안부'의 행적과 미귀환 문제를 다룬 연구[13]는 많은 시사점을 준다.

식민지 시기, 일본군은 중국을 비롯한 그들이 주둔한 전역에 군 위안소를 설치했는데 그중 중국으로 끌려간 여성들이 전체의 60% 이상을 차지한다. 일본군 '위안부'의 수는 대략 14만에서 20만 명으로 추산된다. 그중 한국 여성이 80%, 즉 최대 16만 명으로 추산되며, 이들 중 귀환한 사람이 적게는 1/10에서 많게는 1/2에 불과하다.[14] 이를 고려하면 해외 특히 중국 내에 거주하거나 사망한 일본군 '위안부' 여성들의 수는 적지 않을 것으로 판단된다. 그러나 1992년부터 한국 정부에 신고된 일본군 '위안부' 여성들은 234명으로, 2022년 7월 현재 생존자는 11명에 불과하다. 그동안 한국정신대연구소, 한국정신대문제대책협의회, 여성부 등의 노력으로 상당수의 여성들과 그들의 삶이 세상에 알려지긴 했지만, 여전히 대다수의 삶은 침묵 속에 묻혀 있다. 더욱이 국내 귀환 여성들에 대한 조사에 비하면 해외 거주 여성들

---

13 강영심, 「종전 후 중국지역 '일본군 위안부'의 행적과 미귀환」, 『한국근대사연구』 40, 한국근현대사학회, 2007, 140~174쪽.
14 위의 글. 1937년 중일 전쟁 후 일제의 대륙 침략이 가속화하면서 강제로 이주하거나 끌려간 한인 수는 1백만 명으로 급증하였고, 해방 당시에는 230여만 명에 달했다.

에 대한 조사는 더욱 열악하다. 여성부에서 국외 실태 조사를 진행한 바 있지만, 극히 일부 지역에 국한된 것이었다.[15]

이러한 상황 가운데 중국 거주 여성이 증언한 자료집[16]에는 총 27명의 증언자가 실려 있어 매우 적기는 하지만 소중한 성과로 보인다. 일본 식민지 상황을 벗어난 뒤 귀국한 여성들과 달리 귀국하지 못하고 외국에 살고 있는 그녀들의 삶의 서사는 귀국 생존자 조사와 함께 진행되어야 할 것이다.

지금까지 확보한 자료를 보면, 우선 『(50년 후의 증언) 중국으로 끌려간 조선인 군위안부들』은 답사팀이 1994년 중국 호북성(湖北省) 무한(武漢)에 방문하여 그곳에 생존해 있는 9명과 안휘성에 사는 1명을 포함, 총 10명의 일본군 '위안부' 여성들에 대한 이야기들을 담고 있다. 그들 중 한 명인 하군자 할머니에 따르면 1950년대 후반 무한에는 32명의 여성들이 있었지만, 답사 당시 생존하고 있었던 사람은 9명이었다.

이 글에 실린 여성들은 1920~1928년생으로 조사 당시 60대 후반에서 70대 중반의 나이였다. 조선을 떠나 중국으로 올 때의 나이는 13~20세였다. 돈을 벌기에 좋은 곳이라는 말에 속아서 따라간 경우가 대부분이고, 강제로 군용차에 실린 경우, 아버지나 남편이 팔아 넘긴 경우도 있다.

『중국으로 끌려간 조선인 군위안부들 2』는 조사팀이 1998년 동북 3성 가운데 길림성과 흑룡강성을 방문하여 생존자 11명(1명은 2001년), 북경 생존자 2명, 2000년 상해 생존자 2명과 2001년 무한 생존자 1명, 2001년 산동성 생존자 1명의 이야기를 수록한 것이다.

---

15 여성부 권익기획과 편, 『(2002년) 국외거주 일본군 '위안부' 피해자 실태조사』, 여성부권익기획과, 2002. 여기에는 오키나와와 해남도 조사 보고가 실려 있다.

16 정신대연구회 · 한국정신대문제대책협의회 편, 『(50년 후의 증언) 중국으로 끌려간 조선인 군위안부들』, 한울, 1995 ; 한국정신대연구소 편, 『중국으로 끌려간 조선인 군위안부들 2』, 한울, 2003.

한국인이 조사한 자료와는 달리 중국에 거주하는 조선족이 조사한 자료에는 『끌려간 사람들, 빼앗긴 사람들 : 강제징용자와 종군위안부의 증언』이 있다.[17] 이것은 조선족 강용권[18]이 소멸의 위기에 있는 치욕의 역사를 보존하기 위해 1986년부터 10여 년간 동북 3성을 자전거로 답사하며 156명의 강제징용자와 위안부 8명, 위안소 근무자 1명을 방문하여 그중 41명의 '강제징병자'와 8명의 '종군위안부' 이야기를 실은 것이다.[19] 여기에 실린 '종군위안부' 9명은 『중국으로 끌려간 조선인 군위안부들 2』에도 실려 있다.

2) 의사소통 사건으로서의 서사 인터뷰

인간의 경험을 이해하는 가장 핵심적인 양식은 서사(내러티브)이다. 서사는 경험을 표현하고 이해하는 최선의 방법이며, 이와 관련된 서사적 사고는 경험의 핵심 형식인 것이다.[20] 특히 서사를 탐구하는 행위는 그 공간, 즉 시·공간, 개인·사회적 차원의 어딘가에 존재한다는 것을 의미하고 나아가 다른 사람의 이야기 한복판에 존재한다는 것을 의미하기도 한다.[21] 이런 점에서 서사 인터뷰는 우리 이야기와 타자들의 이야기가 교직하면서 의미를 창출하는 과정인 것이다.

---

17 강용권, 앞의 책. 이 책은 저자인 조선족 강용권이 그가 죽기 전에 넘겨준 원고를 그의 사후에 오효정(태화건설 대표)이 출판한 것이다.

18 강용권은 1944년 중국 흑룡강성 목단강시에서 태어나 안도현 교사를 거쳐, 연길시 연변사회과학원 역사연구소에 다니며 중국 각지를 자전거로 답사하며 항일운동 자료를 모았는데, 1999년 6월 2일 자전거 답사 도중 별세한 것으로 되어 있다.

19 강용권, 앞의 책, 머리말.

20 D. J. Clandinin · F. M. Connelly, 『내러티브 탐구 : 교육에서의 질적 연구의 경험과 사례(*Narrative Inquiry*)』, 소경희 외 역, 교육과학사, 2007, 60쪽.

21 위의 책, 133쪽.

지금까지 중국 거주 조선인 전 일본군 '위안부' 여성의 이야기가 수록된 저술은 『(50년 후의 증언) 중국으로 끌려간 조선인 군위안부들』, 『끌려간 사람들, 빼앗긴 사람들 : 강제징용자와 종군위안부의 증언』 그리고 『중국으로 끌려간 조선인 군위안부들 2』 등이다. 그런데 앞의 두 자료는 조사자들에 의해 화자들의 목소리가 제거된 채 사건의 연속으로 이어지는 생애 이야기로 서술되어 있다. 따라서 서술자(저자)의 단일 언어로 서술됨으로써 그녀들의 생생한 목소리를 들을 수 없다. 다행히 제한적이기는 하지만 『중국으로 끌려간 조선인 군위안부들 2』는 인터뷰 참여자들의 목소리를 가능한 한 살려놓으려고 했기 때문에 그녀들의 목소리를 확인할 수 있다.

서사 인터뷰의 핵심은 인터뷰어의 이야기를 만들어가는 질문으로 시작하여, 이야기 상대자의 작별 이야기로 끝나는 그런 단순한 상황이 아니라, 화자와 청자 사이에 이루어지는 매우 포괄적인 상호 행위의 과정이라는 점이다.[22] 이런 점에서 서사 인터뷰는 인터뷰어와 이야기 상대자(화자)가 상호 역동적으로 참여하는 의사소통 사건이다. 그렇기 때문에 서사 인터뷰는 거기에 참여하는 시공간, 참여자, 목적, 사회문화적 환경 등 맥락의 영향을 받으면서 전개되는 사건 창출의 행위인 것이다.

이런 점에서 전자의 두 자료집은 화자(그녀들)의 목소리가 서술자(조사자)의 목소리에 동화됨으로써 개인사를 통해 집단의 역사적인 사건들을 확인하는 데에는 도움을 줄 수 있겠지만, 화자의 생생한 삶의 체험을 확인할 수

---

22 G. Lucius-Hoene · A. Deppermann, 『이야기 분석-서사적 정체성 재구성과 서사 인터뷰의 분석을 위한 이론과 방법론(*Rekonstruktion narrativer Identität*)』, 박용익 역, 역락, 2006, 117쪽. 구술생애담은 구비문학에서 주로 사용하는 용어로, 경험자(화자)가 자신이 살아온 삶을 구술을 통해 서술한 이야기를 말한다. 이 글에서 사용한 서사 인터뷰는 서사학(이론)에서 사용하는 용어로 인터뷰어와 화자의 상호작용 속에 나타나는 화자의 이야기에 초점을 두고 있다는 점에서 차이가 있다.

없다는 점에서 한계를 지닌다. 그러나 후자는 서사 현장의 생생한 장면들을 포착하는 데는 한계를 지니지만 화자의 목소리를 나름대로 포착하려고 노력했다는 점에서 의의가 있다.

3. 원한과 망각, 그리고 체념의 서사

『중국으로 끌려간 조선인 군위안부들 2』에 실려 있는 길림성 및 흑룡강성에 거주하고 있는 전 일본군 '위안부' 여성들은 김순옥, 지돌이, 이광자, 조윤옥, 이옥선, 하옥자, 강일출, 문명금, 박옥선, 박서운, 이수단 등이다. 이 가운데 하옥자, 강일출, 박옥선을 제외한 8명은 강용권(2000)에도 실려 있다. 이 글에서는 중국 흑룡강성 동녕현 석문자 위안소에 있었던 김순옥의 서사를 중심으로 분석하고자 한다.[23]

1) 팔려감, 귀가의 반복과 단절 : 일본군 '위안부' 되기

평양이 고향인 김순옥의 부모는 지주의 종살이를 하면서 3남 2녀를 거느리며 살기에 역부족이었고, 따라서 그들은 가난과 허기 속에서 살 수밖에 없었다.

아, 곤란합니다. 지주네 집에 가서 일해주고, 그냥 죽 쒀 먹고. 우리들은

---

23 중국 흑룡강성 동녕현 석문자에 있는 위안소에 있었던 사람은 김순옥 외에도 이수단, 이광자, 지돌이 등이 있다. 이들이 살아온 생애가 세세한 부분에서는 차이가 있지만, 수난자로서의 삶이라는 점에서는 공통적이기 때문에 이 글에서는 일단 김순옥을 대상으로 분석하고자 한다. 한국정신대연구소, 앞의 책, 2003, 410쪽.

그저 콩 가지고 배때기 채웠어. 쪼그만 것들은 많이 주고 큰 것들은 조금 주니 물 가지고 배때기 채웠어.(11쪽)[24]

1922년에 태어난 김순옥은 일제하 피식민지 민중의 가난에 찌든 전형적인 가정에서 자랐음을 알 수 있다. 그런 환경에서 자란 김순옥은 어릴 때부터 팔려감과 귀가를 반복한다. 7세부터 7년 동안 남의집살이를 시작으로, 일본인 집의 아이를 돌보는 일을 하다가, 1940년 18세에 중국 봉천 술집에 팔려간다. 그곳이 어디인지도 모르지만 봉천에서 자동차로 반나절을 달려간 곳이고, 그곳 술집 중국인에게 팔렸다. 그곳에서 손님을 받으라고 강요를 받았고, 60대 조선 노인의 도움으로 빚을 물어주고 간신히 귀가할 수 있었다. 그리고 곧장 신의주에 양딸로 다시 팔려가 기생이 된 후 1년 반 만에 또다시 귀가를 한다. 이렇듯 그녀는 남의집(종)살이, 아기돌봄이, 술집 작부, 기생이라는 타의에 의해서 주어진 정체성 속에서 고통의 삶을 살아가면서 귀가와 팔려감을 반복한다.

기생에서 벗어나 귀가하게 된 그녀는 아버지에게 "다시는 팔지 말라고 사정"(12쪽)하지만, 아버지는 또다시 그녀에게 돈을 벌도록 강요한다.

네 동생들을 봐라. 못 먹어서 말라깽이가 됐는데 그래도 너는 돈을 좀 벌수 있지 않으냐? 네가 나가 벌어야지.(12쪽)

그녀는 일본군 '위안부'로 또다시 팔려가기 전까지만 해도, 술집에 있었을 때나, 기생으로 있었을 때나 밤손님을 맞이하는 것은 거절했다고 강조한다. 이것은 자신이 일본군 '위안부'로 팔려가 순결을 잃기 전에는 어려운 환경

---

24 괄호 안의 쪽수는 한국정신대연구소 편, 『중국으로 끌려간 조선인 군위안부들 2』(한울, 2003)의 쪽수를 나타냄.

속에서도 그것을 잃지 않았다는 데에 중요한 의미 부여를 한 것이다. 이렇듯 그녀의 삶은 가난 속에서 팔림과 귀가를 반복하면서 급기야 타의에 의해 어쩔 수 없이 일본군 '위안부'로 팔리지 않을 수 없었다는 것과, 일본군 '위안부'로 팔린 이후에는 그녀의 의지로도 어쩔 수 없이 그녀의 정조가 유린될 수밖에 없었다는 것을 나타낸 것으로 보인다.

> 또 팔려고 하니 자살할 생각까지 했어. 살아서 뭐하겠는가 싶었디. 수면제를 모으고, 대동강 강둑에 여러 번 나갔디요. 그러나 젊은 나이 앞길을 생각해 뛰어들지 못하고 살아갈 궁리를 했디요. 결국 또 팔려 동녕으로 오게 됐어.(12쪽)

자살까지 생각했으나 살길을 택한 그녀는 또다시 중국 흑룡강성 동녕으로 팔려 간다. 이 사건은 이전에 그녀가 겪은 여러 '팔림'이라는 사건과는 질적으로 다른 인생의 전환점이 되는 사건이 된다. 그것은 곧 고향에 돌아올 수 없는 사건이다. 인물이 예쁘다고 판단되는 그녀는 그곳 위안소에서 주로 장교를 상대하였는데, 임신과 출산을 계기로 귀향의 기회를 갖게 되었음에도 불구하고 스스로 석문자 위안소를 택하게 된다. 그녀는 왜 그곳에 남을 수밖에 없었던가? 더 정확하게는 무엇이 그녀를 거기에 머물 수밖에 없게 하였던가? 그녀가 그렇게 행동하는 이유는 귀향을 해봤자 또다시 가족으로부터 팔림을 당할 것이라는 판단이 작용했다고 볼 수도 있지만, 무엇보다 만신창이가 된 그녀를 받아줄 곳이 없었을 것이며, 이로 인해 더 이상 돌아갈 곳이 없다는 인식과 절망감이 작용했을 것으로 보인다. 이는 미귀환 일본군 '위안부'들이 갖고 있던 공통된 의식으로 보인다.

2) 고통에 대한 침묵과 가해자 일본에 대한 원한

아래 인용에서 보듯이 일본군에게 당한 일을 회상할 때는 침묵과 일본인에 대한 부정적 감정을 강하게 드러낸다.

> 그저 똑똑하면…… 엄마…… 꿈에 막…… **아이고 말 못 해.** 고생이야 고생. 지금 이거 행복된 거 얼마나 좋아. 어떻게 다 얘기하겠어? 거 일본 놈 새끼들 술 처먹고는…… **시방도 어떤 때는 때려죽이고 싶어.** 그러고 이(위안소) 앞으로 댕기기 싫어요. 그 앞으로 댕기기가 싫다고. **거 댕기면 머리가 하늘로 올라가는 거 같아.** 그래 그 길로 잘 안 댕겨.(16쪽. 강조 필자)

> 여자들, 거기 들어간 여자들, 다 불쌍한 여자들이야. **그 일본 놈 새끼들 다 때려죽여야 된다고.** 여자들이야 얼마나 고생했는데. 근데 가 새끼들이 시방도 거 얼마나 못되게 굴어? 그러니께 이거 일본에서 진작에 여기 그런 여자들 손해배상 줘야 된단 말이야. 음, 이런 여자들이 이렇게 고생했는데…….
> (17쪽. 강조 필자)

일본군에게 당한 고통은 "꿈에 막…… 아이고 말 못 해."라는 말을 통해서 확인할 수 있듯이 악몽으로까지 영향을 미치고, 그것은 말로 할 수 없는 기억이다. 이것은 존재에게 가해진 치명적인 고통의 사건들이 당사자들의 기억으로 분출되지 못하는 일종의 트라우마적 징후이다. 고통의 체험을 말할 수 없는 서발턴으로서의 그녀들은 인터뷰어의 도움으로 겨우 이야기를 꺼낼 수 있는 존재들이다.

또한 고통의 시간을 기억할 수 있는 표상의 한계가 "지금 이거 행복된 거 얼마나 좋아"에서 볼 수 있듯이 현재와 비교됨으로써 더욱 극명하게 드러난다. 그리고 그것은 가해자 일본인들을 "때려죽이고 싶"고, "때려죽여야 된다"는 원한으로 표출될 뿐 아니라, 그들에 대한 원한과 후유증이 정신적인 트라우마로 작용함으로써 현재에도 지속되고 있음을 보여준다. 아울러 그것은 일본이 여전히 가해자로 작동하고 있을 뿐 아니라, 손해배상을 취하지 않고 있는 일본의 태도를 비판하는 것으로 이어진다.

1945년 일본이 패하자 소련군이 들어오면서, 조선 사람들을 따라 귀향길에 오른 그녀들은 노흑산에서 길이 막혀 태평촌으로 들어가게 되었다. 그때 친일파였던 최문호라는 사가 진러파가 되어 여자들을 소련군에게 대주기로 하자, 그녀들은 이들을 피해 위기를 모면하게 된다.

> 어느 날 일본 사람이 쓰던 집에 숨어 있는데, 소련 군인 세 명이 들이닥쳤어. 그놈들에게 고춧가루를 확 뿌리고 가까스로 도망쳤어. 나중에 팔로군이 들어와서 최문호를 총살했어. 우리들이 가서 구경하고 반가워했어.(24쪽)

이 이야기를 통해 일본 군인뿐 아니라 소련 군인들도, 비록 그 위기가 그녀의 행동으로 벗어나기는 했지만, 그녀들에게 가해자로 등장하고 있음을 알 수 있다. 팔로군의 등장이 소련군과 친일파이자 친러파인 최문호를 제거함으로서 그녀들을 새로운 삶으로 이끄는 계기가 되고 있음을 알 수 있다.

3) 생존 수단으로서의 결혼과 한민족에 대한 자부심

귀향길이 막히자 살기 위해 그녀는 중국인과 결혼을 한다.

> 우리 목숨은 살아야지. 어쩌도 할 수 없다. 중국 놈들한테 (시집)가야지. 내 목숨 살아야지. 아이고, 기가 탁 맥혀서. 그래 어짜갔나. 목숨 살자. 가자. 그래서 갔지. 먹고살아야지. 그러니 내 밤에 얼마나 울겠어?(24쪽)

그녀는 대두촌에서 '중국 놈'과 결혼을 하게 된 것이 목숨을 연명하기 위해, 먹고살기 위하여 어쩔 수 없이 하게 된 일이라는 것을 강조한다. 스물네 살에 산동에서 온 중국인과 결혼을 하고 한동안 잘 살다가 자식이 병든 사건을 계기로 무능력한 남편을 두고 그녀는 이혼을 하고 단신으로 동녕에 간다. 그리고 서른다섯 살에 그녀는 양식창고에 다니는 중국인과 재혼한다.

> 스물네 살에 산동 사람과 결혼했어. 그나마 그 사람이 마음이 고와서 한동안 생활이 재미있었어. 딸 둘, 아들 하나를 낳았다. 그러던 중에 자식이 병에 걸렸어. 남편에게 돈 10원만 빌려오라 했어. 그런데 남편이 주변이 없어서 돈을 못 빌려왔어. 결국 아이는 죽었다. 저런 사람을 믿고 어떻게 살까 싶어, 이혼하고 혼자 동녕으로 왔어. 서른다섯 살에 동녕에서 양식창고에 다니는 중국 사람과 다시 결혼했어.(25쪽)

당시 그녀의 가정 특히 남편의 경제적인 능력을 알 수 없지만, 여기에 표현된 이야기를 볼 때 경제적인 사정은 어려웠을 것으로 보인다. 돈을 빌릴 수 없어 치료를 하지 못해 아이를 죽음에 이르게 할 수밖에 없는 사정이 이를 말해준다. 그런데 그녀는 한동안 재미있었고, 마음이 고왔던 남편과 자식들을 두고 이혼을 한다. 그녀는 무능하다고 판단하는 중국인과 이혼하고 양식창고에 다니는 중국인과 재혼하게 되는데, 그것은 생존 차원에 이루어진 것으로 보인다.

그러한 행동의 뿌리는 아마도 중국인에게 받은 또 다른 트라우마와 생존 차원에서 비롯한다고 볼 수 있을 것이다. 그렇게 보는 근거는 그녀가 그녀들의 '위안소'가 있는 석문자에서 중국인에게 조선인이 맞아 죽었다는 소식을 듣고 중국인에 대하여 "중국 놈 새끼들"(24쪽)이라고 한다거나, 귀향길이 막혀 중국에서 살 수밖에 없는 상황에서 "어쩌도 할 수 없다. 중국 놈들한테 (시집)가야지."(24쪽)라고 하는 이야기에서 징후 독법(symptomatic reading)이 가능하다.

그녀의 이러한 관념과 행동은 이제는 좀 살 만하니까 "여기 조선 민족이 곤란하면 내 정말 다 보태줘."(25쪽)라고 이야기하는 장면에 이르면 그녀가 중국인에게 받은 트라우마와 생존 차원에서의 적응이 동족에 대한 동정으로 표출되는 것을 통해 드러난다. 그것은 그녀의 조선 민족과 조선말에 대한 강한 자부심과 결부되어 있기도 하다.

> 네 조선 사람인데 어째 조선 말을 잊어버리겠어? 내가 중국 사람하고 살아도 조선 말은 안 잊어버려. 그래 제 민족은 제 민족이야. 난 중국말은 잘 모르오.(11쪽)

4) 체념과 고통스런 기억 망각의 역설

김순옥은 이제는 표면적으로는 자기의 현실 처지에 만족하면서 과거를 망각하려고 한다.

> 그래 나 딸 하나 좋은 거 낳았으니 이제 행복합니다. 부러울 거 없어. 그래 내 그랬어. 시방 얼마나 좋은가. 아, 노친네 먹을 거 있지, 의복 있지, 딸이 돈도 주지. 속이 탈 거 뭐 있는가. 그전의 생각 그저 다 치우라는 거지. 생각하지 말라는 거지. 시방 이리 세월이 좋은데 생각하지 말라. 어떤 때 보면 이제 나이가 먹은께니 부모 생각도 나오. 그저 할 수 없어서 팔아먹었지마는 시방 같으면 팔아먹겠어? 먹고 입고 그저 같이 살지.(25쪽)

효도를 잘하는 딸이 있고, 먹고살 만하다는 것, 그래서 부러울 것 없고, 행복하기 때문에 과거의 생각은 하지 말라고 스스로 다짐을 한다. 이러한 생각은 과거 일본군 '위안부'로서 그녀에게 가장 고통스러웠을 것으로 보이는 일본군에게 당했던 기억을 떠올리는 장면에서 즉 "아이고 말 못 해. 고생이야

고생. 지금 이거 행복된 거 얼마나 좋아. 어떻게 다 얘기하겠어?"(16쪽)라는 극단적인 대비를 통해서도 강조된다. 이는 역설적이게도 현실의 어려움을 참아가면서 고통의 기억을 망각하고자 하는 그녀의 무의식을 드러낸 것으로 보인다. 이렇게 판단하는 근거는 중국인 남편이 괴팍하고 구두쇠여서 생활비도 거의 주지 않는다는 점, 전화도 사용하지 못하게 한다는 점, 데려다 키운 아들이 가출하여 소식도 감감하다는 점, 소학교 다니는 손자를 키우며 자신의 사후 일을 걱정한다는 점 등(26쪽)이 그것이다.

그녀의 이러한 무의식과 이제는 어쩔 수 없이 살아가야만 하는 처지는 일본군 '위안부'로 팔려갔을 때 가졌던 부모에 대한 감정 즉 "내 전에는 부모들한테 가서 그저 때려죽일 생각 있습디다"(13쪽)라고 하는 인륜을 파괴하는 극단을 보여준 부모에 대한 원망, 그리고 일본군 '위안부' 생활을 하면서 "집 생각을 하면 울화가 치밀었"(18쪽)다는 감정이 부모에 대한 이해로, 부모와 동기에 대한 그리움으로 나타난다.

그녀의 이러한 삶의 이야기는 인터뷰어가 '할머니 댁에서 나와 어두워진 골목길을 돌아 나올 때까지 눈물을 흘리며 손을 흔드시는' 할머니의 모습으로 오늘, 여기에 살아 있다.

4. 고통과 망각을 넘어 진정한 수치심을 갖는 윤리공동체 모색

앞에서 한 일본군 '위안부' 여성(김순옥)의 서사를 살펴보았다. 거기에서 바람직하지 못한 역사적 상황 속에 놓인 인간들이 어떻게 참혹하게 고통 속에서 살아가는지를 조금은 이해할 수 있었다.

예술의 가장 보편적인 유일한 주제는 인간적 고통의 문제이다. 서사(문학)

이 우리에게 고통에 대해 무엇을 말해주는가 하는 것은 서사(문학)를 어떻게 볼 것이며, 누구의 고통을 문제삼을 것인가에 대한 근본적인 결정에 의존한다.[25]

식민지 조선인으로서 일본군 '위안부' 생활을 했던 여성들의 서사는 이런 점에서 시사하는 바가 크다. 이들의 고통은 국가, 민족, 계급, 성 둥 어느 하나에 국한된 것이 아니라, 모든 것들이 복합적으로 관련되어 있다는 점에서 더욱 그렇다. 더구나 이들의 고통이 한국(조선)적인 문제만이 아니라 중국, 대만, 필리핀, 버마, 일본 등 아시아권과 나아가 전 지구적인 문제라는 점에서 문제의 심각성이 놓여 있다. 따라서 일본군 '위안부' 여성들과 같은 서발턴의 문제는 특정 사회나 국가뿐 아니라, 국가 간, 민족 간, 계급 간, 성별 간 모든 지배 종속의 관계에 적용될 수 있다는 지적은 타당성을 지닌다.[26]

일본군 '위안부' 문제는 1990년대에 이르러서야 본격적으로 사회 역사적인 문제로 떠오르기 전, 50년 이상의 침묵이 있었다. 이 침묵은 당사자들의 고통이 언어를 뛰어넘는 곳에 놓여 있었다는 것을 의미하기도 할 뿐 아니라, 우리 사회와 역사가 이들의 침묵을 강요한 것이기도 하다.

당사자들이 보여주었던 고통 속에 살아왔던 삶의 여정에 대한 침묵, 혐오, 부끄러움, 가식적인 무관심은 역설적으로 고통의 체험이 그녀들을 지속적으로 괴롭히고 위협한다는 것을 의미하고, 증언 혹은 자신의 목소리를 요구하는 타자들의 윤리적 요청을 거부하거나 외면하게 한다.

서사(문학)가 서발턴이 살아온 역사적인 사실 확인 차원을 넘어, 그들의 삶을 이야기함으로써 그들이 겪어온(겪고 있는) 고통과 맞설 수 있다는 오래된 믿음에 기초한다면, 그것이 허구적이든, 비허구적이든, 소설이든, 서사 인

---

25 A. Kleinman, 『사회적 고통(Social Suffering)』, 안종설 역, 그린비, 2002, 223쪽.
26 김지현 외, 『탈식민주의의 얼굴들』, 역락, 2012, 170쪽.

터뷰이든 어떤 양식으로든 그들의 목소리를 담아내는 일에 종사할 수 있을 것이다. 그런데 장르가 지닌 힘은 의미를 넘어 발화 가능성에까지도 영향을 미친다는 점에서[27] 서사 인터뷰, 소설 등이 지닌 양식적인 의미는 달라질 수밖에 없다. 이런 점에서 이 글에서 다룬 서사 인터뷰는 인터뷰어와 화자(당사자) 간의 역동적인 상호작용성, 현장성, 맥락성 속에서 드러나는 화자의 의식과 무의식의 세계, 언어와 비언어의 세계를 생생하게 담보할 수 있다는 특징을 갖는다.

그러나 조사자들이 첫 대면에서 보이는 그녀들의 부끄러움, 이야기의 회피, 하염없는 눈물을 뚫고 얻은 그녀들의 목소리가 그녀들(우리들)을 삶의 진정한 해방으로 이어지기 위해서는 어떻게 해야 하는가?

앞의 김순옥의 이야기를 통해 확인할 수 있었듯이 전 일본군 '위안부' 여성들에게서 보편적으로 확인되는 식민지인으로서 받았던 그리고 그가 살고 있는 사회로부터 받는 폭력과 고통 그리고 분노와 원한의 해결은 현실에 대한 안주, 그리고 그것을 매개로 한 망각으로는 이루어질 수 없는 것이다. 최근 탈식민주의, 페미니즘, 정신분석학, 초국가론, 상호문화주의, 다문화주의 등의 논의는 그 해결을 위한 중요한 한 지절을 담당해오고 있는 것은 사실이다. 그러나 전 일본군 '위안부' 여성들이 지닌 삶의 조건들은 국가, 민족, 성 등이 복합적으로 얽혀 있기 때문에 단편적이고 대증적인 처방으로는 불가능하다는 것을 보여준다.

특별히 자신의 언어로 자기 삶의 체험을 온전한 서사의 형태로 말할 수 없는, 그리하여 서사 인터뷰 형식을 통해 겨우 자신들의 삶의 흔적을 담아넣을 수밖에 없는 중국(해외) 거주 전 일본군 '위안부'들에게는 다중의 어려움이 따른다. 국적, 민족, 성 등이 얽혀 있으며, 흑룡강성 동녕현 대두촌에 사

---

27 A. Kleinman, 앞의 책, 236쪽.

는 지돌이 할머니나 호북성 무한이나 상해 등에 거주하는 다수의 그녀들처럼 아예 한국어를 잊고 사는 경우에는 중국어(방언)와 조선어가 뒤엉킴으로써 언어 문제가 부가된다. 무엇보다 해방 전 일본인이 아닌 일본인의 신분으로 조국을 떠나 끝내 조국에 돌아오지 못하고, 살기 위해 중국인 남편을 만나고, 자녀를 둔 그녀들은 중국, 남한, 북한 어디에도 소속될 수 없는 난민들이라 할 수 있다.

일본군 '위안부'의 서사는 말할 수 없는 사건의 잉여, 그러한 잉여를 잉태하는 것으로서의 사건, 그러한 사건을 타자와 나누어 갖는다는 것에서 의의를 찾을 수 있을 것이다.[28] 그것은 사건의 폭력을 현재의 서사로 살아갈 수밖에 없는 타자들의 존재를 이야기라는 형식을 통해서 집단기억 속에 자리 잡도록 하는 것이다. 여기에서 타자(그녀)들의 이야기라는 것은 특정 시대, 특정 국가에 소속된 역사적 사건에 갇혀 있는 것이 아니라, 시간의 흐름 속에 사건에 연루되어 있는 존재의 삶을 드러내는 것이다. 그러한 타자들은 역설적으로 사건을 내셔널하게 공유하는 것을 넘어서는 존재일 때 그 가능성은 커지는 것이다.

현재 일본군 '위안부' 피해 생존자들은 점점 줄어들고 있으며 머지않아 사라지게 될 것이다. 생존자들의 증언/서사들도 조사자들을 통해서 확인할 수 있듯이 매우 어렵게 확보된 것들이다. 식민 당시 상황에서 부당하게 일본군 '위안부'로 끌려간 숫자를 감안할 때 알려지지 않은 생존자는 그보다 훨씬 많을 것이라는 것은 쉽게 추측할 수 있다. 이렇게 된 근원에는 타율적 윤리관에 입각한 수치심이 자리하고 있다. 그것은 타인에게 공개되어서는 안 될 하나의 모욕적인 감정으로서 감추어져야 할 부정적 정서로 간주된다. 이러한 윤리관이 지배적인 사회구조에서는 수치감을 느끼게 하는 타인의 눈에

---

28 岡真理(오카 마리), 『기억 서사』, 김병구 역, 소명출판, 2004.

서 도피하거나 태연하게 행동하거나 정당화하는 등의 행동을 취할 수밖에 없다. 이러한 타율적 윤리관으로부터 일본군 '위안부' 피해자들이나 우리들은 벗어나 있지 않은 것 같다.

그러나 K. 마르크스에 의하면 우리가 진심으로 수치심을 경험한다면 그것은 하나의 혁명적 힘이 될 수 있다고 강조하고 있듯이, 수치심을 긍정적인 관점에서 보면 인간의 본질적인 힘의 소리를 들을 때 인간은 수치를 느끼는 것이다. 그것은 인간이 아직도 본질적인 유적 존재의 힘을 현실화하고 있지 못하다는 것을 인식하고, 자신을 부끄러워하게 되고, 분노하게 한다. 진정한 수치심이 현존하지 않는 곳에 사회의 병폐가 일어나기 때문에, 그것이 현존하지 못하고 있는 사회의 치욕을 공개함으로써 더욱 치욕적이게 만들고 진심으로 수치심을 느끼게 하고, 그것을 해결하기 위해 실천에 옮길 수 있는 것이다.[29]

진정한 수치심을 느끼는 것, 그것은 일본군 '위안부' 문제를 둘러싼 피해 당사자들과 이들의 고통을 공유하고 있는 집단, 그리고 여전히 역사적 사실을 부인하고 있는 세력들로부터 치욕을 당하고 있는 사람들이 연대성과 해방을 모색할 수 있는 단초를 제공할 수 있을 것으로 보인다.

5. 맺음말

식민지하에서 일본군 '위안부'로 희생된 여성들의 수는 적지 않은데, 이들에 대한 현황 파악뿐 아니라 보상 문제 그리고 역사적 사실 규명 등이 잘 이루어지지 않았다. UN을 비롯한 인권 단체, 학계 그리고 당사자들이 지속적

---

29 이상린, 『수치심의 철학』, 한울아카데미, 1996, 180~192쪽.

으로 문제 제기와 활동을 해왔으며, 소설을 비롯하여 증언이나 인터뷰 형식의 서사도 축적해왔지만 여전히 미흡한 실정이다.

일본군 '위안부'로 끌려간 여성들의 수와 미귀환 여성들의 수를 볼 때 적지 않은 여성들이 타국에 머물고 있다는 점을 고려해볼 때 조사와 연구가 미흡하다는 사실은 문학적으로나 사회 역사적으로도 인간으로서의 책무를 소홀히 하고 있는 듯하다. 다른 나라에 거주하는 일본군 '위안부' 여성과 마찬가지로 중국 거주 그녀들의 문제는 국가, 민족, 성, 계급뿐 아니라 언어 문제가 귀환 당사자들과는 달리 복잡한 양상을 갖고 있다.

여기에서는 중국 거주 전 일본군 '위안부'의 서사를 동북지역 석문자 위안소 거주자 서사 인터뷰를 중심으로 살펴보았다. 그동안 호북성, 동북 3성 등에 사는 중국 거주 전 일본군 '위안부' 여성들의 서사가 발표되기는 했지만, 당사자들의 이야기가 생생하게 재현되어 있는 것은 드물었다.

그녀들의 이야기에는 식민지 국민으로 타율에 의해 일본군 '위안부'로 끌려가고, 그러한 삶의 질곡 속에서 겪어야 했던 고통은 기억을 거부할 뿐 아니라, 가해자에 대한 원한으로 정신적인 트라우마를 겪는 것으로 가득하다. 그리고 고향에 돌아갈 수 없음은 이들로 하여금 생존 수단으로서 결혼이 강요되고, 생활 속에 여전히 한민족으로서의 자부심이 자리 잡고 있다. 또한 고향에 돌아갈 수 없음은 이국 땅에 머무를 수밖에 없는 체념으로 이어지고, 살아가야만 하는 생활 속의 고통은 역설적이게도 고통스런 기억을 망각하게 한다.

그녀들의 고통을 공유하고, 해결하는 일이 후손들의 임무이기도 하다. 이들의 서사야말로 그것을 해결하는 시발점이 될 수 있는 거의 유일한 매개이다. 그럼에도 불구하고 이야기를 제공하는 생존자들이 사라지고, 타율적 윤리관에 입각한 수치심이 사건의 공유와 해결을 가로막고 있다. 그것은 타인에게 공개되어서는 안 될 하나의 모욕적인 감정으로서 감추어져야 할 부정적 정서로 간주된다. 따라서 우리가 진심으로 수치심을 경험한다면 그것은 하나의 혁명적 힘이 될 수 있다는 점을 인정한다면, 그것을 긍정적인 힘을 발휘할 수 있을 것이다. 진정한 수치심이 현존하지 않는 곳에 사회의 병폐가 일어나기 때문에, 그것이 현존하지 못하고 있는 사회의 치욕을 공개함으로써 더욱 치욕적이게 만들고 진심으로 수치심을 느끼게 하고, 그것을 해결하기 위해 실천에 옮길 수 있는 것이다. 그러므로 일본군 '위안부'를 둘러싼 서사와 사건을 통해 진정한 수치심을 느끼고 공유함으로써 연대성과 해방을 모색할 수 있는 계기를 마련할 수 있기를 기대한다.

제4장

일본군 '위안부' 내러티브와 타인을 위한 문학교육

1. 머리말

이 장에서는 중국 무한(武漢) 지역 조선인 전 일본군 '위안부'에 대한 현황과 그들의 내러티브를 살펴보고, 그것이 갖는 의미를 통해 우리 문학(내러티브)교육이 나아가야 할 방향을 탐구하고자 한다.

왜 중국 무한 지역 일본군 '위안부'를 문제 삼는가. 우선, 20세기 전반기 '항일 전쟁' 당시 일본군이 주둔한 아시아태평양 지역에 조선 여성이 광범하게 끌려가 일본군 '성노예'로서 참혹한 생활을 했음에도 불구하고, 현황 파악이 잘 되어 있지 않고, 그녀들의 생활상이 잘 알려지지도 않고 있기 때문이다. 따라서 그들의 입을 통해 파악된 내러티브는 그녀들이 어떻게 끌려가 어떤 생활을 했는지, 그녀들의 삶뿐 아니라 전쟁의 실상을 파악할 수 있는 소중한 밑거름이 된다. 둘째, 중국 최대 위안소 거리, 즉 한구(漢口) 적경리(積慶里)가 바로 무한 지역에 있었다는 사실이다. 1937년 7월 7일 노구교(盧溝橋) 사건을 계기로 중국과 전면 전쟁에 돌입한 일본은 파죽지세(破竹之勢)로 같은 해 12월에는 남경을 점령하여 30만 명이 넘는 군민을 학살하고,

1938년 10월에는 무한 지역 곧, 무창(武昌), 한구(漢口), 한양(漢陽)을 점령하게 된다. 같은 해 11월에는 한구 적경리에는 중국에서 가장 큰 위안소 거리가 만들어졌는데, 이는 한구 병참사령부 위안계장으로 그곳을 관리 감독하던 야마다 세이키치(山田淸吉)가 쓴 『무한병참(武漢兵站)』(図書出版社, 1978)에서 회고하고 있듯이, 일본군이 철저하게 개입한 것이었다.[1] 따라서 무한 소재 화중사범대학(華中師范大学, Central China Normal University)에서 국제학술대회를 갖게 된 계기를 통해 이 지역 거주 '위안부'의 내러티브를 살피는 것은 의미 있는 일이 될 것이다. 셋째, 역사에 있어서 힘 있는 자들에 의한 정당하지 못한 폭력은 개인적으로나 집단적으로 무자비하게 자행되어왔던 바, 특히 전쟁 상황에서 약자들의 인권이 철저하게 유린되는 사태는 반인륜적 행위로서 어떠한 명분으로도 용납할 수 없는 것이다. 이를 부인할 경우 이 같은 역사는 되풀이될 수밖에 없기 때문에 이에 대한 철저한 진상 파악과 재발 방지를 위한 사회적, 교육적 차원의 조치가 따라야 하는 것이다. '위안부' 여성들의 이야기는 그녀들만의 것이 아니라 지금도, 앞으로도, 우리들에게도 일어날지 모르는 일이기 때문이다.

최근 일본군 '위안부' 문제와 관련하여 한 연구자의 연구물에 대한 제소와 논쟁이 이어지면서, 이에 대한 견해와 비판이 이어졌다.[2] 학계의 논의가 지속되어야 하지만, 일본군위안부제도가 엄연히 역사적인 사실로서 존재한 것만은 분명하다. 식민화와 전쟁에는 가해자와 피해자가 있기 마련이

---

1 동북아역사재단, 『제2차 세계대전의 여성 피해자』, 동북아역사재단, 2009, 33쪽.
2 박유하의 『제국의 위안부』(뿌리와이파리, 2013)에 대한 제소가 있으면서, 법의 판단보다 학계의 논의에 맡겨야 한다는 견해 표명이 있었다. 그에 대한 비판은 손종업 외 『제국의 변호인 박유하에게 묻다─제국의 거짓말과 '위안부'의 진실』(말, 2016), 정영환, 『누구를 위한 화해인가─제국의 위안부의 반역사성』(임경화 역, 푸른역사, 2016) 등이 대표적이다. 박유하는 법원으로부터 위법성이 지적된 34곳을 삭제한 개정판을 2015년에 냈다.

다. 특히 식민지 지배자와 피지배자가 동등한 지위나 입장에서 역사적 사건을 진행해나간다는 것은 어불성설이다. 그렇지만 진상 규명 등에 책임이 있는 국가뿐 아니라 일본군 '위안부'에 대한 국민의 '편견'과 '차별' 의식, 더욱이 가해 국가의 부인 행위는 '위안부'에 대한 진상 파악과 조치가 제대로 이루어질 수 없게 하였다. 이런 상황에서 피해 당사자들이 '위안부' 문제를 문제하는 것은 내단한 용기가 필요했던 것이다. 김학순 할머니의 증언(74세, 1991. 8) 이후, 역사에 묻힐 뻔한 그녀들의 이야기는 마침내 역사의 장으로 올려졌다.

일본군 '위안부' 증언집이 계속해서 출간되었으며, 이에 대한 연구도 문학, 사학, 여성학, 법학 등에서 다각도로 진행되어왔다.[3] 요컨대 그동안 한국에서의 일본군 '위안부' 문제가 부각되지 못한 것은 강력한 민족주의의 작용, 거기서 파생되는 '차별'과 '편견'이 작동하고 있다는 것이며,[4] 일본군 '위안부' 문제는 여성만의 문제가 아닌 계급, 민족 등의 문제와도 관련되어 있으며, 일본 정부는 제도적, 조직적으로 전쟁 범죄를 저질렀다는 것도 밝혀졌다.[5] 또한 일본의 아시아태평양전쟁기의 총력전 체제하에서 조선 여성에게는 일본군 성노예나 노동력으로서의 역할만이 강요되었다는 것도 밝혀졌다.[6] 또한 일본군 '위안부' 문제를 교육적으로 확장시킴으로써 고통과 망각

---

3 이에 대한 연구사적 검토는 다음 참조. 임경순, 「재중(在中) 조선인 전 일본군성노예의 서사와 윤리공동체 – 석문자 위안소 거주자 김순옥의 서사 인터뷰를 중심으로」, 『문학치료연구』 25집, 한국문학치료학회, 2014.
4 김정란, 「일본군 '위안부' 운동의 전개와 문제인식에 대한 연구 : 정대협의 활동을 중심으로」, 이화여자대학교 박사학위 논문, 2004.
5 강정숙, 「일본군 '위안부'제의 식민성 연구 : 조선인 '위안부'를 중심으로」, 성균관대학교 박사학위 논문, 2010.
6 장미화, 「일본의 아시아–태평양전쟁기 여성동원정책에 관한 연구」, 한양대학교 국제학대학원 박사학위 논문, 2007.

을 넘어 진정한 수치심을 갖는 윤리공동체를 모색하거나, 공감과 연대성을 통한 인류 해방을 위한 내러티브 교육을 탐색하기도 하였다.[7] 그러나 그녀들의 내러티브에 대한 연구와 그와 관련한 교육적 방안에 대한 논의는 아주 미흡하다.

　그동안 국내외 일본군 '위안부'들의 현황 파악과 증언 수집은 주로 민간 차원이 중심이 되어 진행되어왔으나, 그나마 답보 상태를 벗어나지 못하고 있다. 증언을 할 수 있는 '위안부'들이 노령으로 사망하거나, 경제적 정치적 이유가 작용한 것도 큰 이유가 될 것이다. 무엇보다 진상 파악을 개인 연구자가 감당하기에는 버거운 게 현실이다. 따라서 국외, 특히 이 글과 관련 있는 중국 거주 조선인 일본군 전 '위안부'들의 현황과 내러티브는 제한된 기존 조사 자료에 의존할 수밖에 없다. 분석 대상 자료는 정신대연구회와 한국정신대문제대책협의회 소속 회원들, 즉 윤정옥, 고혜정, 여순주, 박선영 등이 직접 무한 현지 답사를 통해 수집한『(50년 후의 증언) 중국으로 끌려간 조선인 군위안부들』이다.

2. 무한 지역 조선인 일본군 '위안부' 현황

　중국 지역 일본군 '위안부' 귀환 문제를 다룬 연구에 따르면, 일본군이 주둔지에 설치한 군 '위안소'의 '위안부' 가운데 60% 이상이 중국으로 끌려간 여성들이다. 일본군 '위안부' 최대 20만여 명 중 80%인 16만 명이 한국 여성으로 추산되며, 이들 가운데 열 명 중 한 명에서 두 명 중 한 명 정도만이 생

7　임경순, 「'정신대' 문제를 통해 본 인류 해방을 위한 서사(Narrative) 교육 : 박경리의 『토지』를 중심으로」,『교육논총』제30집, 한국외국어대학교 교육대학원, 2015.

존 귀환하였다.[8]

그동안 한국정신대연구소, 한국정신대문제대책협의회, 여성부 등을 통해 일본군 '위안부'의 현황과 삶이 보고되기는 했지만,[9] 조족지혈일 따름이고 그것마저 사라지고 있는 형편이다. 국내 사정이 이럴진대, 해외에 생존해 있는 '위안부'에 대한 실태 파악은 더욱 요원할 따름이다.[10]

따라서 정신대연구회 · 한국정신대문제대책협의회와 한국정신대연구소가 각각 펴낸『(50년 후의 증언) 중국으로 끌려간 조선인 군위안부들』과『중국으로 끌려간 조선인 군위안부들 2』는 각별한 의미를 지닌다.[11] 후자는 길림성과 흑룡강성 11명(1998, 1명은 2001), 북경 2명, 상해 2명(2000), 무한 1명(2001), 산동성 1명(2001) 등의 생존자의 내러티브가 수록되어 있다.

전자 즉『(50년 후의 증언) 중국으로 끌려간 조선인 군위안부들』(한울, 1995)

---

8 강영심, 「종전 후 중국지역 '일본군 위안부'의 행적과 미귀환」,『한국근대사연구』40, 한국근현대사학회, 2007.

9 한국정신대문제대책협의회 · 정신대연구회 편,『강제로 끌려간 조선인 군위안부들』, 한울, 1993 ; 한국정신대문제대책협의회 · 정신대연구회 편,『강제로 끌려간 조선인 군위안부들 2』, 한울, 1997 ; 한국정신대연구소 · 한국정신대문제대책협의회 편,『강제로 끌려간 조선인 군위안부들 3』, 한울, 1999 ; 한국정신대문제대책협의회 2000년 일본군 성노예 전범 여성국제법정 한국위원회 증언팀,『강제로 끌려간 조선인 군위안부들 4 : 기억으로 다시 쓰는 역사』, 풀빛, 2001 ; 한국정신대문제대책협의회 2000년 일본군 성노예 전범 여성국제법정 한국위원회 · 한국정신대연구소,『강제로 끌려간 조선인 군위안부들 5』, 풀빛, 2001 ; 여성부 권익기획과 편,『"그 말을 어디다 다 할꼬" : 일본군 '위안부' 증언자료집』, 여성부권익기획과, 2002 ; 한국정신대문제대책협의회 부설 전쟁과여성인권센터 연구팀,『역사를 만드는 이야기 : 일본군 '위안부' 여성들의 경험과 기억』, 여성과인권, 2004.

10 여성부 권익기획과 편,『(2002년) 국외거주 일본군 '위안부' 피해자 실태조사』, 여성부권익기획과, 2002. 여기에는 오키나와와 해남도 조사 보고가 실려 있다.

11 중국에 거주하는 조선족 강용권은 1986년부터 10여 년간 동북 3성에 거주하는 41명의 '강제징병자'와 8명의 '종군위안부' 이야기를 담은『끌려간 사람들, 빼앗긴 사람들 : 강제징용자와 종군위안부의 증언』(해와달, 2000)을 냈다.

은 정신대연구회와 한국정신대문제대책협의회 소속 회원들이 1994년에 직접 무한 현지 답사를 통해 수집한 일본군 '위안부'들에 대한 보고서다.

당시 답사팀의 일원인 윤정옥에 따르면 중국 호북성 무한을 답사하게 된 경위는 "무한에 있는 위안소를 답사하고, 귀국하지 못해 아직도 그 지역에 남아 있는 조선인 전 '위안부'를 만나서 그들의 경험을 듣기 위해서였다."[12] 윤정옥은 1991년 야마다 세이키치(山田清吉)가 쓴 『무한병참(武漢兵站)』(1978)을 읽고 무한에 적경리라는 위안소가 있다는 것을 알게 되었고, 그곳에 조선인 '위안부'들이 버려져 있을 것이라 추측했다. 적경리 '위안소'는 무한병참사령부가 직접 운영한 곳으로 그럴 가능성이 높을 것으로 판단한 것이다. 마침 중국 노령연구중심(老齡研究中心)의 연구원인 동증(童增)이 무한에 거주하는 조선인 '위안부'를 조사한 것을 연합통신 북경특파원 구범회 기자가 주간지에 소개했는데, 구 기자를 통해 입수한 중국 거주 조선인 '위안부' 28명 중, 주소를 알 수 있는 6명 중에 후베이성 무한에 거주하고 있는 전 '위안부'는 5명이었다.

그런데 현지 답사 중 무한 거주 일본군 '위안부'였던 하군자 할머니를 통해 알게 된 무한 거주 조선인 '위안부'는 당시 생존한 9명이었으며(1950년대 후반에는 32명), 그들 모두를 만나게 되었다고 보고하였다.[13] 보고서에 실린 전 '위안부'들을 정리하면 다음과 같다.

	이름	출생	출생지	끌려간 나이	끌고 간 사람/이유	허락 여부	위안소	결혼	거주지
1	홍강림	1922	경북 김천	17세 (1938)	조선 여자가 봉천 위안소로 데려감	부	봉천-상해-남경-장사	중국 남자	무한

---

12 윤정옥, 「중국 무한 답사를 다녀와서」, 『(50년 후의 증언) 중국으로 끌려간 조선인 군위안부들』, 한울, 1995.
13 윤정옥, 위의 글, 7쪽.

2	홍애진	1928	경남 통영	14세 (1942)	일본인, 조선인 3명/ 옷도 잘 입고, 돈도 잘 벌 수 있다.	부	상해–하얼빈–무한(한구 적경리)	중국 남자	무한
3	하군자 (하상숙)	1928	충남 서산	17세 (1944)	조선 남자 2명/ 옷 잘 입고 돈도 벌고, 공장 가는 줄로	어머니 반대	무한(한구 적경리)	중국 남자 (전처 소생 자녀 3명)	무한
4	이봉화	1922	경북 김천	13세 (1934)	조선 남자/ 밥도 배불리 먹고, 옷도 잘 입고	속아 서	봉천–무한(한구 적경리)	중국 남자	무한
5	임금아	1923	대구	17세 (1939)	동네 여자/ 옷도 잘 입고 돈도 잘 벌고	고아	무한–해군위안소	중국 남자	무한
6	장춘월	1919	황해도 해주	17세 (1935)	조선 남자	?	광수–무창	중국 남자	무한
7	박필연	1921	부산	20세 (1940)	일본인 주인이 보모하러 가자	부	천진–한구	중국 남자 (3번)	효감
8	역영란	1922	전남 승주	18세 (1939)	일본인, 조선인이 공장에 일하러	?	한구	중국 남자	황피
9	박막달	?	경남 진주	16세	조선 남자/ 밥짓는 일 하러	부	장사	중국 남자	무한
10	정학수	1925	경남 감포	14세 (1938)	일본 군인이 입과 눈을 막고 군용 트럭에 실음	부	하얼빈–조장(산동성)–석가장–임분(산서성)–정주–무한–홍콩–임분	중국 남자	서연 (안휘성)

『(50년 후의 증언) 중국으로 끌려간 조선인 군위안부들』에는 모두 10명이 수록되어 있는데, 7명은 무한, 1명은 효감, 1명은 황비 거주자이다. 정학수 할머니는 1995년에 추가 조사된 경우로 안휘성 서연에 산다. 이들은 모두 무한 지역을 포함한 호북성 지역 '위안소'에 있었기 때문에 함께 다루기로 한다.

무한 지역 전 '위안부'들은 1919~1928년 생으로 조사 당시인 1994년에는 60대 후반에서 70대 중반의 나이였으며, 20년 이상이 지난 현재 생존자는 3명이다. 이 중 한국 국적을 회복한 유일한 생존자인 하군자(하상숙, 89세) 할머니는 위독한 상태에서 한국에 후송되어 치료를 받고 있다.

　지역으로는 경상도가 7명, 충청·전라도가 각 1명, 황해도가 1명으로 경상도가 가장 많다. 끌려간 나이는 13세부터 20세까지 모두 10대들로, 15세 미만이 3명, 15세 이상이 7명이다. 끌고 간 사람은 군속 혹은 그와 관련된 사람들로 조선인이 6명, 일본인과 조선인이 2명, 일본인이 1명, 일본 군인이 1명이다. 끌고 간 이유는 돈도 잘 벌게 해주겠다며 공장이나 보모로 일하러 가자는 것이었다. 정학수 할머니의 경우는 일본군이 강제로 끌고 간 경우다. 그들은 대부분 부모들의 허가를 받지 않거나 반대했음에도 불구하고 끌려 갔으며, 허락을 했다 해도 속은 경우이다. 그녀들이 있었던 위안소는 먼 거리를 오랜 이동 시간에 걸쳐 도착한 한구 위안소나 장사 위안소 등인 경우도 있었지만, 대부분 두 곳 이상에 있었다. 이는 그녀들이 계속해서 다른 곳으로 팔려갔기 때문이다. 그녀들이 위안소에서 '위안부'로 살아가는 것은 성적 폭행은 물론이고, 구타, 고문, 살인, 갈취 등을 당함으로써 인간성이 말살되는 삶이었다. 그야말로 그녀들은 '성노예'였던 것이다.

　해방 후 그녀들 전원이 중국 남자와 결혼했다. 그렇지만 그녀들은 중국에 귀화하지 않았다. 이들은 조선인으로 중국에서 외국인으로 살아갔다. 그것은 귀국할 수 없었던 그녀들이 생존을 위해 불가피하게 선택할 수밖에 없었다는 것과 고국에 대한 끈을 놓지 않았다는 이중적인 정체성을 드러낸 것이라 할 수 있다. 그녀들은 조선인이라는 것과 '위안부'였다는 이유로 갖은 핍박을 받기도 하였으며, 때로는 너그러운 중국인 남편을 만나기도 하였다. 그녀들의 남은 유일한 소망은 고국(향)을 방문하는 것, 남은 생을 고국(향)에서 보내는 것이다.

3. 조선인 일본군 '위안부' 내러티브

앞에서 무한 지역 조선인 일본군 '위안부'에 대하여 총괄적으로 살폈다. 이들은 각자 삶이 다르기도 하지만, 비슷한 과정을 거친다. 그녀들은 어려운 환경에서 자랐으며, 부모의 허락도 받지 못하고 10대의 어린 나이에 끌려갔으며, '위안소'에 팔려 다니면서 갖은 성적 비인간적 폭력을 당했으며, 중국에 남아 중국 남자와 결혼을 하고 힘들게 살아간다.

여기에서는 그녀들 가운데 적극적으로 답사팀을 도왔으며, 기억력이 좋아 '위안부' 생활에 대하여 소상하게 이야기한 하상숙의 삶의 내러티브를 중심으로 다른 사람들도 함께 살펴보고자 한다.

1) 하군자(河君子, 호진즈) 할머니와의 만남 : 60년의 세월

답사팀의 보고에 따르면 하군자는 무한 답사에서 많은 도움을 준 사람이었다. 원래 구범회 기자가 제공한 명단에 그녀의 주소는 없었다.

중국인 남편은 전기 일등기술자로 덕과 역사의식이 있었던 자로 보이며, 무한 지역에 버려진 조선인 전 일본군 '위안부'들의 명단을 작성해놓았으며, 이전 조사 때 '위안부'들에게 연락도 해주었다.[14]

남편의 영향인지, 하군자는 50년대 말에 무한지역 조선인들의 모임인 '학습 소조'를 이끌었고, 그러기에 다른 '위안부'들의 집도 잘 알고 있었던 것이다.[15]

그녀는 적경리 위안소 출신으로 답사 당시에는 건강과 기억력도 좋았으

---

14 윤정옥, 앞의 글, 7쪽.
15 여순주, 앞의 책, 20쪽.

며, 적극적으로 도왔다. 그녀의 이야기를 정리한 여순주에 따르면, 그녀는 이야기를 술술 잘 했으며, 한구 적경리 위안소에서 자신이 있던 집을 기억하고 있었고, 진료소나 목욕탕과 같은 곳도 상세히 기억하고 있었다. 적경리 위안소를 찾아갈 때도 앞장서서 안내하기도 했다.[16] 또한 여러 문서와 기록을 보관하고 있기도 하였다.

취재차 동행한 변영주 감독은 그녀에 대하여 이렇게 기록하고 있다.

> 하군자 할머니는 성분이 좋은 공산당원이었던 남편의 영향으로 무척이나 조직적이고 사업적인 분이셨다. 우리와의 만남과 인터뷰를 공작 사업이라고 판단하시고 이후 다른 할머니를 만날 때마다 직접 진두에 서서 코디네이터 역할을 톡톡히 하셨던 분이었다.[17]

이렇듯 하군자는 그 지역 다른 누구보다 '위안소'에 대한 기억도 잘 하고 있을 뿐 아니라, 그와 관련한 문서도 남겼으며, 답사 안내도 적극적이었다.

하상숙과 사돈지간인 홍강림은 '고향 땅 한국에서 자신의 존재를 알고 찾아와주었다는 사실이 믿어지지 않는다'며 말을 잇지 못했다.[18] 이는 홍강림만 해당하는 것이 아니다. 그녀들은 맺혔던 한이 터져 오열을 하며 이야기를 이어갔다.

오랜 세월을 중국에서 살았기 때문에 한국말은 매우 서툴렀으며, 그나마 무한 지역 그녀들의 모임도 갖고 왕래를 했기 때문에 아주 기본적인 한국말만 가능했다. 그러나 무한 지역에 떨어져 살고 있는 박필연, 역영란, 정학수

---

16 정신대연구회 · 한국정신대문제대책협의회, 『(50년 후의 증언) 중국으로 끌려간 조선인 군위안부들』, 한울, 1995, 60쪽.
17 변영주, 「조사에 동행하며 - 중국 취재기」, 위의 책, 187쪽.
18 정신대연구회 · 한국정신대문제대책협의회, 앞의 책, 60쪽. 앞으로 이 책에서 인용한 것은 쪽수만 표기.

할머니의 경우는 한국말을 할 수 없었다. 그녀들은 한국말을 60여 년간 한 번도 사용할 기회가 없었던 것이다.

2) 하상숙에서 '기미코'로, '기미코'에서 '호진즈'로서의 삶
─짓밟힌 삶과 생존을 위한 서사

본명 하상숙은 1928년 충남 서산에서 남동생을 둔 엿장수의 맏딸로 태어났다. 소학교 3학년 때 아버지가 폐병으로 사망하자, 어머니는 예산군 산성리로 재가를 했다. 12세 때 진남포로 아기를 봐주러 가서 1년을 살다가 예산에 귀가하여 도자기 공장을 서너 달 다니기도 했다.

이 같은 어려운 환경은 다른 할머니들도 예외가 아니었다. 홍강림의 아버지는 대소쿠리 장사였고, 어머니는 다리병이 들어, 그녀가 동생을 업고 밥을 해먹으며 돌봐야 했다. 학교는 가보지도 못했고, 글도 모른다. 홍애진의 아버지는 집을 돌보지 않는 한량이었으며, 어머니가 농사지으며 연명해갔다. 일본인이 농산물을 강탈해갔고, 남동생과 여동생은 굶어 죽었다. 그녀는 어느 집 민며느리로 가야 했다. 임금아의 아버지는 밭농사를 지었지만 7세 때 병사했다. 12세 때는 모친마저 사망했고, 13세 때에는 오빠마저 자살했다. 그녀는 구걸하면서 살아야 했다. 장춘월은 3세 때 어머니가 사망했고, 아버지는 날품팔이 농사꾼이었다. 9세 때 농사짓는 집에 팔려가야 했다. 박필연의 아버지는 목수였고, 어머니는 군고구마 장사를 했다. 그녀는 방직공장에 가서 일을 해야 했고, 다리를 다쳐 더 이상 일을 할 수 없게 되었다. 역영란의 아버지는 소작농이었고, 그녀는 6세 때 민며느리로 팔려가야 했다. 정학수의 아버지는 소작농이었고, 어머니는 일본인 공장의 날품팔이였다. 그녀는 9세 때 지주집 하인으로 일하면서 주인이 시켜 도둑질까지 해야 했다.

하상숙이 17세(1944)가 되는 6월 쯤, 조선인 남자 2명이 집에 와서 돈 벌러 일본으로 갈 것인지, 중국으로 갈 것인지 묻기에 중국으로 간다고 하였다. 어머니는 만류했지만, 그녀의 고집에 어머니는 마지못해 아편, 담배를 하지 말라고 당부하며 보냈다.

그들은 기차로 경성까지 동행하였으며, 장충단공원 근처 여관에 한 달 정도 머물렀다. 거기에 모인 여자는 기생, 배우, 일본에 다녀온 여자 등 40여 명에 이르렀다. 어느 날 그녀가 언니들에게 어디, 어느 공장에 가느냐고 물으니, 그녀들은 "공장 가는 것이 아니란다, 아기야. 거기 가면 우리는 '헤이따이(병대)'들 환송해주는 소리도 하고 창가도 한다"(64쪽)고 알려주었다. 그때 여관 주인은 그녀에게 '기미코(君子)'라는 이름을 지어주었다.

일본군 '위안부'로 끌려간 다른 할머니들은 본명 대신 일본식의 이름을 부여받았다. 유키에(홍강림), 하나코(홍예진), 아키미(이봉화), 아키코(임금아), 스미코(장춘월), 가네코(정학수) 등이 그것이다. 이제 그녀들은 '위안소' 공작에 끌려가 일본 이름을 부여받음으로써 일본군의 '위안부'로서의 신분으로 완전히 바뀐다.

하상숙은 경성에서 평양, 단동, 천진을 거쳐 남경에서 보름을 머물고, 조선인, 군인들과 함께 배를 타고 안휘성 무호에 가서 보름을 지내고 무한에 도착한다.

무한 지역 전 일본군 '위안부'들은 그녀처럼 동북 3성 지역 혹은 홍애진처럼 상해로 갔다가 여러 곳, 먼 거리를 거쳐 무한에 도착한 경우가 대부분이다. 많은 경우 무한에 도착하기 전부터 일본군의 '위안부' 생활을 해야만 했다. 그곳은 봉천, 상해, 남경, 장사, 하얼빈, 무창, 천진, 조장, 석가장, 임분, 정주, 홍콩 등이었으며, 일본군이 있는 곳이면 어디든 그녀들은 배치되었다.

하상숙은 1944년 12월 17세의 나이로 다른 일행 20여 명과 함께 무한 한구 적경리 위안소에 배정된다. 그녀들을 데려간 조선인에게 주인은 돈을 주었으며, 그녀들은 교통비, 옷값 등을 갚기 위해 3년간이나 '몸'을 팔아야 했다. 이는 여러 전 '위안부'들의 상황이기도 하다. 돈을 주고 그녀들을 샀으니 돈을 갚으려면 5년간 일을 해야 했으며, 주인으로부터 어떤 돈도 받지 못하기도 했다(임금아, 박필연). 어떤 경우는 한달에 100원씩 공제를 했으며 더 벌어도 그 이상 공제는 안 해주기도 했다(장춘월).

하상숙이 머문 곳의 주인은 50대의 평양 사람 김 씨와 40대의 부인이있다. 이처럼 '위안소'는 조선인 부부가 운영하기도 했지만, '위안소'마다 다르기도 했다. 일본인이 주인이고 조선인이 관리하거나(홍애진-하얼빈), 조선인 남자와 일본인 부인이 맡기도 했다(홍애진-한구). 일본 군대가 주인이면 중국인 부부가 관리하거나(박필연), 조선인이 관리하거나(박막달), 아예 일본 군대가 직접 관리하기도 했다(역영란). 군대 내에서 일본인 부부가 관리하는 경우도 있었다(정학수). '위안소'는 군부대 내에 있거나 그 근처에 있으면서, 일본군이 직접 운영하거나 그 하수인이나 대리인들을 내세우거나, 일본군에 방책에 편승해서 운영 혹은 관리하고 있었다.

'위안소' 주인은 '기미코'가 18세라고 거짓말을 해서 '위안부' 허가를 받아냈다. 군의관은 검사를 했으며, 애를 못 낳도록 주사와 약을 주었다. 처음에 일본군 병사 3명을 받았으며, 그 과정에서 반항과 구타가 이어졌다.

끌려갔던 나이는 박필연이 20세, 역영란이 18세, 그리고 다른 할머니들은 13세에서 17세였다. 18세에 끌려간 역영란은 일본군 부대 안 '위안소'에서 군인을 받지 않겠다고 버티다 군인 장교 주인으로부터 손가락 마디를 절단 당했다. 17세에 끌려간 홍강림은 장사 위안소에서 소부대를 번갈아가며 방문하면서 밤낮으로 일본 군인들을 상대했으며, 거의 주검이 되어 수레에 실려와야 했다. 같은 나이인 17세에 끌려간 임금아는 군인들을 받지 않겠다고 하여 구타를 당해 머리에서 피를 흘려야 했으며, 곧 미치게 되어 정신병자가 되었다. 13세에 끌려간 이봉화의 경우, 나이가 어려 1년간 잡일을 하다가 14세 되던 때에 주인에게 폭행을 당하고, 군인을 강제로 받게 되었다. 그날 상처로 1개월간 입원 치료를 받아야 했고, 퇴원 후에도 폭행을 당하며 고통 속에서 군인들을 받아야 했다. 14세였던 홍애진은 상해로 가는 군용배에서 일본군에게 강간을 당했다. 그녀는 몇 달 잡일을 하다가 강제로 '위안부'가 될 수밖에 없었다. 그녀는 임신을 하고 수술을 해서 자궁 적출을 당했다.

14세에 끌려간 정학수는 어린 나이에 강제로 '위안부'가 되어, 고통을 참지 못하고 반항을 많이 해서 구타와 폭행을 당하기 일쑤였다. 맞다가 기절하면 "주인은 찬물을 뿌려서 깨운 다음 한동안 가두어두고 밥도 주지 않았다."(159~160쪽) 그녀는 반항을 할 수 없게 된 충격적인 사건을 이렇게 증언한다.

> 우리는 자주 반항했고 기회만 있으면 도망 나갔기 때문에 어느 날 주인은 우리를 전부 집합시켰다. 우리를 하얼빈의 어느 공장 정원으로 데리고 갔다. 조금 있다가 일본인 군인들이 많은 중국인 여자들을 묶어서 데리고 나왔다. 중국인 여자들의 옷을 벗긴 후 사지를 판자에 묶어놓고 흉악한 일본인 병사들이 윤간하였다. 많은 병사들이 줄을 서서 자기 차례를 기다렸다. 온갖 방법으로 윤간한 후 중국 여자들을 고문을 하였다. 고춧가루 물 등을 하반신에 뿌리기도 하고 긴 칼로 아무 곳이나 찌르기도 하면서 고통스러워하는 모습을 즐겼다. 어떤 이들은 석유를 뿌려서 불을 지르기도 하고……, 도저히 상상할 수도 없는 방법으로 고문하자, 중국 여자들은 하나둘씩 죽어 갔다. 이 광경을 바라본 우리는 더 이상 반항할 엄두도 내지 못한 채 매일의 생활을 계속할 수밖에 없었다.(160쪽)

하상숙의 기억에 따르면, 적경리 위안소 입구에는 철문이 있었고, 철문 안 양쪽에 12채 이상의 위안소가 있었다. 그중 두서너 집에는 일본 여자가 있었고, 나머지 집에는 조선 여자가 집마다 10~20명씩 있었다.[19]

---

19 야마다 세이키치(山田清吉)(1978)에 따르면, 1943년 적경리에는 일본인 경영 위안소

그곳에 있던 여자들의 평균 나이는 17, 8세였으며, 일본 군인만 하루에 10명에서 15명을 상대했다. 쉬는 날은 없었으며, 손님이 주인에게 항의하거나 손님을 받지 않아도 몽둥이로 맞았다. 받은 돈은 없었으며, 주인이 갈취해 갔다.

군인들 연회에도 나가긴 했지만, '중국인에 잡혀 중국 색시가 된다'는 주인 말에 겁이 났을 뿐 아니라, 외출은 금지되어 있었기 때문에 외출을 하지 못했다. 패전 무렵에는 대나무 창으로 찌르는 훈련을 하기도 했으며, 일본 패망 보름 전에 주인은 위안소를 팔고 떠나면서, 돈은 한 푼도 주지 않았다.

하상숙 할머니가 18세가 된 해(1945) 일본은 항복했다. 그녀는 일본 돈을 버리고, 일본 앞잡이 노릇을 한 그녀를 좋아한 윤씨라는 사람의 집에 갔다. 그가 먼저 중국을 탈출하고, 나중에 조선 가서 결혼하자고 했지만 그녀의 과거를 아는 그가 조선에 가서 그녀와 살 것 같지 않아서, 그를 따라 조선에 가지 않았다.

조선 군인(사천군)들이 무한에 와서 질서를 잡았으며, 그녀에게 조선에 가야 한다고 했지만, 그녀는 조선에 가지 않겠다고 했다. "이 몸으로 조선 가서 뭘 할까 하는 생각이 들어서였다."(75쪽)

그녀는 일본 패망 후 1년 정도를 위안소에 함께 있었던 요시에 언니와 다른 언니 집을 돌아다니면서 지냈다. 중국에서 살면서 위안소에서 쓰던 '기미코(君子)'라는 이름을 그대로 써서 그녀의 이름은 하군자(호진즈)가 되었다.

19세(1946) 때 요시에 언니 소개로 28세의 도쿄가 고향인 공군 의사 마쓰하시(松橋)를 만나 3년을 살았다. 그는 그녀의 성병을 치료해주기도 했지만, 1949년 중화인민공화국이 들어서면서 수면 주사를 놓고 그녀를 떠났다. 같

9채, 조선인 경영 11채, 일본인 위안부 130명, 조선인 위안부 150명, 2층 건물 중국 가옥을 개조한 건물로 각 방은 다다미 6장 내지 4장 반의 크기였다. 정신대연구회·한국정신대문제대책협의회, 앞의 책, 68쪽.

은 위안소에 있었던 여자들은 일본이나 북조선으로 갔다. 남은 여자들은 자살을 하거나 암 등 병으로 죽었다.

마쓰하시가 일본으로 돌아간 후, 그녀는 중국인 집이나, 같은 위안소에 있던 여자들 집에서 아기를 봐주며 살았다. 28세(1955)가 되어, 어느 중국인 소개로 아이 셋(2, 4, 7세 딸) 있는 남자와 결혼하였다. 그는 32세로, 8급 전공(電工, 일급 엔지니어)이었다. 그녀는 그에게 위안소에 있었다고 말했지만, 그는 "그건 옛날 일이다. 우리 집에 와서 나하고 살면서 그런 짓을 안 하면 된다"(79쪽)고 했다. 그는 조선 사람이 불쌍하다고 그녀뿐 아니라 다른 조선 여자들에게도 잘했다 한다.

그녀는 1962년(35세)부터 10여 년 전(1984)까지 방직공장에서 일했고, 일을 모범적으로 잘 한다고 신문에도 났다. 그녀는 살림도 열심히 했고, 의붓어미로 아이들을 친자식처럼 키웠다. 1992년에는 화목한 가정상을 받기도 했다. 조선 사람이 못한다고 흉 잡힐까 봐 열심히 했고 잘 살도록 노력했던 것이다. 월경 때면 죽을 듯이 아파 20여 년 전에는 자궁을 들어냈다. 3개월 전(1994)에는 남편이 사망했다.

하상숙은 이런 사연을 누구한테도 말할 수 없어, 밤낮 운다고 했다. 지금은 똑똑한 이는 다 죽고 그녀와 같은 멍텅구리만 살아남았다고 한탄한다. 사이 나쁜 중국인들은 그녀가 위안소에서 군인을 접대했다고 손가락질하기도 한다고 했다.

홍강림은 종전이 되자 '위안소' 주인들과 일본인들은 도망가고, 귀국할 수 없어 일본인으로 오해받아 폭행을 당해야 했다. 중국인 남자를 만나 살게 되었을 때 애를 낳지 못한다고 맞아야 했고, 부부싸움 때도 위안부였다는 것을 들춰내며 맞아야 했다. 일본 옷을 입고 있던 홍애진은 조선 갈보라고 돌멩이로 맞아야 했으며, 갈 곳 없는 그녀는 다시 유곽을 전전해야 했다. 절뚝발이 이발사에게 거의 팔리다시피 동거를 해야 했지만, 그후 중국인 남자와 결혼해서 '착하고 얌전한 남편과, 잘해주는 양딸'과 함께 살기도 한다. 이봉화는 조선으로 가는 배를 기다리다 지쳐 중국에 남은 뒤, 중국인 남자와 결혼한다. 남편에게 위안부 경력을 고백했지만, 아무 말도 하지 않았으며, 아이를 낳지 못해도 탓하지 않았다. 시어머니도 잘해준다고 한다. 임금아는 종전후 중국에 남아 결혼을 하였지만, 부부관계는 두려워 할 수 없는 처지다. 공사장 건축 일을 하다가 벽돌에 맞아 머리를 다쳤다. 장춘월은 귀국길에 올랐을 때 중국인들에게 폭행을 당하고 돈과 짐을 뺏긴다. 중국인과 결혼 후 남편은 위안소에 있었다는 것을 알지만 사이가 좋았다고 말한다. 박필연은 술집에 있다가 중국인 남편을 만나 가난 속에서 병수발을 하다가, 세 번째 남편을 만났을 때는 시집 식구들이 던진 돌에 맞아 왼쪽 눈을 다쳤다. 정학수는 공산당 부대 간호원을 했고, 귀국길에 간첩 혐의로 국민당에 잡혀 고생하다가 국민당 포병 운전사와 결혼하였으나 강제 이혼당하였으며, 재혼한 남편 친척들로부터 구박을 받으며 살았다.

이처럼 그녀들은 종전 후에 자포자기 상태로 귀국하지 못하고, 일본인으로 오해받아 폭행을 당했으며, 생명을 부지하기가 어려웠다. 살기 위해 중국인 남자를 만나 동거도 하고 결혼도 했는데, 아량이 넓은 남편을 만나기도 했지만, 남편과 친척들의 폭력 속에 살아야 했던 경우도 많다.

3) 기미코, 호진즈(河君子)에서 하상숙으로의 회복

중국 무한에 사는 그녀는 어릴 적 이름이 하상숙이었다. 열일곱 살 되던 해, 그녀는 어머니의 만류에도 돈을 벌 수 있다는 말에 조선인 남자에 넘어가 '위안부'의 길로 들어서게 되었다. 여관주인이 그녀에게 붙여준 이름은 '기미코(君子)'였다. 일본이 패망한 후에도 그녀는 여전히 하군자(河君子, 호진즈)라는 이름으로 살아갔다.

1999년에 그녀는 원하던 한국 국적을 회복했다. 위안부로 끌려간 지 60여 년이 다 되어서다. 2003년에 한국에 있는 고향 땅을 밟게 되었고, 2년 정도 살다가 중국에 둔 딸들의 뜻에 따라 무한에 돌아가 셋째 딸(류완진)과 살고 있었다. 한국에 있을 때 일본대사관 앞 수요집회에도 나갔고, 모임에서 증언도 하였다.

그러던 하상숙 할머니(88세)는 2016년 6월 10일 오후 4시 36분 대한항공 KE882편으로 인천공항을 통해 휠체어에 실려 중환자로 입국했다. 그녀는 계단에서 넘어져 골반이 부러졌으며, 갈비뼈가 폐를 찌르는 중상을 입고, 중국 호북성 무한시 동지병원에 입원해 있었다. 그러다 한국에서 치료를 받기 위해 입국한 것이다. 그녀의 국적이 한국이라 중국의 건강보험 혜택을 받지 못한다.

지금까지 생존한 중국 조선인 전 '위안부' 3명 가운데, 그녀는 한국 국적을 회복한 유일한 생존자다. 그녀는 평소에 "생의 마지막은 고국에서 보내고 싶다"는 말을 자주 했다.[20] 이것은 그녀만이 하는 말이 아니다. 홍애진은 그녀들의 마음을 대변하는 다음과 같은 말을 한다.

> "나는 비록 깡보리밥을 먹는다 할지라도 조선에서 보리밥을 먹고 싶다. 내가 어떻게 된다 할지라도 나는 조선이 좋다. 그래서 나는 조선말을 잊어버리지 않으려고 노력하고 있다."(55쪽)

> "한국 정부에 바라고 싶은 것이 있다면 우리가 이 불쌍한 처지에서 중국에 머물러 있는 것을 알아주었으면 한다. 한국은 나의 고향이다. 정말 한국 사람들과 만나서 가슴에 뭉친 응어리를 푸는 것이 소원이다. 앉아도 서도 고

---

20 대한민국 여성가족부 블로그 '가족사랑' http://blog.naver.com/mogefkorea/220684225869

향 생각 때문에 눈물이 나는데, 이 눈물은 그냥 눈물이 아니라 피눈물이라는 사실을 알아주었으면 한다."(57쪽)

하상숙은 어릴 적 이름을 회복하기는 했지만, 여전히 일본군 '위안부'로서의 '기미코'와 중국에서의 '호진즈'라는 이름에서 완전히 벗어나지는 못하고 있다. 왜냐면 그녀를 비롯한 일본군 '위안부'를 했던 국내외에 거주하는 사람들의 문제가 아직도 해결되지 않고 있기 때문이다.

4. 타인에 대한 책임, 공감, 그리고 문학(서사)교육

일본군 '위안부'와 같은 집단적, 제도적인 폭력과 조직 말단에 이르기까지 폭력을 일삼게 되는 인간성 말살 행위에, 우리는 어떻게 대처할 수 있을 것이며, 그럴 가능성은 있기라도 한 것인가.

스티븐 핑커는 "우리의 마음에 아무리 조금이라도 박애심이 깃들어 있다는 것은 반박할 수 없는 사실이다. 비록 조금이지만 인류에 대한 우정이, 비둘기의 자질이, 늑대와 뱀의 요소들과 함께 우리의 체질에 섞여 있다."는 데이비드 흄(『도덕 원리에 관한 탐구』)의 말을 인용하면서, 인간이 저지른 끔찍한 짓과 그런 것을 일으킨 인간의 본성에 대한 인간의 선한 본성에 대하여 언급한다.[21]

오늘날 어떤 생물학자도 인간의 상호성이나 친족애 등과 같은 호혜주의의 진화적 힘을 통해 인간이 평화적으로 공존할 수 있는 심리적인 능력을 갖게 될 수 있다는 점을 의심하지 않는다.

---

21 스티븐 핑커, 『우리 본성의 선한 천사』, 김명남 역, 사이언스북스, 2014, 869쪽.

레비나스는 타인에 대한 나의 책임을 유기하는 것은 악이며, 타인의 호소를 수용하고 받아들이는 것은 선이라 했다. 타인을 나의 손님으로 대접하고 선행을 베푸는 일, 타인의 부름에 '여기 제가 있습니다(Me voici)'라고 응답하는 것이 선이다.[22]

선을 위해 우리가 주목했던 것은 공감과 연대성이었다. 타자의 고통에 대한 공감과 잔인성에 대한 가책을 통한 연대성을 모색했던 것도 이런 가능성에 힘입은 것이었다.[23] 제러미 리프킨 역시 『공감의 시대』에서 "인간은 최고로 사회적인 동물인 듯하고, 동료들의 친밀한 참여와 우애를 추구하는 동물인 듯하다"고 언급하면서, 폭력으로부터 안전하지 못한 오늘날 상황을 공감이라는 방법론으로 돌파하고자 한바 있다.[24]

우리의 선한 기획에 있어서 공감 외에도, 이성, 자기 통제, 인권 등과 같은 것들에 더 크게 빚을 졌는지도 모른다. 따라서 공감과 같은 것들만이 절대적인 것은 될 수 없으며, 스티브 핑커가 지적한 것처럼 그것이 폭력을 감소시킨 요인으로 과대평가되고 있지는 않은지 생각할 필요가 있다. 그러나 인문학 가운데 각각의 영역, 예컨대 문학(서사)이 할 수 있는 교육적 역할을 찾는 것이 임무라 한다면, 공감은 한 방안이 될 수 있을 것은 분명하다.

그런데 타인의 고통에서 괴로움을 느끼는 것과 타인의 안녕에 공감하여 염려하는 것은 다르다. 그것은 오히려 원치 않은 반응일 수 있고, 벗어나고 싶은 것일 수도 있다. 그러니까 우리가 타인을 가깝게 느끼는가, 아니면 멀게 느끼는가에 따라 우리의 태도는 바뀔 수 있다. 타인이 협동하는 관계인가

---

22 강영안, 『레비나스의 철학 : 타인의 얼굴』, 문학과지성사, 2005, 189쪽.

23 임경순, 「고통을 넘어 연대성 모색하기 : '중국 조선족' 소설의 분단 현실 인식과 방향」, 『서사, 연대성 그리고 문학교육』, 푸른사상, 2013 ; 임경순, 「리얼리즘 소설교육과 서사교육」, 『근대, 삶 그리고 서사교육』, 한국문화사, 2013.

24 제레미 리프킨, 『공감의 시대』, 이경남 역, 민음사, 2010.

경쟁하는 관계인가에 따라서도 그렇다.

따라서 공감을 통해 더 나은 세상을 만들려는 사회적·교육적 기획은 폭력을 당하는 타인들에게 어떻게 공감적 관심을 가질 수 있도록 하느냐에 달려 있다고 볼 수 있다.

바우마이스터와 그의 동료들에 따르면 공감과 죄책감은 교환관계나 동등성 관계보다는 공동체 관계의 범위 내에서 더 잘 작동한다. 전자는 비난이나 거리두기에 가까운 행동을 취한다.[25] 요컨대 이런 관점을 받아들일 경우, 공동체 관계를 회복, 창조, 계발하는 것이 중요한 과제가 된다. 그런데 많은 수의 국민이나 인류에게는 그것을 동시에, 포괄적으로 갖도록 하는 것은 현실적으로 불가능하다.

여기에 문학(서사)교육이 갖는 가능성이 놓여 있다. 곤경에 처한 인물을 두고, 사실에 초점을 두고 기술하는 것과 인물에 대한 느낌과 삶의 변화를 상상하게 한 것과의 비교 실험에서, 후자의 사람들은 곤경에 처한 인물들을 돕는데 서명한 사람들이 훨씬 많았다. 이러한 논리에 따르면 문학(서사) 텍스트에 대하여 단지 이론적, 논리적, 사실적인 것들만 파악하는 것보다, 곤경에 처한 인물에 대하여 공감을 통해 느끼고 그들의 삶을 상상하고 표현할 수 있도록 교육해야 한다는 방법적 방향성을 시사받을 수 있다.

그런데 그러한 교육적 처방들이 개인적 차원에서만 이루어지는 것이 아니라, 공동체 전체 차원, 이를테면 일본군 '위안부'와 같은 역사적, 집단적, 민족적 차원과 관련된 문학(서사) 텍스트를 통할 때 타자에 대한 공감과 연대성을 모색하는 데 도움을 줄 수 있을 것이다.

그러나 특정한 이데올로기에 갇힌 공감은 자칫 그의 관점에서 벗어난 타자를 배제함으로써 공정성에서 벗어날 수 있다. 문학 혹은 특정 이데올로기

---

25 스티븐 핑커, 앞의 책, 986쪽.

만 고집하지 않고, 철학, 사회학 등에 눈을 돌릴 필요가 여기에 있는 것이다. 그러나 그것들이 실천적 힘을 발휘하기 위해서는 제도, 규범, 정치와 연결되지 않을 수 없다. 거기에 문학(서사)교육의 가능성과 한계가 놓여 있다.

5. 맺음말

여기에서는 중국 무한(武漢) 지역 조선인 일본군 '위안부'에 대한 현황과 내러티브를 살펴보고, 그것이 갖는 의미를 통해 우리 문학(서사)교육이 나아가야 할 방향이 무엇인지를 탐구하였다.

중국 무한 지역 조선인 일본군 전 '위안부'를 문제 삼는 것은, 일본군 '성노예'로서 참혹한 생활을 했음에도 불구하고, 현황 파악이 잘 되어 있지 않고, 그녀들의 생활상이 잘 알려지지도 않고 있기 때문이며, 중국 최대 '위안소' 거리, 즉 한구 적경리가 바로 무한 지역에 있었다는 사실이다. 또한 그녀들의 이야기에 대한 연구와 그와 관련한 교육적 논의가 아주 미흡하기 때문이다.

무한 지역 조선인 일본군 '위안부'들은 1919~1928년생으로 조사 당시인 1994년에는 60대 후반에서 70대 중반의 나이였으며, 20년 이상이 지난 현재 생존자는 극소수다. 이 중 한국 국적을 회복한 유일한 생존자인 하상숙 할머니는 위독한 상태에서 한국에 후송되어 치료를 받고 있다. 또한 '위안부' 문제 해결을 촉구하는 '수요집회'에 참여하기도 했으며, 2007년 8월 28일 89세로 별세했다.

끌려간 나이는 13세부터 20세까지 모두 10대들이다. 끌고 간 이유는 돈도 잘 벌게 해주겠다며 공장이나 보모로 일하러 가자는 것이었다. 그들은 대부분 부모들의 허가를 받지 않다. 그들은 '위안부' 생활을 하면서 강간, 구타, 갈취, 굶주림 등 폭력에 시달려야 했으며 인간 이하의 생활을 했다. 해방 후 그녀들은 중국 남자와 결혼했으며, 중국에 귀화하지 않았다. 그녀들은 중국인들에게 조선인이라는 것과 '위안부'였다는 이유로 핍박을 받았으며, 이해심 있는 남편을 만나기도 했다. 그녀들은 물질적 정신적으로 어려운 생활을 했다. 그녀들의 남은 유일한 소망은 고국에 방문하거나 여생을 고국에서 보내는 것이다.

일본군 '위안부'와 같은 집단적, 제도적인 폭력과 조직 말단에 이르기까지 폭력을 일삼게 되는 인간성 말살 행위에, 우리는 어떻게 대처할 수 있을 것이며, 그럴 가능성은 있기라도 한 것인가.

인간에게는 박애심, 호혜주의가 생물학적, 윤리적으로 존재한다는 것을 받아들인다면, 우리의 선한 기획에 있어서 공감 외에도, 이성, 자기 통제, 인권 등과 같은 것들은 중요한 의미를 갖는다. 인문학 가운데 문학(서사)이 할 수 있는 교육적 역할을 찾는 것이 임무라 한다면, 타인에 대한 책임 의식과 공감을 갖도록 하는 것은 한 방안이 될 수 있음은 분명하다. 그런데 공감을 통해 더 나은 세상을 만들려는 사회적·교육적 기획은 폭력을 당하는 타인들에게 학습자들로 하여금 어떻게 공감적 관심을 가질 수 있도록 하느냐에 달려 있다. 문학(서사) 텍스트에 대하여 단지 이론적, 논리적, 사실적인 것들만 파악하는 것보다, 곤경에 처한 인물에 대하여 공감을 통해 느끼고 그들의 삶을 생각하고 표현할 수 있도록 교육하는 것이 필요하다. 그러나 문학(서사)만으로 완전할 수 없기 때문에 역사, 사회학 등이 그것을 보완할 수도 있을 것이며, 나아가 제도, 정치와도 연결되어야 할 것이다.

문학의 존재와
문학교육의 가능태

제1장
연애, 시대 상황 속 좌절과 욕망

1. 머리말

여류작가 장덕조(1914~2003)는 경북 경산군에서 태어나 1932년『제일선』에 소설「저회」를 발표한 이후, 60여 년 동안 꾸준히 작품을 발표해왔다. 그녀는 신문 연재 및 단행본 소설, 방송소설, 수필, 라디오 · TV 드라마 대본, 영화화된 소설 등 많은 작품을 남긴 작가이다. 소설만 보면 단편소설 120여 편, 장편소설 90여 편으로 작품 편수에서도 결코 적지 않다. 그럼에도 불구하고 우리 문학사에서는 장덕조에 대한 평가는 인색하다. 가령 이재선은『한국현대소설사』에서 여류작가, 여성문학의 세계를 다루면서 박화성, 강경애, 백신애, 이선희, 최정희 등과 함께 장덕조를 기술하면서, "장덕조는 다작에도 불구하고「어미와 딸」및「자장가」등 한정된 몇 개의 작품만이 논의의 대상이 될 뿐, 여타의 작품은 안이성(安易性) 때문에 긍정적인 평가의 대상이 되지 못하고 있다"[1]고 평가하고 있다.

---

1   이재선,『한국현대소설사』, 홍성사, 1979, 443쪽.

이렇게 작가 장덕조에 대한 평가가 인색한 이유는 그가 문제의식이나 비판정신이 결여되어 있다거나, 거대 담론 위주의 학문판에서 '일상성'이나 '생활의 정치' 등과 같은 것들이 소외되어왔던 것에서 찾을 수도 있을 것이다.[2] 요컨대 본격문학 혹은 정통문학의 입장에서는 여성문학, 대중문학, 지방문학으로서의 그의 문학 세계는 주목을 받지 못한 것이다.

근래에서야 장녁소 소설 전반에 대한 조리[3]의 연구와 젠더 의식에 대한 김윤서[4]의 연구 그리고 연구 대상 기간을 해방기나 한국전쟁기까지 한정하여 젠더 문제에 집중한 유진희,[5] 임미진[6] 등의 박사학위 논문을 통해 그녀의 문학 세계가 검토되었다. 또한 이강언,[7] 남금희,[8] 최미진,[9] 김동현,[10] 차희정,[11]

2   조리, 「장덕조 소설 연구」, 전북대학교 박사학위 논문, 2007, 2쪽.
3   위의 글.
4   김윤서, 「장덕조 소설의 젠더의식 연구 : 1950년대 연애소설을 중심으로」, 영남대학교 박사학위 논문, 2017.
5   유진희, 「해방기 탈식민 주체의 젠더전략 – 여성서사의 창출을 중심으로」, 성균관대학교 박사학위 논문, 2014.
6   임미진, 「1945~1953년 한국 소설의 젠더적 현실 인식 연구」, 서울대학교 박사학위 논문, 2017.
7   이강언, 「장덕조의 생애와 문학」, 『나랏말쌈』 11, 대구대학교 국어교육과, 1996.
8   남금희, 「1950년대 장덕조 신문소설 연구 : 『대구매일신문』을 중심으로」, 『현대소설연구』 20, 한국현대소설학회, 2003.
9   최미진, 「1950년대 장덕조의 라디오소설 연구 – 『장미는 슬프다』를 중심으로」, 『대중서사연구』 22, 대중서사학회, 2009 ; 최미진, 「1950년대 장덕조 소설에 나타난 연애와 결혼 – 『多情도 病이련가』를 중심으로」, 『현대문학이론연구』 37, 현대문학이론학회, 2009 ; 최미진, 「『방송』 소재 장덕조의 라디오 단편소설 연구」, 『인문학논총』 30, 경성대인문과학연구소, 2012.
10 김동현, 「"국민"의 상상과 "비국민"의 기억 – 장덕조의 일제말기 일본어 소설과 해방 이후 소설을 중심으로」, 『순천향 인문과학논총』, 순천향대학교 인문과학연구소, 2012.
11 차희정, 「해방기 장덕조 소설에 나타난 여성성의 위장과 전유 – 잡지 게재 소설을 중심으로」, 『한중인문학연구』 35, 한중인문학회, 2012.

진선영,[12] 김윤서,[13] 배상미[14] 등의 연구자들의 소논문을 통해 조명받아왔다. 박사학위 논문은 다른 여류 작가와 함께 젠더 문제에 집중되어 있고, 소논문에서는 젠더, 여성성, 모성성, 사랑 등 주로 대중서사로서의 성 담론에 집중되어 있음을 알 수 있다. 이는 장덕조의 소설 가운데 대중연애소설이 적지 않다는 점을 볼 때 자연스런 경향이지만, 여전히 학위 논문도 부족하고, 소논문의 경우도 일부 연구자에 한정되어 있는 등 그녀의 작품 전반에 대한 논의는 미흡하다는 것을 알 수 있다.

더구나 그녀의 작품 활동 전모에 대한 파악과 자료 확보가 되어 있지 않은 경우도 있다. 특별히 이 글에서 다루고자 하는 장편소설 『십자로』만 놓고 볼 때, 이 작품에 대한 서지사항이 정확하게 확정되어 있지 않을 뿐 아니라, 연재 주간지 소실 및 단행본 소실로 연구가 되어 있지 않았다. 『십자로』는 1949년 12월 5일부터 1950년 6월 26일 사이에 『주간서울』에 연재되었을 것으로 추정되며, 이후 한국전쟁 와중인 1953년 대구에서 단행본으로 출간되었다. 『십자로』는 장덕조의 1940년대 후반 소설과 한국전쟁기와 그 이후 소설을 이어주는 장편소설로서, 일제가 물러난 미군정하에서 그의 문학 세계

---

12 진선영, 「부부 역할론과 신가정 윤리의 탄생 – 장덕조 초기 단편소설을 중심으로」, 『여성문학연구』, 한국여성문학학회, 2012 ; 진선영, 「장덕조 신문 연재 장편 「은하수」 연구」, 『現代文學理論硏究』 56, 현대문학이론학회, 2014.

13 김윤서, 「장덕조 소설의 '사랑의 서사' 연구」, 『人文硏究』 69, 영남대학교인문과학연구소, 2013 ; 김윤서, 「장덕조 소설의 '사랑의 정치성' 연구」, 『우리말 글』 64, 우리말글학회, 2015 ; 김윤서, 「장덕조 소설에 내재한 '질투' 모티프 고찰 – 『激浪』을 중심으로」, 『韓民族語文學』 78, 한민족어문학회, 2017 ; 김윤서, 「장덕조 소설에 내재한 '모성성' 고찰 – 『薔薇는 슬프다』를 중심으로」, 『우리말 글』 79, 우리말글학회, 2018 ; 김윤서, 「장덕조 소설의 『젠더의식』 고찰 – 『地下女子大學』을 중심으로」, 『리터러시연구』 10-2, 한국리터러시학회, 2019.

14 배상미, 「제국과 식민지의 백화점과 여성노동자 – 미야모토 유리코(宮本百合子)의 「다루마야 백화점(だるまや百貨店)」과 장덕조의 「저회(低徊)」를 중심으로」, 『比較文學』 68, 한국비교문학회, 2016.

를 밝히는 데 의미 있는 자료라 할 수 있다.

　그동안 단행본『십자로』의 발행 사실은 기록을 통해 확인할 수 있었지만, 온전한 형태로서의 작품 존재는 알 수 없었다. 현재까지 필자가 조사한 바에 따르면 장편소설『십자로』의 전모는 학계에 보고된 바가 없다. 또한『주간서울』에 연재된『십자로』는 연재 상당 부분이 소실되어 알 수 없는데, 단행본『십사로』를 통해 그 부분을 추정할 수 있다. 이런 점에서도 이 글은 의의가 있을 것이다.[15]

2.『십자로』의 서지

1) 연재본과 단행본『십자로』

　한국 근현대소설 목록집, 전집, 학위 논문 연보 등을 보면, 장덕조의 장편소설『십자로』의 연재본, 단행본이 빠져 있는 경우가 대부분일 뿐 아니라, 발표 연도 표기에도 오류가 있는 경우도 있다.

　조리, 김윤서 등의 박사학위 논문의 장덕조 연보에는「십자로」(『주간서울』)가 1946년에 발표된 것으로 되어 있고, 단행본『십자로』발간 사실도 언급되어 있지 않다. 이는 박종화, 김광섭, 백철, 유치진, 정비석 등이 편집위원이 되어 민중서관에서 간행한 한국문학전집 16권 장덕조 연보와[16] 이후 한국문

15　필자는 단행본 장편소설『십자로』를 소장하고 있어, 학계에 보고하고자 한다. 국립중앙도서관이『십자로』를 소장하고 있기에, 필자가 사서를 통해 확인했던 바, 내용을 알 수 없을 정도로 심하게 파손되어 대출 불가라는 것을 확인하였다.

16　장덕조,「장덕조 연보」,『광풍·누가 죄인이냐·기타』, 민중서관, 1960, 1~3쪽. 장덕조 연보에는 1946년에 장편『십자로』를 비롯해『훈풍』,『다정도 병이런가』,『여자삼

인협회에서 편한 작품집에서 『십자로』를 1960년에 발표한 것으로 기록하고 있는데, 이를 따른 것으로 보인다.[17] 그러나 정진석이 언급한 『주간서울』이 창간된 일시가 1947년 8월 5일이 정확하다면, 연재 일시는 이날 이후여야 하기 때문에 이는 잘못된 가능성이 크다.[18]

근대문학 100년 연구총서 편찬위원회가 펴낸 『연표로 읽는 문학사』[19]에는 1953년(남한) 단행본 목록에 장덕조 『십자로』(문성당)가 포함되어 있는데, 연재본에 대한 언급은 없고, 단행본 발간 사실만 기술되어 있다.

한국 현대 장편소설에 대한 해제를 망라한 송하춘 편저에는 『십자로』 연재 서지, 『내용』 소개와 함께 『참고』에 단행본 출간에 대하여 언급하고 있다.

> 십자로/十字路 : 장덕조. 『주간서울』 1950.1.23(8회), 4.10(19회)-5.1(22회) 미완)
> 『참고』 제목 앞에 '장편소설(長篇小說)'이라고 표기되어 있다. 현재 확인되는 『주간서울』 영인본 자료는 8회, 19회-22회까지 총 5회 분량이다. 22회차 연재분 말미에 '차호계속(次號繼續)'이라고 표기되어 있으나 이후 연재물을 찾을 수 없다. 1953년 문성당에서 단행본으로 출간되었다는 정보가 있으나 원본 자료를 확인할 수 없다. 여주인공을 둘러싼 세 남자의 애정 관계가 중

십대』, 단편 「함성」, 「창공」, 「수난자」, 「삼십년」, 「정」, 「비취」 등을 발표한 것으로 되어 있고, 1953년에는 『십자로』를 비롯하여 『사랑의 편지』, 『훈풍』, 『광풍』, 『다정도 병이 런가』, 『여자 삼십대』 등을 출판한 것으로 기술되어 있다.

17 한국문인협회 편, 『한국단편문학대계 3』, 삼성출판사, 1969, 463쪽. 여기에는 장덕조의 단편소설 「喊聲」과 「三十年」이 실려 있는 바, 『수록작가 중요 연보』에 장편소설 『十字路』는 1946에 발표한 것으로 되어 있다.

18 정진석, 「(『주간서울』의 영인에 붙여) 광복 후 최초의 시사 주간지에 담긴 시대상」, 『週刊서울』, 케포이북스, 2009, iii쪽.

19 근대문학100년 연구총서 편찬위원회, 『연표로 읽는 문학사』, 소명출판, 2008, 98쪽.

심 서사를 이룬다."(밑줄 필자)[20]

이에 따르면 영인본『주간서울』에서 확인된 연재 작품은 총 5회 분량이며, 1953년 문성당 출간 단행본은 확인할 수 없는 것으로 되어 있다.

그런데 구명숙·김진희·송경란 편에는 "십자로(十字路)/잡지『주간서울』 64-85호/1949.12.5-1950.5.1/*1-22회까지 수록 *단행본『십자로(十字路)』 (문성당, 1953) 발간"[21]이라 기록하고 있다. 따라서 이 서지가 맞다면『십자로』 가『주간서울』에 1945년 12월 5일부터 1950년 5월 1일(1-22회)까지 연재된 것이고, 문성당에서 1953년에 발간된 것을 알 수 있다.

이상에서 장편소설『십자로』는『주간서울』연재본과 문성당 출간 단행본 이 있음을 알 수 있다. 그런데 현재 남아 있는『주간서울』영인본을 확인해 보면 누락된 것들이 많아, 연재본『십자로』는 8회, 19-22회 등 총 5회만 확 인할 수 있다. 이는 송하춘 편저에서 확인한 바 있다. 그런데 구명숙·김진 희·송경란 편에서는 1-22회까지 수록했다고 보고하고 있는데, 이 서지사 항은『주간서울』원본을 확인한 것인지는 알 수 없다. 또한 문성당에서『십 자로』가 발간되었다고 언급하고 있는데, 기존 연구에서 문성당 발간 단행 본에 대한 논의가 없는 것을 보면,『십자로』원본을 확인했는지는 의문이다. 필자 역시 영인본『주간서울』외의 연재분을 확인할 수는 없었지만, 필자가 소유한 문성당 발간『십자로』는 분명히 존재한다.

---

20 송하춘 편저,『한국현대장편소설사전 : 1917-1950』, 고려대학교 출판부, 2013, 285~286쪽.
21 구명숙·김진희·송경란 편,『해방이후부터 1960년대까지 한국여성작가 작품목록』, 역락, 2013, 306쪽.

2) 『주간(週刊)서울』과 『십자로』

1947년 8월 5일 창간된[22] 『주간서울』은 우리나라 최초 주간지 『동명』 (1922.9.3) 이후 본격 종합 시사주간지가 없다가 광복 이후 해방공간에서 가장 오랫동안 발행된 본격 종합 시사주간지였다. 『주간서울』은 타블로이드 크기의 8면으로 발행되어오다가 1949년 1월부터 12면으로 증면할 정도로 상당한 인기가 있었다. 영인본에서 확인할 수 있듯이, 『주간서울』은 창간호뿐 아니라 여러 호가 빠져 있고,[23] 한국전쟁 발발 직전인 1950년 5월 1일(85호)까지만 남아 있다. 전쟁 때까지 발행했다면 1950년 6월 26일자 발행의 93호가 마지막이었을 것으로 보인다.[24]

현재 확인할 수 있는 연재된 『십자로』는 영인본 『주간서울』에 게재되어 있는 총 5회로 다음과 같다. 제8회(71호): 단기 4283(1950)년 1월 23일, 제19회(82호): 단기 4283(1950)년 4월 10일, 제20회(83호): 단기 4283(1950)년 4월 17일, 제21회(84호): 단기 4283(1950)년 4월 24일, 제22회(85호): 단기 4283(1950)년 5월 1일.

영인본 『주간서울』에 빠져 있는 『십자로』 연재를 추정해보면, 1949년 12월 5일(64호)에 제1회 연재를 시작했을 것으로 보인다. 또한 영인본 『주간서울』 게재 『십자로』 제22회(1950.5.1)에 '차호계속'이라는 안내가 있는 것으로 보아, 그 이후 즉 1950년 5월 8일~6월 26일(86호~93호)에도 게재되었을 것으로 추정된다.

문성당에서 발행한 장편소설 단행본 『십자로』의 발행일은 단기 4286년 즉 1953년 2월 5일이다. 장덕조는 1950년 한국전쟁 발발 후 대구로 피난을 갔

---

22 정진석, 앞의 글, iii쪽.
23 영인본에 빠져 있는 호는 다음과 같다. 1~3, 10, 11, 15, 56, 58, 63~70, 72~81호.
24 정진석, 앞의 글, vi쪽.

다. 대구에서 영남일보 문화부장을 하였고, 이듬해인 1951년에는 평화신문 문화부장, 대구매일신문 문화부장 겸 논설위원을 맡게 되었으며, 종군작가단에도 가담했다. 따라서 종전 후 그녀가 서울로 상경할 때까지 대구에 머물렀을 당시 『십자로』가 발행된 것으로 보인다. 단행본 『십자로』는 B6(128×182, 실측 123×183mm) 크기에 320쪽(표지 및 목차 제외)이다. 단행본에 실린 서지 내용은 다음과 같다.

> 단기 4286년 2월 1일 인쇄, 단기 4286년 2월 5일 발행, 정가 17,000圓, 저작자 張德祚, 발행자 朱仁龍, 발행소 文星堂 大邱市布政洞 登錄 4283년 12월 15일 No.3, 인쇄소 合進印刷所 大邱市龍德洞八 登錄 4283년 12월 15일 No.22.[25]

단행본 『십자로』와 영인본 『주간서울』의 『십자로』 연재 부분을 비교해보면 다음과 같다.

단행본 『십자로』 목차	쪽	『주간서울』 연재 『십자로』
處女	1–29	
戀情	30–48	
新禄의 季節	48–81	
仁川에서	81–104	83–95(8회)
소낙비 나리는 날	104–140	
選擧戰	141–171	
被襲	171–197	
惡夜	197–213	197–206(19회) 206–213(20회)

---

25 장덕조, 앞의 책, 판권지.

사랑은 괴로운 것	213–233	213–224(21회)
解逅	233–252	224–235(22회)
요단강 건너가 맞나리	253–272	
사랑은 수고로워	273–292	
가로놓인 三八線	293–313	
銀翼은 날은다	314–320	

영인본『주간서울』에 실린『십자로』는 소제목이 없이 연재되었다. 이것이 단행본으로 출간될 때는 목차 소제목이 붙어 있는데, '인천에서'처럼 연재한 회분과 일치하는 것도 있지만, '악야'와 같이 두 회 연재분이 이어진 경우도 있다. '사랑은 괴로운 것'이나 '해후'와 같이 연재 부분과 일치하지 않는 경우도 있다.

3.『십자로』의 인물과 내용

1) 인물

단행본『십자로』의 주요 인물은 이영란, 박정숙, 한인준, 김민수, 최한직 등이다.

주인물인 이영란은 한인준 교수의 도움으로 C대학 영문과를 졸업한 인물로 미모에 영어와 불어가 수준급(영어 방송 청취 및 전사 가능)이다. 학교 추천으로 T무역회사에 입사한 후 미국 방송을 청취, 타이핑하여 최 전무에게 보고하는 것이 그녀의 주 업무이다. 영란은 남에게 손 한 번 잡혀보지 못한 순결한 처녀이자, 외모와 실력이 뛰어난 신시대 여성으로 정조 관념이 뚜렷하다. 한인준을 사랑하지만 단념하고 김민수를 택한다. 그러나 결국 최한직을 택해 미국행을 하게 된다.

박정숙은 ××당 최고위원 재력가 박남형의 딸로 김민수와 같은 병원에 근무하는 소아과 의사이다. 부수수한 머리, 커다란 입, 고도의 근시, 시골떼기같이 수수한 모습의 인물이다. 여의사 가운데 이단자로 관습적인 사고와 행동을 한다. 한인준의 고귀한 행농, 높은 심정, 이성으로서의 매력에 빠져 아버지와 다른 길을 가는 국회의원 출마자 한인준을 절대적으로 지지하고, 그를 헌신적으로 사랑한다.

한인준은 영란이 다니는 C대학의 젊은 정치학과 교수이다. 학생들 사이에 인기가 좋으며, 인도주의자란 별명을 갖고 있듯이, 남의 곤경을 보아 넘기지 못하는 성격이다. 영란 남매 학비와 생활비를 보조해준다. 진보적인 공약을 내걸고 국회의원 보궐선거에 출마한다. 박정숙의 헌신적인 사랑과 도움을 받지만, 마음은 영란을 사랑한다.

김민수는 S의과대학 교수로서 사계에 이름 있는 화사한 청년 의사이다. 정신보다 육체에 관심 있고, 사랑이란 모든 것을 이해하기 전에 먼저 빼앗는 것이라 생각한다. 생애를 바쳐 영란을 사랑할 것이라 말하지만, 영란의 모든 것을 빼앗겠다 선언하기도 한다. 영란이 인준을 단념하고 그를 선택한 후에도 그녀가 그의 육체적인 요구를 수용하지 않자 강명자와 애정 행각을 벌인다.

최한직은 서울 굴지의 대회사인 T무역회사 전무로서 미국에서 돌아온 젠틀맨이라는 별명을 갖고 있는 중년(50세) 남성이다. 사원들은 그를 '미스터 민주주의'라 부른다. 미국에서 아내를 잃자 해방 후 적지 않은 가산을 정리하여 딸과 함께 한국에 귀국한다. 젠틀맨답게 기생인 황금주와 결혼했는데, 황금주의 부적응으로 이혼 예정이다. ××당 최고위원 박남형의 밀수입 사건에 관련되어 퇴직한 후 고국에 대한 꿈을 잃어버리고 환멸을 느낀다. 그는 고국이 없는 어린 딸에게 좋은 어머니를 얻어주고 불행한 자기 가정을 재건하려는 절박한 의욕에서 영란을 사랑하게 된다. 결국 그는 영란과 함께 미국으로 향한다.

이 밖에도 영란 어머니, 오은희, 강명자, 황금주, 메아리 등이 등장한다.

영란 어머니는 삯바느질과 구멍가게를 운영하면서 딸 영란과 아들을 키웠다. 신경통으로 눕게 되는데, 한인준 교수의 도움으로 김민수 의사에게 무료로 치료를 받는다. 은인 한인준의 편에 서게 된다. 그러나 딸 영란의 마음도 한인준에게 있음을 알면서도 김민수의 극진한 치료와 그의 딸에 대한 적극적인 구애로 말미암아 영란 어머니는 두 사람이 잘 살기를 바라면서 죽는다.

오은희는 영란과 함께 근무하는 T무역회사 타이프라이터로서 정신이상자가 된 아버지를 대신해서 동생 학비 마련 등 열두 식구 생활비를 벌어야 한다. 따라서 돈이 필요했고, 실직의 공포 속에서 타락의 유혹을 물리치지 못하고, 결국 기생이 된다. 친절하고 충분한 생활력 있는 최 전무 같은 사람을 이상적 남성으로 존경하고 숭배한다.

강명자는 오은희가 회사를 그만둔 후 뒤를 이은 19세 타이피스트이다. 나이에 걸맞지 않게 자유주의론을 설파하기도 하고, 박남형 씨 재산 반입에 귀중품들이 들어 있을 것이라 파악하고 영란에게 비밀을 거머쥐라는 말을 할 정도로 영악하다. 현실의 어려움을 이겨내고자 하는 강인함도 보인다. 만족하는 상대를 발견하면 기회를 놓치지 않을 작정으로 김민수를 유혹한다.

요정의 기생이었던 황금주는 최한직과 결혼한 후 적응하지 못하고 게으르고 사치에 빠지고, 가족과 집안일을 소홀히 한다. 특히 노란 머리털과 하얀 피부를 가진 의붓딸 메아리와는 말이 통하지 않고 식성, 의복, 취미도 다를 뿐 아니라, 병약한 아이를 키워나갈 지식, 교양도 부족하다. 결국 최한직으로부터 상당한 재산을 물려받고 그와 이혼한다.

메아리는 미국인 아내와 한국인 남편 최한직 사이에 태어난 딸이다. 미국인 엄마가 죽은 후, 아버지 최한직을 따라 한국에 온다. 새엄마 황금주와 모녀 관계가 원만히 형성되지 못하고, 방황하고, 병세도 악화된다. 미국행을 소망하던 중, 영란을 만나 메아리의 소원대로 그녀와 함께 미국으로 간다.

2) 내용[26]

『십자로』의 이야기는 한국전쟁이 발발하기 전 1949년 무렵의 서울을 시간적 공간적 배경으로 사건이 전개된다. 단행본 『십자로』의 목차에 따라 줄거리와 사건을 소개하면 다음과 같다. 영인본에 실린 『십자로』는 해당 부분에 시작과 끝을 알리는 〈 〉표시를 한다.

處女 : 회사에서 영란은 최 전무(최한직)의 사무실에서 그에게 손을 잡히자, 불쾌하고 분한 마음을 갖는다. 직장 생활과 가정일을 겸해야 하는 자기와 같은 여자들을 남자들은 왜 해치려 하는가 생각한다. 퇴근 후 은인 한인준 교수의 생일 선물을 사러 가는 길에서 모욕을 당하는 여인을 보고 남성에 대한 투쟁 의식을 갖는다.

---

26 송하춘 편저에서 아래와 같이 『십자로』의 내용을 소개하고 있다. 이는 작품 전체를 대상으로 하지 않고 영인본에 남아 있는 『십자로』 연재물을 대상으로 한 것으로 보인다. "(내용) 대학에서 어학을 공부하는 이영란은 자신의 스승인 한인준과 서로 사랑하는 사이다. 영란은 몸이 아픈 모친을 치료하던 젊은 의사 김민수로부터 구애를 받는다. 인준을 사랑하지만 그에게 약혼녀가 있다는 사실에 괴로워하던 영란은 민수의 구애를 받고 갈등한다. 고민 끝에 영란은 인준을 단념하고 민수를 만나기로 결심한다. 그러나 영란은 민수가 육체적 관계를 계속 요구해 오자 불쾌감을 느끼고 그를 멀리한다. 영란은 우연한 기회에 미국에서 건너온 최한직 전무를 알게 된다. 별명이 '미스터 민주주의'인 한직은 부인과 애정 없는 결혼 생활을 하던 중 영란에게 사랑을 느끼고 물심양면으로 그녀를 돕는다. 영란은 헌신적으로 애정을 표현하는 한직에게 호감을 갖는다. 결국 영란은 한직을 따라 미국으로 건너가서 참된 민주주의를 공부하기로 마음먹는다. 그리고 한국 땅에 찬란한 민주주의의 꽃을 피우리라 결심한다." 송하춘 편저, 앞의 책, 285쪽.

戀情 : 영란은 한인준의 생일 차림을 준비하기 위해 그의 집으로 갔다가, 못생겼지만 그에게 헌신적으로 대하는 여인이 그의 애인(박정숙)이라는 것을 알고, 외로움, 안타까움, 질투를 느낀다. 영란은 합석했던 한인준의 친구인 의사 김민수의 배웅을 받으며 귀가한다. 김민수는 편지를 통해 영란을 사랑할 것이며 그녀의 모든 것을 빼앗고 말겠다고 말한다.

新綠의 季節 : 최한직은 아내를 잃고, 해방이 되자 적지 않은 가산을 정리하여 딸과 함께 미국으로부터 한국에 귀국한다. 그는 미군정에 빌붙은 자들을 따라 요정에 출입하면서 기생 중 한 명(황금주)과 결혼한다. 그는 점차 고국에 대한 꿈을 잃어버리고 환멸을 겪는다. 최한직은 황금주와의 결혼을 후회하면서 영란을 아내로 맞이할 것이라 다짐한다. 모친이 많은 신세를 졌기 때문에 영란은 김민수에게 부채의식을 갖긴 하지만, 그에게 마음이 가는 것이 아니라 여전히 한인준의 소식을 궁금해한다. T무역회사 무역선이 인천으로 가는 중 종적을 감추자, 최한직은 직접 영란을 대동하여 인천으로 간다.

仁川에서 : 최전무와 영란 일행은 세관을 들른 뒤 T무역회사 출장소로 향한다. 〈(8회 시작) 영란은 염 씨의 저녁 식사 대접을 거절했으나 최 전무의 정중한 부탁에 이끌려 한적한 곳에 있는 요릿집에 간다. 최 전무는 영란에게 사랑을 고백하고 영란의 노예가 되겠다고 한다. 하지만 영란은 이를 거절한 후 그곳을 급하게 도망쳐 나온다.(8회 끝)〉 그러다 옛 회사 동료였다가 기생이 된 오은희를 만나 도움을 받는다. 회사에 김 전무의 부인이 찾아온다.

소낙비 나리는 날 : 최 전무의 부인 황금주는 영란에게 남편 최 전무와의 관계를 의심하고 그녀를 겁박한다. 회사에 더 이상 있지 못할 것을 깨달은 영란은 퇴사원을 제출한다. 사직한 영란은 국회의원에 출마한 한인준의 선거운동을 돕는다. 영란은 참으로 사랑하는 사람이 바로 인준이라는 확신을 갖지만, 더 접근 할 수 없어 슬프고 괴로워한다. 인준의 약혼자 박정숙은 인

준의 뜻을 이루도록 하는 데 매진한다. 그런 정숙을 보고 영란은 더욱 괴로워하다가 괴로움에서 벗어나기 위해 김민수와의 결혼을 생각한다.

選擧戰 : 영란은 한인준의 선거 사무소에 나가면서 인준에게로 향하는 마음을 닫으려고 김민수에게 다정하게 대한다. 그러나 영란의 노력에도 불구하고 김민수에 대한 사랑은 좀처럼 살아나지 못한다. 한편 돈보다 열과 성을 다하는 인준의 선거운동은 유권자들에게 호감을 얻는다. 선거운동용 트럭을 타고 가다 최한직의 집에서 가정부 겸 가정교사로 있는 오은희를 우연히 만난다. 영란은 은희로부터 그녀가 인준을 사랑하고 있다는 말을 듣고 갈등한다.

被襲 : 선거사무소에서 한인준은 복부와 옆구리를 찔려 중상을 입는다. 영란은 위중한 인준에게 광폭한 정열을 갖게 된다. 병원에서 영란은 환자보다 정욕에 이끌리는 민수의 태도에 마음이 끌리지 않는다. 병원을 들러 선거 사무소에 간 영란은 한 선생이 선거를 중지하라 했다는 말을 듣는다. 모르는 사람으로부터 선거 비용과 치료비로 써달라는 편지와 함께 오백만 원을 전해 받는다. 김민수는 자기에게 모욕을 주고 달아난 영란에게 보복하는 심정으로 강명자를 끌고 다니며 술 먹을 생각을 한다.

惡夜 : 〈19회〉 김민수는 강명자와 술을 마신 후 그녀에 이끌려 그의 숙소에 간다. 강명자는 민수와 결혼하고 싶다고 하지만, 그는 그럴 의사가 조금도 없다고 한다. 민수는 명자가 사라지자 안도하기도 하고 허전하기도 한 마음이 들던 차에 명자가 돌아오자 그녀를 안고 침실로 간다.〈19회 끝〉〈20회 시작〉 민수는 자조와 후회의 감정을 갖고 영란의 집에 가서 그녀의 모친을 치료한다. 인준은 선거를 포기하겠다고 한다. 그는 피습 사건을 경험하면서 자신은 못난 인도주의자라는 걸 깨달았다고 하면서 약혼자 박정숙이 아닌 마음으로부터 사랑하는 여인이 있다는 것을 그녀에게 고백한다.〈20회 끝〉

사랑은 괴로운 것 : 〈21회 시작〉 정숙은 선거 사무소에 있는 영란을 불러내

인준이 사랑하는 사람이 있다는 것을 전하면서, 그녀는 인준이 다른 사람과 결혼을 해도 자기 마음은 변하지 않을 거라 한다. 영란은 그녀의 고운 마음과 개표 입회인으로 참가 활동하는 용감한 행동에 감탄한다.(21회 끝)〈(22회 시작) 정숙이 건물 밖에서 그녀의 아버지 부하들에게 폭행을 당한다. 영란은 인준을 위해 몸과 마음을 다 바치려 한 정숙을 생각하며 다시 한번 전율한다. 그리고 영란은 인준과의 사랑의 종결을 명하는 마음을 따라, 김민수의 가슴에 몸을 던진다.

解逅: 모친이 입원한 병실에 있는 영란은 같은 병원에 와 있는 오은희로부터 편지를 받는다.(22회 끝)〉영란은 은희가 있는 병실에서 혼혈 소녀(메아리)를 만난다. 은희는 말도 통하지 않을뿐더러 소녀의 병이 낫지 않는 것도 그녀의 책임일 것 같아 미안한 생각이 들어 영란에게 도움을 청한다. 매일 영란은 소녀가 있는 병실을 방문하면서 친밀해진다.

요단강 건너가 맞나리: 영란으로부터 수혈한 모친은 병세가 호전되는 듯하다가 악화되어 김민수에게 딸 영란을 부탁하고 죽는다. 영란은 모친의 유골을 갖고 민수의 위로를 받고 싶어 그가 있는 S병원으로 향한다. 장례식을 마치기도 전에 당직이 있다며 떠났던 민수가 그곳에 없다.

사랑은 수고로워: 모친이 입원했던 병실 침대에 김민수와 강명자가 함께 있는 것을 본 영란은 충격으로 쓰러진다. 은희는 영란을 자기의 집(최한직의 집)으로 데려간다. 최한직은 영란에게 과거의 실책을 사과하고 메아리에 대한 호의를 치하한다. 오직 살기 위한 능력만이 생의 전부라 생각한 영란은 과거를 잊기로 한다. 메아리로부터 오은희가 부탁해서 한인준에게 최한직이 오백만 원을 보냈다는 사실을 알게 된다.

가로놓인 三八線: 영란은 최한직이 고학생이나 고아원도 도와준다는 것을 알게 된 후 악인이라는 말의 정의를 잃어버린 듯한 마음을 갖게 된다. 메아리도 한국에 적응하지 못하고, 최한직도 환멸을 느끼면서 미국으로 가려

한다. 귀국하는 외국 선원을 38선상에서 영접하러 가는 차에서 메아리는 영란에게 미국에 함께 가자고 한다. 영란은 최한직이 잡은 손을 뿌리치지 않고 미소로 답한다.

銀翼은 날은다: 영란은 지인, 가족들의 환송을 받으며 김포공항 출국장에 있다. 그녀는 고국을 떠나는 마지막 순간까지 심각한 인생, 고뇌에 찬 현실을 느끼면서도 모두 잊자고 다짐하면서 최한직, 메아리와 함께 미국으로 향하는 비행기에 오른다.

4. 『십자로』의 의미

『십자로』는 C대학 영문과를 졸업한 여성 인물(영란)이 정치학 교수(한인준)를 사랑하다가 포기하고 의과대학 교수(김민수)를 선택하게 되지만, 그의 방탕으로 결국 사업가(최한직)를 선택하여 그와 함께 미국으로 간다는 이야기이다.

『십자로』의 인물들은 크게 두 부류로 나뉜다. 하나는 대학을 졸업한 인텔리이자 미모의 여성 직장인(이영란), 교수(한인준, 김민수), 의사(박정숙), 사업가(최한직) 등이고, 다른 하나는 국문 타이피스트(오은희, 강명자), 기생(오은희, 황금주), 혼혈아(메아리) 등이다. 첫째는 그 시대의 기득권 계층에 속하는 인물들이고, 둘째는 소외된 계층의 인물들이다.

영란과 인준의 관계는 정조 관념이 뚜렷한 신시대 여성과 진보적 인도주의자 남성의 그것인데, 이들이 결합하지 못하는 것은 이미 전통적인 여인상의 인물(정숙)이 인준을 절대적으로 사랑하기 때문이다. 인준은 정숙의 헌신적인 사랑을 받고 있음에도 불구하고, 영란을 사랑한다. 하지만 영란은 정숙의 인준에 대한 사랑을 확인하고 청년의사이자 교수인 민수를 선택하게 되는데, 그녀는 그의 육체를 탐닉하는 행위에 결국은 그를 포기하게 된다. 영란이 최종적으로 선택하게 된 인물은 미국에서 한국으로 귀국했다가 다시 미국으로 가게 된 '젠틀맨'이자 '미스터 민주주의'로 불리는 인물(최한직)이다. 외모와 실력이 뛰어나고 정조 관념이 뚜렷한 신시대 여성이 진보적 인도주의자도, 육체의 탐욕자도 아닌 중년의 교포를 선택하게 되는 것은 현실 즉 시대를 개혁해나갈 정치 현실도, 욕망 추구자도 아닌 미국식 민주주의의 생활자를 선택한 것이라 할 수 있다. 이는 최한직이 고국에 대한 꿈을 버리고 환멸에 싸여 결국 다시 미국으로 가게 되는 데서 알 수 있듯이, 영란이 그와 함께 한국을 떠나는 것은 한국에서 뿌리를 내리지 못하고 미국을 선망하는 것을 나타낸 것이라 할 수 있다.

한편 실직의 공포 속에서 열두 식구 생활비를 벌어야 하는 국문 타이피스트로서 타락의 유혹을 물리치지 못하고 기생으로 전락하여 최 전무 같은 재력 있는 남자를 숭배하는 인물(오은희)이라든지, 기생 신분으로 최한직과 결혼하지만 가족과 조화를 이루지 못하고 게으름과 사치에 빠져 사는 인물(황금주), 그리고 국문 타이피스트로서 기회를 놓치지 않으려는 영악함과 당찬 마음을 지닌 인물(강명자) 등은 각자의 삶이나 가족의 생계를 책임져야 하는 그 시대에 있을 법한 인물들이다. 그러나 앞에서 언급된 주된 인물들이 전경화된 것에 비하면 이 인물들은 후경화된 인물들이다.

당시의 시대상 즉 미군정의 지배 속에서 정치적 혼란기와 남북 분단, 경제적 궁핍 등이 『십자로』의 소재로 등장하지만, 남녀 간의 연애 구도가 이야기를 이끌어가는 주된 모티프인 것처럼 보인다. 그러나 대학 영문과를 졸업하고 정조 관념이 뚜렷한 젊은 인텔리 여성이 한국인 진보적 인도주의자도, 탐욕주의자도 아닌, 결국 미국에 머물면서 백인 미국인과 결혼한 적이 있는 남성 인물을 택하여 미국으로 떠나는 것은 이 작품의 평가와 관련되는 핵심적인 사건으로 보인다.

이는 비슷한 시기에 발표된 「삼십년(三十年)」[27]에 등장하는 필례와는 차이를 보인다. 필례는 과거 한때 자기를 좋아했지만, 미국에 건너가 32년을 머물며 많은 돈을 벌어 귀국하여 군정 고위직을 하고 있는 김종훈의 원조 제안을 단호하게 거절한다. 김종훈은 "어떻게 하면 순진하고 고결한 애정의 박력으로 하여 저 사랑하는 동족의 영혼과 생활 상태를 자기만큼 높은 수준까지 성장시킬 수 있을까 생각하고 있는 것이었다. 가난한 한국 사람. 불쌍한 내 동포."[28]라고 생각하고 있는 인물로서, 미국을 기반으로 한 우월 의식 하에 '불쌍한 동포'를 연민으로 바라본다. 그것은 그가 옛 친구 애인의 재건을 위한 원조가 그의 사랑을 받아주지 않은 과거의 "잘못을 뉘우치고 그의 앞에 굴복하고 죄를 빌 것"[29]으로 보는 데서 그의 의도가 드러난다. 필례는 종훈의 도움 제공에 대하여 고향을 떠나 서울 공덕동 전재민 수용소에서 비참하게 살지언정 "순전히 제 힘만으로 생활을 개척해볼 결심입니다. 더군다나 선생님의 원조는 받지 못하겠어요."라고 단호히 거부한다. 종훈이 필례에게서 본 것은 현실에 대한 '굳센 저항력', '강력한 생활 이념'이었다.[30]

「삼십년」의 필례와 달리, 『십자로』의 영란은 최한직의 사랑 고백과 그로 인해 장차 딸려올 수 있는 원조를 거절하다가 종국에는 그를 받아들일 뿐 아니라 미국으로 향한다. 이는 한국에서의 '굳센 저항력'이나 '강력한 생활 이념'으로부터 벗어나는 것이다. 그것은 영란이 고국을 떠나면서 '심각한 인생', '고뇌에 찬 현실'을 모두 잊자고 다짐하는 데서도 알 수 있듯이, 한국전

---

27 장덕조, 「三十年」, 『백민』 1950년 2월호.

28 장덕조, 「三十年」, 『한국단편문학대계 3』, 삼성출판사, 1950.

29 위의 책, 339쪽.

30 차희정은 장덕조의 해방 후 잡지 게재 소설 『蒼空』, 『喊聲』, 『猪突』, 『三十年』을 검토한 후 "일제가 여성성을 동원했던 것처럼 해방기에도 주어진 현실 과제를 해결하기 위해서 일제강점기 여성성과 등가적 의미로 규정한 모성을 확대 재생산하고 있는 모습"이라 해석한다. 차희정, 앞의 글, 2012, 267쪽.

쟁 직전의 분단된 해방 공간 현실로부터의 일종의 도피라고 볼 수 있다. 이같은 행위는 해방 공간에서 현실과의 치열한 대결 관계와 그것의 극복 의지에서 비롯된 것이라기보다는 사랑하는 사람 혹은 사랑하기로 결심한 사람들과의 사랑의 결락, 가족과의 이별, 직장 상실로 인한 경제적인 어려움, 혼혈 아이에 대한 모성 등에서 비롯된 것이다. 뿐만 아니라 영란이 최한직을 선택하는 데 기여한 것은 그가 한인준뿐 아니라, 고학생이나 고아원에도 원조를 했다는 것을 알게 된 것이다. 이로써 최한직은 선한 사람으로서의 이미지를 갖게 됨으로써 악인으로서의 그에 대한 인식을 버리게 된다.

장래가 촉망되는 미모의 젊은 여성 이영란이 혼혈 아이를 둔 상처한 50세의 남성 최한직을 선택하고 그를 따라가는 행위는 일반적으로 기대하기 어렵다는 점에서 상징적인 의미를 지닌다. '젠틀맨', '미스터 민주주의'라 불리는 최한직이 한국에 적응하지 못하고 환멸을 느껴 결국 미국으로 다시 가려 한다는 것은 미국식 민주주의와 생활 습속이 한국에서는 뿌리를 내리기가 어렵다는 것을 나타낼 수 있다. 그런데 최한직이 원조 행위를 한다거나 사람들로부터 '미스터 민주주의'라고 불린다고 할지라도 그가 하는 사업은 한국의 유력 정치인이 결부된 밀수입을 통해 이익을 취하는 것이었다. 그가 한국을 떠나는 것은 밀수 사업 실패에도 원인이 있는 것이다.

밀수입 과정에서 일어난 운반선의 납북 사건을 책임지고 회사에서 물러난 후 그가 본 한국의 현실은 이렇다.

> "아무 호화도 사치도 없는 거리, 눈에 띠우는 것은 뼈를 깎고 피를 짜내듯 진기한 생활 투쟁의 광경뿐이다. 우리나라 상인들은 웨 모두 저렇게 악을 쓰며 소리를 질러 고객을 부르는 것일까. …(중략)… 유-모어가 없는 거리. 평화가 없는 거리. 그리고 즐거운 우슴이 없는 거리."[31]

---

31 장덕조, 『십자로』, 문성당, 1952, 298~299쪽.

최한직이 남대문에서 서울역으로 걸어가면서 본 이 같은 광경은 당시 시대적 상황이 반영된 현실임에도 불구하고, 그는 유머, 평화, 즐거움이 없다고 보는 인식을 통해 환멸을 느끼게 된다. 이것이 귀국을 결심하게 되는 한 계기가 되는 것은 당시 한국의 현실로부터 도피 행위와 크게 거리가 있어 보이지 않는다.

요컨대『십자로』는 낭시 시대상을 반영하면서, 기득권층 남녀 인물들을 중심으로 한 연애와 갈등이 전경화된 이야기로서, 당대 한국 현실과의 대결 의식보다는 그것으로부터의 도피와 미국에 대한 선망의식과 태도를 나타낸 이야기라 할 수 있다.

5. 맺음말

이번 장에서는 그동안 학계에 보고되지 않은 장덕조 장편소설『십자로(十字路)』(文星堂, 1953)에 대한 서지, 내용, 의미 등을 살펴보았다.

여류작가 장덕조에 대해서는 근래에 와서야 박사학위 논문이 쓰여졌고, 몇몇 연구자들에 의해 그의 문학 세계가 조명 받았다. 그러나 그의 작품은 젠더, 여성성, 모성성, 사랑 등 주로 대중서사로서의 성 담론에 집중되어 있으며, 작품 전모에 대한 연구는 부족한 실정이다.

특별히 이 글에서 다룬 단행본『십자로』는 서지사항이 정확하게 확정되어 있지 않을 뿐 아니라, 연재 주간지 소실 및 단행본 소실로 연구가 진척되지 않았다.『십자로』는 1949년 12월 5일(?)부터 1950년 6월 26일(?) 사이에『주간서울』에 연재되었을 것으로 추정되며, 이후 한국전쟁 와중인 1953년 2월 5일 대구시에 있는 문성당에서 발행되었다.『십자로』는 장덕조의 1940년대 후반 소설과 한국전쟁기 이후 소설을 이어주는 장편소설로서, 일제가 물러난 미군정하에서 그의 문학 세계를 밝히는 데 의미 있는 자료라 할 수 있다.

영인본『주간서울』에 연재된『십자로』부분과 단행본『십자로』를 비교해 본 결과, 영인본에서는 소제목이 없이 연재되었는데, 단행본에서는 14개의 소제목이 붙어 있다. 소제목으로 나뉜 부분은 연재 한 회 분과 일치하는 것도 있지만, 두 회 연재분이 이어진 경우도 있고, 연재 부분과 일치하지 않는 경우도 있다.

『십자로』는 C대학 영문과를 졸업한 여성 인물(이영란)이 정치학 교수(한인준)를 사랑하다가 포기하고 의과대학 교수(김민수)를 선택하게 되지만, 그의 방탕으로 결국 사업가(최한직)를 선택하여 그와 함께 미국으로 간다는 이야기이다.

『십자로』는 당시 시대상을 반영하면서, 기득권층 남녀 인물들의 연애와 갈등이 전경화된 이야기로서, 당대 한국 현실과의 대결 의식보다는 그것으로부터의 도피와 미국에 대한 선망의식을 나타낸 이야기라 할 수 있다. 이는 비슷한 시기에 나온「삼십년」과 달리, 원조의 수용과 당대 한국에서의 '고뇌에 찬 현실'로부터의 거리두기이며, 작가의 미국에 대한 태도가 반영된 것이라 해석할 수 있다.

제2장
문학 소통과 수용미학의 비판적 수용

1. 머리말

'독자'를 강조하는 일련의 개념들은 1980년대 이후, 문학 특히 문학교육에서 큰 관심의 대상이 되었다. 제럴드 프랭스의 피서술자, 볼프강 이저의 내포된 독자, 한스 로베르트 야우스의 기대지평, 스탠리 피쉬의 독자 경험, 마이클 리파테르의 문학적 능력, 조나단 컬러의 독서 관례, 노만 홀랜드와 데이빗 블레이치의 독자 심리 등은 이러한 패러다임에 속한다.[1]

1980년에 들어서면서 본격화된 수용미학(受容美学) 내지 독자반응비평(이론)이 한국에 본격적으로 소개된 것은 1980년대 중반이다. 한스 R. 야우스가 1982년에 쓴(1장은 1974년 랄프 코헨이 쓴 『문학사의 새로운 방향』에 수록됨) 『도전으로서의 문학사』가 1983년에 번역되었고,[2] 1984년에 로버트 C. 홀

---

1   레이먼 셸던의 「제5장 독자 지향 이론」 참조. 레이먼 셸던, 『현대문학이론』, 현대문학이론연구회 역, 문학과지성사, 1987.

2   한스 R. 야우스, 『도전으로서의 문학사』, 장태영 역, 문학과지성사, 1983.

럽이 쓴『수용이론』이 1985년에 번역되어 소개되었다.[3] 이어 차봉희 편저의
『수용미학』,『독자반응비평』이 각각 1991년, 1993년에 출판된다.[4] 물론 유럽
의 수용미학이나 북미의 독자반응비평은 한국에 소개되기에 앞서 논의되던
것들이다.

수용미학은 가다머의 해석학, 현상학 등의 영향을 받아 전개된다. 또한 마
르크스주의적 방법과 형식주의적 방법에 내포되어 있는 간극을 '독자'라는
개념을 통해 돌파해나가고자 하였다. 수용미학은 작품은 인간의 상호작용
으로부터 생명이 있는 것이며, 작품의 상호 관련성 또한 독자와 작가 등과의
상호작용을 통해서 이해될 수 있다고 본다. 이러한 인식은 문학작품을 독자
와의 상호작용 속에서 보는 커다란 이론적 흐름으로 수렴되어 갔다.

북미의 독자반응비평을 보면, 1938년 로젠블랫(R. Rosenblatt)이『탐구로서
의 문학』에서 독자와 텍스트의 만남을 강조한 것은 그 선구적 위치에 놓인
다. 그렇지만 본격적인 독자반응비평은 신비평에 대한 반발로 1960, 70년대
를 거치면서 독자를 강조하는 이론으로 발전해 갔다. 이러한 논의 성과가 반
영된 톰킨스(J. P. Tompkins)가 편찬한『독자반응비평(*Reader-Response Criticism*)』
이 출간된 것은 1980년이다.[5]

이 같은 문학이론의 흐름을 반영한 논의가 우리나라에서는 1980년대 중
반부터 본격화된다. 문학 분야에서 수용미학 이론을 적용하여 연구한 박사
학위 논문으로는『무정』을 수용미학적으로 연구한 권희돈을 필두로, 궁정
실기문학을 수용미학적으로 연구한 정은임, 김소월과 이상 문학을 수용미

---

3   로버트 C. 홀럽,『수용이론』, 최상규 역, 삼지원, 1985.

4   차봉희 편,『수용미학』, 문학과지성사, 1991 ; 차봉희,『독자반응비평』, 고려원, 1993.

5   J. P. Tompkins(ed.), *Reader-Response Criticism: From Formalism to Post-Structuralism*,
    Johns Hopkins University Press, 1980.

학적으로 연구한 이봉신 등을 들 수 있다.[6]

　한편 문학교육 분야에서 수용미학 내지 독자반응비평 등 독자를 중심으로 하는 교육연구가 본격화된 것은 1990년대 후반부터이다. 독자반응이론을 시교육에 적용한 권혁준을 비롯하여, 독자반응이론, 구성주의 문예학, 텍스트 언어학 및 상호텍스트성 이론 등을 종합적으로 검토하여 학습자 중심의 문학교육의 방안을 연구한 이상구, 통계적 방법을 동원하여 현대시에 대한 독자 반응을 연구한 김재윤, 독자반응이론을 통해 동시 지도를 연구한 김재숙, 아동독자의 이야기책 읽기 반응을 연구한 이지영 등이 박사학위 논문으로서의 구체적인 성과이다.[7] 문학교육 쪽을 보면 1990년대 후반에서 2000년대 초반에 이르러 급속한 관심을 보이다가 잠시 연구자들의 시선에서 벗어나 있다가, 2010년 이후 다시 독자를 중심으로 하는 읽기와 쓰기 관련 문학교육 연구가 진행되고 있음을 알 수 있다.

　그러나 다시 이 분야의 연구가 답보 상태에 있다. 따라서 문학교육에 대한 관점을 분명히 하고 수용미학이 갖는 특성과 그것을 비판적으로 수용하는 문제들을 검토해봄으로써 독자를 핵심으로 하는 문학교육과 그 연구의 가능성을 지속적으로 추구해나갈 필요가 있다.

6　권희돈, 「무정의 수용미학적 연구」, 명지대학교 박사학위 논문, 1986 ; 정은임, 「궁정 실기문학 연구 : 장르 이론과 수용미학적 견지에서」, 숙명여자대학교 박사학위 논문, 1988 ; 이봉신, 「김소월과 이상의 수용미학적 연구」, 건국대학교 박사학위 논문, 1989.

7　권혁준, 「문학비평 이론의 시교육적 적용에 관한 연구 : 신비평과 독자반응 이론을 중심으로」, 한국교원대학교 박사학위 논문, 1997 ; 이상구, 「학습자 중심 문학교육 방안 연구」, 한국교원대학교 박사학위 논문, 1998 ; 김재윤, 「한국 현대시에 대한 독자 반응 연구 : 통계적 방법에 의한 독서 실패를 중심으로」, 명지대학교 박사학위 논문, 2000 ; 김재숙, 「독자반응이론에 의한 동시지도가 유아의 동시감상 및 짓기에 미치는 영향」, 덕성여자대학교 박사학위 논문, 2002 ; 이지영, 「아동독자의 이야기책 읽기 반응 연구」, 고려대학교 박사학위 논문, 2011.

이를 위해 여기에서는 문학 소통이론에 입각하여 문학교육에 대한 관점을 살펴보고, 문학교육의 개념과 수용미학의 비판적 수용에 대하여 살펴보고자 한다.

2. 문학 소통과 문학교육

텍스트의 생산, 중개, 수용 과정을 독자와 작가 사이의 특수한 소통 관계로 파악하는 소통문예학은 작품은 항상 독자를 지향하여 존재한다는 전제에서 출발한다. 작품의 가치는 언어 배열 자체보다는 독자를 통한 그것의 실현에 있기 때문에 독자와 작가 사이에는 필연적으로 소통 관계가 설정될 수밖에 없다. 소통은 의사가 전달되는 곳에서는 어디에서나 일어날 수 있는 현상이다. 소통은 인간의 원초적 욕구 중의 하나이며 사회적 삶의 기본 조건이기 때문이다.

소통이라는 말은 한국 국립국어원 표준국어대사전을 보면, '막히지 아니하고 잘 통함, 뜻이 서로 통하여 오해가 없음'으로 풀이되어 있다. 그러니까 소통이라는 말에는 이미 의미가 잘 통하여 막힘이 없다는 긍정적인 의미가 담겨 있는 것이다. 그러나 소통이라는 개념과 현상을 설명하기 위해서는 더욱 정교한 이론이 필요하다.

일반적으로 소통은 정보의 교환이나 중개와 관련된 모든 상호작용을 의미한다. 즉 소통은 소리나 시각적 신호 등을 사용하여 발신자인 '나'가 지니고 있는 정보를 수신자인 '너'에게 전달함으로써 '나'와 '너'가 서로 관계를 맺는 과정이라고 할 수 있다. 언어학자인 야콥슨이 소통 현상을 정리한 바 있다.[8]

---

8   로만 야콥슨, 「언어학과 시학」, 『문학 속의 언어학』, 신문수 편역, 문학과지성사,

```
                    관련 상황(context)
                     메시지(message)
    발신자(addresser) ························· 수신자(addressee)
                      접촉(contact)
                    약호 체계(code)
```

야콥슨은 "시학의 중요 과제는 언어예술을 다른 예술이나 여타의 다른 언어 행위와 구별짓는 변별인(differentia specifica)이기 때문에 시학은 문학 연구에서 주도적인 자리를 차지할 자격은 충분하다"[9]면서 시학에서 다루는 으뜸가는 문제는 무엇이 언어학 메시지를 예술작품으로 만드는가라는 물음이라고 하면서 언어의 다양한 기능에 주목하였다.

어떤 발화나 어떤 전달 행위에서도 나타나는 구성 요소를 들면 다음과 같다. 메시지를 약호로 전달하는 자와 해독자 즉 발신자(addresser)와 수신자(addressee), 메시지(message), 메시지가 전달되기 위해서는 그것이 지칭하는 관련 상황(context)이 요구되는 바, 이것은 수신자가 이해 가능한 것이어야 하고 언어라는 형식을 취하거나 언어화될 수 있는 것이어야 한다. 그 다음은 발신자와 수신자에게 완전하게 아니면 적어도 부분적으로 공통적인 약호 체계(code)가 필요하며, 발신자와 수신자 간의 물리적 회로 및 심리적 연결이 되는 접촉(contact)으로서 양자가 의사 전달을 시작하여 이를 지속할 수 있게 하는 요소가 필요하다.

이 여섯 개의 요소 하나하나가 각기 서로 다른 언어 기능을 갖지만, 이 가운데 단 하나의 기능만으로 성립하는 언어 메시지란 거의 없을 것이며, 어느 기능이 주된 기능이냐에 따라 언어의 역할이 결정된다 하겠다. 따라서 메시

1989, 55쪽.
9   위의 책, 50~51쪽.

지의 언어 구조는 무엇보다 그 지배적 기능이 무엇이냐에 따라 달라질 수 있다.

야콥슨은 언어 사용의 지배적 기능을 여섯 가지로 나누고 있다.[10]

지시 기능

시적 기능

감정 표시 기능 ································· 능동적 기능

친교 기능

메타언어적 기능

앞에서 언급했듯이, 언어라는 것은 주된 기능별로 그 역할을 하기 마련이지만 반드시 그 역할에 한정되지는 않는다. 소설(小説)이나 시(詩) 등을 본다면 국어의 미적 기능이나 시적 기능이 주된 기능이라 할 수 있을 터인데, 소설, 시, 수필 등의 문학작품들은 꼭 미적이나 시적인 기능만을 가지고 있는 것은 아니다. 지시 기능, 친교 기능, 메타언어적 기능 등을 풍부하게 내함하고 있는 것이 문학작품의 속성이라 할 수 있다.

문학만큼 언어의 다양한 쓰임과 풍부한 상상력을 갖게 하는 매체는 드물다. 문학사에 있어서 어느 시대의 어떤 작품을 보더라도 다양한 언어 사용의 기능을 발견할 수 있는 것은 사실이다.

소통 측면에서 볼 때 언어라는 것은 소통에 사용되는 기호 중 가장 정교한 것이라 할 수 있다. 언어적 소통의 가장 전형적인 형식은 대화라 할 수 있다. 대화란 두 소통 당사자가 얼굴을 마주 대하고, 서로 화자 청자의 역할을 바꾸어 가면서, 어떤 내용을 언어 기호를 사용하여 직접적으로 표현하고 이해하는 방식을 말한다. 이러한 소통은 당사자의 위상 측면에서 볼 때 대면성과

---

10 위의 책, 61쪽.

역할 교환 가능성을 지니며, 기호 운용의 측면에서는 직접적이며 일의적이다.[11]

문학적 소통 기본 구조에 있어서 일반적인 소통과 상통하는 면도 있지만, 문자적 소통과 심리적 소통이라는 특수한 두 소통 양식이 개입한다는 면에서 차이가 있다. 즉 문학적 소통은 일반적 소통의 특징과 함께, 특수한 언어적 소통인 문사적, 심미적 소통이 동시에 관련되어 있다.[12]

'문자적'이라는 말은 '텍스트적'이라는 말로 설명할 수 있다.[13] 텍스트는 생산자에 의해서 영속적인 것으로 의도된 언어 구조물이기 때문에 생산과 재생산(수용) 사이의 간격이 얼마든지 확대될 수 있다. 그리하여 텍스트 소통은 더욱 오해에 노출되기 쉬우며, 일단 등장한 오해는 역할 교환의 상실로 인하여 제거되기가 어렵다. 생산 상황과 수용 상황 사이의 시간적 거리와 그에 따른 수용의 가변성은 텍스트 수용의 중요한 특징이다. 현대 작품보다 특히 고전 작품을 교육함에 있어서 특히 이 점이 문제가 될 수 있다. 과거와 현재의 언어와 문학 형식이 현격한 차이를 보일 경우 수용자가 그 텍스트를 정당하게 이해하는 데 어려움이 따를 수 있을 것이다. 이러한 이유로 고전 교육에 있어서 교사의 역할과 교재의 중요성이 있을 것으로 보인다.

---

11 권오현, 「문학소통이론 연구」, 서울대학교 박사학위 논문, 1992, 14쪽.
12 위의 글, 14쪽.
13 텍스트는 텍스트성의 일곱 가지 기준 즉 결속구조(cohension), 결속성(coherence), 의도성(intentionality), 용인성(acceptability), 정보성(informativity), 상황성(situationality), 상호텍스트성(intertextuality)에 부합되는 통화성 발화체(communicative occurrence)라고 정의되기도 한다. 보그랑테·드레슬러, 『담화 텍스트 언어학 입문』, 김태옥·이현옥 역, 양영각, 1991. 또한 언어 표현을 분석 대상의 측면에서 이를 때에 텍스라고 하기도 한다. 츠베탕 토도로프, 『구조시학』, 곽광수 역, 문학과지성사, 1983, 13쪽. 수용이론에서는 문학 텍스트와 문학작품을 구별하고 작가가 창작해놓은 지시적 제시물인 창작품을 문학 텍스트라 하고, 이것을 독자가 읽고 이해하고 결국 새로운 경험으로 만들어낸 것을 문학작품이라 한다.

그런데 문자적 소통이라는 말을 구어적 소통이라는 것과 상반되는 대타적 개념으로 봐서는 안 될 것이다. 문학 텍스트에 쓰인 언어와 일상 언어는 밀접한 관계가 있으며 또한 상보적이기까지 하다. 문학 언어가 따로 있는 것이 아니라 장르라든가 관습, 인식 등 문학이라는 제도적 장치의 여과 과정을 거쳐 형성된 것이기 때문이다.

문학적 텍스트는 일상적 대화에서의 소통뿐 아니라 심미적 소통을 수반하기도 한다. 물론 일상 대화에서 얼마든지 심미적 소통이 이루어질 수 있지만, 그것은 그것 나름의 특성을 갖는 것이며, 문학 소통에 수반되는 심미적 소통은 문학 소통에 수반되는 특성을 갖는 것이다.

3. 문학 소통에서 문학 텍스트와 문학교육적 관점

텍스트를 통한 작가와 독자의 만남을 소통의 측면에서 접근할 때 매체의 문제가 등장한다. 텍스트와 독자의 상호작용에서 여러 문학적인 영향과 수용이 이루어진다면, 우선 그것이 이루어지는 계기가 되는 문학 텍스트의 성격이 고찰되어야 할 것이다.

'문학이란 무엇인가? 무엇이 문학인가? 문학의 본질이 무엇인가?'와 같은 질문은 이제는 진부한 질문인 듯하다. 그렇지만 그러한 질문에 여전히 쉽사리 대답하기 어렵다. 오히려 문학의 위기 시대에 그러한 질문들에 대하여 보다 가열차게 물음을 가질 필요가 있을 것이다.

이러한 질문은 문학을 어떻게 바라보느냐에 따라 문학교육의 위상과 본질이 달라질 수도 있을 것이다. 이론적 바탕과 확고한 방법론 없이 교육할 내용을 찾기보다 문학교육의 핵심 가운데 하나인 문학을 바라보는 관점을 올바로 정립하는 것도 필요하다.

다음 인용은 그러한 관점을 수립하는 데에 도움이 될 수 있다.

> 인간의 삶이 언어로 형상화된 것이 문학이며, 그렇기 때문에 일상인의 언어 생활은 문학으로 충만해 있고, 그 언어는 언어이되 언어학의 설명을 뛰어넘는 또 다른 영역이고 이것을 설명하는 것이 시학이다. 따라서 언어학과 시학은 언어를 설명하는 서로 다른 측면의 파악이고, 참으로 실용직인 언어는 이 시학까지를 아울러서야 제대로 설명되고 활용될 수 있으며, 그제서야 언어의 교육도 포괄적인 전체가 될 것임을 고시조의 텍스트가 우리에게 일러주고 있는 것이다. 문학적 관습이나 역사가 교육되어야 하는 이유도 바로 여기에 있다.[14]

문학을 바라보는 관점은 매우 다양할 터인데, 그 가운데 '인간의 삶이 언어로 형상화된 것'이 문학이라는 관점은 문학을 바라보는 하나의 커다란 부류에 속한다. 그렇지만 이러한 관점은 문학과 문학교육을 생산적으로 바라볼 수 있게 하는 장점을 지닌다. 인간의 삶이 빠진 언어로만 존재하는 문학은 있을 수 없다. 돌이나 청동이 조각의, 물감이 회화의, 소리가 음악의 재료인 것처럼 언어는 문학의 재료이다. 그러나 언어는 단순한 물질이 아니라 그 자체가 인간의 창조물이며 따라서 언어집단의 문화 유산을 지니고 있음을 망각해서는 안 된다.

여기에서 언어의 문학적 용법, 일상적 용법, 과학적 용법 간의 관계를 생각해보는 게 도움이 될 수 있다. 언어의 과학적 용법과 문학적 용법을 구분하는 것은 언어의 일상적 용법과 문학적 용법 간의 구별보다 비교적 수월하게 보인다. 그러나 사상과 정서 또는 감정이라는 개념 등의 단순한 대조만으로 이들을 구별하는 것은 충분치 않다. 문학에는 사상이 내포되어 있으며,

---

14 김대행, 「언어·사용·교육」, 『사대논총』 제40호, 1990, 61쪽.

정서적인 언어 역시 사랑하는 사람들 사이의 대화나 흔한 언쟁에서 보는 것처럼 결코 문학에만 한정되지 않는다.

이상적인 과학 언어는 '외연적'이다. 그것은 기호와 그것의 대상과의 1 대 1의 상응 관계를 목표로 한다. 기호는 같은 뜻의 다른 기호로 대치시킬 수도 있다. 즉 그것은 그 자체에 대한 관심을 끄는 일 없이 우리에게 그 대상물을 가리킨다.[15] 과학 언어는 수학이나 기호논리학과 같은 기호 체계를 지향한다. 그에 비하면 문학 언어는 고도로 내포적이다. 그것은 그 자신의 표현적인 측면을 가지며 화자나 필자의 음조와 태도를 전달한다. 그리고 그것은 그것이 말하는 바를 진술하고 표현할 뿐 아니라 독자의 태도에 영향을 주고 그를 설득하며 궁극적으로 그를 변모시키기를 원한다.

언어의 문학적 용법과 일상적 용법의 차이를 밝히는 것은 쉽지 않아 보인다. 일상언어는 일상생활, 상업, 관공서, 종교, 학생들이 사용하는 언어처럼 광범한 장르와 다양성을 갖고 있다. 그러나 문학 언어에 대해서 말해진 것의 상당 부분이 과학 언어를 제외한 여타의 언어 용법에도 역시 해당된다. 일상언어는 관공서 성명으로부터 정서적인 위기의 순간에 터뜨리는 정열적인 호소에 이르기까지 다양하지만 역시 그 나름의 표현 기능을 가지고 있다.[16] 따라서 "우리의 언어 생활에서 문학인 것과 문학 아닌 것의 구분은 정도의 차이에 의해서 단계를 설정할 수가 있을 정도이지 완전히 문학성이 제거된 언어 사용 또는 언어 행위는 매우 드문 것이다."[17]

일상 언어와 문학 언어의 구분을 이렇게 볼 때 문학 텍스트를 통해 풍부한 언어 사용을 말할 수 있다. 더구나 텍스트의 생산자에 따라 문학 텍스트는 일상 언어보다 훨씬 더 신중하기도 하고 체계적이기도 하며, 때로는 우리에

---

15 르네 웰렉, 「문학의 본질」, 『문학이란 무엇인가』, 김병익 역, 문학과지성사, 1983, 6쪽.
16 위의 글, 7~8쪽.
17 김대행, 앞의 글, 26쪽.

게 인식과 감흥을 주기 위해 일상적인 어법을 파기하기까지 한다. 그런데 문학 텍스트 생산자가 사용하는 언어는 공시적으로 당대의 언어이기도 하지만, 언어는 문화유산이라고 할 때 통시적으로 오랜 세월에 걸쳐 형성된 언어의 전통에서 결코 자유로울 수가 없는 것이다. 시인이나 예술가는 따로 떼어 평가될 수 없고, 과거의 사람들과 대조 및 비교를 거쳐야 하는 것이다.[18]

그러나 생신자는 문학 텍스트를 생산할 때 기존의 확립된 언어를 사용하지만, 그 텍스트의 소재들에 하나의 질서, 조직, 통일성을 부여한다. 따라서 일상 언어가 지닌 직접적, 대면적, 일의적인 것을 통합하여 독특하게 영향을 준다. 그렇지만 이것만으로 문학과 비문학적 언어 사이의 구별이 완전하게 이루어지는 것은 아니다.

여기에서 검토하고자 하는 것은 문학이라는 내포적, 외연적 범위가 역사적으로 확대되기도 하고 축소되기도 했다는 점이다. 많은 사람들은 고정된 장르적 관점에서 혹은 수사적 관점에서 문학의 영역을 지극히 협소화하여 바라보고, 문학 텍스트의 생산 및 향유는 특정인에 국한된 것으로 보는 문화 귀족주의 색채를 띠고 있다는 비판을 눈여겨둘 필요가 있다.[19] 이런 관점에서 보면 문학을 시나 소설에 국한할 수도 있다. 그렇기 때문에 이런 관점에서 문학사가 기술되고, 그것이 학교 현장에서 가르쳐왔다는 것은 심각한 성찰을 필요로 한다. 편지나 잡문이라고 일컬어지는 것들, 비석에 새겨진 글들은 문학인가 아닌가? 그것은 문학에 포함시켜 논의했던 시대가 있었지만, 근래에 와서는 비석과 같은 것들은 문학의 영역에서 제외된 듯하다. 그러니까

---

18 T.S. 엘리엇, 「전통과 개인의 재능」, 데이비드 로지 편, 『20세기 문학 비평』, 윤지관 외 역, 까치, 1984, 72쪽.

19 장르론과 수사학적 관점에서 문학을 바라보는 편협한 관점에 대한 비판은 다음 참조. 김대행, 「문학의 개념과 문학교육론」, 『국어교육』 제59·60호, 한국어교육학회, 1987.

제3부 문학의 존재와 문학교육의 가능태

전문적 영역으로서의 문학이 자리 잡아가면서 전통적 의미의 문학에 포획되는 텍스트들이 배제되어갔던 것이다. 서양에서의 문학 개념을 보면, 문학이라는 어원이 litera 즉 문자(letter)라는 뜻을 갖는 것으로 문자로 기록된 것을 문학으로 보는 것을 알 수 있다.[20] 동양에서 문학이라는 말은 '무(武)'에 상응하는 '문(文)'의 뜻으로 사용하였으니, 시(詩), 문(文), 경(経), 사(史) 등 모든 학문이라든지 모든 문장을 일컬어서 문학(文学)이라 한 것이다.[21]

여기에서 앞에서 언급한 문학에 대한 정의 가운데 형상화 문제를 검토할 필요가 있다. 이 형상화의 내포와 외연을 어떻게 잡느냐에 따라 문학의 범주도 달라질 것이다. 지금까지 문학의 속성이라고 본 이른바 미적 기능이라는 것이 문학 텍스트에 국한되지 않는다는 것을 살펴보았고, 문학이라는 개념과 범위가 역사적으로 변천되어왔다는 것도 언급했다. 또한 문학의 본질적 속성으로 들고 있는 허구성과 상상의 문제도 같은 논리에 의해 전적으로 문학에만 국한된 것은 아니라고 할 수 있다.

문제는 문학교육의 관점에서 문학을 바라보는 시각의 확보에 있다. 상론한 것을 토대로 할 때 무엇보다 문학을 편협하고 교조적으로 보는 관점을 과감히 불식할 필요가 있다. 문학은 특정 몇몇 장르로만 존재하는 것이 아니며, 언어 사용 기능 가운데 어느 특정한 것에만 연루되어 있는 것도 아니다. 문학은 이 모든 것을 포용하면서 보다 중요한 교육적 기능을 수행한다. 그것은 언어 생활을 더욱 풍부하게 하며 "우리들이 세계를 새로운 것으로 볼 수 있게 하고 우리들 자신을 새로운 감각으로 느끼게 하며 우리들 행위의 의미

---

20 르네 웰렉은 영어의 Literature가 구비문학을 소홀히 하고 있다고 보고 그것까지 아우르고 있는 독일어의 Wortkunst와 소련어의 Slovesnost가 보다 정확하다고 지적한다. 르네 웰렉, 앞의 글, 5쪽.
21 구인환·구창환, 『문학개론』, 삼지원, 1987, 46쪽.

를 새로운 빛으로 조명하게 한다."[22] 문학은 언어적으로, 지적으로, 감성적으로, 도덕적으로 우리를 계발해준다. 이런 의미에서 문학은 훌륭한 교육적 기능을 담당한다고 할 수 있다. 따라서 문학교육에 종사하는 연구자들은 문학교육에 관련된 모든 영역으로 연구를 확대, 심화시켜야 할 것이다.

4. 문학교육과 수용미학의 비판적 수용

문학교육은 문학 현상이 바람직하게 이루어지기 위한 일체의 의도적 과정 및 결과이다.[23] 문학 현상이란 문학작품을 중심으로 작품의 생산, 작품 자체의 구조, 작품의 수용, 작품의 반영 등 작품과 관련된 일련의 작용 과정을 말한다. 이는 문학 또는 문학작품 자체를 고형(固形)적 지식 혹은 객관화된 산물로 보지 않고, 하나의 작용태로 파악하려는 관점에 선다는 의의가 있다. 즉 문학작품을 고립된 시각에서 보지 않고 소통적 연관 관계 속에서 파악하려는 경향과 맥락을 같이한다고 볼 수 있다. 그러나 이러한 관점은 문학교육 연구의 대상과 문학 연구의 대상을 동일한 선상에서 바라볼 수 있다는 점에서 문제가 될 수 있다.

문학교육학에서 볼 때 문학교육은 교사, 학생, 문학 텍스트의 상호작용이 핵심이다. 그 가운데서도 텍스트와 학생 사이의 관계가 중심축에 놓인다는 점을 감안하면 문학교육은 학습자가 문학 텍스트를 바람직하게 이해하고 감상할 수 있도록 하는 일체의 교육 활동이라고 할 수 있다. 문학 소통의 기본 구조가 '발신자-텍스트-수신자'인 데 비하여, 문학교육의 소통의 그것은

---

22 박이문, 『예술철학』, 문학과지성사, 1990, 173쪽.
23 구인환 외, 『문학교육론』, 삼지원, 1989, 36쪽.

'교사-문학 텍스트-학생'이다. 교사의 체험, 텍스트 재구조화 능력, 교육관, 문학교육관, 교수학습능력 등이 교사를 구성하는 요인이고, 학습자의 체험, 텍스트 이해 · 해석 · 감상 · 창작 · 내면화 능력, 문학에 대한 관점 등은 학생을 구성하는 요인이다. 또한 문학 텍스트의 인지적 정의적 특성, 난도 등은 문학 텍스트를 구성하는 요소이고, 문학교육 과정을 비롯하여 문학교육을 둘러싸고 있는 물리적 심리적 환경 등은 문학교육 맥락 요소들이다. 이것들은 사회의 현실, 문학 관습 등과도 연루되어 있다.

문학 소통이론과 문학교육 소통이론의 차이점은 일종의 제도적 장치로서의 교육 현상에 놓여 있다. 문학을 가르치고 배우는 현상은 문학교육 소통의 본질에 해당한다. 교사는 교육적으로 의도한 목표와 내용을 갖고 가르치며, 학생들은 교사의 의도에 따라 혹은 그것을 거스르면서 역동적인 상호 소통 과정을 통해 배움에 이른다. 물론 교사의 도움 없이도 학생은 문학을 감상할 수 있다. 그러나 그들의 행위가 의미가 있거나 정당하다는 것을 보증해주지는 못한다. 교육이 작동하는 지점이 바로 그곳이다. 교육은 인간을 올바르고 풍성하게 성장시키는 길을 열어주는 역할을 하기 때문이다. 교육은 인간을 대상으로 하기에 먼저 인간을 생각하지 않을 수 없다. 학생들로 하여금 교육적 목적에 도달할 수 있을 때까지 교육의 책무는 상존하는 것이다. 이런 점에서 문학교육 혹은 문학교육 교사론이 성립하는 것이다.

마이클 오크숏(Michael Oakeshott)은 가르치는 자의 상대방과 학습자 일반은 같은 것이 아니라고 지적한다.[24] 가르치는 자, 곧 교사의 상대방은 학습자 일반이 아니라 학생이다. 우리가 관심을 가져야 할 대상은 학생으로서의 학습자, 교사로부터 배우고 스스로 터득하기도 하는 학생이다. 또한 학생은 교사와 상호작용을 하면서 문학 텍스트와도 상호작용을 한다. 문학 텍스트를

---

24 김안중, 「학교학습의 철학적 기초」, 『학교학습탐구』, 교육과학사, 1988, 32쪽.

읽는 행위는 텍스트와 학생의 역동적인 상호작용인 것이다.[25]

이상 교수·학습에 관여하는 변인을 종합 제시하면 다음과 같다.[26]

1) 학습자 변인—지적(인지적) 측면으로는 선행학습 능력, 일반 능력(적성, 지능) 등, 정의적 측면에는 학습동기, 성취동기, 포부 수준, 자아 개념, 불안, 성격, 학습방법 등
2) 수업(교수) 변인—수업체제, 평가체제, 학습집단 구성, 교사 행동 등
3) 환경 변인—교육 풍토, 문화, 가정 환경, 학급의 사회적 환경 등
4) 문학 텍스트 변인—언어의 난도, 고어와 현대어, 텍스트의 형식, 양식, 내용 등

이들 변인은 학생들 편에서는 문학학습, 교사의 편에서는 수업 지도의 조건이 된다. 그러므로 수업 지도 계획을 입안할 때 이들 조건을 고려해야 할 것이다.

문학교육은 이처럼 직접적으로는 문학 텍스트, 학생, 교사의 상호작용을 통해 이루어지며, 이에 작가나 세계가 간접적으로 작용한다. 학생들은 교사를 통해 작가에 대한 이해의 폭을 넓히고, 텍스트를 통해 작가의 모습을 접하게 된다. 또한 세계는 작가가 속한 당대의 것이기도 하며, 문학 텍스트의 그것이기도 하며, 학생과 교사가 속해 있는 세계이기도 하다. 결국 이것은

---

25 "Reading is not a direct 'internalization', because it is not a one-way process, and our concern will be to find means of describing the reading process as a dynamic interaction between text and reader.", Wolfgang Iser, *The Act of Reading*, The Johns Hopkins University Press, 1980, p.107.

26 정범모, 이성진 등이 제시한 학업 성취력의 결정 요인 즉, 학습자 변인, 수업(교수) 변인, 환경 변인에 문학 텍스트 변인을 추가한 것이다. 정범모·주영숙, 『교육심리학 탐구』, 형설출판사, 1986, 110~111쪽.

문학교육의 내용 영역이기도 한 것인데, 문학에 대한 교육과 문학을 통한 교육, 문학을 위한 교육을 포괄하고 있다 할 것이다.[27]

그런데 한 이론은 그 대상과 내용 그리고 방법이 선명할 때 이론으로서 성립한다고 볼 때, 문학교육 연구의 이론적 측면은 문학 텍스트, 작가, 교사, 학생 그리고 세계(현실, 맥락)과의 관계에서 추출해낼 수 있다. 그것은 어느 부분을 중심축에 두고 연구하느냐에 따라 각각 그 연구 영역이 달라질 수 있을 것이다. 그중에서 문학교육 연구의 본질적인 문제 즉 문학 텍스트와 학생과의 관계를 연구하는 것은 중요한 영역이라 하겠다. 전통적으로 문학 연구에서는 이 부분을 효용론이라 하였으며, 1960년대 이후 새롭게 등장한 독일의 수용미학 내지 미국의 독자반응이론 역시 이 부분을 크게 부각시키고 있다.

그런데 문학 연구에 있어서 이러한 관점은 문학교육 연구에서 비판적 시각에서 수용해야 할 것이다. 즉 그것은 의도된 교재로서의 문학 텍스트와 학생이라는 구체적이고 실천적인 현상을 반드시 고려해야 하기 때문이다. 따라서 일반 독자와 일반 작품을 연구대상으로 하는 다소 추상적이고, 일반적인 수준의 문학이론의 관점에서 벗어나 학생의 언어적인 능력과 사고력에 맞게 혹은 연역적 방법에 의해서 문학교재를 선정하고 교육하는 영역에까지 연구의 대상으로 삼아야 할 것이다.

텍스트를 소통대상으로 보는 수용미학[28]은 문학교육에서 유용한 이론이

---

27 김중신은 문학교육의 내용은 작품의 전수와 작품에 대한 심미적 감상틀을 확보시켜 주는 작품에 대한 이론을 포함하는 '문학에 대한 교육', 문학의 인간적 사회적 효용을 제고하는데 복무하는 '문학을 통한 교육', 문학의 생성과 전수 및 향수를 유지시켜 문학적 인구를 양성하는 '문학을 위한 교육'으로 설정하고 있다. 김중신, 「문학교육의 내용 설정에 관한 시론」, 『서울대학교 사범대학 대학원 학술지』 제1권, 서울대학교 사범대학, 1991.

28 수용이란 문학작품을 읽고 이해하고 받아들이는 행위, 수용자 중심적인 문학 연구

될 수 있다. 일반적으로 수용미학은 독자의 문학작품 수용을 다루는 연구 분야로 이해된다. 여기에서 수용은 주어져 있는 언어 코드를 수동적으로 해독하는 것이 아니라 코드에 창조적 의미를 부여하는 적극적인 독서 방법을 뜻한다. 수용미학은 텍스트의 심미적 변수들을 연구의 시발점으로 삼는다. 따라서 텍스트이론이나 문학이론을 근저에 두고 작품의 수용을 분석한다. 수용미학의 과제는 문학 텍스트가 지닌 제반 영향 조건들과 수용자의 기대지평(期待地坪)[29] 사이에서 이루어지는 교류를 학문 이론적으로 체계화하는 것이다.[30]

텍스트의 숨은 의미를 찾아내려고 한 전통적인 해석학자와는 달리 볼프강 이저(Wolfgang Iser)는 텍스트와 독자 사이의 상호작용의 결과로서의 의미, '정의되어야 할 대상'이 아니라 '경험되어야 할 효과'로서의 의미를 찾으려 했다. 문학작품은 완전한 텍스트라고도 볼 수 없고, 완전한 독자의 주관성이라고도 볼 수 없다. 오히려 그 두 가지의 혼합물 내지 결합물이다. 따라서 이저는 세 가지 연구 영역을 구분하고 있다. 첫째 영역은 의미의 생산을 가능케 하거나 조종할 수 있는 잠재성에서 텍스트를 본다. 둘째로 그는 독서에 있어서의 텍스트의 처리(processing)를 연구한다. 마지막으로 텍스트-독자 사이의 상호작용을 발생시키고 지배하는 조건을 고찰하기 위하여 문학의 소

자세를 가리키고 있다. 미학은 미(美)와 미의 가치 기준 등에 관한 학문이라는 전통적인 의미에서의 미학을 가리키기보다는 유물론적 입장의 생산미학과 형식주의적 입장의 서술미학 등에서 볼 수 있듯이 문학 연구에 있어서의 이론을 의미한다. 차봉희 편, 『수용미학』, 문학과지성사, 1991, 26쪽.

29 야우스(H. R. Jauß)는 수용자의 전제 체계를 설명하기 위하여, 그의 『문예학의 도전으로서의 문학사』에서 기대지평 개념을 설정하였다. 기대지평은 수용자가 텍스트에 대해 가지고 있는 모든 것─이해, 바람, 편견, 호응, 실망 등─을 지칭할 뿐 아니라 작품과 직접 관계가 없는 독자의 개인적 사회적 문화적 선행체험과 그 체험의 결과까지도 포괄하는 개념이다.

30 권오현, 앞의 글, 73~74쪽.

통적 구조에 관심을 기울인다. 이 같은 세 영역을 고찰하면서 이저는 어떻게 하여 의미가 생성되는가 하는 것뿐만 아니라 문학은 독자에게 어떠한 영향을 미치는가 하는 것까지 밝혀내려고 한다.[31]

문학 수용에 있어서 독자는 텍스트에 자유로운 의미를 부여하는 창조적 의미를 부여하는 위치에 있긴 하지만 무한정 자유를 누리는 것은 아니다. 의미구축을 위한 독자의 역할은 필연적으로 텍스트와 영향 관계를 갖는다. 즉 수용은 독자의 성향뿐 아니라 텍스트의 특성에 의해 규정된다. 또한 그 밖에 환경 변인 등의 영향을 받기 마련이다.

작가에 의해 생산된 물질적 구조물로서의 텍스트는 생명이 없는 활자들의 모임에 지나지 않으며 이 텍스트가 텍스트의 의미로 새롭게 창조되기 위해서는 소통의 맥락 속으로 들어가야 한다. 그리하여 이저는 작가가 창조해 놓은 인쇄물인 작품을 '텍스트(Text)'라 부르고, 이것을 독자가 읽고 이해하여 재생산해낸 문학 텍스트를 '작품(Werk)'이라고 하였다.[32] 작가에 의해서 생산된 텍스트는 독자와의 연관 속에서 하나의 소통체가 되며, 그것은 독서 행위 중 독자가 수동적으로 받아들이는 객관적 구조물이 아니라, 동일한 토대에서도 상이한 연주가 가능한 악보처럼 가변적 구조물로 이해된다. 이러한 가변성을 허시(E.D. Hirsch)는 의미(meaning)와 의의(significance)로 구별한다. 한 텍스트의 의미는 작가가 의도한 또는 텍스트 자체가 구현하고 있는 것이지만, 그 의미에 대한 독자의 반응은 다양할 수 있다. 허시는 이렇게 다양한 반응을 텍스트가 독자에 가지는 의의라고 보았다. 의의는 텍스트의 의미와 한 개인, 개념 또는 입장 등과의 관계를 가리킨다.

그런데 문학교육에서 볼 때 이러한 견해는 비판적으로 받아들일 필요가

---

31 로버트 C. 홀럽, 앞의 책, 129~130쪽.
32 차봉희 편저, 앞의 책, 18쪽.

있다. 수용이론에서 말하는 텍스트와 수용자에 의해서 구현되는 의미는 허시의 입장에서 보면 의의에 해당한다. 또한 수용이론에서 수용자가 접하기 이전의 텍스트는 객관화된 물질 혹은 생명이 없는 활자들의 모임에 지나지 않지만, 텍스트의 언어는 단지 매개자가 아니라 이미 그 자체가 의미의 해석이라 볼 수 있다.

이렇게 본다면 우리의 논점은 보다 분명해진다. 즉 수용이론은 학생들이 문학 텍스트를 읽은 행위를 설명해주는 데 유용한 이론이라는 것이다. 그러나 이 이론에서 문학교육의 현상이 모두 설명되는 것은 아니다. 학생들이 문학 텍스트를 읽는 자체만으로 교육은 끝나는 것이 아니며, 학생들이 문학 텍스트를 잘못 이해했을 때 수수방관하는 것이 문학교육은 아니기 때문이다. 문학교육은 이처럼 학생들이 자의적으로 문학 텍스트를 이해하고, 느끼는 그 순간에 시작한다고 볼 수 있다. 교사는 학생들이 문학 텍스트를 읽기 이전과 읽는 과정 그리고 읽은 후에도 즉 문학교육이 이루어지는 과정에 개입할 수 있다.

문학 텍스트를 해석함에 있어서 해석자의 해석이 다르기가 일쑤인데 그것은 텍스트의 의미를 각기 잘못 알아듣는 까닭에 생기는 현상이거나, 텍스트의 의미는 단일한 것이 아니라 예측할 수 없이 변하는 까닭이라고 설명할 수 있다. 만일 불변하는 고정된 의미를 잘못 알아듣기 때문에 해석이 구구하다면 세상에는 영원히 옳은 해석이란 있을 수 없을 것이다. 텍스트의 의미가 고정되어 있지 않다면 세상의 어떤 해석도 다 옳다는 결론에 도달한다. 이 두 가지의 극단론은 문학교육 연구에 있어서 올바르지 못한 관점들이다. 시공을 초월하는 객관성을 지향하는 자연과학과는 달리 그 대상이 언어적인 것인 인문과학 특히 문학은 자연과학과는 다른 방법, 즉 어떤 명제나 개념에 대한 객관성을 보장해주는 방법이 있다. 그중 가장 일반적인 것은 타당성 (validity)의 문제인데, 해석의 타당성의 기준은 물론 불확실하기는 하나, 불

확실이나 불확정은 부재 자체를 뜻하지는 않는다.[33]

이상에서 알 수 있듯이 문학교육은 문학 텍스트, 학생, 교사, 환경(맥락, 세계)의 역동적 상호작용을 통해서 이루어지며, '⇌문학 텍스트 읽기(A)⇌이해/해석/감상/비평/창작(B)⇌문학교사의 지도(C)⇌문학 텍스트 읽기(A')⇌이해/해석/감상/비평/창작(B')⇌문학교사의 지도(C')⇌'라는 문학교육의 순환구조를 이룬다. 여기에서 문학 텍스트 읽기와 이해/해석/감상/비평/창작, 문학교사의 지도는 단선적이고 직선적으로 이루어지는 것이 아니라 상호작용 속에 점진적인 변화 과정 속에서 이루어진다는 전제가 있다. 이러한 과정을 통해 학생들은 문학을 타당하게 이해하고 감상할 뿐 아니라 창작할 수 있는 수준에 도달하게 된다.

5. 맺음말

수용미학 내지 독자반응비평(이론) 등 독자를 중심으로 하는 문예이론이 우리나라에 1980년대 중반부터 본격적으로 소개되면서 문학 연구도 뒤따랐다. 문학교육 연구에서는 독자를 핵심으로 하는 교육 연구가 1990년대 후반부터 본격화되어, 2000년대 초반에 이르러 급속한 관심을 보이다가 그 이후에는 그것을 구체화하고 있는 단계이다.

문학교육 학문에서 보면 독자와 관련한 연구는 매우 중요한 테마이다. 따라서 이와 관련한 연구는 지속적이고 심도 있게 연구해나가야 할 것이다.

이를 위해 문학교육에 대한 관점을 분명히 하고 수용미학이 갖는 특성과

---

33 이상섭, 「문학의 언어와 그 해석 문제」, 『문학이란 무엇인가』, 문학과지성사, 1983, 94~95쪽.

그것을 비판적으로 수용하는 문제들을 검토해봄으로써 독자를 핵심으로 하는 문학교육과 그 연구의 가능성을 지속적으로 확장해나갈 필요가 있다.

여기에서는 문학 소통이론에 입각하여 문학교육에 대한 관점을 살펴보고, 문학교육의 개념과 수용미학의 비판적 수용에 대하여 살펴보았다.

문학은 인간의 삶이 언어로 형상화된 것으로, 사회 현상 중의 히니인 역동직인 소통대상으로 봐야 하며, 일체의 문학행위는 소통행위로 간주할 수 있다. 그러나 문학교육은 문학 소통이론과는 다른 독특한 작용태를 갖고 있는 문학교육 고유의 소통 체계를 갖고 있다.

문학교육은 좁게는 교사, 문학 텍스트, 학생의 상호작용 속에서 이루어지며, 넓게는 문학 텍스트 생산자, 교사, 문학 텍스트, 학생, 세계(맥락) 등의 상호작용 속에서 이루어진다.

문학교육에서 수용미학 내지 독자반영이론을 올바르게 수용하기 위해서는 문학교육에 작용하는 학습자 변인, 교수 · 학습(수업) 변인, 텍스트 변인, 환경(맥락) 변인 등을 종합적으로 고려해야 한다.

제3장
서사교육의 내용과 방법

1. 머리말

　문학이 없는 세상을 상상해보자. 혹은 영화나 연극, 미술, 사진이라도 좋다. 만에 하나 그런 세상이 존재하기라도 한다면 과연 인간은 인간답게 살 수 있을까? 우리는 때론 감동을 주는 영화를 보면서, 문학작품을 읽으면서, 아름다운 사진이나 미술작품을 보면서 삶에 대한 충만한 에너지를 느끼며 전율한다. 그리고 그 순간 메마르고 타락한 세상에서 구원의 빛을 보고 느끼며, 그것 없이는 살 수 없다는 확신을 갖게 된다. 예술의 세계가 그런 것이다. 물론 때론 예술이 사람들을, 세상을 혼탁하게 만든다는 비난이 일기도 한다.

　서사(narrative)는 일반적으로 언어예술의 일종으로 생각한다. 서사는 이른바 이야기라는 것이다. 그것은 언어를 포함한 넓은 의미의 기호로 되어 있으며, 그것이 일정한 미적인 성질을 가지고 있는 한 예술의 속성을 지니고 있다는 것이다.

　말할 것도 없이 이야기는 삶의 한복판에서 우리의 삶에 빛을 던져준다. 그것이 멀리는 설화로, 가깝게는 소설이라는 이름으로 불리지만, 장르종으로서의 서사는 시대에 따라 변화해왔듯이 앞으로도 변할 것이다.

기호로서의 서사, 이야기로서의 속성 그리고 예술로서의 속성을 넓게 확장해간다면, 이야기가 없는 곳은 찾을 수 없게 된다. 일어나서 꿈꿀 때까지, 태어나서 죽을 때까지, 인류가 존재해왔고, 존속할 때까지 이야기는 우리와 함께한다. 이렇게 중요한 이야기이기에 서사교육의 필요성과 의의는 새삼 말할 필요조차 없다.

그동안 서사(이야기)교육에 대한 연구는 상당히 축적되어왔다. 박사학위 논문만 해도 수십 편에 이르고, 단행본도 수십에서 수백 권에 이른다. 여기에서는 기존 논의를 참조하여[1] 서사의 개념과 갈래를 살펴보고, 국어과 교육과정에 제시된 것들을 중심으로 서사교육의 내용과 방법을 탐색해보는 것을 목적으로 한다.

2. 서사의 개념과 갈래

문학의 갈래는 일반적으로 서정(抒情), 서사(敍事), 극(劇), 교술(敎述)로 나누는 것에 따르고 있다. 이것은 사건이나 체험을 전달하는 방식인 노래하기, 이야기하기, 보여주기, 알려주기에 각각 해당한다. 이는 장르가 어느 시대, 어느 민족의 문학에도 나타난다고 보는 이른바 장르류(類槪念, Gattung)에 따른 것이다. 물론 장르는 이처럼 하위 장르들을 포괄하는 상위 개념으로 쓰이

---

1   여기에서는 다음을 주로 참조하였음. 임경순, 『국어교육학과 서사교육론』, 한국문화사, 2003a ; 임경순, 『서사표현교육론 연구』, 역락, 2003b ; 임경순, 『서사, 연대성 그리고 문학교육』, 푸른사상사, 2013 ; 임경순 외, 『문학교육학개론 2』, 역락, 2014 ; 교육부, 『(교육부고시 제2015-74호) 국어과 교육과정』, 교육부, 2015.

기도 하지만, 역사적이고 관습적인 개별적 차원에서도 쓰인다. 이것을 장르 종(종개념(種槪念), Art)이라 한다. 이른바 고대시가, 향가, 고려가요, 현대시, 설화, 고전소설, 현대소설 등이 여기에 속한다.

물론 장르는 문학의 존재 양식, 구조(형식), 관습 등에 따라 다양하게 정의 되지만, 기본적으로 작품들의 유사성을 토대로 작품을 분류한다. 운문(韻文, verse)과 산문(散文, prose)이라는 2분법은 형식을 기준으로 나눈다. 그러나 이 같은 구분은 가령 고대 서사 장르가 율격을 지니고 있기 때문에 문제점이 있 다. 또한 보편적인 분류 체계인 서정, 서사, 극의 3분 체계로 나누기도 한다. 그러나 이것도 수필과 같은 것이 제외되는 문제가 있다. 그래서 서정, 서사, 극, 교술과 같은 4분 체계가 성립된 것이다. 어쨌든 문학을 장르로 구분하는 일은 분류의 편의에도 있지만, 보다 근본적으로는 문학작품이 어떻게 창작 되고 존재하고 향유되는가 하는 문제를 천착하는 데에 중요한 의의가 있다.[2]

한국 문학의 갈래를 가르칠 때는 대체로 다음과 같이 네 갈래로 나누어 설 명한다. 한국의 '문학' 교과서에서는 갈래를 어떻게 정의하고 있는지 우선 살펴보도록 한다.

> 서정 갈래는 객관적 세계와 체험이 자아에 의해 주관적으로 정서화되어 드러나는, 주관성이 강한 양식이다. 또한 세련된 언어 구사와 풍부한 음악 성을 그 특징으로 한다. 고대 가요, 향가, 고려 가요, 시조, 잡가, 민요, 현대 시 등이 이에 해당한다.
> 서사 갈래는 일련의 사건을 객관적으로 서술하여 전달하는 것으로 객관성 이 강한 양식이다. 설화, 고대 소설, 현대 소설 등이 있다.
> 극 갈래는 인간의 행위와 사건의 전개를 독자의 눈앞에 직접 연출하여 보

---

2   한국문학의 갈래에 대한 논의는 다음 참조. 조동일, 『한국문학의 갈래 이론』, 집문당, 1992. 또한 전통적 장르 분류법에서 벗어나 다원적 분류를 주장하는 논의는 다음 참 조. 폴 헤르나디, 『장르론』, 김준오 역, 문장, 1983.

여 주는 것으로 주관성과 객관성을 공유하는 양식이다. 가면극, 인형극, 현대극 등이 이에 속한다.

교술 갈래는 실제로 존재하는 세계를 서술·전달하며 자아의 주관적 입장으로 세계를 변형하지 않고 작품 속에 그대로 드러내는 양식이다. 수필, 서간, 일기, 기행 등이 이에 해당한다.

가사, 판소리, 가전 문학, 몽유록 등은 지어진 시대와 지역의 특성을 반영하여 그 갈래를 서로 다르게 설명하기도 한다.[3]

또 다른 '문학' 교과서에서는 각 갈래의 특징을 다음과 같이 간단명료하게 제시한다.

서정 갈래는 개인의 정서를 주관적으로 표현하고, 서사 갈래는 사건을 서술자를 통해 중개하고, 극 갈래는 사건을 관객에게 직접 보여 주며, 교술 갈래는 의미 있다고 판단한 정보를 알리거나 주장한다.[4]

여기에서 우리가 주목하고자 하는 것은 서사[5] 갈래이다. 서사 갈래의 핵심은 사건이 서술자(narrator)의 중개를 통해 제시된다는 점이다. 이는 서사의 본질을 말해주는 것으로, 모든 서사 혹은 서사물이 가지고 있는 두 가지의 특징 즉 이야기(story)와 화자(story-teller)를 가지고 있다는 데에 있다. 극은 화자가 없는 이야기로서 등장인물들이 행위를 직접적으로 실연하는 것이고,

---

3 우한용 외,『고등학교 문학 II』, 두산동아, 2013, 17쪽.

4 김윤식,『고등학교 문학』, 천재교육, 2014, 127쪽.

5 "서사(narrative, 이야기)란 한두 명 혹은 여러 명의 (다소간 현재적인) 서술자(narrator)에 의해서, 한두 명 혹은 여러 명의 (다소간 현재적인) 듣는 이(narratee)에게 전하는 하나 내지 그 이상의 현실의, 혹 허구의 사건(event)의 보고를 말하며, 특히 이런 사건들의 결과와 경과, 관여자와 그 행위, 구조와 구조화의 보고를 말한다."(제럴드 프랜스,『서사론사전』, 이기우·김용재 역, 민지사, 1992, 162쪽)

서정시는 시인 또는 시인의 대리자가 노래하거나 생각에 잠기거나 말을 하는 것으로 우리는 그 노래나 말을 듣거나 엿듣는다. 이처럼 발화자가 사건을 말하게 되면, 서사를 지향한다는 것이고, 글이 서사가 되기 위해서는 단지 화자와 이야기가 필요하다는 것이다.[6]

서사학적으로 보면, 이것은 우리가 흔히 알고 있는 장편소설, 단편소설 등으로 일컫는 것을 포괄하는 개념인 허구 서사(narrative fiction)로 설명하기도 한다. 허구 서사는 일련의 허구적 사건의 서술을 의미하는데, 이것은 전달 내용으로서의 이야기가 송신자(서술자, narrator)에 의하여 수신자에게 전달되는 소통 과정과 그 전달 내용을 전달하는 데 사용되는 매체의 언어적 성질을 나타낸다. 즉 사건과 그것의 언어적 재현, 구술 또는 기술의 행위가 허구 서사를 이루는 핵심이 된다. 이는 영화, 연극 등과 구별되며, 서정시나 설명적 산문과도 구별되는 특성이기도 하다.[7]

그러나 오늘날 서사(narrative)를 연구하는 연구자들에 따르면 서사가 무엇인지를 두고 많은 논의들이 진행되고 있다.

서사에 대한 정의는 V. 프롭, G. 즈네트 등의 형식·구조주의 이론가들과 F. 제임슨 등의 마르크스주의 이론가에 이르기까지 학자들에 따라 다양하다. 전자는 텍스트가 무엇(스토리)을 어떻게 표현(담론)하고 있는가에 초점이 주어진다. 후자는 이른바 거대서사 즉 역사의 방향 속에서 이루어지는 삶의 양태들을 이야기라는 관점에서 보고 있다. 텍스트 차원을 강조하는 관점에 의하면 서사는 "현실 또는 허구의 사건들과 상황들을 하나의 시간 연속을 통해 표현한 것"[8]이라 정의할 수 있다. 이런 정의에 의하면 서사는 '서술자, 인물, 사건, 배경' 등을 기본 요건으로 하는 '이야기'와 신문, TV, 영화,

---

6 로버트 숄즈·로버트 켈로그, 『서사의 본질』, 임병권 역, 예림기획, 2001, 12~13쪽.
7 쉴로미드 리몬-케넌, 『소설의 시학』, 최상규 역, 문학과지성사, 1990.
8 제럴드 프랜스, 『서사학』, 최상규 역, 문학과지성사, 1988, 12쪽.

제3장 서사교육의 내용과 방법

224
225

컴퓨터, 만화 등의 매체물, 역사적 사실이나 사회적 사실을 다루는 역사 · 사회 · 경제물 등과 과학적 사실을 다루는 과학물까지도 포괄한다. 심지어 무용까지도 포함한다. 그러므로 확장된 개념의 서사는 '현실과 허구'를 막론하고 서사성이라고 하는 성질을 갖는 표현물 즉 현실 혹은 허구를 막론하고 일련의 사건의 서술 혹은 표현을 그 개념으로 삼고 있는 것이 오늘날 서사 연구의 일반적인 현상이다.

요컨대 확장된 의미로서의 서사는 표현하고자 하는 내용이 여러 표현 매체를 통해 드러난 것이라 할 수 있다. 표현 매체로는 말(음성, 문자), 그림, 영상, 율동 등이 있다. 이들 매체의 공통된 특징은 의미를 담고 있는 기호[9]라는 점이다. 이러한 서사는 사실상 인간의 모든 곳에 존재한다고 해도 과언이 아니다.[10]

3. 서사교육의 내용

1) 서사교육의 내용 범주

서사교육의 내용 범주는 일반적인 분류법에 따라 서사와 관련되는 지식, 활동(수용과 생산), 태도로 설정할 수 있다.[11] 인식 대상의 종류에 부분적으로 의존하는 지식은 매우 다양하게 제시될 수 있다. 그런데 서사교육에서의 지

---

9 기호는 의미를 담고 있는 모든 표상체로 넓게 사용한다. 기호에 대한 자세한 안내는 김경용, 『기호학이란 무엇인가』, 민음사, 1996 참조.

10 임경순, 「서사교육의 의의, 범주, 기능」, 『서사교육론』, 동아시아, 2001, 41~42쪽.

11 이 밖에 여러 요소들이 내용 범주로 고려될 수 있을 것이다. 그런데 이들 요소들이 독자적인 내용 범주로 설정될 수 있는지에 대한 심도 있는 논의가 필요하다. 내용 범주에 대한 논의는 다음 참조. 임경순, 앞의 책, 2003b.

식은 서사의 개념에서부터, 서사의 동기와 기능, 서사의 특성, 서사의 종류 등과 관련된 명제(개념)적 지식과 서사의 생산과 수용에 관련된 방법적 지식으로 수렴될 수 있다. 여기에 이러한 지식들을 언제, 어떤 방식으로 적용하는 것이 효과적인지를 아는 조건적 지식과 명시적인 지식의 토대를 형성하고 있지만 명시화할 수 없는 암묵(인격)적인 지식까지도 포괄된다.[12]

활동은 서사 생산 활동과 서사 수용 활동으로 대별할 수 있다. 서사의 모방, 재구성, 창작 활동에 해당하는 생산 활동과, 서사의 이해, 해석, 감상, 비평 등과 관련된 수용 활동을 말한다. 이들 각각의 활동에는 다양한 방법이 쓰일 수 있다. 태도는 서사물을 생산하고 수용하는 일에 관계되는 심리적·물리적인 상태나 입장 등에 해당한다. 태도에는 세계관, 가치관을 비롯하여 취향, 동기, 흥미, 습관 등이 포함된다. 태도는 서사 활동의 과정과 그 결과로 형성될 뿐 아니라, 서사 활동에 영향을 줌으로써 문화를 향유하고, 삶의 질과 인격 형성에 기여하는 중요한 범주이다.[13]

2015 개정 국어과 교육과정의 공통교육과정에 해당하는 '국어' 과목의 문학 영역 내용 체계는 '핵심 개념, 일반화된 지식, 학년(군)별 내용 요소, 기능'으로 되어 있다.(자세한 내용은 제2부 제2장 「'정신대' 문제를 통해 본 인류 해방을 위한 서사교육」 참조) 핵심 개념은 '문학의 본질, 문학의 갈래와 역사 그리고 문학과 매체, 문학의 수용과 생산, 문학에 대한 태도'로 구성되어 있다.[14]

2011 개정 국어과 교육과정의 공통교육과정에 해당하는 '국어' 과목의 문학 영역 내용 체계는 '실제'를 중심으로 그것이 '지식', '수용과 생산', '태도'와 관련되도록 구조화되어 있음을 알 수 있다. 서사교육과 관련되어 있는 것은 '실제' 범주에서 '소설(이야기)'과 '다양한 매체와 문학'이다. 이것들이 서사적

12 장상호, 『학문과 교육 상 : 학문이란 무엇인가』, 서울대학교 출판부, 1998, 360~373쪽.
13 임경순, 앞의 책, 2003a, 70~71쪽.
14 교육부, 앞의 책, 10쪽. 이하 2015 개정 국어과 교육과정은 이 책을 인용함.

인 '지식', '수용과 생산', '태도'와 관련되어 내용으로 구조화되어 있다. '지식'에서는 서사문학의 본질과 속성, 서사문학의 갈래, 서사문학 작품의 맥락이 해당하고, '수용과 생산'에서는 서사 작품의 이해와 해석, 감상, 비평과 소통, 창작이 해당한다. 태도에서는 서사문학의 가치와 중요성, 서사문학에 대한 흥미, 서사문학의 생활화 등이 여기에 속한다고 할 수 있다.

2015 개정 국어과 교육과정의 공통교육과정에 따라 서사교육의 내용을 재구성해보면, 서사의 본질, 서사문학의 갈래와 역사, 서사와 매체, 서사의 수용과 생산, 서사문학에 대한 태도 등을 들 수 있다. 이것들과 연결되어 있는 기능으로는 서사교육과 관련된 것으로 몰입하기, 이해·해석하기, 감상·비평하기, 성찰·향유하기, 모방·창작하기, 공유·소통하기, 점검·조정하기 등이 해당한다.

2015 개정 교육과정 일반 선택과목 중 '문학'의 내용 체계는 영역, 핵심개념, 일반화된 지식, 내용 요소, 기능으로 체계화되어 있다.(자세한 내용은 제2부 제2장 「'정신대' 문제를 통해 본 인류 해방을 위한 서사교육」 참조) 영역은 다시 문학의 본질, 문학의 수용과 생산, 한국문학의 성격과 역사, 문학에 대한 태도, 기능 등으로 구성되어 있는 바, 이를 서사교육에 적용해보면, 서사문학의 본질, 서사문학의 수용과 생산, 서사문학의 성격과 역사, 서사문학에 대한 태도, 서사 기능 등을 들 수 있다.

고1까지의 공통교육과정 '국어' 과목이 고등학교 일반 선택과목 '문학' 과목에 이르면 '국어'의 '문학' 영역을 심화 발전시킨 것으로, 문학의 본질에서는 언어예술과 진·선·미의 개념을 본격적으로 다루고, 다음으로 문학의 수용과 생산이 문학의 역사 앞자리에 배치되고, 이어서 한국문학의 성격과 역사, 문학에 대한 태도가 본격적으로 다루어지도록 하였다. 이로써 서사교육도 여기에 제시된 내용 범주에 따라 심화 발전되면서 이루어지도록 설계되었음을 알 수 있다.

2) 서사교육의 내용

서사교육의 내용이 무엇인지를 알기 위해서는 교육과정에 제시된 것을 살펴볼 필요가 있다. 앞에서 내용 체계를 통해 알 수 있는 서사교육의 내용은 크게 서사문학의 본질, 서사문학의 갈래와 역사, 서사문학과 매체, 서사문학의 수용과 생산, 서사문학에 대한 태도 등이다.

2015 개정 국어과 교육과정에서 '국어'와 '문학' 과목에 제시된 내용 체계, 성취 기준, 국어 자료의 예 등을 통해 교수·학습 내용과 그 위계성 등을 알 수 있다.

먼저 교수·학습 내용의 위계적 측면에서 보면, 서사교육도 흥미 유발과 경험에 대한 서사문학적 표현으로부터 서사문학의 구성 요소에 따른 해석과 재구성 활동, 그리고 다양한 관점에 따른 평가와 서사문학 활동으로 이어지는 위계성을 설정할 수 있다.

'국어'에 제시된 성취 기준을 제시하면 다음과 같다.

초등학교 1~2학년

[2국05-01] 느낌과 분위기를 살려 그림책, 시나 노래, 짧은 이야기를 들려주거나 듣는다.

[2국05-02] 인물의 모습, 행동, 마음을 상상하며 그림책, 시나 노래, 이야기를 감상한다.

[2국05-03] 여러 가지 말놀이를 통해 말의 재미를 느낀다.

[2국05-04] 자신의 생각이나 겪은 일을 시나 노래, 이야기 등으로 표현한다.

[2국05-05] 시나 노래, 이야기에 흥미를 가진다.

초등학교 3~4학년

[4국05-01] 시각이나 청각 등 감각적 표현에 주목하며 작품을 감상한다.

[4국05-02] 인물, 사건, 배경에 주목하며 작품을 이해한다.

[4국05-03] 이야기의 흐름을 파악하여 이어질 내용을 상상하고 표현한다.

[4국05-04] 작품을 듣거나 읽거나 보고 떠오른 느낌과 생각을 다양하게
표현한다.

[4국05-05] 재미나 감동을 느끼며 작품을 즐겨 감상하는 태도를 지닌다.

초등학교 5~6학년

[6국05-01] 문학은 가치 있는 내용을 언어로 표현하여 아름다움을 느끼
게 하는 활동임을 이해하고 문학 활동을 한다.

[6국05-02] 작품 속 세계와 현실 세계를 비교하며 작품을 감상한다.

[6국05-03] 비유적 표현의 특성과 효과를 살려 생각과 느낌을 다양하게
표현한다.

[6국05-04] 일상생활의 경험을 이야기나 극의 형식으로 표현한다.

[6국05-05] 작품에 대한 이해와 감상을 바탕으로 하여 다른 사람과 적극
적으로 소통한다.

[6국05-06] 작품에서 얻은 깨달음을 바탕으로 하여 바람직한 삶의 가치
를 내면화하는 태도를 지닌다.

중학교 1~3학년

[9국05-01] 문학은 심미적 체험을 바탕으로 한 다양한 소통 활동임을 알
고 문학 활동을 한다.

[9국05-02] 비유와 상징의 표현 효과를 바탕으로 작품을 수용하고 생산
한다.

[9국05-03] 갈등의 진행과 해결 과정에 유의하며 작품을 감상한다.

[9국05-04] 작품에서 보는 이나 말하는 이의 관점에 주목하여 작품을 수
용한다.

[9국05-05] 작품이 창작된 사회·문화적 배경을 바탕으로 작품을 이해한다.

[9국05-06] 과거의 삶이 반영된 작품을 오늘날의 삶에 비추어 감상한다.

[9국05-07] 근거의 차이에 따른 다양한 해석을 비교하며 작품을 감상한다.

[9국05-08] 재구성된 작품을 원작과 비교하고, 변화 양상을 파악하며 감상한다.

[9국05-09] 자신의 가치 있는 경험을 개성적인 발상과 표현으로 형상화한다.

[9국05-10] 인간의 성장을 다룬 작품을 읽으며 삶을 성찰하는 태도를 지닌다.

고등학교 1학년

[10국05-01] 문학작품은 구성 요소들과 전체가 유기적 관계를 맺고 있는 구조물임을 이해하고 문학 활동을 한다.

[10국05-02] 갈래의 특성에 따른 형상화 방법을 중심으로 작품을 감상한다.

[10국05-03] 문학사의 흐름을 고려하여 대표적인 한국문학 작품을 감상한다.

[10국05-04] 문학의 수용과 생산 활동을 통해 다양한 사회·문화적 가치를 이해하고 평가한다.

[10국05-05] 주체적인 관점에서 작품을 해석하고 평가하며 문학을 생활화하는 태도를 지닌다.

이상에서 문학의 본질에 해당하는 성취 기준은 다음과 같다.

[6국05-01] 문학은 가치 있는 내용을 언어로 표현하여 아름다움을 느끼게 하는 활동임을 이해하고 문학 활동을 한다.

[9국05-01] 문학은 심미적 체험을 바탕으로 한 다양한 소통 활동임을 알고 문학 활동을 한다.

[10국05-01] 문학작품은 구성 요소들과 전체가 유기적 관계를 맺고 있는 구조물임을 이해하고 문학 활동을 한다.

문학에 대한 태도에 해당하는 성취 기준은 다음과 같다.

> [2국05-05] 시나 노래, 이야기에 흥미를 가진다.
> [4국05-05] 재미나 감동을 느끼며 작품을 즐겨 감상하는 태도를 지닌다.
> [6국05-06] 작품에서 얻은 깨달음을 바탕으로 하여 바람직한 삶의 가치
> 를 내면화하는 태도를 지닌다.
> [9국05-10] 인간의 성장을 다룬 작품을 읽으며 삶을 성찰하는 태도를 지
> 닌다.
> [10국05-05] 주체적인 관점에서 작품을 해석하고 평가하며 문학을 생활
> 화하는 태도를 지닌다.

문학의 수용과 생산에 해당하는 성취 기준은 문학의 본질과 문학에 대한 태도 항목을 제외한 나머지이다.

'국어' 문학 영역 성취 기준 총 31개 중, 문학의 본질 3개(9.7%), 문학에 대한 태도 5개(16.1%), 문학의 수용과 생산 23개(74.2%)로 문학의 수용과 생산이 대부분이고 이어 문학에 대한 태도, 문학의 본질 순으로 구성되어 있다.

내용 성취 기준을 바탕으로 서사교육과 관련된 핵심 항목을 간추리면 다음과 같다.

첫째, 문학의 본질과 관련된 항목
- 서사 작품이 가치 있는 내용의 언어적 표현임을 이해하기
- 서사 작품이 심미적 체험을 바탕으로 한 소통임을 이해하기
- 서사 작품은 유기적 구조물임을 이해하기

둘째, 문학의 수용, 생산과 관련된 항목
- 인물, 사건, 배경 이해하기
- 서술자 이해 및 작품 수용하기

- 사회 문화적 배경을 바탕으로 서사 작품 이해하기
- 인물 감상하기
- 서사 표현 주목하며 감상하기
- 서사 작품과 현실 비교하며 감상하기
- 갈등 이해 감상하기
- 인물의 삶을 현재의 삶에 비추어 감상하기
- 서사 작품에 대한 다양한 해석 비교하며 감상하기
- 재구성된 서사 작품을 원작과 비교 파악하며 감상하기
- 서사 작품의 형상화 방법 중심으로 감상하기
- 대표적인 서사문학 작품 감상하기
- 주체적인 관점에서 서사 작품을 해석하고 평가하기
- 서사의 수용 생산 활동을 통해 사회·문화적 가치를 이해하고 평가하기
- 서사 작품의 비유와 상징 수용, 생산하기
- 생각이나 겪은 일 서사로 표현하기
- 이야기 구성 파악하고 이어질 내용 표현하기
- 서사 작품 읽고 느낌, 생각 표현하기
- 일상 경험을 이야기로 표현하기
- 서사 작품의 이해, 감상을 통해 소통하기
- 경험을 서사로 형상화하기

본질, 갈래와 역사, 매체, 수용과 생산, 태도 등과 관련된 기능 항목에 제시된 것은 '몰입하기, 이해·해석하기, 감상·비평하기, 성찰·향유하기, 모방·창작하기, 공유·소통하기, 점검·조정하기 등이다. 그런데 이 기능들이 고르게 배치되어 있기보다, 비중이 높은 항목이 있다. 또한 수용과 생산에 있어서도 수용 쪽에 비중이 크다. 이는 공통과목으로서의 '국어'의 위계성을 고려한 듯하다.

셋째, 문학에 대한 태도 항목

- 이야기에 흥미 가지기
- 서사 작품을 즐겨 감상하는 태도 가지기
- 서사 작품 수용을 통해 삶의 가치 내면화하기
- 성장 서사를 통해 삶을 성찰하는 태도 지니기
- 서사문학을 생활화하는 태도 지니기

다음으로 일반 선택과목 '문학'의 성취 기준을 제시하면 다음과 같다.

문학의 본질

[12문학01-01]문학이 인간과 세계에 대한 이해를 돕고, 삶의 의미를 깨닫게 하며, 정서적·미적으로 삶을 고양함을 이해한다.

문학의 수용과 생산

[12문학02-01] 문학작품은 내용과 형식이 긴밀하게 연관되어 이루어짐을 이해하고 작품을 감상한다.

[12문학02-02] 작품을 작가, 사회·문화적 배경, 상호 텍스트성 등 다양한 맥락에서 이해하고 감상한다.

[12문학02-03] 문학과 인접 분야의 관계를 바탕으로 작품을 이해하고 감상하며 평가한다.

[12문학02-04] 작품을 공감적, 비판적, 창의적으로 수용하고 그 결과를 바탕으로 상호 소통한다.

[12문학02-05] 작품을 읽고 다양한 시각에서 재구성하거나 주체적인 관점에서 창작한다.

[12문학02-06] 다양한 매체로 구현된 작품의 창의적 표현 방법과 심미적 가치를 문학적 관점에서 수용하고 소통한다.

한국 문학의 성격과 역사

[12문학03-01] 한국 문학의 개념과 범위를 이해한다.

[12문학03-02] 대표적인 문학작품을 통해 한국 문학의 전통과 특질을 파악하고 감상한다.

[12문학03-03] 주요 작품을 중심으로 한국 문학의 갈래별 전개와 구현 양상을 탐구하고 감상한다.

[12문학03-04] 한국문학 작품에 반영된 시대 상황을 이해하고 문학과 역사의 상호 영향 관계를 탐구한다.

[12문학03-05] 한국 문학과 외국 문학을 비교해서 읽고 한국 문학의 보편성과 특수성을 파악한다.

[12문학03-06] 지역 문학과 한민족 문학, 전통적 문학과 현대적 문학 등 다양한 양태를 중심으로 한국 문학의 발전상을 탐구한다.

문학에 관한 태도

[12문학04-01] 문학을 통하여 자아를 성찰하고 타자를 이해하며 상호 소통하는 태도를 지닌다.

[12문학04-02] 문학 활동을 생활화하여 인간다운 삶을 가꾸고 공동체의 문화 발전에 기여하는 태도를 지닌다.

이상을 토대로 '문학' 과목에 제시된 서사교육의 내용을 정리하면 다음과 같다.

첫째, 서사문학의 본질

서사문학이 인간과 세계에 대한 이해를 돕고, 삶의 의미를 깨닫게 하며, 정서적 · 미적으로 삶을 고양함을 이해하기

둘째, 서사문학의 수용과 생산

▪ 서사 작품의 내용과 형식 연관 이해하고 감상하기

▪ 서사 작품을 작가, 사회 · 문화적 배경, 상호텍스트성 등 다양한 맥락에

서 이해하고 감상하기

- 서사문학과 인접 분야의 관계를 바탕으로 작품을 이해하고 감상하며 평가하기
- 서사 작품을 공감적, 비판적, 창의적으로 수용하고 그 결과를 바탕으로 상호 소통하기
- 서사 작품을 읽고 다양한 시각에서 재구성하거나 주체적인 관점에서 창작하기
- 다양한 매체로 구현된 서사 작품의 창의적 표현 방법과 심미적 가치를 문학적 관점에서 수용하고 소통하기

셋째, 한국 문학의 성격과 역사

- 서사문학의 문학의 개념과 범위를 이해하기
- 대표적인 서사문학 작품을 통해 한국 문학의 전통과 특질을 파악하고 감상하기
- 주요 서사 작품을 중심으로 한국 서사문학의 전개와 구현 양상을 탐구하고 감상하기
- 한국 서사문학 작품에 반영된 시대 상황을 이해하고 문학과 역사의 상호 영향 관계 탐구하기
- 한국 서사문학과 외국 서사문학을 비교해서 읽고 한국 서사문학의 보편성과 특수성을 파악하기
- 지역 서사문학과 한민족 서사문학, 전통적 서사문학과 현대적 서사문학 등 다양한 양태를 중심으로 한국 서사문학의 발전상 탐구하기

넷째, 문학에 관한 태도

- 서사문학을 통하여 자아를 성찰하고 타자를 이해하며 상호 소통하는 태도 지니기
- 서사문학 활동을 생활화하여 인간다운 삶을 가꾸고 공동체의 문화 발전에 기여하는 태도를 지니기

4. 서사교육의 방법과 방향

문학교육은 문학을 가르치고 배우는 행위로 구체화되듯이 서사문학 교수 · 학습은 서사문학을 가르치고 배우는 행위로 구체화된다. 서사문학 교수 · 학습과 관련된 모형, 기술 등 일체의 행위들을 서사교육의 방법 혹은 서사 교수 · 학습의 방법이라는 개념으로 다루기로 한다.

1) 서사교육 방법의 방향

첫째, 서사교육의 방법을 마련하는 데에 있어서 서사문학의 장르적 특성을 반영해야 한다. 서사 갈래는 서정 갈래나 극 갈래와는 다른 갈래적 특성이 있다. 또한 서사 갈래의 특성으로 일컬어지는 서사성이라든가, 허구성, 서사적 장치 등은 서사문학의 일반적인 특질들이기도 하지만, 갈래에 따라서 그 특성과 정도가 다르기 마련이다. 따라서 서사문학의 갈래적 특성을 살리면서, 서사 갈래의 하위 갈래들의 특성도 잘 살릴 수 있도록 해야 한다.

둘째, 교육내용 성취 목표에 따라 다양한 방법을 마련해야 한다. 교육내용 범주에서 보면 서사교육은 지식, 수용과 생산, 태도 범주로 크게 분류할 수 있으며, 이들은 각각 하위 교육내용으로 구체화되어 있다. 따라서 각 내용 범주에 적절한 교수 · 학습 방법 등을 다양하게 적용할 필요가 있다. 물론 지식과 수용 · 생산, 지식과 수용 · 생산 · 태도 등이 복합적으로 내용이나 목표로 제시될 수 있기 때문에 거기에 적절한 방법도 모색되어야 한다.

셋째, 서사교육의 방법 운영에 있어서 융통성을 발휘해야 한다. 교수 · 학습에 단일 모형만 투입되는 경우는 드물기 때문에 모형과 모형, 모형과 기법 등을 다양하고 복합적으로 투입함으로써 수업의 목표 달성을 극대화할 필요가 있다. 또한 모형을 포함한 방법이 단일 차시에 적용되는 경우도 있지만 목표나 내용에 따라 다차시 적용도 고려해야 한다.

넷째, 명시적이지 않은 내용들이 서사교육의 방법을 통해 구현될 수 있도록 해야 한다. 서사교육의 방법이 명시적인 교육내용이나 목표만을 반영하지는 않는다. 교육 과정에 제시된 내용은 여러 여건을 반영하여 제한적으로 제시된 것들이다. 따라서 가르치고자 하는 모든 것을 제시할 수도 없거니와 문학이라는 특성으로 인해 내용으로 제시할 수도 없는 것들이 많다. 특히 정의적인 것들은 문학 자체, 활동 행위, 수업 과정, 나아가 수업의 결과를 통해서만 형성될 수 있는 것들이기 때문에 이러한 것들이 수업을 통해 성취할 수 있도록 고려해야 한다.

2) 서사교육의 방법

문학교육에서 교수·학습 방법과 관련하여 여러 모형이 제시되어왔다. 여기에서는 서사교육에서 논의되어온 기존 논의를 참조하여 크게 수용 중심의 교수·학습 방법과 생산 중심의 교수·학습 방법으로 나누어 제시한다.

(1) 수용 중심의 교수·학습 방법

① 내면화를 고려한 교수·학습 방법

내면화를 고려한 문학 제재 수업의 일반 절차 모형 즉 계획 단계→진단단계→지도단계→평가단계→내면화단계(발전단계)는 '계획→진단→지도→발전→평가' 모형[15]을 비판적으로 재구성한 것이다. 즉 문학교육의 본질은 작품의 이해와 감상에 있으며, 이는 수용자의 인격적 성숙과 변화를 기대

---

15 한국교육개발원, 『초·중학교 교육발전사업종합보고서』, 1981.

하는 내면화의 과정을 전제로 한 것이다. 내면화는 교수·학습 전 과정에 걸쳐 형성되는 것이고, 평가 단계 이후에 나타날 수도 있기 때문에 장기적으로 이루어지는 것이다.[16]

위의 일반 절차 모형을 바탕으로 소설 수업의 절차 모형을 제시한 것은 다음과 같다.[17]

　Ⅰ. 계획 단계
　　1. 수업목표 설정
　　2. 교육내용으로서의 텍스트 분석
　　3. 부수 자료 선정(비평 텍스트, 감상 텍스트, 텍스트 배경 자료)
　　4. 평가 목표 설정
　Ⅱ. 진단 단계
　　1. 소설에 대한 사전 지식 진단
　　2. 텍스트와 관련된 선체험 진단
　　　(1) 내용과 관련된 생체험 진단
　　　(2) 양식과 관련되는 미적 체험 진단
　Ⅲ. 지도 단계
　　1. 텍스트에 대한 개괄적 접근
　　　(1) 작품 읽기
　　　(2) 인물·사건·배경의 파악
　　　(3) 관련 경험의 재생과 경험의 교환
　　2. 텍스트에 대한 분석적 접근
　　　(1) 텍스트의 창작 배경 파악
　　　(2) 플롯과 스토리의 관계 파악
　　　(3) 텍스트의 갈등 구조 파악

16　구인환 외, 『문학교육론』, 삼지원, 1989, 232~233쪽.
17　위의 책, 269~270쪽.

(4) 서술 방식과 주제와의 관련성 파악

(5) 소설의 제 요소 간의 관련성 파악

(6) 소설적 세계와 인물에 대한 심화된 이해

3. 텍스트의 종합적 재구성

(1) 소설 내·외적 세계의 상호 관계 파악

(2) 작가와 작중인물의 삶에 대한 자세 이해

(3) 허구적 세계의 간접 체험

Ⅳ. 평가 단계

1. 소설교육 목표와 관련하여 평가 내용 범주 정하기

2. 텍스트 본질과 관련하여 평가 방법 범주 정하기

3. 평가 결과 송환하기

Ⅴ. 내면화 단계

1. 텍스트상호성의 확대

2. 가치화의 지속 및 인식 확충

3. 간단한 소설 작품 쓰기 및 텍스트에 대한 평문 쓰기

Ⅰ단계는 수업 전에 교사가 수업을 설계하고 준비하는 단계이고, Ⅱ～Ⅳ 단계는 학생과 교사가 수업에서 상호작용하는 단계이다. Ⅴ단계는 교사가 직접적인 교수 활동을 하는 단계가 아니라 학생들이 배운 문학작품 또는 문학 수용을 자기의 내면으로 가치화, 인격화해가는 과정이다.[18]

② 주체 형성으로서의 교수·학습 방법

소설교육은 특정한 담론 양식으로서의 소설을 이해하고, 해석하며, 비판하기 위해서 어떠한 교육적 장치가 요구되는가라는 질문에서 시작한다. 그리하여 궁극적으로 소설교육의 목표인 이데올로기적 주체를 형성해나가는

---

18 위의 책, 270쪽.

과정을 제시하고 있다.[19]

1. 이해 : 발견적 읽기
    ① 사건의 발전 과정
    ② 인물의 존재론적 상황
2. 분석 : 구성적 읽기(대상)
    ③ 인물의 변화 과정과 서사의 전체 구성
    ④ 의미대립과 중첩의 구조화
    ⑤ 언어 사용상의 특성 파악
3. 해석 : 해석적 읽기
    ⑥ 서사의 중심축과 그 의미
    ⑦ 동위소의 발견과 함축된 이데올로기
    ⑧ 사용된 언어의 의미 작용
4. 비판 : 구성적 읽기(주체)
    ⑨ 서사의 개연성 평가
    ⑩ 이데올로기적 효과 평가
    ⑪ 의미와 문체의 결합도 평가

1단계에서 이해를 위한 읽기의 1차적 과정은 발견으로서의 읽기에서 시작한다. 일정 정도 언어 능력과 의사소통 능력을 지닌 학습자라면 명시적으로 존재하는 요소들은 누구에게나 쉽게 발견될 수 있다.

2단계에서 분석을 중심으로 하는 구성적 읽기는 부분과 부분을 결합하거나 부분에 내재된 의미를 추론함으로써 획득된다. 예컨대 인물의 정서나 인식은 저절로 텍스트 속에서 발견되지 않는다. 또한 인물, 사건, 배경이 결합되는 과정을 파악하기 위해서는 그 관계에 대한 정치한 분석이 이루어져야 한다.

---

19 김상욱, 『소설 교육의 방법 연구』, 서울대학교 출판부, 1996, 298~329쪽.

3단계, 해석적 읽기는 문학교육의 주도적 읽기에 해당한다. 해석의 과정이 전체와의 관계 속에서 부분이 갖는 의미작용이 무엇인지를 알아가는 것이다. 텍스트 내적 논리에 따라 읽기가 진행되어야 한다는 점에서 전체적인 내용을 암묵적으로 전제하고, 그 전제 속에서 부분적 결합이 이루어진다.

4단계, 비판을 중심으로 하는 구성적 읽기는 독자의 입장에서 구성된 현실로서의 텍스트가 갖는 의미를 비판하는 것과 함께 텍스트 내적 상호관계의 결합력을 비판하는 것이다. 이를 통해 또 다른 주체로서의 독자가 자신을 스스로 주체로 정립해가는 과정이기도 하다.

③ 반응 중심 교수 · 학습 방법

문학교육에서 학습자의 반응을 중시하여 반응 중심 교수 · 학습 방법을 다음과 같이 제안하고 있다.[20]

> 1단계 – 텍스트와 학생의 거래 → 반응의 형성
>   (1) 작품 읽기
>   심미적 독서 자세의 격려
>   텍스트와의 거래 촉진
> 2단계 – 학생과 학생 사이의 거래 → 반응의 명료화
>   (1) 반응의 기록
>   짝과 반응의 교환
>   (2) 반응에 대한 질문
>   반응을 명료히 하기 위한 탐사 질문
>   거래를 입증하는 질문
>   반응의 반성적 질문
>   반응의 오류에 대한 질문

---

20 경규진, 「반응 중심 문학교육의 방법 연구」, 서울대학교 박사학위 논문, 1993.

(3) 반응에 대한 토의(또는 역할 놀이)

　짝과의 의견 교환

　소그룹 토의

　전체 토의

(4) 반응의 반성적 쓰기

　반응의 자유 쓰기(또는 단서를 놓은 쓰기)

　자발적인 발표

3단계 – 텍스트와 텍스트의 상호 관련→반응의 심화

(1) 두 작품의 연결

(2) 텍스트 상호성의 확대

'반응의 형성–반응의 명료화–반응의 심화'로 이어지는 반응 중심 교수 · 학습 방법은 로젠블랫(R. Rosenblatt)과 쿠퍼(C. Cooper)의 문학에 대한 반응이론에 힘입은 바가 크다. 반응은 환기(evocation)에 대한 것으로 텍스트에 의해 구조화된 경험인 환기와 구별되며, 텍스트의 중요성을 배제하지 않으면서 독자의 위치를 부각시키며, 독서 과정과 독서 후의 전 과정을 포함하며, 개인적이면서 동시에 사회 문화적인 행위라는 의의를 지닌다.[21]

그러나 반응이라는 용어가 불러일으키기 쉬운 수동성을 극복해야 하며, 독자 반응을 심미적이고 정서적인 쪽에만 한정해서도 안 되며, 반응을 개인의 것으로 한정시키는 위험성을 극복해야 하는 과제도 안고 있다. 이를 해결하기 위해 '독자 반응'을 보다 세분화하여 아래와 같이 세 가지 교수 · 학습법을 제안한다.[22]

21 　김성진, 『문학비평과 소설교육』, 태학사, 2012, 98쪽.

22 　위의 책, 100~119쪽.

④ 반응 중심 교수 · 학습 방법의 비판적 재구성

㉮ 인상 중심 교수 · 학습 방법

1단계 – 인상의 형성 단계

- 작품을 읽고 자신의 인상 정리하기
- 인상에 주목하기

2단계 – 인상의 표현 단계

- 다양한 형태로 자신의 인상을 표현하기
- 다른 사람의 인상과 비교하기

3단계 – 인상의 재구성 단계

- 자기 인상의 근거 밝히기
- 인상에 대해 성찰하기

이 방법은 모든 문학적 반응은 감상 주체의 작품에 대한 인상에서 출발한다는 데에 주안점을 둔다. 이 방법은 작품을 읽는 중과 읽고 난 후 독자에게 떠오르는 다양한 인상에 주목하고 그 인상의 내용을 충실히 전달하고 그것을 명료화하는 것을 목표와 내용으로 삼는다. 가령 이효석의 「메밀꽃 필 무렵」에서 특히 인상적인 부분에 주목하고 그 인상을 표현하고 재구성하는 활동을 들 수 있다.

㉯ 설명 중심 교수 · 학습 방법

1단계 – 주요 개념 습득 단계

- 비평 어휘, 기법의 설명
- 분석의 실제 보기

2단계 – 주요 개념의 적용 단계

- 작품 읽고 기법 발견하기
- 비평이론의 적용 가능성 타진하기
- 기법의 의미 · 효과 파악하기

3단계-개념의 조정 및 응용 단계
- 다른 텍스트에 확장 · 응용하기
- 이론을 활용한 텍스트 '다시 쓰기'

이 방법은 '기법' 중심으로 작품을 읽고 그것의 의미와 효과를 논하는 활동을 바탕으로 실현된다. 소설의 경우 플롯, 인물, 배경, 시점, 서술 등이 기법과 관련된다. 또한 현대 비평 이론, 이론적 문제 등도 이 방법에 포함된다. 가령 채만식의 「치숙」의 풍자 기법을 학습하고 그것을 적용하고 응용하는 활동이라든가, 탈식민주의 비평이론을 가지고 이호철의 『소시민』, 최인훈의 『광장』, 남정현의 「분지」 등을 읽어내는 것도 여기에 속한다.

④ 사회 · 역사적 가치 탐구 중심의 교수 · 학습 방법

1단계-가치의 인식 단계
- 작품 읽기
- 작품을 둘러싼 맥락을 구성하기
- 작품 속에 나타난 사회문화적 · 정치적 가치 발견하기

2단계-가치의 비교 단계
- 사회에서 통용되고 있는 가치와 작품에서 발견한 가치를 비교하기
- 작품에 나타난 가치를 비판적으로 살피기
- 작품에서 의문시하는 사회적 가치의 타당성 생각하기

3단계-가치의 자기화 단계
- 작품에 나타난 가치에 대한 의견 밝히기

- 자신의 가치 체계와 비교하며 작품의 가치 평가하기
- 독자 자신의 가치와 비교하면서 자신의 가치를 조정하기

　모든 교육의 궁극적인 목표가 가치 추구와 연결되며, 특히 문학은 이러한 것이 중시되는 과목이라는 데에 주목한다. 따라서 문학의 심미성에만 국한될 성질은 아니며 그것은 사회 문화 정치 등 총체적인 맥락 속에서 존재한다는 점에서 그것의 가치를 인식하고 비교하고 나아가 그것을 자기화하는 단계를 거친다. 가령 조세희의 「난장이가 쏘아올린 작은 공」을 읽고 사회 문화 정치적인 가치를 발견하고 그것을 비판적으로 비교해보고, 자기의 의견을 밝히는 과정을 거치는 것도 방법이 될 수 있다.

(2) 생산 중심의 교수·학습 방법[23]

① 서사 생산 활동의 유형

　저학년에서는 수용과 창작교육의 연관성을 고려하면서, 학습자로 하여금 창작 활동에 대한 거부감, 부담감을 덜어주는 데서 출발하여, 종국에는 장르에 기반한 넓고 깊이 있는 사상과 감정을 효과적으로 표현할 수 있는 수준이 되도록 해야 한다. 이런 점에서 서사문학 일반이 지닌 서사적인 요소와 속성을 중심으로 다양한 매체를 수용하는 살아 있는 서사 생산 교육이 되어야 한다.

　서사 생산 교육은 영역 통합적으로 이루어지는 것이 바람직하다. 수용 활동과 생산 활동이 긴밀하고도 통합적으로 이루어져야 한다.

　초보자에게는 기존 작품을 통해 모방, 변형, 매체 변환 등을 중심으로 기

23　임경순, 앞의 책, 2003a, 290~332쪽.

존 문학 문법에 친숙하게 하고 창의성이 강조되는 차원으로 나가기 위한 기초를 닦게 해야 한다.

이를 토대로 서사 생산 활동을 몇 가지로 나누어보면 다음과 같다.

1. 모방을 통한 생산 활동
   1) 모범 작품 옮겨 써보기
   2) 작품의 부분이나 구성 요소를 모방하는 활동－화자, 인물, 사건, 줄거리, 시점 등을 모방해서 표현해보는 활동
2. 변형·첨가 중심의 생산 활동
   개작과 첨가, 패러디 활동이 주가 된다. 여기에는 ① 이야기를 이루는 요소들 즉 인물, 사건, 배경, 줄거리, 시점 등을 바꾸어 표현해보기, ② 작품 뒤 이어쓰기, ③ 작품의 맥락을 고려해서 내용을 상상해서 부분 창작해보기 등이 있다.
3. 창조적 생산 활동
   새로운 작품을 만들어내는 창작 활동이 중심
4. 다양한 매체를 활용한 생산 활동

언어 창작 활동에만 국한되는 것이 아니라 다양한 매체를 활용한 활동을 포함한다. 영화 보고 이야기하기(쓰기, 말하기, 쓰고 말하기, 말하고 쓰기, 듣고 말하기, 듣고 쓰기 등), 만화 보고 이야기하기, 신문 기사 보고 이야기하기(이야기를 신문 기사나 TV 뉴스로 써보기), TV 보고 이야기하기 등이 있다. 또한 범교과적 차원과 연계해서 창작교육이 이루어질 수 있다. 문학작품을 이용한 역사, 사회, 과학, 미술, 음악 등과 연결된 창작교육도 가능하다.

② 서사 생산의 과정과 방법

Ⅰ. 서사 생산 활동 전 단계
   1. 모범 작품에 대한 교사의 시범과 학습자 활동하기

서사 생산을 위한 교수 · 학습 방법을 크게 서사 생산 활동 전 단계, 서사 생산 활동 단계, 서사 생산 활동 후 단계로 나누었다. 1단계인 서사 생산 활동 전 단계 가운데, 아이디어 생성하기 · 조직하기에서는 전달 매체 선정하기, 목적 결정하기, 갈래 정하기, 독자(청자) 결정하기, 글감 정하기, 주제 정하기, 주제 구체화하기 등의 활동을 하게 된다.

이야기를 형상화하는 요소들은 대개 인물, 사건, 배경 등이다. 그러나 이것은 서사표현 차원에서는 좀 더 구체화될 필요가 있다. 소설을 구조적으로 분석해볼 경우, 그것은 스토리(기의 혹은 서사 내용)/텍스트(기표, 진술, 담론, 서사 텍스트 자체)/서술하기(서술 행위를 표현해 내는 것) 등이다. 인물, 사건, 배경 등은 스토리와 관련되고, 시점은 담론과 관련되고, 서술 수준, 대화 등의 기술은 서술하기와 관련된다. 이러한 요소들은 글감을 구체화하는 동시에 주제를 구현하는 매개 역할을 한다. 그러므로 각 요소들을 효과적으로 설정하기 위한 활동이 필요하다.

스토리와 관련해서는 인물 만들기, 사건 만들기, 배경 만들기 활동을 하고, 담론과 관련해서는 초점(시점) 정하기 활동, 서술과 관련해서는 서술과 스토리 관계와 수준 정하기, 화자의 유형 정하기, 수화자 정하기, 대화 만들기 등의 활동을 한다. 그리고 구체화한 아이디어를 의도(주제), 독자(청자) 등을 고려하여 선별하고 고치고 덧붙이는 활동을 한다.

2단계인 서사 생산 활동 단계에서는 간략한 줄거리와 자세한 줄거리 쓰기를 완성한 뒤에 그것을 바탕으로 구두로 이야기해보기, 이야기의 초고를 쓰도록 한다. 이때 앞에서 언급된 것들을 반영하면서 생산자의 의도(주제), 어조, 시점, 서술자와 인물의 성격과 말, 수신자 등을 고려하면서 쓰도록 한다.

다시 쓰기에서는 초고 쓴 것을 모둠원들에게 발표하고 도움을 받도록 한다. 이때 모둠원들의 의견을 수렴해서 검토를 거쳐 이야기에 반영토록 한다. 다시 쓸 때는 목적, 의도(주제), 수신자 등을 고려하여 전 단계에서 고려했던 것들도 반영하도록 한다.

3단계 서사 생산 활동 후 단계에서는 수정한 이야기를 발표하고, 평가를 거쳐, 이를 반영하여 최종 수정하기를 하고, 다양한 매체나 형식으로 출판하도록 한다.

5. 서사교육의 평가와 방향

1) 서사교육 평가의 방향

문학교육에서 평가가 어려운 이유는 특정 문학작품에 대한 학습자들의 반응이 다양할 뿐 아니라, 그것을 위계화하거나 가치를 매기기가 어렵기 때문이기도 하다. 그럼에도 불구하고 교육이 이루어지고, 그것을 더욱 바람직한 방향으로 나아가게 하기 위해서는 어떤 형태로든 평가는 피해갈 수 없다.

문학교육평가의 일반적 지향점으로 첫째, 한 개인에게 내재되어 있는 잠재가능성으로서의 문학 감상 역량, 개발될 수 있는 문학적 감수성, 문학에 대한 태도, 사물과 세계에 대한 문학적 인식의 습관 등을 현실적 지식 요소보다 중시하는 평가관에 입각해야 한다는 것이고, 둘째, 문학교육 평가에서 평가의 자료와 대상, 평가에 투입되는 시간 개념 등을 확대하도록 해야 하며, 셋째, 평가의 과정이 계속적이고 종합적인 것이 되어야 한다는 것이다. 문학교육의 평가는 수업 운영의 한 국면 속에 자연스럽게 녹아들어야 하며, 학생들로 하여금 문학 속에서 참다운 인간상을 스스로 발견해나가는 것을 돕는 평가가 되어야 한다는 것이다.[24]

서사교육에서의 평가는 서사교육의 고유한 특성을 살려 서사 평가가 나아가야 할 방향을 제시해야 한다. 서사교육의 평가는 궁극적으로 서사 능력에 대한 평가를 말한다. 서사 능력의 핵심에는 서사 생산 능력과 수용 능력에 있다. 이를 구체화하면 다음과 같다.

첫째, 경험의 가치를 확장해나가는 평가. 인간 경험에 가치성을 제고해주는 삶을 살아가고, 타자들과 더불어 그것을 '삶 속에서' 실현해나가면서 서사 활동을 하도록 하는 일이 서사교육과 평가의 과제이다. 둘째, 서사적 문제의식을 심화시켜주는 평가. 경험의 질이 확보되었다고 그것이 곧바로 서사화될 수 있는 것은 아니다. 그것이 이야기로 만들어지기 위해서는 어떤 매개가 필요하다. 그것은 이른바 문제의식이라고 볼 수 있는데, 이야기의 생산·수용 능력과 관련된다는 점에서 서사적 문제의식이라 할 수 있다.[25] 이야기에는 수많은 문제의식이 포착되어 형상화되는데, 평가는 그러한 능력

---

24 구인환 외, 앞의 책, 305~307쪽.
25 임경순, 「경험의 서사화 방법과 그 문학교육적 의의 연구」, 서울대학교 박사학위 논문, 2003, 132쪽.

을 심화시켜주는 데 기여해야 한다. 셋째, 이해 능력을 신장시켜주는 평가. 학습자가 경험에서 의미와 문제를 발견하고, 그것을 구현해나가는 데는 경험 사태에 대한 이해 능력이 중요하게 작용한다. 이해는 언어적인 것을 포함한 인간의 산물뿐 아니라 자연과 세계, 구체적인 것과 추상적인 것, 이론적인 것과 실천적인 것 등 모든 영역을 포괄한다. 또한 인간이 획득하고자 하는 경험은 인간의 생존과 관련된 것에서부터 모든 것의 의미를 묻는 데까지 이른다. 이런 의미에서 이해는 곧 포괄적인 세계에 대한 경험이라 할 수 있다.[26] 넷째, 구성·소통 능력을 정련화(精鍊化)하는 평가. 이야기를 한다는 것은 그것이 구체적인 모습을 갖춘 형식으로 창작된다는 것을 말한다. 그것도 구성적으로나 소통적으로 정련도가 높은, 그리하여 미적인 완성도가 높은 작품을 구성해나가는 것이다. 마찬가지로 그러한 완성도가 높은 작품을 더욱 정련화해서 수용할 수 있는 능력을 갖추어 나가도록 서사 평가는 견인해 나가야 한다. 다섯째, 성찰 능력을 강화시켜주는 평가. 서사문학을 수용하고 생산하는 근본 이유 가운데 자기와 세계에 대한 성찰이 놓인다. 그것은 궁극적으로 타자에 대한 이해와 자아실현으로 이어지는 정체성을 확립하는 매개 역할을 한다. 사실상 자기와 세계에 대한 성찰 없이는 그것들은 그 가능태를 상실하게 되는 것이다.[27]

2) 서사교육 평가의 유형

수업 과정 속에서 이루어지는 평가는 일반적으로 진단평가, 형성평가, 총괄평가이다. 진단평가는 학습에 들어가기 전에 그 단원과 관련하여 학생들

---

26 박순영, 「이해의 개념」, 『우리말 철학 사전』, 지식산업사, 1999, 170~171쪽.
27 임경순, 앞의 책, 2003a, 361~388쪽.

의 지적, 정의적 발달 수준 등에 대한 정보를 얻기 위한 평가이다. 문학은 지적, 정의적인 측면을 함께 지니고 있기 때문에 두 측면을 아울러 평가해야 하는 것이 원칙인데, 수업의 내용과 목표에 따라 그에 적절한 내용에 대한 진단평가가 실시되어야 한다. 형성평가는 학습이 진행되는 과정에서 이루어지는 형성 과정의 평가이다. 이는 학습 증진의 극대화를 목적으로 하기 때문에 교사나 학생에게 긍정적인 효과가 나타나도록 해야 한다. 총괄평가는 일련의 학습 과제나 특정한 교과 학습이 종료된 다음에 교수목표의 달성 여부 등을 종합적으로 판정하는 평가의 형태이다.

서사교육의 평가는 서사 능력을 평가의 준거로 삼아야 하는데, 앞에서 정리한 교육과정상의 세부 성취 기준의 달성 여부를 평가하는 일은 다양한 평가 범주들이 정교하게 결합되어 계획, 수행, 회송, 보완 등이 이루어져야 한다. 다양한 평가 범주로는 교수·학습 과정에 따른 범주(진단평가, 형성평가, 총괄평가), 평가 방법에 따른 범주(지필평가, 수행평가, 관찰평가), 평가 요소에 따른 범주(지식 평가, 수용과 생산 평가, 태도 평가, 상위 인지 평가), 평가 주체에 따른 범주(교사 평가, 자기 평가, 상호 평가), 평가 시기에 따른 범주(예비평가, 과정평가, 결과평가), 평가 영역에 따른 범주(교과 내적 평가, 범교과적 평가) 등을 들 수 있다.[28]

일반적으로 평가에 사용되는 선택형(진위형, 배합형, 선다형)과 서답형(단답형, 완성형, 논술형)에 대한 실례는 많이 논의되어왔으므로 여기에서는 다른 측면의 평가를 살펴본다. 물론 평가는 평가하고자 하는 내용과 목적에 가장 부합하는 방법을 적용해야 할 것이다.

이런 점에서 서사 능력의 기준에 근거한 평가를 일반적인 문제 해결의 서사구도를 상정하고 즉 '어려움→문제 인식→문제 해결'의 구도에 따라 서

---

28 구인환 외, 앞의 책, 322~323쪽.

사 능력의 평가 척도를 구성할 수도 있다. 예를 들면 다음과 같다.[29]

상	중	하
서사텍스트 생산이나 수용 과정에서 겪는 어려움을 문제로 인식하고 적절한 문제 해결 방안을 구체화할 수 있다.	서사텍스트 생산이나 수용 과정에서 겪는 어려움이 어떤 이유에서 생기는 것인지 파악하고 있으나, 그 문제 인식의 단계에 머무르거나 문제 인식이 올바르지 않아서 문제 해결에 이르지 못한다.	서사텍스트 생산이나 수용 과정에서 어려움을 겪지만 이를 문제 상황으로 인식하지 못한다.

여기에서 중요한 것은 어려움을 학습자가 의식적으로 추구하는 목표에 대한 장애로 파악할 때 비로소 문제가 되는 것이기 때문에, 평가의 기준은 가령 '갈등의 진행과 해결 과정을 파악하며 작품을 이해한다.'(중1~3)라는 성취 기준에 따른 목표가 주어졌을 때 학습자가 이를 도달하기 위한 어려움을 문제 상황으로 인식하고 그것을 해결할 수 있는지가 된다.

또한 서사교육의 평가가 서사 능력의 사회적 수행을 대상으로 해야 한다면, 그에 합당한 평가로 수행평가를 고려할 수 있다. 수행평가 방법으로는 서술형 검사, 논술형 검사, 구술시험, 토론법, 실기시험, 실험·실습법, 면접법, 관찰법, 자기 평가 보고서법, 동료 보고서법, 연구 보고서법, 포트폴리오법 등이 있는데, 평가의 내용과 목적을 고려하여 적합한 평가 방법을 사용하면 된다. 여기에서는 몇 가지 예를 든다.

서술형 문항이란 주어진 주제나 요구에 대해 자유로운 형식으로 서술하는 문항을 의미한다. 서술하는 형식에 대한 것은 문항에 제시한다. 평가 문항의 성격에 따라 필요할 경우 글의 주제, 목적, 예상 독자, 분량, 시간 등을 제한

---

29 양정실, 「서사교육의 평가」, 『서사교육론』, 동아시아, 2001.

하여 명시한다.[30]

대영역	문학	중영역	문학작품 감상의 실제
성취 기준	인물, 사건, 배경이 주제로 집약되는 과정을 이해하면서 감상할 수 있다.		
평가기준	상	인물, 사건, 배경이 상호작용하면서 주제로 집약되는 과정에 대한 이해를 작품 감상에 활용할 수 있다.	
	중	한 작품 속에서 인물, 사건, 배경이 주제로 집약되는 과정을 이해할 수 있다.	
	하	한 작품의 인물, 사건, 배경에 대해서는 알지만 주제로 집약되는 과정에 대한 이해는 미흡하다.	
문항 형태	서술형	교과서 관련 단원	

〈문항〉 다음은 「홍길동전」의 한 부분이다. 이 글에서 길동은 자신의 신세를 '대감'과 '어미'에게 호소한다. 이 글에서 '길동'의 호소에 대해 '대감'과 '어미'가 보인 태도의 공통점과 차이점을 써보자.(20분, 200자 내외)

> 길동이 점점 자라 8살이 되자, 총명하기가 보통이 넘어 하나를 들으면 백 가지를 알 정도였다. 그래서 공은 더욱 귀여워하면서도 출생이 천해, 길동이 늘 아버지니 형이니 하고 부르면, 즉시 꾸짖어 그렇게 부르지 못하게 하였다. 길동이 10살이 넘도록 감히 부형을 부르지 못하고, 종들로부터 천대받는 것을 뼈에 사무치게 한탄하면서 마음 둘 바를 몰랐다. …(중략)…
>
> 공이 듣고 나자 비록 불쌍하다는 생각은 들었으나, 그 마음을 위로하면 마음이 방자해질까 염려되어, 크게 꾸짖어 말했다.

---

30 최미숙, 「국어과 수행평가」, 『고등학교 국어과 수행평가의 이론과 실제』, 한국교육과정평가원, 1999, 133~138쪽, 176~177쪽.

"재상 집안에 천한 종의 몸에서 태어난 자식이 너뿐이 아닌데, 네가 어찌 이다지 방자하냐? 앞으로 다시 이런 말을 하면 내 눈앞에 서지도 못하게 하겠다."

이렇게 꾸짖으니 길동은 감히 한 마디도 더 하지 못하고, 다만 당에 엎드려 눈물을 흘릴 뿐이었다. 공이 물러가라 하자, 그제야 길동은 침소로 돌아와 슬퍼해 마지않았다. 길동이 본래 재주가 뛰어나고 도량이 활달한지라 마음을 가라앉히지 못해 밤이면 잠을 이루지 못하곤 했다.

하루는 길동이 어미 침소에 가 울면서 아뢰었다.

"소자가 모친과 더불어 전생 연분이 중하여, 금세에 모자가 되었으니, 그 은혜가 지극하옵니다. 그러나 소자의 팔자가 기박하여 천한 몸이 되었으니 품은 한이 깊사옵니다. 장부가 세상에 살면서 남의 천대를 받음이 불가한지라, 소자는 자연히 설움을 억제하지 못하여 모친 슬하를 떠나려 하오니, 엎드려 바라건대 모친께서는 소자를 염려하지 마시고 귀체를 잘 돌보십시오."

그 어미가 듣고 나서 크게 놀라 말했다.

"재상가의 천생이 너뿐이 아닌데, 어찌 마음을 좁게 먹어 어미 간장을 태우느냐?"

길동이 대답했다.

"옛날, 장충의 아들 길산은 천생이지만 열세 살에 그 어미와 이별하고 운봉산에 들어가 도를 닦아 아름다운 이름을 후세에 전하였습니다. 소자도 그를 본받아 세상을 벗어나려 하오니, 모친은 안심하고 후일을 기다리십시오. 근간에 곡산댁의 눈치를 보니 상공의 사랑을 잃을까 하여 우리 모자를 원수같이 알고 있습니다. 큰 화를 입을까 하오니 모친께서는 소자가 나감을 염려하지 마십시오."

하니, 그 어머니 또한 슬퍼하더라.

감상 기록장이란 학습자들이 평소에 읽은 글이나 문학작품에 대한 감상이나 생각을 수시로 기록한 결과물의 모음집을 의미한다. 이른바 '포트폴리오'라고 불리는 것으로 한 학기, 1년 단위로 기록하게 한 후에 기록 과정과 결과를 평가한다. 감상 기록장은 관찰법, 자기 평가 보고서법, 동료 평가 보고서법 등과 함께 기록장형 문항에 속하는 것으로, 학습자가 자신의 언어 수행 과정이나 결과를 기록한 것, 혹은 동료의 언어 수행에 대하여 항목별로 기록한 것을 평가의 대상으로 삼는 문항을 말한다.

대영역	문학	중영역	문학작품 감상의 실제
성취 기준	작품을 스스로 선택하여 읽고, 작품에 대한 자신의 생각이나 느낌을 표현하는 습관을 지닌다.		
평가 기준	상	평소에 작품을 스스로 선택하여 읽고, 작품에 대한 자신의 생각이나 느낌을 성실하게 쓰는 태도를 지닌다.	
	중	작품을 스스로 선택하여 읽고, 자신의 생각이나 느낌을 글로 쓰는 태도를 지닌다.	
	하	작품을 읽고 자신의 생각이나 느낌을 글로 쓰기는 하지만 자발성이나 성실성의 측면은 다소 미흡하다.	
문항 형태	문학 감상 기록장	교과서 관련 단원	

〈문항〉 다음에 제시한 것은 문학 감상 기록장이다. 읽은 문학작품에 대한 느낌이나 감상을 수시로 서술하여 한 학기 후에 제출하라. 단, 다음 사항에 유의하라.

- 10편 이상 읽을 것.(장편 소설의 경우는 그 이하이어도 무방함.)
- 각 항목별로 성실하게 작성할 것.
- 스스로 생각한 내용이나 결과를 적을 것.

〈문학 감상 기록장〉

이름 :

읽은 기간 :

(1) 제목/작가	
(2) 작품에 대한 줄거리/인상적인 대목	
(3) 작품에 대한 전체적인 감상	

(4) '나'에게 주는 의미	
(5) 관련되는 작품	
(6) 이해할 수 없었던 부분	
(7) 하고 싶은 이야기	
(8) 다음 계획	
(9) 기타	
(10) 교사의 의견	

수행평가 혹은 문학 수행평가에 내재하는 철학이 단순히 평가를 개선하겠다는 것을 함의하는 것이 아니라, "인간과 삶과 학습을 하나의 혼융된 계열체로 파악하고, 그 바탕 위에서 학습자(인간)을 이해하겠다"[31]는 것이라는 점에서, 그것은 문학(국어) 수행평가의 원리인 통합의 원리를 지향하면서,[32] '지금 여기'의 문학(국어) 교실에서 절실히 요청되는 것이다.

여기에서 주목할 문학교육의 방법이자 평가 방법 가운데 하나인 비평적 에세이 쓰기이다. 비평적 에세이는 문학작품에 대해 자신이 사고한 바를 깊이 있게 써나가는 글을 말한다. 일정한 형식이나 절차를 필요로 하지 않는 글쓰기의 유형이다. 작품의 어느 한 측면에 자신의 생각들을 집중적으로 파고들면 된다. 가령 주인공의 말에 깊은 인상을 받고 그것을 계기로 자신의 이야기를 개진해도 되고, 사건이나 인물의 행위나 존재에 대하여 자신의 생

---

31 박인기 외,『국어과 수행평가』, 삼지원, 1999, 16쪽.
32 문학 수행평가의 중요 철학을 통합의 원리에서 찾고 인식과 정서의 통합, 읽기와 쓰기의 통합, 지식과 활동의 통합으로 구체화한 논의는 다음 참조. 김성진,「비평의 논리로 본 문학 수행평가의 철학」,『문학교육학』3호, 한국문학교육학회, 1999.

각을 밀고나가도 된다. 여기에서 중요한 것은 그 내용의 설득력에 있다. 또한 비평적 에세이는 결과보다는 과정으로서 활용하는 것이 바람직하다. 작품을 읽어나가는 과정에서 자신의 생각을 글로 써나가면서 종국에는 깊이와 논리를 갖춘 생각으로 고양될 수 있도록 지도한다.[33]

평가의 측면에서 보면 교사는 학생이 생각한 바에 대하여 자신의 생각을 말하고, 학습자들이 쓴 글에 대하여 어떤 점에서 설득력이 있는지를 함께 이야기하면 될 수 있지만, 좀더 체계적인 접근을 위해 비평적 에세이에 들어갈 내용과 절차가 구체화되어야 하는데, 그것은 작품에서 어떤 문제를 발견하고, 그 문제를 위해 무엇에 주목하여 읽어야 하며, 어떤 사고를 거쳐 문제를 해결하고, 어떤 형식의 글을 쓸 것인가가 드러날 수 있는 명확한 지시문을 제시하는 것이다.

작품에 내재한 의미를 충실하게 읽어낼 뿐 아니라, 작품의 의미를 작품 바깥으로 확장시켜 나가면서 읽어내는 종합적인 과정을 통해 비평적 에세이를 쓰게 한다. 예컨대 "김동인의 「붉은 산」을 읽고 익호에 대한 조사나 비문을 쓰라, 염상섭의 『삼대』를 읽고 이후 조덕기의 삶을 예상해서 짤막한 평전 형식으로 쓰라, 이상의 『날개』를 읽고 정신분석가의 입장에서 주인공의 행동과 심리를 진단하고 적절한 '처방'을 내리는 글을 쓰라" 등과 같은 평가 문항을 제시할 수 있다.[34]

---

33 김동환, 「비평적 에세이 쓰기」, 『문학과 교육』 7호, 문학과교육연구회, 1999, 55~56쪽.
34 김성진, 앞의 글, 92~93쪽.

6. 맺음말

이상에서 서사의 개념과 갈래, 교육과정을 중심으로 서사교육의 내용과 방법을 고찰하였다.

문학의 갈래는 일반적으로 서정, 서사, 극, 교술로 나누고 있으며, 서사는 이 사분법 중의 하나에 속하는 유개념에 해당한다. 서사에는 역사적이고 관습적인 개별적 차원의 종개념으로서의 장르들이 있는데 설화, 고전소설, 현대소설 등이 여기에 속한다. 오늘날 서사를 연구하는 연구자들은 이러한 구술 혹은 문자 문화 차원의 서사에 국한하지 않고 스토리가 내러티브로 구현되는 다양한 현상에 주목함으로써 서사 연구의 대상을 획기적으로 확장시키고 있다. 이는 서사의 핵심으로 사건이 서술자(narrator)의 중개를 통해 제시된다는 종래의 개념을 넘어서는 것으로 사건의 전개에 주목한 것이다.

제도권 학교교육에서의 서사교육의 내용은 교육과정을 토대로 설정할 수 있다. 교육과정의 내용 체계는 문학의 본질, 갈래와 역사 및 문학과 매체, 수용과 생산, 태도 등 다층적으로 구성되어 있으나, 그 핵심은 지식, 수용과 생산, 태도라 할 수 있다. '국어' 교육과정에 제시된 내용 성취 기준을 분석해 보면 수용과 생산을 중심으로 되어 있다. 수용이 생산 활동보다 많고 태도나 본질은 빈약하다. 활동 중심 특히 수용 활동 중심으로 되어 있음을 알 수 있다. 수용은 작품의 이해, 해석, 감상, 비평과 관련된 내용들이고, 생산은 모방, 창작과 관련된 내용들이다. '문학'에는 문학의 본질, 문학의 수용과 생산, 한국문학의 성격과 역사, 문학에 대한 태도 등의 영역에서, 각각 하나, 여섯, 여섯, 두 항목이 제시되어 있다. 수용과 생산뿐 아니라 문학사도 같은 비율인데, 태도나 본질이 소략하게 다루어지고 있는 데 반해, 비중있게 다루고 있다. 이는 '문학'이 '국어'의 심화·확장 과목으로서 위계성을 고려한 것으로 보인다.

서사교육의 교수·학습 방법에서 수용중심의 교수·학습 방법에는 내면화를 고려한 교수·학습 방법, 주체형성으로서의 교수·학습 방법, 반응 중심의 교수·학습 방법, 인상 중심 교수·학습 방법, 설명 중심 교수·학습 방법, 사회 역사적 가치 탐구 중심의 교수·학습 방법 등이 있다. 생산 중심의 교수·학습 방법에는 모방을 통한 생산 활동 방법, 변형·첨가 중심의 생산 활동 방법 등이 있다. 서사 생산의 과정과 방법에는 서사 생산 활동 전 단계, 서사 생산 활동 단계, 서사 생산 활동 후 단계 등이 있다.

서사교육의 평가는 서사 능력을 평가의 준거로 삼아야 하는데, 앞에서 정리한 교육과정상의 세부 성취 기준의 달성 여부를 평가하는 일은 다양한 평가 범주들이 정교하게 결합되어 계획, 수행, 회송, 보완 등이 이루어져야 한다.

제4장
이야기 구연교육과 효용성

1. 머리말

문학은 문자언어뿐 아니라 음성언어로도 수행된다. 전자는 읽거나 쓰는 행위의 범주에 드는 것이고, 후자는 말하거나 듣는 행위의 범주에 속한다. 따라서 문학 행위는 특정한 언어 활동에만 국한되는 것이 아니라 언어 활동의 전 국면과 관련되어 있다. 그러나 많은 연구자들은 주로 문학의 문자언어적 측면에 관심을 기울임으로써, 문학교육의 음성언어적 측면을 상대적으로 소홀히 해왔다. 따라서 구술 행위로서의 문학교육에 주목할 필요가 있다.

이야기 구연은 일상의 언어 행위 가운데서도 누구나 하고 있고, 할 수 있는 일상적인 삶의 활동이다. 이야기를 하는데 계층이나 성, 연령 등이 따로 있을 수 없으며, 시간이나 장소, 그리고 구연 조건이나 상황의 제약을 거의 받지 않는다.[1]

---

1 이는 이야기의 일상성과 보편성을 말하는 것이지, 이야기하는 능력의 차이를 부정하

제4장 이야기 구연교육과 효용성

260
261

이야기란 시간의 계기에 따른 사건 전개를 담고 있는 담화 양식이라 할 수 있다. 사건은 특정한 시공간 속에서 벌어지는 주체들의 행위와 관계로 구성되며, 이야기는 통상 하나 이상의 사건으로 구성된다는 점에서 줄거리를 가지기 마련이다.[2]

이야기는 음성 매체와 문자 매체 그리고 다매체로 구현된다.[3] 이번 장에서 논의 대상으로 삼고자 하는 것은 음성으로 구현되는 이야기이다. 이야기를 한다는 것은 그것이 음성을 통해 사람들이 사는 삶 속에서 실현된다는 점에서 이야기를 하는 주체, 이야기, 이야기를 전달하는 매체 그리고 그것을 듣는 주체 등의 역동적인 상호관계 속에 놓인다는 것을 의미한다. 따라서 이야기 구연은 이러한 여러 요소들의 역동적인 관계 속에서 이루어지는 이야기하는 행위를 강조한 개념이다.

음성 매체로서의 이야기에 대한 연구는 주로 구비문학과 인류학 연구자들에 의해 진행되어왔다. 그들이 연구하고 있는 구비문학은 신화, 전설, 민담 등의 설화문학뿐 아니라 최근에는 일상의 이야기를 포괄하는 방향으로 나가고 있다. 이는 문학을 생활 문화적 차원으로 확대한 성과이다. 그 결과 이야기 행위가 인간의 여러 담화 행위 가운데 중요한 양식이라는 사실이 밝혀졌다.[4]

는 것은 아니다. 이야기를 잘 하는 것이 교육적으로 의미가 있다면, 이야기를 잘 할 수 있는 능력을 길러주는 것은 이야기 교육의 몫이다.

2 이 글에서 사용하는 이야기는 허구적 · 비허구적 이야기, 음성 · 문자 · 다매체로 구현되는 이야기, 예술로서의 이야기와 일상의 이야기를 포괄한다.

3 다매체 이야기는 음성, 문자뿐 아니라 영상, 그림, 음악 등이 복합적으로 구현되는 이야기를 말한다.

4 이 방면에 대한 대표적인 연구는 『口碑文學硏究』(한국구비문학회)와 서대석 외의 『한국인의 삶과 구비문학』(집문당, 2002), 조동일의 『구비문학의 세계』(새문사, 1985) 등을 들 수 있다.

한편 교육적 패러다임에서의 연구 가운데 구연동화 교육 논의를 들 수 있다. 구연동화는 아동 문학교육의 중요한 대상이다. 그런데 '아동 문학교육, 동화'라는 말이 암시하고 있듯이 이는 주로 아동 차원에 국한하고 있으며, 또한 '구연'이라는 말을 특정한 상황 속에서 '동화'라는 특정한 장르를 실현하는 의미로 한정하고 있다. 그러나 구연은 동화라는 장르에 국한되는 것도 아니며, 교실과 같은 특정한 장소에서만 이루어지는 것도 아니다. 따라서 이야기 구연 행위는 인간의 삶 속에서 편재된 보편적 행위로 볼 필요가 있다.

문학교육에서의 논의는 그보다 다양하게 진행되어온 것으로 평가할 수 있다. 구비문학 교육의 입장에서 논의한 김기창, 장석규, 최경숙의 논의, 매체언어로서의 구연성을 강조한 류수열의 논의, 말하기로서의 이야기하기의 위치를 탐색한 김수업의 논의 등이 이 방면의 연구 성과들이다.[5] 이들의 논의는 기존 읽기나 쓰기 중심의 문학교육관에서 나아가 음성언어 즉 말하기 · 듣기로서의 문학 활동의 의의를 밝히고 그 가능성을 시도하고 있다는 점에서 의의가 있다. 그러나 그것이 구체화되지 못하였을 뿐 아니라 자료로서의 문학 활동의 차원에 그침으로써 한계를 지닐 수밖에 없었다. 그런데 이지호는 연행을 통한 아동의 문학 향유를 주장하고, 그 특성과 방법을 논의함으로써 연행으로서의 문학 활동에 한 시각을 제공한 바 있다.[6] 그러나 본격적인 구연 장르로서의 이야기 구연에 대한 체계적인 방법 제시가 미흡하다는 한계가 있다. 또한 학교 현장 교육의 지침이 되고 있는 교육과정을 살펴

5   김기창, 『한국구비문학교육사』, 집문당, 1992 ; 장석규, 「구비 문학 교육의 효용론」, 『구비문학연구』 제8집, 한국구비문학회, 1999 ; 최경숙, 「설화에 대한 국어 교육적 접근 방안 소고」, 『운정 이상익 교수 정년퇴임 기념논문집』, 서울대학교 국어교육과, 2000 ; 류수열, 『판소리와 매체 언어의 국어교과학』, 역락, 2001 ; 김수업, 「이야기란 무엇인가」, 『함께 여는 국어교육』 57, 전국국어교사모임, 2003. 가을.
6   이지호, 「연행을 통한 아동의 문학 향유」, 『문학교육학』 제8호, 역락, 2001.

보면, 음성 매체로서의 이야기 교육은 매우 미흡하게 다루어지고 있다. 따라서 이 글에서는 음성 매체로서의 이야기하기 교육의 현황과 문제점을 교육과정을 중심으로 살핀 다음, 이야기 교육을 바라보는 관점을 검토해보고, 그 구체적인 방법과 교육적 의의를 논의해보고자 한다.

2. 이야기하기 교육과 구연으로서의 이야기하기

1) 이야기하기 교육의 현황

이야기하기와 관련 있는 영역은 2015 개정 국어과 교육과정 '국어' 과목의 경우 주로 '듣기·말하기' 영역과 '문학' 영역이다. 물론 읽기나 쓰기도 직간접적으로 관련되어 있다. 읽기를 통해 이야기하기를 잘 할 수 있는 길이 열릴 수 있고, 쓰기의 방법론들이 표현이라는 측면에서 연결될 수 있기 때문이다.

'듣기·말하기' 영역을 보면, 이야기하기를 직접적으로 성취 기준으로 제시한 것은 찾기 어렵고, 다만 다음과 같은 것들이 간접적으로 이야기하기와 관련되어 있음을 알 수 있다.[7]

> [2국01-02] 일이 일어난 순서를 고려하며 듣고 말한다.
> [6국01-01] 구어 의사소통의 특성을 바탕으로 하여 듣기·말하기 활동을 한다.
> [9국01-01] 듣기·말하기는 의미 공유의 과정임을 이해하고 듣기·말하

---

7   교육부, 『(교육부고시 제2015-74호) 국어과 교육과정』, 교육부, 2015. 이하 2015 개정 국어과 교육과정은 이 책을 인용함.

기 활동을 한다.

[9국01-06] 청중의 관심과 요구를 고려하여 말한다.

[9국01-07] 여러 사람 앞에서 말할 때 부딪히는 어려움에 효과적으로 대처한다.

[10국01-02] 상황과 대상에 맞게 언어 예절을 갖추어 대화한다.

[10국01-05] 의사소통 과정을 점검하고 조정하며 듣고 말한다.

[10국01-06] 언어 공동체의 담화 관습을 성찰하고 바람직한 의사소통 문화 발전에 기여하는 태도를 지닌다.

이 성취 기준들은 이야기를 잘하도록 하는 데 도움을 줄 수 있는 항목들이다. 이야기하기를 직접적 성취 기준으로 제시하고 있는 영역은 '문학'이다.

[2국05-04] 자신의 생각이나 겪은 일을 시나 노래, 이야기 등으로 표현한다.

[4국05-03] 이야기의 흐름을 파악하여 이어질 내용을 상상하고 표현한다.

[6국05-04] 일상생활의 경험을 이야기나 극의 형식으로 표현한다.

[9국05-09] 자신의 가치 있는 경험을 개성적인 발상과 표현으로 형상화한다.

이어질 내용을 표현하거나, 생각이나 일상생활 경험을 이야기하는 데서 '자신의 가치 있는 경험을 형상화'하는 활동으로 이어지도록 했다. 본격적인 창작은 아니지만 자신의 경험을 형상화하는 데까지는 제시되어 있는 것이다. 이는 '국어' 과목이 공통과정임을 반영한 것으로 보인다. 또한 다음과 같은 것들은 이야기하기와 관련된 것들이다.

[2국05-01] 느낌과 분위기를 살려 그림책, 시나 노래, 짧은 이야기를 들려주거나 듣는다.

[6국05-03] 비유적 표현의 특성과 효과를 살려 생각과 느낌을 다양하게
표현한다.
[9국05-01] 문학은 심미적 체험을 바탕으로 한 다양한 소통 활동임을 알
고 문학 활동을 한다.
[9국05-02] 비유와 상징의 표현 효과를 바탕으로 작품을 수용하고 생산
한다.
[6국05-03] 비유적 표현의 특성과 효과를 살려 생각과 느낌을 다양하게
표현한다.
[10국05-01] 문학작품은 구성 요소들과 전체가 유기적 관계를 맺고 있는
구조물임을 이해하고 문학 활동을 한다.
[10국05-04] 문학의 수용과 생산 활동을 통해 다양한 사회·문화적 가치
를 이해하고 평가한다.
[10국05-05] 주체적인 관점에서 작품을 해석하고 평가하며 문학을 생활
화하는 태도를 지닌다.

이야기하기에 필요한 언어적 차원 즉 비유나 상징 등의 표현 방법, 소통
활동, 생산 활동에 대한 이해와 평가, 작품의 해석, 평가, 생활화 등도 이에
직간접적으로 관련된 것들이다. 이야기하기에 해당하는 성취 기준을 명시
적으로 제시한 것들을 제외하면, 상당수는 이와 직간접적으로 관련 있다. 왜
냐하면 이야기를 잘하기 위해서는 이와 관련된 지식, 기능, 태도 등에 대한
능력과 종합적으로 관련되기 때문이다.

공통 '국어'의 문학 영역을 심화·확장한 과목인 '문학'은 교수·학습 목표
에 '문학작품의 수용·생산 활동을 통해 창의적인 문학 능력을 기른다'거나
'작품의 수용과 생산 활동을 중심으로 창의적·심미적·성찰적으로 사고하
고 소통하는 능력을 기른다'고 명시하고 있다. 이에 따라 '[12문학02-05]작품
을 읽고 다양한 시각에서 재구성하거나 주체적인 관점에서 창작한다'라고
성취 기준을 제시함으로써 재구성이나 고등학교 수준에서 할 수 있는 본격

적인 창작까지 언급하고 있다. 교육과정에 문학의 창조적 재구성과 창작을 성취 기준으로 제시하기 시작한 것은 제7차 교육과정부터이다. 물론 창작은 입말과 글말을 통한 문학 행위를 포괄하는 것이지만, 거의 글말을 중심으로 이루어지고 있으며, 『문학』 교재 역시 글말을 중심으로 구성되어 있다. 교수·학습 방법 및 유의 사항에 '작품을 다양한 시각에서 재구성하거나 창작하기를 지도할 때에는 내용, 형식, 맥락, 매체 등을 바꾸어 봄으로써 기초적인 문학 생산 능력을 기르고 문학적 표현의 동기를 신장하도록 한다'라고 언급함으로써 다양한 재구성 및 창작 교육이 될 수 있도록 하고 있지만, 현실은 마찬가지이다.

이렇게 된 연유는 연구자들이나 학습자들에게 음성언어로서의 문학 창작에 대한 인식이 아직 명확하게 자리 잡지 못했기 때문으로 보인다.[8] 따라서 음성언어로서의 문학 활동이 정당하게 자리 잡을 수 있도록 인식을 전환할 필요가 있다. 음성언어로서의 문학 행위가 문학 행위의 커다란 한 축이라면, 그것은 문학(언어) 활동의 영역에서도 그에 걸맞게 다루어야 한다.

인간의 수용과 생산 행위는 다양한 담론 양식을 통해 실현된다. 인간은 허구·실제를 막론하고 삶 속에서 이야기를 향유하고 있으며, 또한 어떤 사실에 대한 정보를 습득하는 언어 행위를 하기도 한다. 인간의 언어 생활은 정보와 논리, 정서와 형상, 구어와 문어 등이 다양하고 복합적으로 작용하는 것이다. 따라서 담화의 다양성을 교육내용으로 삼아야 하는 것은 당연한 이치이다.

---

8 창작교육 연구가 대부분 글쓰기 차원에서 이루어져왔다는 것이 이를 증명한다. 창작은 문자언어뿐 아니라 음성언어로도 이루어진다. 음성언어를 통한 창작이야말로 삶속에서 차지하는 비중은 적지 않다. 따라서 음성언어 차원의 창작 교육에 대한 관심과 연구가 앞으로의 과제이다.

2) 구술연행으로서의 이야기하기

일상의 대화에서 의사소통을 하기 위해서는 통상적으로 음성언어뿐 아니라 비언어적 표현(표정, 몸짓 등)도 사용하기 마련이다. 소통에 참여하는 주체들은 이야기의 내용, 상대방, 그리고 상황 등을 복합적으로 고려하여 언어 활동을 하게 된다. 따라서 소통 행위는 단지 머릿속에 들어 있는 의미를 음성언어를 매개로 표현하는 행위만을 뜻하지 않는다. 이러한 관점에 머물 때 언어 활동의 본질을 온전히 담아낼 수가 없는 것이다.

이와 관련해 볼 때 이야기 행위를 역동적으로 바라볼 수 있는 개념인 '연행문학(演行文學)'은 좋은 참조가 된다. 연행문학은 연행이라는 말이 암시하고 있듯이 문학이 단지 문자나 음성으로만 실현되는 것과는 달리 말, 몸짓, 곡조 등이 복합적으로 작용하여 실현되는 문학을 말한다. 그런데 연행이라는 말에는 행위로서의 의미 외에도 '개성적인 실현'이라는 의미도 내포되어 있다. 그러므로 연행(演行) 곧 '연출하여 수행하다'는 말은 '행위를 바탕으로 한 공연성'과 '수행 주체에 의한 개성적 실현'이 내포되어 있는 복합적 개념이다. 이상을 종합해볼 때 연행문학은 전달의 현장에서 언술·곡조·동작 등을 유기적으로 결합하여 개성적으로 실현하는 문학이라 규정할 수 있다.[9]

이야기를 하는 일은 이야기가 이루어지는 판에서 이야기를 구현해가는 것을 말한다. 이를 일컬어 구술연행(口述演行) 즉 구연(口演)이라 할 수 있다. 구연으로서의 이야기 행위는 연행자로서의 이야기꾼이 일방적으로 이야기를

---

9 연행문학의 장르 수행 방식과 그 특징은 다음 참조. 박영주, 「演行文學의 장르 수행 방식과 그 특징」, 『口碑文學研究』 제7집, 1998. 전달의 현장성과 수행 주체의 개성적 실현은 연행문학의 공분모적 속성에 해당하며, 언술·곡조·동작은 이 범주에 속하는 문학장르들을 가르는 지표에 해당한다. 그런데 본고에서는 연행문학을 고전문학의 범주에 한정되는 개념으로 보는 것이 아니라 연행이라는 보편적인 속성을 중시하고자 한다.

전달하는 것이 아니라 청자와의 관계 속에서 이루어진다.[10] 그것은 사건으로서의 이야기판을 형성한다. 이야기판이란 연행이라는 사건이 발생하여 말들에 특별한 힘들이 부여되는 장소이기 때문이다.[11] 이런 의미에서 이야기를 하는 행위는 청자와의 관계 속에서 연출되는 역동적인 행위라 할 수 있다. 그러므로 이야기가 행해지는 판은 상호작용이 일어나는 장소이기도 하다.

구연자는 청자의 관심과 흥미 그리고 좋은 반응을 끌기 위해 필사적으로 구연을 단행한다. 청자 역시 구연자와의 서사적 계약 속에서 구연자의 이야기를 수용하고 동시에 구연자로 하여금 자신의 반응을 관철시키기 위해 때로는 이야기 듣기를 거부할 수 있다. 이런 점에서 이야기를 한다는 것은 즐거움, 지식, 권력, 욕망 등을 두고 상호 협력적이거나 경쟁 관계일 수 있는 구연자와 청자와의 만남이라 할 수 있다.[12]

또한 이야기꾼과 청자 사이의 역동적인 관계 속에서 수행되는 이야기 구연은 구연자의 언어를 통제하는 집단적 성격의 사회·문화적 힘과 그 언어를 실천하는 구연자와의 역동적인 관계를 내포하고 있다. 구연자는 사회·문화적 힘에 포획되어 혹은 그것을 넘어서서 이야기를 구연할 수 있다. 따라서 사회집단이나 특정 세력의 이데올로기를 반영하고 있는 이야기는 구연자에 의해 반복 재생되거나 혹은 전복될 수 있다.

그런데 구연으로서의 이야기하기를 특정한 시간과 공간 속에 마련된 공적인 이야기판에서 구연되는 한정된 의미로서의 이야기하기로 인식해서는 안

---

10 R. Bauman, *Story, Performance, and Event: Contextual studies of oral narrative*, Cambridge University, 1986, p.3.

11 J. M. Folly, *The Singer of Tales in Performance*, Indiana University, 1995, pp.45~47.

12 이지호는 구연을 화자의 말하기와 청자의 듣기가 상호작용하여 문학의 즐거움을 공유하는 극적인 의사 소통 행위라 규정하고 이런 점이 연행을 통한 향유 활동의 통합성과 향유 효과의 통합성이 드러난다고 보고 있다. 이지호, 앞의 글, 참조.

된다. 그러한 공적인 이야기하기와는 달리 일상에서 이루어지는 이야기 행위도 역시 구연으로서의 이야기하기의 속성을 보여준다. 또한 이야기의 연행적 속성은 고전문학의 대상으로서의 구비문학에 한정되지 않고, 오늘날 우리의 삶과 교육 현장에서 이루어지는 이야기 행위의 핵심에 해당한다. 따라서 구연으로서의 이야기하기는 그 대상이 전해오는 이야기나 지금의 이야기를 막론하고 다양한 시공간 속에서 실현되는 역동적인 양식적 특성을 갖는다.

3. 이야기 구연 능력과 이야기 구연 방법

1) 이야기꾼의 개념과 이야기 구연 능력

우선 이야기는 이야기를 하는 사람 즉 이야기꾼에 의해 이루어진다는 점에서 이야기꾼(storyteller)을 바라보는 시각을 정립할 필요가 있다. 이야기꾼에 대한 개념은 여러 관점이 가능하다. 이야기를 전문적으로 구연하는 사람이라 규정하는 관점으로부터 이야기를 하는 모든 사람을 이야기꾼이라 규정하는 관점도 가능하다. 그중에는 이야기를 직업으로 하는 사람도 있을 것이고,[13] 이야기를 즐겨 구연하는 사람도 있을 것이며, 이야기를 능숙하게 혹

---

13 선진국의 경우 이야기를 전문적으로 하는 이야기꾼이 적지 않으며, 그들의 학술적인 모임이 활성화되어 있다. 이들은 여러 방면에서 활동하면서 적지 않은 성과를 거두고 있다. 여기에 대한 자세한 소개는 A. Simmons,『대화와 협상의 마이더스 스토리텔링(*The Story Factor*)』, 김수현 역, 한·언, 2001과 Stephen Denning,『기업혁신을 위한 설득의 방법(*The Springboard: how storytelling ignites action in knowledge-era organizations*)』, 김민주·송희령 역, 에코리브르, 2003 참조.

은 서툴게 하는 사람도 있을 것이다. 따라서 모든 사람은 이야기꾼이지만 이야기를 하는 능력과 수행에 있어서는 질적 차이가 있으며, 이야기를 하는 목적과 상황에 따라 다른 양상을 보인다고 할 수 있다. 그러므로 이야기 구연은 특정한 인간들만의 전유물이 아니라 인간이 지닌 필수 능력이라 할 수 있다. 여기에는 선천적인 이야기 잠재 능력과 학습을 통한 후천적인 이야기 능력이 개입하기 마련이다. 그런데 교육이 전제된 주체는 교육적 안목에 의해서 설정된 적극적인 주체상이 전제되어야 한다. 따라서 여기에서는 이야기꾼을 학교라는 제도권뿐 아니라 사회에서 교육이라는 제도적 장치를 통한 교수·학습의 대상으로서의 주체이자 교육기관 안팎에서 이야기를 향유해 나가면서 자아와 세계에 능동적으로 참여함으로써 궁극적으로는 자아실현에 이르는 주체로 상정하고자 한다.

그런데 인간 모두가 이야기꾼이라는 시각에 머문다거나, 교육적으로 상정된 주체를 구체화하지 않는다면 이야기를 잘하고 못하는 함의를 제대로 살릴 수 없다. 따라서 이야기를 잘하고 못함이 세계를 인식하고, 자신을 돌이켜보고, 삶을 풍요롭게 향유하고, 그리하여 인류의 미래를 기획하고, 사람답게 사는 일과 관련된다면 인류가 만들어놓은 효율적인 제도적 장치를 통해 이야기 구연 능력을 길러줄 필요가 있다.[14]

기존 연구 가운데 이야기 구연 능력은 주로 이야기꾼과 관련하여 논의되어왔다.[15] 능력 있는 이야기꾼을 판별하는 기준으로 한 연구자는 이야기 구

---

14 이야기와 이야기 교육의 기능에 대한 논의는 다음 참조. 임경순, 『국어교육학과 서사교육론』, 한국문화사, 2003, 제1부.

15 이 방면에 대한 몇 가지 연구물을 들면 다음과 같다.
이수자, 「이야기꾼 이수자 할아버지 연구」, 『구비문학연구』 제3집, 한국구비문학회, 1996 ; 임재해, 「구비문학의 연행론, 그 문학적 생산과 수용의 역동성」, 『구비문학연구』 제7집, 한국구비문학회, 1998 ; 황인덕, 「이야기꾼 유형 탐색과 사례 연구 – 부여 지역 여성 화자 이인순의 경우」, 『구비문학연구』 제7집, 한국구비문학회, 1998 ; 신

연의 능동성, 이야기 목록의 보유 정도, 개성 있는 구연력 등을 든 바 있다.[16] 이러한 분류는 이야기꾼을 구성하는 여러 현상들을 몇 가지 기준에 따라 나누고, 그 요소들이 무엇인지를 밝혀놓은 것이다. 따라서 여기에는 이야기꾼의 이야기 능력을 구성하는 요소들과 이야기꾼을 규정하는 요소들이 혼재되어 있다. 이 관점에 의하면 이야기를 잘한다는 것은 많은 이야기 목록을 바탕으로 다양한 이야기 구연 운용을 통해 적극적으로 이야기를 구연하는 일이라 규정할 수 있다.

그러나 이러한 관점을 교육적 상황에 그대로 적용하기에는 무리가 있다. 이야기 구연 능력을 길러주는 구체적인 방법들 즉 교육적인 처방이 제시되어 있지 않기 때문이다. 또한 이야기 구연 능력의 요소 가운데 하나를 보유하고 있는 이야기 목록에 한정하는 것은 이야기의 창의적 측면을 간과하고 있다는 한계를 지닌다. 따라서 이야기 구연 능력에는 보유한 이야기를 운용하는 능력뿐 아니라 새로운 이야기를 창조할 수 있는 능력까지도 포괄해야 한다.

여기에서는 이야기 구연 능력을 좁게는 구연 상황에 적합하게 이야기를

동흔, 「이야기꾼의 작가적 특성에 관한 연구－탑골공원 이야기꾼들의 사례를 중심으로」, 『구비문학연구』 제6집, 한국구비문학회, 1998 ; 황인덕, 「유랑형 대중 이야기꾼 연구－'양병옥'의 경우」, 『한국문학논총』 제25집, 한국문학회, 1999.

16 황인덕, 앞의 글, 1998, 82~87쪽. 그는 이야기꾼의 성립 요건으로 다음을 들고 있다. 첫째, 어느 정도 능동적으로 이야기를 하는가. 둘째, 이야기 목록을 어느 정도 보유하고 있는가. 셋째, 얼마나 개성 있는 구연력을 보여주고 있는가. 이것은 구연자, 작품, 연행 능력을 나타내는 것으로 이야기꾼의 성립 요건에 해당한다. 구연의 능동성은 이야기꾼의 생애, 생활, 성격 등과 관련된 것으로 성장 및 활동 양상, 구연의 욕구, 구연 활동의 범위, 기질 등을 기준으로 세분된다. 이야기 목록은 목록의 양, 질, 특성 등과 관련된 것으로 목록의 형성 과정, 목록의 양, 보유 목록의 성향, 목록 선택의 취향 등을 기준으로 세분되고, 구연력은 구연의 기교와 숙련도 등과 관련된 것으로 연행수련의 정도, 구연 태도, 구연의 운용 등을 기준으로 세분된다.

창의적으로 구성해내는 능력과 그것을 청중과의 관계 속에서 소통해나가는 능력으로 규정하고, 넓게는 그것을 통해 자아와 세계에 참여함으로써 자아실현에 기여할 수 있는 능력까지도 포괄하는 개념으로 쓴다.[17] 여기에서는 전자에 초점을 두고, 여기에 필요한 여러 방법들을 이야기 구연 과정에 따라 구체적으로 모색해보고자 한다.

2) 이야기 구연 과정과 방법

이야기 구연 과정은 구연 내용 선정하기, 조직하기, 구연하기 등으로 구분할 수 있다. 내용 선정하기는 이야기하는 목적, 화제, 대상, 상황 등을 고려하여 이야기할 내용을 선정하는 것으로 주로 이야기의 상황 맥락과 관련되어 있고, 조직하기는 선정된 내용을 이야기로 구성하는 것과 관련되어 있으며, 구연하기는 청자에게 이야기를 언어적·비언어적으로 구연하는 행위를 말한다. 그러나 이러한 구분은 연구의 필요성이나 교육의 효율성을 위한 것으로 이야기를 구연할 때는 각 단계가 동시적으로 혹은 유기적으로 관련되어 있기 마련이다.

이야기를 구연하는 데 영향을 끼치는 요소들을 울프슨은 다음과 같이 주장한 바 있다.

1. 이야기꾼과 수신자 사이의 성, 나이, 인종, 직업, 지위의 유사성(혹은

---

17 잠정적으로 이야기하기 교육이 지향해야 할 바를 이 글에서는 이야기를 창의적으로 구성해내는 능력, 소통능력, 이야기하기를 통해 자아실현에 기여할 수 있는 능력을 길러주는 데 있다. 이야기 듣기 교육은 이야기를 해석적, 비판적, 창의적으로 듣는 능력, 이야기 듣기를 통해 자아실현에 기여할 수 있는 능력을 길러주는 데 있다. 여기에 대한 자세한 논의는 고를 달리하고자 한다.

비유사성)

2. 이야기꾼과 청중이 친구인지의 여부

3. 청중의 태도와 배경(background)의 유사성에 대한 이야기꾼의 평가

4. 발화 상황 자체가 도움이 되는(conducive)지의 여부

5. 이야기 화제가 청중에게 적절한지의 여부

6. 사건이 최근의 것인지의 여부

7. 이야기가 육체적이거나 언어적인 상호작용을 포함하는지의 여부[18]

위에서 열거한 요소들은 이야기를 구연하는 데 작용하는 구체적인 요소들을 예시한 것인데, 그것은 '이야기꾼과 청자의 관계(1~3), 이야기 구연의 상황(4), 이야기의 특성(5~7)' 등으로 정리할 수 있다. 이는 상황 맥락(the context of situation)이라는 보다 일반적인 틀로 개념화할 수 있는 항목들이다.

이야기 구연은 이야기꾼과 청자와의 상호 관계 속에서 실현되기 때문에 같은 이야기라 할지라도 상황 맥락에 따라 가변적으로 구연된다. 상황 맥락을 구성하는 변인은 다양할 수 있다. 그 가운데 상황 맥락을 분야(field), 행로(tenor), 방식(mode) 등으로 구분하고 있는 논의는 익히 알려져 있다.[19] 분야는 이야기가 구연되는 유형과 화제, 행로는 이야기 구연의 주체, 방식은 이야기

---

18 M. J. Toolan, *Narrative: A Critical Linguistic Introduction*, Routledge:London and New York, p.169.

19 여기에 대한 논의는 다음 참조. M.A.K. Halliday · Ruqaiya Hasan, *Language, context, and text: aspects of language in a social-semiotic perspective*, Oxford University Press, 1990. 담화의 분야(the field of discourse)란 계속해서 진행해나가는 사회적 행위의 본질, 일어나고 있는 것(what is happening)을 말한다. 담화의 행로(the tenor of discourse)란 참여자들의 지위, 역할과 같은 특성과 관련된 것으로 참여하는 주체를 지시한다. 담화의 방식(the mode of discourse)은 언어가 수행되는 부분(what part the language is playing), 참여자들이 그 상황에서 그렇게 하기를 기대하는 언어를 말한다. 그것은 텍스트의 상징적인 조직, 그것이 지니고 있는 지위 그리고 맥락 속의 그것의 기능을 포함하고 있는 개념이다.

구연의 목적과 담화 구조 등을 일컫는다.

구연되는 이야기는 구연되는 상황과 양상에 따라 그 종류와 방식이 다양하게 분류될 수 있다. 먼저 이야기가 공적인 상황에서 진행되는지, 사적인 상황에서 진행되는지에 따라 공적 이야기 구연과 사적 이야기 구연으로 나눌 수 있다. 공적인 이야기 구연은 공공기관의 이야기대회와 공적인 행사나 모임 등에서 행해지는 이야기 구연을 말한다.[20] 각종 학교나 교실, 단체 등에서 이루어지는 이야기하기와 기업의 노사(勞使) 간의 회의나 직장 동료나 상하 직원의 공적인 만남에서 이루어지는 이야기 구연은 여기에 속한다. 사적인 이야기 구연은 공적인 자리가 아닌 개인 간의 이야기 행위를 말한다. 일상 속에서 행해지는 사적인 이야기하기가 여기에 속한다.

공·사적으로 이루어지는 이야기 구연은 사실에 충실한 이야기를 하거나 꾸며낸 이야기를 할 수 있다. 따라서 이야기꾼의 경험 사실의 충실도에 따라서 경험 사실에 충실한 이야기 구연과 꾸며낸 이야기 구연으로 구분할 수 있다.

경험 사실에 충실한 이야기 구연은 다시 경험에 따라 읽은 일, 들은 일, 겪은 일 이야기 구연으로 구분된다. 이는 다시 시간에 따라 과거의 경험 이야기와 현재의 경험 이야기로 나눌 수 있다. 가령 읽은 것에 충실한 이야기 구연은 시간에 따라 이미 읽은 것을 이야기하는 것과 현재 읽고 읽는 것에 충실한 이야기 구연으로 나눌 수 있다. 이미 읽은 것을 구연하는 이야기는 읽은 것을 기억해서 구연하는 이야기 방식이다.[21] 그리고 현재 읽고 있는 것에

---

20 이야기하기의 중요성에 비추어볼 때 우리의 공적인 이야기 대회는 미약한 실정이다. 그나마 다행스러운 일은 전국국어교사모임이 주축이 되어 실시하고 있는 전국 중·고등학생 이야기대회가 있다는 점이다. 필자는 중고등학생뿐 아니라 초등학생과 대학생 및 일반인에게도 그것을 확대해야 한다고 강조해왔다.
21 여기에 대한 훌륭한 전통과 전범으로 조선시대의 강담사가 있다. 조선의 시대·문

충실한 이야기 구연은 가령 동화 구연과 같이 읽기 대상으로서의 이야기에 충실한 이야기 구연을 말한다. 이것이 단순한 읽기와 구별되는 것은 문자로 된 텍스트를 읽는 자족적인 행위가 아니라 청자를 대상으로 말과 몸짓으로 새롭게 연출한다는 데 있다.

들은 것, 겪은 것, 본 것을 구연하는 이야기도 같은 맥락에서 설명될 수 있다. 들은 것과 겪은 것 그리고 본 것 역시 경험 사실의 충실성 여부와 시간의 차이에 의해서 구분된다. 그런데 경험 사실에 충실한 이야기 구연은 구연자에 의해 얼마든지 개작될 수 있다. 그러나 개작은 원작의 근간을 유지하고 있다는 점에서 꾸며낸 창작적인 이야기보다는 경험 사실에 충실한 이야기 구연 쪽에 가깝다.

꾸며낸 이야기 구연은 경험 사실보다는 이야기꾼이 만들어낸 이야기 구연을 말한다. 그것은 꾸며냄의 정도에 따라 현실에 뿌리를 둔 이야기와 현실에 뿌리를 두지 않은 이야기 구연으로 나눌 수 있다. 시간에 따라서는 과거에 일어난 이야기와 현재 일어나거나 적어도 현재와 가까운 이야기, 그리고 앞으로 일어날 일을 다룰 수 있다. 그런데 이야기는 순수하게 과거, 현재, 미래의 이야기로 구성되는 경우는 드물고, 이들은 복합적으로 구성되기 마련이다.

이야기는 두 사람이 서로 주고받을 수 있을 뿐 아니라, 한 사람이 두 명 이상의 여러 사람을 대상으로 이야기를 할 수도 있다. 물론 여러 사람이 한 사람에게 혹은 여러 사람이 여러 사람에게 이야기를 할 수도 있다.

이야기꾼의 이야기 구연에는 청자가 참여할 수도 있고, 그렇지 않을 수도 있다. 후자의 경우는 이야기꾼이 혼자서 이야기를 하는 독백적 구연에 가깝

화적 배경과 관련하여 이야기꾼을 탐구한 논의는 다음 참조. 임형택, 「18 · 19세기의 이야기꾼과 소설의 발달」, 『한국학논집』 제2집, 계명대학교, 1975.

고, 전자의 경우는 대화적 구연에 해당한다. 독백적 구연과 대화적 구연 사이에는 다양한 정도의 참여 양상이 있을 수 있다.

가령 전국국어교사모임에서 주최하는 이야기대회를 예로 삼는다면, 제3회 이야기대회에서 한빛상을 받은 고등부 하지윤 학생은 자신이 사는 지역에 유래하는 이야기 즉 '나막신쟁이 날'이라 불리게 된 유래를 화제로 이야기하였다. 고등부 으뜸상을 받은 오미정 학생의 이야기는 자신의 아버지에 얽힌 일화를 화제로 한 일종의 경험담이라 할 수 있다.[22] 이 이야기들은 경험 사실에 충실한 이야기로서 텍스트를 읽은 일에 대한 것이 아니라 듣거나, 겪은 일에 대한 이야기이다. 또한 이 대회는 중고등학교 학생들을 청중으로 하는 공식적인 이야기 구연 대회로서 공적인 이야기 구연에 해당한다. 그리고 이들 이야기 구연은 1인의 이야기 구연자가 많은 청중을 대상으로 이야기를 구연하며, 청중이 이야기 구연 과정에서 반응을 보이기는 하지만, 이야기의 과정에 적극적으로 개입하지는 않는다.

이들 구연자들은 유래담이나 경험담을 통해 청중과의 정서적인 교감을 목적으로 줄거리가 있는 이야기의 형식을 빌려 이야기를 이끌어갔다. 이러한 것들은 이야기의 내용 선정에 작용하는 중요한 요소들이다. 이러한 여러 요소들을 고려하여 이야기의 내용 즉 인물, 배경, 사건 등을 구체적으로 선정

---

22 제3회 전국 중고등학생이야기 대회 채록본은 다음 참조. http://www.njoyschool.net →전국교과모임 전국국어교사모임 자료실. 여기에 예를 든 채록본은 잘 구연된 이야기의 본보기로서 인용된 것은 아니다. 이때 잘 구연된 본보기라는 기준이 문제될 수 있겠는데, 그것은 청자(중)의 호응만으로 판단할 수 없으며, 구연되는 상황, 이야기의 미적 구조, 청자와의 상호작용, 언어적·비언어적 구연 능력 등이 복합적으로 고려되어야 하기 때문이다. 여기에서는 전문적인 이야기꾼에 의해 구연되는 이야기보다는 이야기대회에서 청중들의 호응을 받은 바 있는 학생의 구연 작품을 예를 든 것은 그 이유와 실상을 파악하고 학습자들로 하여금 더 나은 이야기 구연이 가능하도록 하는 방향을 제시하기 위한 것이다.

해야 한다. 가령 오미정 학생의 경험담에서는 가난한 집안 형편, 부지런하고 자식 사랑이 지극한 효자인 아버지, 어린 시절 가난한 집안 형편에 부끄러워했던 나, 낡은 자전거를 타고 마중 나온 아버지를 외면한 채 돌려보낸 일, 자전거를 새로 사게 된 일, 아빠에 대한 나의 애정 등이 이야기의 내용으로 선정되어 있다. 따라서 이야기 구연에서 내용을 선정하는 단계에서는 이야기 구연의 상황에 맞는 유형, 구연하고자 하는 화제, 이야기 구연에 참여하는 주체(이야기꾼과 청자), 목적, 이야기하고자 하는 내용 등을 고려해야 한다.

내용 조직하기 단계는 선정된 내용을 특정한 시점을 통해 줄거리가 있는 이야기로 구성하는 단계이다. 이야기는 반드시 이야기꾼의 것은 아니지만 이야기꾼에 의해 언표화되는 시각을 통해 이야기로 제시된다. 이러한 시각을 초점화(focalization)라 할 수 있다. 초점화는 말하는 자와 보는 자의 문제를 해결해준다는 점에서 유용한 개념이다. 즉 이야기꾼은 이야기의 대상을 볼 수도 있으며 말할 수도 있는 것이다. 그런데 말하는 것과 보는 것은 일치할 수도 있고 그렇지 않을 수도 있다. 이야기꾼은 다른 사람의 시각을 통해 이야기를 구연할 수도 있고 그렇지 않을 수도 있기 때문이다. 초점화는 이야기꾼의 시각에 따라 대상을 제시하는 이야기꾼 초점화자와 작중인물의 시각에 따라 대상을 제시하는 인물 초점화자로 나뉜다. 이야기는 이야기꾼이나 인물의 일관된 시각에 따라 구연될 수도 있고, 이야기꾼과 인물의 시각이 부단히 교차하면서 구연될 수도 있다. 또한 이야기되는 대상도 외적 모습만 제시될 수도 있고, 대상의 사고와 감정 등 내부에서 제시될 수 있고, 이 양자가 함께 사용될 수도 있다. 또한 이야기는 사건 이후, 사건 이전, 사건과 동시에 이야기될 수 있다. 그리고 이야기꾼은 구연되는 이야기 속에 존재할 수도 있고, 존재하지 않을 수도 있다. 이렇게 해서 초점화와 사건이 이야기되는 시간, 이야기꾼의 참여 양상에 따라 사건의 줄거리는 구성된다. 사건의 줄거리는 사건이 진행되는 순서와 지속, 그리고 빈도에 따라 배치된다. 순서는 사건과 이야기 시간의 일치 여부, 지속은 사건과 이야기의 지속 시간 여부, 빈도는 사건의 반복 여부에 따라 결정된다.[23]

다시 앞에서 분석한 오미정 학생의 이야기를 보면, 이야기는 전반적으로 구연자의 시각에 따라 즉 이야기꾼 초점화자에 의해 제시된다. 또한 이야기되는 대상은 이야기꾼이 이야기 속에 존재하는 동종 이야기로서 자신의 내부로부터 이야기가 구연된다. 이야기 속에서 이야기꾼에 의해 제시되는 이야기 대상들은 내면의 사고와 감정이 제시되기보다는 외적으로 드러난 모습이 제시된다. 그리고 이야기는 이야기하는 '현재' 시간에서 시작하여 회상의 형식으로 진행되다가 점차 이야기하는 시간으로 마무리된다. 이렇게 해서 구성된 이야기의 사건들을 정리하면 다음과 같다. 자기 소개→가족 환경→아버지의 성격→아버지의 자전거에 대한 애착→나의 낡은 자전거에 대한 부끄러움→낡은 자전거에 얽힌 일화 1→낡은 자전거에 얽힌 일화 2→낡은 자전거에 얽힌 일화 3→아버지의 자전거를 사랑하게 됨→아버지 자전거 출근에 대한 걱정→효녀가 되겠다는 다짐. 이야기는 크게 세 부분 즉 자기 소개, 과거의 이야기, 현재의 이야기로 구성되어 있다. 가운데 이야기를 사이에 두고 외화와 내화로 구성되어 있다. 내화에 해당하는 사건들은 순차적인 시간 순서로 구성되어 있어 있다.

구연하기 단계는 언어적·비언어적 방법을 통해 이야기를 구연하는 것을 말한다. 이는 이야기를 막힘 없이 밀고 나가는 일과 청중들로 하여금 이야기에 흥미를 갖도록 이야기의 맛을 살려내는 일과 관련된다. 전자는 이야기의 줄거리를 엮어나가는 능력이고, 후자는 이야기를 장식하고 청자를 끌어들이는 능력이다. 대수롭지 않은 이야깃거리를 가지고도 청자(중)를 휘어잡을

---

23 여기에 대한 자세한 내용은 다음 참조. G. Genette, 『서사담론(*Narrative Discourse*)』, 권택영 역, 교보문고, 1992 ; S. Rimmon-Kenan, 『소설의 시학(*Narrative Fiction: Contemporary Poetics*)』, 최상규 역, 문학과지성사, 1998.

수 있도록 그럴듯하게 이야기를 엮어나가는 이야기꾼을 두고 입심 좋다고 말하고, 전에 들은 이야기나 이미 알고 있는 이야기라 할지라도 남달리 이야기의 맛이 살아나도록 흥미진진하게 이야기를 하는 이야기꾼을 두고 입담이 좋다고 말한다.[24]

다시 앞에서 든 예화를 본다면, 아버지의 자전거에 얽힌 이야기를 가지고 청중들의 호응을 얻을 수 있었던 것은 이야기를 풀어가는 입심에 있다. 많은 사람들은 이런 이야기에 등장하는 비슷한 사건을 가질 수 있다. 그러나 그러한 사건을 청자(중)의 호응으로 이어지게 하려면 이야기가 그럴듯하게 전개되어야 한다. 앞의 예에서 이야기꾼은 자기 소개를 통해 청중들의 관심을 집중시킨 다음에 이야기의 세계로 청중들을 인도한다. 아버지의 낡은 자전거에 얽힌 부끄러운 기억들을 사건 1, 2, 3을 통해 풀어나가면서 청중들을 이야기의 세계에 몰입시키기도 한다. 그리고 몰입된 청중을 다시 이야기하는 현실로 되돌려 이야기를 그럴듯하게 이끌어간다.

또한 이야기의 맛과 관련하여 청중들의 흥미를 유발하는 데는 언어적·비언어적 요인이 작용한다. 청중의 반응은 그들이 기대하는 것과 실제와의 차이에서 비롯된다. 구연자는 자신의 꿈을 영화배우라 말하고, 가수 옥주현을 닮았다고 말하지만, 청중들은 구연자로부터 그들과는 다른 인물의 이미지를 보고 폭소를 자아낸다. 또한 약간 컬컬한 목소리에 빠르고 높은음을 구사하는 구연자는 이야기 구연 과정에서 이야기에 등장하는 인물들의 목소리를 그럴듯하게 흉내냄으로써 웃음을 자아내기도 한다. 아이를 많이 낳은 것을 두고 부지런함과 연결시키는 엉뚱한 발상과 연결시키는 언어 사용도 청중의 호응을 유발한다.

그리고 이 이야기가 청중으로부터 호응을 받은 또다른 이유는 구연자가

---

24 임재해, 앞의 글, 11쪽.

적극적으로 청중과의 교감을 유도하고 있다는 점이다. 자신의 꿈이 무엇인지를 청중들에게 물어 대답을 유도하거나, "제가 이렇게 슬피 울어두요 웃기시면 웃어도" 된다고 말하거나, 심지어 이야기 도중 참관하고 있는 교사를 향해 "왜 그러세요, 선생님"이라 말하면서 교사들로부터 호응을 유발하고 있다는 점이다.

그런데 무엇보다 청중으로부터 환호를 받은 대목은 구연자의 아버지가 '기어자전거'를 산 사건이다. 과거 초등학생 시절 낡은 자전거에 얽힌 사건들이 청중들로 하여금 '안타까운' 마음을 유발하고, 그것이 기어자전거를 통해 상황이 반전됨으로써 일종의 정신적인 카타르시스를 청중들은 체험하게 된 것이다. 과거의 자신의 잘못에 대한 진솔한 이야기가 청중의 호응을 유발하고, 그리하여 구연자의 아버지에 대한 염려가 청중들의 동정을 산다. 때문에 구연자가 청중들을 향하여 촉구한 '효심'은 청중들의 반성의 거울로 작용할 수 있었던 것이다.

4. 이야기 구연 교육의 의의

그동안의 연구들은 구비문학을 토대로 그 교육적 의의를 탐색하거나, 교과교육적 영역을 확장하거나 그 위치를 명확히 하려 하고 있음을 알 수 있다. 그러나 대체로 연구자들이 구비문학 전공자들로서 논의를 전승되는 이야기인 설화 등에 집중함으로써 오늘날 일상적 삶 속에서 이루어지는 지금의 이야기로 논의를 확장시키지 못한 한계를 지니고 있다.

오늘날 구연되는 이야기에는 구전되어온 옛이야기뿐 아니라 '지금, 여기'의 삶의 모습을 담은 이야기도 있다. 또한 상상적으로 창조해낸 허구적인 이야기도 있고, 경험 사실에 충실한 이야기도 있다. 따라서 이야기 구연 교육은 이러한 다양한 양식들의 이야기를 포괄해야 하며, 그러한 다양한 이야기들을 포괄하는 이야기 구연 교육이 될 때 그 교육적 의의는 지대할 것이다.

예부터 전해오는 이야기에는 우리 민족의 삶의 흔적과 상상력의 힘이 온축되어 있을 뿐 아니라, 이야기가 전승되는 과정에서 이야기를 구연하기에 가장 적절한 형태로 형상화되어 있다. 따라서 옛이야기를 통해 문화적 상상력과 이야기 구연에 적합한 방법들을 시사받을 수 있다. 또한 허구적 이야기를 창조하여 구연하는 행위는 이야기꾼으로 하여금 이야기 창조의 기쁨을 맛볼 수 있게 하며, 경험 사실에 충실한 이야기 행위는 자신과 타자들의 삶을 반추해봄으로써, 자아실현의 길을 모색해보고 진정한 삶의 방향을 탐색해볼 수 있는 기회를 제공하기도 한다.

문학교육은 주로 이해와 감상 교육 중심이었다가, 문학적 글쓰기(창작) 교육에 대한 관심과 성과가 축적됨에 따라 그 편향성을 극복했다. 하지만 여전히 문어 중심 문학의 수용이나 생산 패러다임에서 벗어나지 못하고 있다. 구어 등 다양한 매체를 통한 생산 활동이 미흡한 실정이다. 구어로서의 문학 행위는 문자가 발명되고 상용화되기 이전의 문학 활동의 핵심이었다. 뿐만 아니라 문자가 상용화된 이후 오늘날까지 문학적인 구어 활동은 여전히 지속되고 있을 뿐 아니라 언어 생활에서 중요한 역할을 담당하고 있다. 따라서 문학교육에서 구어로서의 이야기 구연 교육은 문학교육 본래의 영역을 재확인함으로써 문학교육의 편향성을 극복하고, 문학교육을 풍부하게 하는 데에 의의를 둘 수 있다.

그리고 이야기 구연 교육은 국어교육을 더욱 풍요롭게 하는 데 기여한다. 앞에서 살폈듯이 교육과정의 문학 영역에서 구어 활동은 미흡한 것으로 나타났다. 이러한 사정은 언어 사용 기능 영역인 듣기·말하기 영역에서 더욱 심각하다. 듣기·말하기 영역의 심화 과목인 고등학교 '화법' 교과서에서 다루는 화법의 영역은 대화, 연설, 토의, 토론, 면담과 면접 등이다.[25] 이들 영역에서 이야기를 활용한 언어 활동은 미미한 실정이다. 그런데 이야기는 이러한 영역뿐 아니라 교수학습의 방법으로서도 그 교육적 효용성이 대단히 높은 것으로 판명되었다.[26] 그러니까 설명이나 논증의 방식과는 다른, 그리고 그러한 방식으로는 도달할 수 없는 중요한 기능이 이야기의 방식에 있다는 말이다. 그러나 이러한 중요성에도 불구하고 이야기를 활용한 언어 활동은 지극히 미약한 실정이다. 그러므로 구어로서의 이야기 교육을 국어교육 차원에서 활발하게 논의를 진행해야 할 것이다.

또한 이야기 구연 교육은 일상의 언어 생활 문화뿐 아니라 삶을 풍요롭게 영유하는 데 기여한다. 일상 속에서 이야기하기가 인간의 삶에 어떻게 기여하는지를 다음과 같은 예를 보면 분명해 보인다.

예를 들어, 당신에게 배우자가 말실수를 할 때마다 지적하는 습관이 있다고 하자. 이 습관은 어쩌면 국어학과 교수인 당신의 아버지가 당신의 실수를 지적할 때부터 생긴 무의식적인 습관일지 모른다. 그래서 당신이 그렇게 어법을 정확하게 사용하기를 강요하는 건지도 모른다. 그러나 만약 당신 배우자의 초등학교 3학년 때의 선생님이 수업 중에 어법이 틀렸다고 그녀에게(혹은 그에게) 창피를 준 적이 있었다고 하자. 그래서 스스로가 바보 같다는 느낌을 받았다는 이야기를 배우자가 당신에게 하면, 그때부터 당신은 어법을 지적하는 습관을 바꾸게 될지도 모른다. 그녀가 단지 '흠 좀 그만 잡아요!'라고 당신에게 말했다면, 당신의 관점이 바뀔 수 있었을까? 이야기는 듣

---

25 이주행 외, 『고등학교 화법』, 금성출판사, 2003. 다른 저자들의 『고등학교 화법』에서 다루는 화법의 유형도 이와 크게 다르지 않다.

26 A. Simmons, 앞의 책. 이 책의 번역 제목이 '대화와 협상의 마이더스 스토리텔링'이라 했듯이 대화와 협상에서의 이야기하기의 효용성을 잘 기술하고 있다. 그리고 스토리텔링이라는 용어가 붙은 많은 교수·학습 방법들이 이야기의 교육적 효용성을 입증하고 있다. 이에 대한 논의는 따로 진행하고자 한다.

는 사람에게 새로운 관점을 열어준다. '아내를 사랑한다'는 이야기가 '정확한 문법'이라는 현실을 이긴 것이다.[27]

위의 인용을 보면 말실수를 두고 형성되는 불협화음이 적절한 이야기를 매개로 할 때 관점과 습관이 바뀌고, 나아가 사람 사이의 관계를 변화시킴으로써 삶의 질을 바꿀 수 있다는 것을 알 수 있다. 위의 인용은 이야기 교육이 주는 유용한 사례 가운데 한 예에 불과하다. 이야기하기는 이런 차원에서도 효용성이 입증된다.

5. 맺음말

이 글은 구연이라는 역동적인 개념을 통해 이야기 교육에 접근함으로써 이야기 구연 교육에 방법적 지식을 제공하고 문학(국어)교육, 나아가 생활 문화 차원에서 이야기 교육의 정당한 위상을 부여하기 위해 시도되었다.

문학으로서의 이야기는 음성언어뿐 아니라 문자언어로도 실현된다. 그러나 많은 연구자들은 후자 쪽에 치중되어 있었다. 그 결과 문학이 지닌 음성언어 측면은 상대적으로 소홀히 연구되어왔다. 물론 구비문학이나 인류학 등에서 활발하게 연구되어온 것은 사실이나 그것이 교육적인 패러다임에서 본격적으로 수용되고 연구되어왔다고 보기 어렵다. 또한 아동문학교육에서도 구연동화와 같은 음성언어로서의 문학적 행위를 오래전부터 중요하게 다루어왔지만, 이야기의 구연 행위를 인간의 언어문화의 차원으로까지는 확장시키지 못한 한계를 지닌다.

---

27 위의 책, 76~77쪽.

이야기는 설명과 논증의 세계와는 다르다. 각각은 독특한 담화적 특질과 효용을 지니고 있다. 따라서 어떤 상황에서 어떤 담화 양식을 쓰느냐에 따라서 그 효용과 결과가 달라질 수밖에 없다.

일상의 말하기(듣기)뿐 아니라 교수학습에서도 이야기하기는 매우 유용함이 밝혀졌다. 그러나 현재의 교육과정과 연구 상황을 살펴보면, 이야기 구연에 대한 교육적인 인식이 미약하고, 그 결과 교육내용으로서도 미흡하게 반영되어 있다. 그러므로 이야기 구연에 대한 인식을 새롭게 하고 그것을 교육내용으로 반영하기 위해서는 이야기 구연에 대한 관점을 정립하고, 이야기를 잘하기 위해 필요한 제반 요소들을 밝혀야 한다.

여기에서는 이야기를 연행의 관점에서 접근하여 이야기하기 교육의 현황과 문제점을 검토해보고 이야기 구연의 방법을 구체적으로 살폈다.

이야기꾼을 학교라는 제도권뿐 아니라 사회에서 교육이라는 제도적 장치를 통한 교수·학습의 대상으로서의 주체이자 교육기관 안팎에서 이야기를 향유해나가면서 자아와 세계에 능동적으로 참여함으로써 궁극적으로는 자아실현에 이르는 주체로 상정하였다.

이야기 구연 능력을 좁게는 구연 상황에 적합하게 이야기를 창의적으로 구성해내는 능력과 그것을 청중과의 관계 속에서 소통해나가는 능력으로 규정하고, 넓게는 그것을 통해 자아와 세계에 참여함으로써 자아실현에 기여할 수 있는 능력까지도 포괄하는 개념으로 썼다.

그리고 이야기 구연 과정으로 이야기 구연 내용 선정하기, 조직하기, 구연하기 등으로 구분하고 각각의 단계에서 고려해야 할 방법들을 살폈다. 내용 선정하기 단계에서는 상황 맥락과 이야기가 구연되는 양상에 따라 다양한 방법을 통해 이야기의 내용을 선정해야 함을 밝혔다. 조직하기 단계에서는 초점화와 사건이 이야기되는 시간, 이야기꾼의 참여 양상에 따라 사건들이 줄거리로 구성된다는 점을 밝혔다. 구연하기 단계에서는 언어적·비언어적 방법을 통해 이야기를 구연하는 단계로 여기에는 줄거리를 엮어나가고 청자를 이야기에 끌어들이는 일이 중요함을 밝혔다. 다음으로 이야기 구연 교육의 의의를 음성언어로서의 이야기 교육의 정당한 위상, 이야기 구연을 통한 창의적인 세계 창조와 자기 실현, 삶을 풍요롭게 하는 생활 문화적 차원에서 살폈다.

제5장

문학교육의 성과와 과제

1. 머리말

한국에서 문학을 교육학의 차원에서 본격적으로 연구하기 시작한 것은 1980년대 후반부터라 할 수 있다. 즉, 1986년 국립 서울대학교 대학원에 국어교육전공 박사과정이 개설되면서부터다. 물론 해방 이후 문학교육에 대한 연구가 지속되어온 것도 간과할 수 없으나, 그것은 국어국문학의 틀을 크게 벗어난 것이 아니었으며, 학위도 교육대학원 석사학위 과정에 머물렀다.

1980년대 후반부터는 문학교육에 대한 연구가 본격화되었고, 그에 따라 연구 성과도 줄을 이었다. 1970년대에 이미 김요섭은『문학 교육의 건설』(보진재, 1971)을 편찬한 바 있고, 김인환은『문학 교육론』(평민서당, 1979)을 단행본으로 출간한 바 있다. 이어 1980년대에 김윤식은『한국근대문학과 문학교육』(을유문고, 1984)을, 김인환·김인곤은『대학 문학 교육론 1』(한국정신문화연구원, 1985), 최운식 외는『문학교육론』(집문당, 1986)과『전래동화교육론』(집문당, 1988)을 연이어 출간하였다. 또한 그리블(J. Gribble)의『문학교육론』(문예출판사, 1987)이 나병철에 의해 번역 소개되었다. 그러나 무엇보다 이 시기에 주목되는 저서는 구인환 · 박대호 · 박인기 · 우한용 · 최병우 등이 쓴 『문학교육론』(삼지원, 1988)이다. 이 책은 문학교육을 본격적으로 다룬 저서이기 때문이다. 한편 이 시기에는 박사학위 논문도 본격적으로 쓰이기 시작하였다. 한주섭의 「한국문학 교육연구 – 초 · 중 · 고교 국어과 교육을 중심으로」(원광대학교 박사학위 논문, 1987), 최순열의 「문학 교육연구 – 그 이론의 정립을 중심으로」(동국대학교 박사학위 논문, 1987), 이대규의 「교과로서의 문학의 구조」(서울대학교 박사학위 논문, 1988), 최현섭의 「소설교육의 사적 고찰」(성균관대학교 박사학위 논문, 1988), 박대호의 「小說의 世界觀 理解와 그 문학교육的 適用 硏究」(서울대학교 박사학위 논문, 1990) 등이 그것이다.

그러나 이 시기는 연구자들이 분산적으로 연구하던 때였고, 집단적인 논의는 1990년대에 들어서면서 활기를 띠기 시작하였다. 이 시기 이후 많은 학자들이 문학교육 연구에 참여하였고, 활발한 연구 성과를 내기 시작하였다.[1] 이번 장에서는 이 시기에 활발하게 문학과 문학교육 담론을 생산한 학자들 가운데 한 사람인 김대행을 중심으로 연구 성과를 점검하고 그 의미를

---

1 한국문학 교육 연구 현황에 대한 논의는 다음 참조. 윤여탁, 「한국 문학 교육의 현황과 과제 – 한국과 중국의 시 교육을 중심으로」, 『한중인문과학연구』 제1권, 중한인문과학연구회, 1996 ; 박경주, 「고전문학 교육의 연구 현황과 전망 – 시가교육을 중심으로」, 『고전문학과 교육』 1권 1호, 청관고전문학회, 1999 ; 윤여탁, 「문학교육의 연구사의 비판적 검토와 전망」, 『문학교육학』 제1집, 한국문학교육학회, 1997 ; 심경호, 「한국 고전문학교육의 현황과 과제」, 『문학교육학』 제6집, 한국문학교육학회, 2000 ; 박윤우, 「중등과정 시교육의 현황과 개선 방향 연구」, 『문학교육학』 제18집, 한국문학교육학회, 2005 ; 서유경, 「고전문학교육의 실행 현황과 향후 과제」, 『국어교육연구』 제43집, 국어교육학회, 2008.
한편 문학교육을 포함한 국어교육 전반에 대한 2003년 이전의 연구 성과를 정리한 것은 다음 참조. 이삼형 외, 『국어교육 연구의 반성과 전망 : 이해 표현』, 역락, 2003 ; 이삼형 외, 『국어교육 연구의 반성과 전망 : 내용 방법』, 역락, 2003. 한국 근대문학교육사와 관련하여 문학교육 연구에 대한 논의는 다음 참조. 우한용, 『한국 근대문학교육사 연구』, 서울대학교 출판부, 2009.

논의하고자 한다.

김대행은 1989년 9월 서울대학교 사범대학 국어교육과에 부임한 이후 (2008년 8월 정년 퇴임) 최근까지 많은 논문과 단행본을 발표하였다. 그런데 그의 방대한 논저가 말해주듯이 문학과 문학교육 분야에 대한 그의 논지를 파악하기는 쉽지 않다. 그것은 다른 어느 영역보다 오랫동안 이 방면을 연구 해온 김대행의 학문적인 성과와 관련되어 있기 때문이다. 김대행의 논의는 국어교육에 대한 논의를 비롯하여 문학 일반론, 시, 수필, 연극, 판소리 등의 각론, 그리고 문학교육의 이념, 목표, 내용, 방법 등 문학교육 각 분야에 이 른다. 여기에서는 논의 중점이 문학(국어)교육에 있기 때문에 그의 논의 가운 데 문학에 대한 관점을 드러낸 논의와 문학(국어)교육 관련 논의를 집중적으 로 검토하고자 한다.

2. 일상인의, 일상인에 의한, 일상인을 위한 문학과 문학교육

문학과 문학교육에 대한 김대행의 생각을 요약하자면 일상인의, 일상인에 의한, 일상인을 위한 문학과 문학교육이라고 할 수 있다. 문학과 문학교육은 본디 일상인(만인)의 것이며, 그것을 생산하고 수용하고 소통하는 주체도 일 상인(만인)이며, 문학과 문학교육은 이러한 일상인(만인)을 위해 존재한다는 것이다. 이러한 관점은 그의 문학과 문학교육에 대한 논의를 지배하는 관점 이다.

그에 의하면 '문학이란 무엇인가'에 대하여 해답을 얻기란 사실상 불가능 하지만, 이러한 다양성이야말로 문학의 생명력이라는 것이다. 문학을 국어 교육과의 관련에서 볼 때 가장 유용한 관점을 갖는 것이 중요할 터인데, 문학이란 "문학과 삶, 그리고 그 언어적인 표출"이며 "문학이 우리 삶의 반응, 그 가운데서도 정서의 언어적 표출"[2]이라는 것이다. 이로써 문학이 특수하고 별개인 언어 활동이라는 생각으로부터 자유로울 수 있으며, 국어교육의 내용이 '단순히 일상어의 언어 모형을 숙달시키고 그 사용을 훈련시키는 데 한정'하는 것으로부터 벗어날 수 있다는 것이다.

이러한 문학에 대한 그의 생각은 문학교육 논의로 이어진다. 우선, 문학교육의 성격론을 국어교육과의 상관성에서 살펴보면, 그는 「문학교육의 지표」[3]·「문학과 국어교과학」[4]에서 문학교육을 국어교육으로서의 문학교육과 문화교육으로서의 문학교육으로 접근한다. 문학은 언어 활동의 준거틀을 제공하기 때문에, 일차적으로 '문학을 읽음으로써 말을 잘하고 글을 잘 읽고 잘 쓰게 하는 일'을 할 수 있다는 것이다. 문학 체험을 통해 삶을 알아갈 수 있으며, 다양한 의미와 인생관을 터득할 수 있다. 또한 문학교육은 문화교육 차원에서 규정될 수 있는데, 그것은 문학을 통해 자신을 깨닫는 안목을 갖는 것이며, 인간론에 대한 해답을 구하는 것이며, 이해력과 상상력을 길러주는 일이 된다는 것이다.

문학교육의 본질에 대한 그의 논의는 문학작품이 "어떤 삶의 언어적 표출인가에 주목하지 않"[5]으면 안 된다고 보는 데서 출발한다. 이는 언어에 담긴 인간의 삶을 중시하는 관점으로 인간을 배제한 언어적인 용법이나 관념을 중시하는 관점에 대하여 비판적인 시각을 보인 것이다. 그것은 '언어의 시체를 주무르는 일'에 불과하다는 것이다. 이 같은 생각은 「문학교육이 가야 할

---

2   김대행, 『국어교과학의 지평』, 서울대학교 출판부, 1995, 325~326쪽.
3   김대행, 「문학교육의 지표」, 위의 책.
4   김대행, 「문학과 국어교과학」, 위의 책.
5   위의 책, 328쪽.

길 : 본질」[6]에서 좀더 구체화된다. 그가 문학교육의 본질로 삼은 것은 문학교육은 인간이 잘 먹고 잘 사는 데에 기여해야 한다는 것, 나아가 인간답게 살수 있도록 해야 한다는 것, 부끄러움을 알 수 있도록 깨우쳐주어야 한다는 것, 깨달음을 얻을 수 있도록 해야 한다는 것 등이다.

이러한 문학교육의 본질에 대한 생각은 문학교육이 가야 할 방향 논의로 이어진다. 그는 문학교육이 가야 할 방향으로 문학을 문화로 바라봐야 한다는 전제하에 주체적 인간, 지적 · 정서적 인간, 사고력(창의력, 비판력)을 지닌 인간, 문화 능력을 지닌 인간을 길러주는 방향을 제시했다.[7] 나아가 남한 내부의 문화 공동체와 남한과 북한의 공동체를 회복해나가는 문학교육[8], 매체 환경의 변화에 대응하는 문학교육의 방향을 제시한다.[9]

문학교육의 본질과 방향 등은 문학교육의 목표론과 긴밀하게 연관되어 있다. 「문학교육의 목표에 대한 사색」[10]에서 문학교육의 목표로 '일상어를 위한 문학교육, 사고의 다양성을 위한 문학교육, 총체적 이해 · 감상을 위한 문학교육' 등을 제시하였으며, 『문학교육원론』[11]에서는 문학교육의 목표로 '언어 능력의 증진, 개인의 정신적 성장, 개인적 주체성 확립, 문화 계승과 창조 능력 증진, 전인적 인간성 함양'을 들었다.

문학교육의 내용론과 관련하여 김대행은 「내용론을 위하여」[12]에서 국어교육의 내용론을 '기능에 집중된 내용론, 지식 논의의 편향성, 태도에 대한 관

---

6   김대행, 「문학교육이 가야 할 길 : 본질」, 『문학교육 틀짜기』, 역락, 2000.
7   위의 글.
8   김대행, 『통일 이후의 문학교육』, 서울대학교 출판부, 2008.
9   김대행, 「매체 환경의 변화와 국어교육의 방향」, 『국어교육학연구』 28, 국어교육학회, 2007.
10   김대행, 「문학교육의 목표에 대한 사색」, 앞의 책, 2000.
11   김대행 외, 『문학교육원론』, 서울대학교 출판부, 2000.
12   김대행, 「내용론을 위하여」, 『국어교육연구』 10, 국어교육연구소, 2002.

심 결여, 경험 논의의 지엽성' 등을 들어 비판한 바 있으며, 이어 국어교육의 내용 범주를 지식, 수행, 경험, 태도 등으로 제시한 바 있다. 그런데「문학교육의 자기 성찰 : 내용」[13]에서, 문학을 제대로 음미하게 하는 것이 문학교육의 참된 길이라고 강조하고, 문학을 지식으로만 가르칠 것이 아니라 '삶이며 그 태도이자 방법' 측면에서 가르쳐야 한다는 것이다. 또한 스스로의 힘으로 문학을 향유하고 자기 실현을 할 수 있는 능력을 길러주는 문학교육이 되어야 한다고 보았다.

문학교육의 방법론과 관련하여,「문학교육의 반성과 길찾기 : 방법」[14]에서 문학을 어렵게 설명하고 신비하게 만들어 감으로써 문학을 인간으로부터 점점 멀어져 가게 하는 행위를 중단하고 알기 쉬운 문학교육을 통하여 생활인으로서 문학을 향유하게 해야 한다고 하였다. 그리고 문학을 통해 감동을 느끼게 하고 인간을 변화시키는 문학교육, 삶의 능력을 기르게 하는 문학교육으로 그 방법이 모색되어야 한다고 보았다.「매체 환경의 변화와 국어교육의 방향」[15]에서도 방법의 지향태를 인간교육에 두었으며, 교재의 정전 목록의 수립, 수업의 학생 중심화, 평가의 태도 중심의 수행을 제시하고 있다. 『통일 이후의 문학교육』에서는 '목표, 교재, 교수-학습, 평가'의 방법에 대하여 이념(개인의 성장, 민족문화의 계승과 창조, 인류 공동체의 구현), 내용(지식, 경험, 수행, 태도), 교재, 방법이 유기적으로 연관성을 갖도록 해야 하며 구체화, 체계화, 통합화, 포괄화, 입체화 등으로 방법을 모색해야 한다고 주장한다.

이제 이상에서 살핀 논지를 중심으로 문학, 문학교육의 내용과 방법에 대한 그의 생각과 그것이 지닌 의미를 살펴보고자 한다.

---

13 김대행,「문학교육의 자기 성찰 : 내용」, 앞의 책, 2000..
14 김대행,「문학교육의 반성과 길찾기 : 방법」, 위의 책.
15 김대행,「매체 환경의 변화와 국어교육의 방향」.

3. 문학의 일상성 복원과 문학교육의 토대 모색

앞에서 문학과 문학교육에 대한 김대행의 생각을 일상인(만인)의, 일상인 (만인)에 의한, 일상인(만인)을 위한 문학과 문학교육이라고 하였다. 이것은 문학 입문서이자 문학에 대한 그의 생각이 집약되어 있는 『문학이란 무엇인 가』[16]를 보면 잘 드러나 있다. 이 책의 서문을 보면 "문학이란 도대체 무엇인 가?"라는 물음으로 시작한다.

> 문학은 이 세상 도처에 그대로 있는데, 그것을 알게 해준답시고 하는 얘기 가 어려워서 도무지 알아듣기 어려울 때 사람들은 문학을 떠나기 시작할 것 이라고, 아니 이미 많은 사람들이 문학을 떠나 버렸다고 생각했다.(9쪽)

> 문학은 본디 우리 일상의 삶에서 온 것이기, 일상인의 것을 일상인에게 돌 려주어야 한다는 생각에서 나는 이 책을 썼다.(11~12쪽)

> 대한민국 국민이라면 누구나 최소한 12년의 학교교육을 받으며 그동안 계속해서 문학을 배우면서도, 문학은 전문가의 것이라고 소유권 등기를 아 예 이전해 버리는 풍조가 있어 이것을 하루바삐 고쳐야 한다는 생각을 했기 에 더더욱 일상의 삶에서 문학의 원리를 찾아내고자 했던 것이다.(12쪽)

문학은 일상인의 것이고 문학교육은 일상인을 위한 교육이 되어야 한다는 생각은 이 책뿐 아니라 문학과 문학교육을 지배하는 관점이라 할 수 있다. 이 같은 생각은 『문학이란 무엇인가』의 차례를 보면 분명하게 드러난다.

'토정비결 알 만하면 문학도 충분하다', '문학은 새롭고 영원한 별명 붙이

---

16 김대행, 『문학이란 무엇인가』, 문학사상사, 1992.

기다', '문학은 참된 거짓말이다', '문학은 할머니 말씀이다', '문학은 즐거운 놀이다', '문학은 담도 없고 벽도 없다', '강아지 걷어차기와 문학하기', '문학은 돋보기로 담뱃불 붙이기다', '문학은 서부 활극이다', '사랑을 분석하라, 문학이 거기 있다'.

여기에 나열된 제목들은 문학을 일상에서 일어나는 일을 빗대어 제시한 것들이다. 그러면서도 문학이 "삼라만상을 모두 포괄한다 해서 허접 쓰레기까지 모두 모아 놓는 부질없는 그릇으로 생각하는 것도 옳지 않다"[17]고 한다. "어디까지나 가치 있고 의미 있는 일일 때에 한해서만 가치 있는 문학이 된다"[18]는 것이다.

그러면서 그는 '문학이란 무엇인가'에 대한 대답은 사실상 불가능하다고 본다. 역설적으로 이러한 다면성과 무한성이 문학의 생명력이라는 것이다. 그러면서도 그에 의하면 그간 국어(문학)교육 연구자들의 문학에 대한 관점은 크게 세 가지로 나누어진다. 장르론적 관점, 수사학적 관점, 시학적 관점이 그것이다. 문학을 장르론적 관점에서 볼 때 문학적인 언어와 비문학적인 언어는 따로 존재하는 것이며, 이는 국어교육에서 문학 배제의 논리와 연결된다는 것이다. 그러나 문학은 일상인들이 광범위하게 사용하고 있는 언어 활동이며, 문학과 문학 아닌 언어를 구별하기가 사실상 어렵다는 점에서 이러한 관점은 문제로 지적된다. 다음, 수사학적 관점에서 볼 때 문학은 기술적으로 잘 꾸며진 말이 된다. 그러나 문학의 이러한 특성이 문학의 한 측면일 수는 있지만 전부일 수는 없다는 것이다. 또한 수사학적 관점에서 본 문학의 형식성과 감화적 기능을 문학적 특징의 전부로 볼 때, 이는 문학을 별개의 언어 체계로 보거나 도구 차원으로 전락시킬 가능성이 있다는 것이다.

---

17 위의 책, 256쪽.
18 위의 책, 257쪽.

마지막으로 문학을 시학적 관점에서 볼 때 문학의 본질에 가까워질 수 있다. 그러나 문학을 상상력의 산물 차원으로 좁혀 볼 경우 문학을 지나치게 좁게 바라보게 되는 문제를 야기한다. 더구나 상상력에 대한 논리적인 구명 여부가 문학교육의 가능성을 결정할 수 있다고 보는 편협한 시각으로 이어질 수 있다는 점에서도 문제라 할 수 있다고 본다.

어느 관점에서 문학을 보느냐에 따라 문학에 대한 시각은 달라질 수 있으며, 배제되는 측면이 있는 것이다. 따라서 문학을 국어교육과의 관련에서 볼 때 가장 유용한 관점을 수립할 필요가 있다. 그것은 바로 내포적·시학적인 관점으로써 '문학은 삶의 표현이며, 우리가 살아가는 삶의 언어적인 표출이 문학'[19]이라는 것이다. 이로써 문학이 특수하고 별개인 언어 활동이라는 생각으로부터 자유로울 수 있으며, 국어교육의 내용이 '단순히 일상어의 언어 모형을 숙달시키고 그 사용을 훈련시키는 데 한정'하는 것으로부터 벗어날 수 있다는 것이다.

이러한 김대행의 생각은 여러 가지 측면에서 가치롭게 보이면서 많은 생각거리를 던져준다. 우선, 오세영이 『문학이란 무엇인가』의 서문에서 '생활인의 문학이론서, 살아 있는 문학이론서, 창조적인 문학이론서'라고 밝히고 있듯이 김대행은 상아탑에 갇혀 어렵게만 보이는 문학에 대한 안내를 보다 쉽게 받을 수 있도록 하는 안내인의 역할을 충실히 해내고 있다. 뿐만 아니라 삶의 현장 속에서 생생한 예를 들어 문학 활동을 설명하고 있으며, 문학을 설명하는 저술 자체가 한 편의 문학작품을 읽는 듯한 창조적인 세계를 창출하고 있는 듯하다. 이를 두고 고답적이고 상아탑적인 관점에 입각하여 비판한다는 것은 무의미한 일이다. 왜냐하면 문학이 무엇인지를 설명하는 일은 저마다의 관점에 입각하여 저마다의 문체로 기술할 수밖에 없으며, 그 모

---

19 김대행, 앞의 책, 1995, 324쪽.

든 가능성으로 열려 있는 것이 문학의 본질이기 때문이다.

둘째, 문학이 특정한 전문가들만이 점유하는 것이 아니라 본디 일상인의 것이었듯이 문학은 일상인들이 향유하고 있는 삶의 일부라는 점을 분명히 하고 있다. 이를 위해 김대행은 우리 일상의 언어 생활에서 친밀하게 경험하는 것으로부터 예를 끌어들인다. 민요, 유머는 말할 것도 없고 음담패설, 퀴즈, 일화 등이 풍부하게 제시된다. 이는 다른 관점, 이를테면 문학을 천부적인 재능을 가졌거나 적어도 그러한 능력을 발휘할 수 있는 사람이 창조한 작품이라는 생각을 갖고 있는 사람들에게는 다소 받아들이기 어려운 것일 수 있다. 그들에 따르면 오늘날 우리가 읽고 있는 문학작품들은 전문가로서의 작가라고 하는 사람들이 창작한 것들이라는 것이다. 물론 명작이라고 하는 양질의 작품을 생산하는 일과 그것을 향유하는 일은 대단히 중요한 의미를 갖는다. 그것들은 다른 어떠한 것보다 풍부한 세계를 다루면서 인간에게 주는 긍정적인 영향력이 지대하기 때문이다. 우리가 전문가로서의 작가, 그리고 명작으로서의 작품을 인정하고 향유하는 것은 그것이 남달리 독특한 경지를 갖고서 인류에 큰 영향을 미치기 때문이다. 그런데 인간은 그가 태어난 순간부터 누구나 작가로서 살아간다고 봐야 한다. 아이가 태어날 때 우는 소리인 '응애, 응애, 응애~'야말로 운율미와 압축미를 보여주는 시적인 가능성을 보여줄 수 있는 예이다. 그리고 실제로 인간은 살아가면서 시적인 언어 생활을 한다. 뿐만 아니라, 일상에서 이루어지는 수많은 이야기들 이를테면 '누가, 언제, 어디에서, 어떻게 살았다'는 구조를 갖는 '이야기'들과 더불어 인간들은 살아간다. 이런 점에서 우리 모두는 시인이자, 이야기꾼이다. 다만 우리가 전문가로서의 작가 혹은 비평가라는 칭호를 부여하는 것은 그들이 이러한 일상인들보다 질적으로 정련된 문학을 생산 혹은 수용할 수 있는 능력을 지녔다는 점을 인정하고 있기 때문이라고 생각할 수 있다. 그러나 그렇다고 해서 문학이 특정인의 전유물이라고 생각할 수 없는 것은 분명하다.

셋째, 국어교육과 관련하여 문학에 대한 편견 혹은 좁은 관점에서 벗어나 보다 포괄적이고 유용한 관점을 제시하고자 했다는 점이다. 그는 그동안 국어(문학)교육 연구자들이 갖고 있던 관점들을 장르론적 관점, 수사학적 관점, 시학적 관점으로 정리하고 이를 비판적으로 검토한 후에 대안으로서 내포적·시학적 관점에서 '문학은 삶의 표현'이라는 명제를 제시한다. 그의 제안은 문학에 대한 오래되고 일반화된 명제를 다시금 확인한 것이지만, 국어교육패러다임에서 문학을 바라보는 한계들을 넘어설 수 있는 가능성을 보여준다.

그런데 여기에서 생각할 점은 문학을 일상인 혹은 만인의 것으로 규정하는 것과 그것을 장르론적, 수사학적, 시학적 측면에서 접근하는 것은 다른 차원의 문제일 수 있다는 것이다. 다양하게 문학론을 개진하는 입장에서도 문학이 일상인의 것이라는 점을 전제로 삼고 논의를 전개할 수 있다. 물론 장르론적 관점을 견지하는 논자들 가운데 일부가 문학 언어와 비문학언어가 따로 있는 것처럼 인식함으로써 문학을 일상 언어 생활로부터 배제시킨다든지, 수사학적 관점에서 문학을 수단이나 기능적인 차원으로 축소해버린다든지, 시학적 관점에서 문학의 특정한 속성만을 강조하는 것 등은 문학에 대하여 오해를 불러일으킨 요인이며, 그로 인해 불합리한 결과를 유발한 것이지만, 이제 그것들은 이미 낡은 것들이 되었다는 것은 틀림없다.

장르론적 시각에서 볼 때도 문학 언어와 일상 언어가 따로 존재하는 것이 아니라고 볼 수 있으며, 언어가 구현되는 실상이 장르라는 점에서 문학을 장르적으로 접근할 때 문학을 온전히 향유할 수 있게 된다고 할 수 있다. 즉 소설이라는 장르가 있듯이, 자유시, 음담패설, 민요, 일화, 대화 등의 장르도 그 범주화가 가능하다는 것이다. M. M. 바흐친이 설득력 있게 주장하고 있듯이 언어 생활은 특정한 언어 행위들을 단위로 묶을 수 있는 장르들의 집합이라 할 수 있다. 다만 문제 삼을 수 있는 것이 교육과정상 특정 장르에 치중함으로써 지나치게 문학을 좁게 다루고 있다든지, 소위 고전작품을 중심으로 다룬다든지, 전문가들의 문학을 다루는 등의 한계가 있다는 지적을 할 수 있을 것이다. 수사학적인 시각에서 문학을 보는 것도 같은 맥락에서 논의할 수 있을 것이다. 문학을 다양하게 규정할 수 있듯이 수사학적 관점도 문학의 형식과 행위자 간의 기능적인 측면에 초점을 두고 접근한다고 할 수 있다. 마찬가지로 시학적 시각에서 접근하는 것도 문학의 속성과 법칙에 주목하는 입장이라 할 수 있다.

여기에서 중요한 것은 교육적 맥락에서 문학을 바라보는 시각일 터이다. 그것은 문학이 삶, 언어 생활과 유리된 것이라는 사고에서 벗어나고, 교육의 내용을 수단, 방법, 기술 등에만 한정하려고 하는 시도들을 넘어서는 일이다.

분명한 것은 문학이 어느 한 가지 시각에서 온전히 규정될 수 있는 것이 아니라는 점이다. 그것이 문학의 특성이자 생명력이다. 따라서 교육적 측면에서 볼 때 문학이 삶의 한 양식이며 따라서 만인의 것이라는 전제를 받아들이고 어느 한 가지 입장만을 고수하기보다는 장르론적, 수사학적, 시학적 접근 등 다양한 접근들을 아우르면서 그것을 넘어서는 시각이 필요하다고 할 수 있다.

4. 국어(문학)교육에 대한 비판적 점검과 문학교육의 본질 탐색

문학교육의 성격과 본질을 포함한 문학교육에 대한 논의는 기존 국어교육에 대한 관점을 비판적으로 점검하고 그것을 전복시키는 일에서 출발한다. 국어는 언어기 때문에 그것을 어떻게 규정하느냐에 따라 국(언)어교육의 성격은 달라진다. 김대행은 그간의 국(언)어에 대한 관점은 말 그 자체나 그 쓰임에만 주목함으로써 언어를 인간, 삶과 분리된 가치중립적인 대상으로 여겨왔다고 비판한다. 따라서 국어교육은 "어떤 개인의 기호나 관심에 따라 대상을 아무렇게나 잡아도 되는 개인적 행위가 아니라 국어생활을 할 '인간'을 이 사회와 시대적 삶의 문맥에서 교육하는 것이기 때문에 언어학적 언어개념에서 벗어나 창조적 실체로 보는 관점의 수립이 필연적으로 요구된다"[20]고 주장하였다. 이는 '국어교육은 언어교육'이어야 하며, 국어교육의 본질은 언어교육에 있는 것이지 여타의 것들은 비본질적인 것이라는 견해에 대하여 본격적인 비판이라는 점에서 주목된다.

김대행은 「언어사용의 구조와 국어교육」[21], 「국어교과학을 위한 언어 재개념화」[22]에서 그러한 관점이 언어에 대한 단순성과 평면성에 기반해 있다고 비판한다. 언어는 입체적, 복합적인 것으로서, 언어의 본질은 체계, 행위, 문화의 측면을 지니며 언어의 기능은 의사소통, 사고, 예술의 측면을 지닌다는 것이다. 이러한 그의 견해는 언어교육을 적어도 언어사용기능교육 혹은 언어(국어학)교육으로 등치시키는 인식을 전환시키는 데 기여한 것으로 평가할 수 있다.

그동안 국어교육이 어떠해야 하는가에 대한 논의는 다양하게 전개되었다. 국어교육이 언어교육이어야 한다는 관점이 갖는 한계를 넘어서기 위하여, 국어교육을 사고력 교육, 언어문화 교육, 주체형성 교육, 국어활동 교육, 국어(언어) 사용(기능) 교육, 의사소통 교육, 지식 교육 등으로 규정하는 다양한 관점이 제시되었다. 김대행은 국어교육의 재개념화를 시도하였고, 그것

---

20 앞의 책, 25쪽.
21 김대행, 「언어사용의 구조와 국어교육」, 『국어교육』 7, 한국어교육학회, 1990.
22 김대행, 「국어교과학을 위한 언어 재개념화」, 『선청어문』 30, 서울대국어교육과, 2002.

을 국어생활과 국어문화를 중심으로 국어교육을 국어생활 교육으로서의 국어교육으로 재개념화하였다. 이러한 견해는 국(언)어에 대한 편협한 시각을 비판하고 있는 것과 맥락을 같이한다. 가령 언어의 특성을 '기호화된 언어의 자율성, 가상현실의 언어, 직업인으로서의 언어윤리, 언어 활동의 정치성, 사회문화와 언어의 불균형' 등에서 접근하는 견해와 언어란 실재의 표상 내지는 재현, 의사소통의 도구라는 표층적인 차원을 넘어 심층적인 의미의 세계와 더욱 관련되어 있다고 보는 견해가 그것이다. 이런 일련의 움직임과 더불어 국어교육의 새로운 패러다임을 모색하였다는 점과 거시적이고도 실천적인 관점에서 생활로서의 국어교육을 강조했다는 점에서 의의가 있다.

그런데 그간 언어의 문화 활동의 측면을 강조해온 김대행의 논지에 비추어볼 때 국어교육을 국어생활 교육 측면에서 접근하는 것보다는 국어문화교육 측면에서 접근하는 것이 논리적으로 타당할 수 있다고 볼 수 있다. 국어생활을 강조하다 보면 또다시 국어 사용이 강조되고, 그렇게 되면 실용적인 국어생활 활동으로 교육내용이 중시되어 국어의 질적 차원을 확보하기가 어려워질 가능성도 배제할 수 없기 때문이다. 따라서 문화라는 개념을 일관되게 유지하는 것도 고려해봄 직하다.

그는 국어교육 논의에 대하여 꾸준한 비판과 대안을 모색하는 한편, 문학교육의 성격과 본질에 대하여도 지속적으로 비판과 대안을 모색해왔다. 「문학과 국어교과학」[23]에서 국어교육과 문학의 관계, 문학교육이 지향해야 할 방향을 제시한 바 있다. 요컨대 그의 일관된 주장에서 알 수 있듯이 문학이란 일상의 삶 속의 언어가 정제된 것이며 문학을 교육하는 일은 문학이 지닌 다양한 국면들, 이를테면 운율적인 언어 활동, 언어의 논리적인 국면들, 인간과 세계를 보는 눈 등을 풍부하고도 전형적으로 보여줌으로써 일상 언

---

23 김대행, 앞의 책, 1995.

어 활동 교육의 준거틀을 제공한다는 것이다. 또한 문학은 예술로서의 특성을 지니고 있는바, 그것이 지닌 창조적이고 진실에 도달하는 통로로서의 의미에 주목하는 교육이 되어야 한다는 것이다. 여기에서 그는 문학이 전문가들의 전유물로 여겨 국어교육과 무관하다고 보는 생각을 엄중히 경계한다.

이러한 그의 생각은 「문학교육의 지표」[24]에서 구체화된다. 그는 국어교육으로서의 문학교육과 문화교육으로서의 문학교육을 제시한다. 여기에서도 문학은 언어 활동의 길잡이이자, 삼라만상에 대한 의미를 깨닫도록 하는 것이며, 관점의 다양함을 깨닫게 하는 일에 기여할 수 있다고 본다. 또한 문학은 자기 인식뿐 아니라 인간의 본질에 대한 해답을 제공할 수 있으며, 사고력(상상력)을 키워줄 수 있다는 것이다. 결론적으로 김대행은 "문학은 언어의 정수로 만든 알약이거나 캡슐이다. 문학을 사랑하여 언어로 이루는 삶과 문화의 기쁨을 누릴 줄 알게 하는 것이 문학교육"[25]이라고 주장한다. 그의 이러한 주장은 문학교육이 문학이나 문학교육 자체만을 위한 제한된 영역이나 행위에 그치는 것이 아니라, 문학교육이 어떠한 것인지를 밝혀주는 것으로서 문학교육을 입체적이고 다양하고 포괄적인 측면에서 규정하고 있다는 점에서 의미 있다 하겠다. 또한 문학교육이 언어 활동과 무관한 것이 아니며, 오히려 문학교육을 통해서 언어 활동 능력을 고양시킬 수 있다는 점을 설득력 있게 주장하고 있다. 다만, 국어교육으로서의 문학교육과 문화교육으로서의 문학교육을 설명할 때 그 함의를 분명하게 구획할 필요는 있다. 가령 국어교육으로서의 문학교육을 설명하기 위해 예로 든 삼라만상의 의미를 깨닫고 관점의 다양성을 깨닫게 하는 것은 문화교육으로서의 문학교육의 함의이기도 하기 때문이다.

---

24 위의 책.
25 위의 책, 365쪽.

문학교육에 대한 그의 이러한 생각은 문학교육의 본질이 언어 활동의 주체로서의 인간뿐 아니라 그 과정과 산물로서 나타나는 언어에 담긴 인간의 삶을 중시해야 한다는 관점으로 이어진다. 그에 의하면 인간이 빠진 국어교육 혹은 문학교육은 무의미한 것이다. 그러므로 그가 문학교육의 본질이나 목적을 인간이 잘 사는 일에 기여해야 한다는 데 두고 있는 것과 자연스럽게 이어신다. 그것은 잘 먹고 잘 사는 일이기도 하며, 인간답게 잘 사는 일이기도 하다. 그러기 위해서는 진리에 대하여 깨달음을 얻고, 남과 더불어 살 수 있는 능력을 갖추어야 한다. 그의 이 같은 주장은 국어교육은 "국어(언어)능력의 신장을 통해 잘 살아가는(well-being) 인간 형성을 위한 기획과 실천"[26]이라는 견해와도 일맥상통하는 측면이 있다. 바꾸어 말하면 문학교육이란 '문학 능력의 신장을 통해 잘 살아가는 인간 형성을 위한 기획과 실천'이라 할 수 있다.

김대행의 주장은 무엇보다 문학교육의 본질이 인간 형성에 있다는 점을 새삼 일깨워준다는 점에서 의미가 있다. 교육의 핵심이 사람에게 있듯이 문학교육이 본질로 삼아야 하는 것은 어떤 인간을 길러내야 할 것인가에 놓여 있다는 점이다. 또한 그의 생각은 인간이 잘 사는 일을 두고 실용성, 합목적성, 성찰성, 윤리성 등에 두루 미치고 있다는 점에서 균형 감각을 잃지 않고 있다. 그런데 인간답게 잘 사는 합목적성과 잘 먹고 잘 사는 일이라는 실용성이 양립하기가 쉽지 않다는 점에서 문제적이다. 잘 먹고 잘 살기 위해서는 자본주의라는 틀 속에서 벗어나기가 어려운 것이 현실이다. 적어도 문학교육의 실현태를 일상의 에피소드나 유머 차원만을 염두에 두지 않고, 정치, 경제, 사회, 문화 차원을 염두에 둔다면, 잘 먹고 사는 일과 인간답게 사는

---

26 임경순, 「국어능력 향상을 위한 철학적 기반 탐색 ─ 국어교육의 개념과 관련하여」, 『국어교육학연구』 25, 국어교육학회, 2006 ; 임경순, 「총체적 언어교육으로서의 국어교육과 문학교육의 중요성」, 『문학교육학』 19, 한국문학 교육학회, 2006a.

일은 상충될 가능성은 크다. 여기에 대한 숙고가 뒤따라야 할 것이다.

5. 문학교육 목표 확장과 내용 틀짜기

문학교육이 가야 할 방향으로 일찍이 김대행 교수는 문학에 대한 문화론적 접근을 강조한 바 있다.[27] 그렇게 보고자 한 이유는 문학을 인간 삶의 총체적인 방식 가운데 하나로 볼 수 있으며, 특정한 계층이나 집단의 전유물이 아닌 인간들의 의미의 생산과 유통으로 문학을 바라볼 수 있다는 점 등이다. 사실 문화를 정의하기는 쉽지 않다. 저마다의 타당한 시각으로 규정해버리면 그만이다. 문화를 통한 접근은 그만큼 다양하고 넓은 차원에서 접근할 수 있는 가능성을 제공한다. 무엇보다 언어 그 자체나 기능 일변도에서 벗어나 보다 넓고 깊은 시각을 갖게 해준다는 점에서 문화론적 접근은 의미가 있다. 문화론적 접근에서는 언어와 그 수행을 보되 구조나 형식을 보는 데서 끝나지 않고, 누가, 어떻게, 어떤 의도와 목적으로 실천하느냐 하는 점을 세세히 문제 삼는다. 개인 차원만이 아니라 집단 차원도 문제 삼으며, 언어가 가치 중립적이지 않고 이데올로기의 첨예한 대결 매체이자 이념 실천의 매체라는 점도 깊이 있게 따져 본다.

또한 그는 문학교육이 무너져 내린 문화 공동체 회복에 기여해야 한다는 방향을 제시한다. 우리 내부의 분열상뿐 아니라 남과 북이 이질화되는 현상을 극복해야 하며, 나아가 통일 이후의 문학교육의 방향까지 그의 시선을 확장시킨다. 특히 통일 이후의 문학교육의 이념으로 개인의 성장과 더불어, 민족문화의 계승과 창조, 인류 공동체의 구현을 제시한 것은 공동체적 차원이

---

27 김대행, 앞의 책, 2000.

남한과 북한뿐 아니라 인류 공동체 차원으로 확장되어나가고 있음을 확인할 수 있다. 이것은 문학교육이 나가야 할 방향이 개인적 차원뿐 아니라 한 민족 차원에서 인류 공동체 차원으로까지 확장되어 거시적인 방향을 제시했다는 점에서 의미가 있다고 할 수 있다.

문학교육의 본질과 방향은 그것이 목표로 구체화된다는 점에서 문학교육 목표론과 긴밀하게 연관된다. 김대행은 문학교육의 목표를 일상어 측면, 사고 측면, 이해와 감상 측면에서 제시한 바 있거니와,[28] '언어 능력의 증진, 개인의 정신적 성장, 개인적 주체성 확립, 문화 계승과 창조 능력 증진, 전인적 인간성 함양' 등으로 구체화하기도 하였다.[29]

그런데 목표는 거시적인 차원과 미시적인 차원에 이르기까지 그 폭이 넓다 하겠다. 방향이나 이념이라 할 수 있는 목적으로서의 거시적인 차원이 있고, 수업을 통해 실현해야 할 미시적 차원이 있다. 그리고 미시적 차원을 아우르면서 이념 차원보다는 낮은 수준의 중간 차원으로 구분해볼 수 있을 것이다. 이로 보면 목표는 상대적인 것임을 알 수 있다.

그간 학계에서 문학교육의 이념 혹은 목적에 대한 논의는 충분한 것 같지 않다. 문학교육이 지향해야 할 이념이나 목적을 몇 마디로 말하는 것은 그만큼 어려움이 따르기 때문일 것이다. 앞에서 김대행은 문학교육의 방향을 문화론적이고 공동체적인 시각 등에서 피력한 바 있음을 살폈다. 이 모든 것을 아우르는 개념으로 '문학문화 능력'을 상정하는 것이 좋을 듯싶다.

문학문화는 그것을 어떻게 규정하느냐에 따라 달라질 수 있다. 문학문화의 함의를 일상의 문학적인 언어 행위를 포함하여, 예술로서의 문학 현상을 포괄할 수도 있고, 문학 행위 속에서 이루어지는 일체의 삶의 현상으로 볼

---

28 위의 책.
29 김대행 외, 앞의 책.

수도 있다. 교육적인 견지에서 포괄성과 다양성을 염두에 둔다면, 그 모든 것들을 포괄하는 개념으로서의 문학문화를 상정하는 것이 바람직할 것으로 보인다. 따라서 문학문화 능력이란 문학과 관련된 일체의 언어문화 현상들을 생산하고 소통하고 수용할 수 있는 언어적, 심리적, 수행적, 태도적 능력이라 규정할 수 있을 것이다.

수업과 직결된 미시적인 차원의 목표는 상위 차원의 목표들과 관련되어 있으면서 동시에 내용론과 밀접하게 관련되어 있다.

문학교육의 내용론과 관련하여 그는 문학을 지식으로 가르치는 것에서 나아가 삶, 태도, 방법 측면에서도 가르쳐야 한다고 주장한 바 있는데,[30] 이후 국어교육의 내용 범주를 지식, 경험, 수행, 태도 등으로 체계화하였다.[31] 이는 최근「매체 환경의 변화와 국어교육의 방향」[32]을 논의하면서 지식의 교육적 의의를 중시하고(지식), 절차를 넘어서는 사고를 강조하고(수행), 의미 있는 경험을 통한 성장을 강조하고(경험), 주체성 확립을 위한 기획을 강조하는 (태도) 방향을 제시하는 것으로 발전한다.

최근 문학(국어)교육 연구 중에는 '내용'을 표제로 한 것들이 집중적으로 생산되고 있다. 그런데 이들은 내용 범주에 대한 충분한 사고를 하지 못하고 각론에 치중해 있는 것 같다. 또한 다중문식성, 문화적 문식성 등이 교육 내용으로 제안되어 있기는 하지만, 이 또한 총체적인 내용 범주 밑그림에서 제시된 것들이 아니다. 또한 그간에 내용 범주로 제시된 것들은 '본질, 원리, 태도', '지식, 기능, 태도', '지식, 기능, 맥락', '지식, 기능' 등 대체로 3분법을 제시하고 있는데, 이들은 교육학에서 제시하고 있는 일반적인 내용 범주를 거의 그대로 수용하거나 지나치게 단순화시킨 듯하다. 따라서 언어문화가

---

30 김대행, 앞의 책, 2000.
31 김대행, 앞의 글, 2002.
32 김대행, 앞의 글, 2007.

핵심인 문학(국어)교육의 고유성에 따른 내용 체계가 필요하다. 이런 점에서 언어가 운용되는 현상으로부터 문학(국어)교육의 내용 범주를 지식, 경험, 수행, 태도로 제시한 김대행의 주장은 설득력 있게 보인다. 이렇게 내용 범주가 네 개로 설정된 것은 각각 나름대로의 설정 이유가 있어 보인다. 그럼에도 불구하고 경험과 수행의 관계를 보다 명확히 할 필요는 있다. 가령 경험을 주체와 환경(문학)의 상호작용이라 할 때, 주체는 형상을 경험하고 그것으로부터 삶의 경험과 마음의 경험을 하게 된다. 그런데 '해냄'으로서의 수행(수용과 생산의 수행)은 근본적으로 이것과 무관하지 않다고 볼 수 있다. 수용(창작)이 단지 방법(기능)적인 차원만을 일컫는 것이 아니라면 문학작품의 세계와 의미를 경험하고 그것을 해석해 내는 일이 핵심이기 때문이다. 더군다나 수행은 다독, 다작, 다상량을 통해 이루어진다고 보면, 그 삼다(三多)가 수행되는 과정은 경험을 포괄하고 있다고 볼 수도 있다.

6. 인간을 위한 문학교육 방법 모색과 지표 제시

문학교육의 방법론은 앞서 살펴본 문학교육의 방향, 목표, 내용 등과 밀접하게 관련되어 있다. 김대행은 문학교육의 방법은 '알기 쉬운 문학교육', '생활인을 위한 문학교육', '감동을 주는 문학교육', '인간 성장을 위한 문학교육', '삶의 능력을 기르는 문학교육' 등의 방향으로 모색되어야 한다고 보았다.[33]

이 같은 생각은 「매체 환경의 변화와 국어교육의 방향」[34]에서도 인간교육

---

33 김대행, 「문학교육의 반성과 길찾기 : 방법」, 앞의 책, 2000.
34 김대행, 앞의 글, 2007.

으로서의 방법적 지향을 강조하는 것으로 나타난다. 언어 사용의 능력이나 언어 능력을 길러주는 일이 국어교육에서 근본적인 방법적 목적이 될 수는 없다는 것이다. 또한 교재를 구성함에 있어서는 정전 구성의 중요성을 강조한다. 정전을 통해 교육이 이루어지고 세대 간의 소통이 이루어진다. 그러나 현재 문학교육학계는 합의된 정전을 갖고 있지 못하다고 비판한다. 수업에 있어서도 교사 중심에서 학생 중심으로 전환할 필요가 있으며, 평가에 있어서는 태도 중심의 수행으로 나아갈 것을 제안하고 있다. 이상은 방법의 지향에서부터 교재, 수업, 평가에 이르기까지 그 방향을 구체적으로 제시하고 있다는 점에서 시사하는 바가 많다.

　그간 학계에서는 정전에 대한 학술대회를 몇 차례 갖기는 하였지만, 정작 중요한 학습자들이 배워야 할 정전이 무엇인지는 제시하지 못했다. 이렇다 보니 문학 교과서에 가장 많이 실리는 작품이 정전으로 인식되는 현상이 빚어지고 있다. 또한 학생 중심의 수업이 되어야 한다는 주장은 이미 낡은 주장이 되었을 정도로 오래되었다. 몇십 년 전에 교육계는 온통 이 문제를 두고 논의하였다. 그리고 방법도 시도되었다. 그러나 교과교육 차원에서 이 문제를 깊이 있게 연구되었는지는 의문이다. 무엇보다 수업에 대한 책임은 교사에게 있다는 점을 전제한다면, 교사가 변하지 않는 이상 수업이 바뀔 리가 없기 때문에 교사 교육의 중요성은 새삼 재론할 필요는 없다. 그러나 교사 양성 기관 특히 교원 자격 취득 과정만 이수하면 교원 자격을 부여하는 기관의 교육과정과 교수진이 제대로 된 교사를 양성하고 있는 상황인지는 의문이다. 또한 평가에 있어서 태도 중심의 수행평가로 나가는 방향이 타당성이 있지만, 교육내용인 '지식, 경험, 수행, 태도'가 총체적으로 평가되는 것도 소홀히 할 수 없을 것이다. 따라서 상황에 따라 개별적인 내용 범주 관련 평가와 아울러 내용 범주 간 종합적 평가도 고려되어야 한다. 다만 평가의 중점과 방향이 어디에 놓여야 하는지는 좀더 많은 논의가 필요하다.

방법론에 대한 김대행 교수의 생각이 집약된 것은『통일 이후의 문학교육』[35]이다. 그는 방법의 네 가지 요소로 목표, 교재, 교수-학습, 평가를 들고 각각의 방향성을 제시한다. 목표에는 구체성, 포괄성의 지표가 제시된다. '지식, 경험, 수행, 태도'가 '개인, 민족, 세계' 차원의 이념과 연결되면서 수업 시간에 실천될 수 있도록 구체적으로 제시되어야 한다. 또한 '실체, 속성, 활동'이 '이해활동과 표현활동, 과거의 문학과 현재의 문학, 민족문학과 세계문학'과 더불어 포괄적으로 제시되어야 한다. 교재는 대표성, 위계성의 지표가 제시된다. 작품 목록에 대한 문화 공동체의 합의가 이루어져야 하고, 학교급별에 따라 초등학교는 주제별, 중학교는 연대기별, 고등학교는 장르별 위계화를 고려할 수 있다. 교수-학습에는 역동성과 통합성의 기준이 제시된다. 학습자들이 능동적으로 참여하여 생활화할 수 있는 교수-학습이 되어야 하고, 읽기, 쓰기, 사고, 활동, 문학 등이 통합적으로 이루어질 수 있도록 해야 한다. 평가에는 확장성과 입체성의 기준이 제시된다. 평가는 교수-학습의 연장 속에서 새로운 자료, 새로운 이론, 새로운 창작을 포함한 평가가 이루어져야 하며, 영역, 시기, 주체, 방법 등을 다양하면서도 입체적으로 해야 한다는 것이다.

　이러한 논의는 방법에 대한 연구가 미진하게 진행되고 있는 현실에서 하나의 방향을 제시해주고 있다는 점에서 의의 있는 논의라 하겠다. 특히 목표, 교재, 교수-학습, 평가에 대하여 각각 방법적인 지표를 구체적으로 제시한 것은 시사적이다. 각 범주에 대하여 보다 풍부하고 객관적이고 체계적인 원리와 방법을 모색하고 구체화하는 작업이 과제로 남아 있다.

35　김대행, 앞의 책, 2008.

제3부　문학의 존재와 문학교육의 가능태

7. 맺음말

문학(국어)교육 연구가 본격화되던 시점부터 줄곧 논의의 중심에 있었던 김대행을 중심으로 논지를 살펴보는 것은 1세대 문학(국어)교육 논의의 성과와 과제를 가늠해볼 수 있다는 점에서 의의가 있다. 이런 점에서 김대행의 논의가 지닌 의의를 정리해보는 것도 의미가 있을 것으로 본다. 첫째, 상아탑에 갇혀 어렵게만 보이는 문학을 쉽게 접할 수 있도록 하는 인도자의 역할을 충실히 해내고 있다. 둘째, 문학이 특정한 전문가들만이 점유하는 것이 아니라 본디 일상인의 것이었듯이 문학은 일상인들이 향유하고 있는 삶의 일부라는 점을 분명히 하였다. 셋째, 국어교육과 관련하여 문학에 대한 편견 혹은 좁은 관점에서 벗어나 보다 포괄적이고 유용한 관점을 제시하고자 했다. 넷째, 말 자체나 그 쓰임만을 강조하는 기존 국어교육에 대한 관점을 비판적으로 점검하고 그것의 전복을 시도하였으며 입체적, 총체적, 포괄적인 국어(문학)교육관을 수립하는 데 기여하였다. 다섯째, 문학(국어)교육을 거시적이고도 실천적인 관점에서 생활로서의 문학(국어)교육, 문화로서의 문학(국어)교육을 강조함으로써 문학(국어)교육의 내포와 외연을 확장하는 데에 기여하였다. 여섯째, 문학교육의 본질은 인간 형성에 있다는 점을 분명히 하였다. 일곱째, 문학교육이 가야 할 방향으로 인간론적 접근, 문화론적 접근, 문화 공동체 회복 등을 제시함으로써, 그리고 문학교육의 이념을 개인, 민족, 세계로 확장시킴으로써 문학교육 방향 설정에 기여하였다. 여덟째, 국어(문학)교육의 내용 범주를 지식, 경험, 수행, 태도 등으로 체계화함으로써 내용에 대한 독특한 시각을 제시하였다. 아홉째, 문학교육의 방법과 관련하여 인간교육으로서의 방법적 지향을 강조하면서 교재, 교수-학습, 평가 등에 대한 지표를 제시함으로써 방법 연구에 시사점을 주었다.

김대행은 초기 문학(국어)교육학의 기틀을 마련하기 위해 노력했고, 또한 적지 않은 업적을 쌓기도 했다. 그가 문학(국어)교육에 대한 본격적인 생각을 담은『국어교과학의 지평』를 세상에 내놓은 해가 1995년이었다. 그리고 2008년에는『통일 이후의 문학교육』을 내놓았다. 두 저술의 간격만큼이나 그의 생각도 변하였고, 문학(국어)교육의 현실도 바뀌었다. 13년이란 세월은 보는 이의 시각에 따라 긴 시간이기도 하고 짧은 시간이기도 하다. 김대행은 그 세월 동안 지속적으로 문학(국어)교육의 틀짜기에 몰두해오면서 새로운 패러다임을 모색해왔다. 또한 연구자들 역시 문학(국어)교육의 학문적 틀짜기를 위해 노력해왔다. 그 결과 학문적인 틀을 세우는 일에 어느 정도 성과를 거두고 있다고 볼 수는 있으나, 여전히 해결해야 할 연구 과제가 산적해 있다. 한국문학 교육의 국제적인 위상을 정립하는 일, 한국어교육을 비롯한 여러 인접 학문과 관련하여 문학교육의 큰 그림을 그리는 일, 기능교육·문법교육 등과 문학교육의 관계와 위상을 정립하는 일, 문학교육 과정의 틀을 세우고 그것을 더욱 이론화하는 일, 문학 능력 발달을 밝히는 일, 문학교육 내용론·방법론·교재론·평가론 등을 수립하는 일, 문학 교사의 양성과 재교육, 사회 문학교육, 문학 영재 교육, 문학교육 정책 등에 대한 이론과 방법을 모색하는 일 등 많은 연구 과제들이 놓여 있다. 따라서 문학교육학에 대한 거시적인 시각과 미시적인 시각 그리고 통합 학문적인 시각을 겸비하면서, 문학교육학의 큰 그림과 작은 그림을 그리고, 그것을 연구 성과로 채워나가는 일이 절실하다. 이러한 때에 구인환·김대행·우한용·최병우 등 초기 연구자들이 이룩한 성취들은 문학(국어)교육학 발전에 소중한 밑거름이 될 것으로 보인다.

제6장
실용과 실천의 내러티브

1. 머리말

서재 귀퉁이의 오래 묵은 시집들 가운데, 『누가 하늘을 보았다 하는가』(신동엽, 1979 ; 개정판 1989)를 빼들었다. 이 시집은 아마도 대학 시절 '사대문학회'에서 활동할 때 구해 읽었던 듯하다. 최루탄이 대학생들의 폐부를 난도질하던 당시, 우리들은 밤을 새워가며 민족문학론을 논의하였고, 신동엽은 그 한복판에 놓여 있었다. 시집의 목차를 보니, 「아사녀」, 「껍데기는 가라」, 「술을 많이 마시고 잔 어젯밤은」, 「누가 하늘을 보았다 하는가」 등의 시에는 동그라미가 쳐 있고, 시집 군데군데 밑줄과 낙서가 있었다. 거의 30년이라는 세월을 훌쩍 넘고 보니, 그동안 나는 무엇을 하면서 살아왔는가라고 자문을 하게 된다.

내가 학교교육 현장에서 신동엽을 만난 건, 1992년에 나온 중학교 3학년 2학기 『국어』 교과서이다. 윤동주의 「자화상」, 조지훈의 「승무」, 이동주의 「강강술래」, 김현승의 「플라타너스」, 홍윤숙의 「오라, 이 강변으로」와 더불어 신동엽의 「산에 언덕에」가 실렸던 것이다. 당시 나는 1991년에 군 생활을 마치고, 새 학기부터는 3학년 국어를 담당했기 때문에 개정된『국어』교과서에서 그의 시를 만나게 되었다. 대학 시절에 만났던, 신동엽의 시를 다시 만났을 때의 감회란 남달랐다. 이어 2003년에는 중학교 3-1학기『국어』교과서에 그의「봄은」이 실렸고, 1997년 이후 고등학교『문학』교과서에는「산에 언덕에」,「껍데기는 가라」,「너에게」,「누가 하늘을 보았다 하는가」등이 실려 신동엽은 김수영과 함께 1960년대를 대표하는 참여시인으로 국민이면 누구나 알 수 있게 되었다. 특히「껍데기는 가라」는 여러『문학』교과서에 실려, 이 시는 그의 대표작으로 알려지게 되었다.

그간 문학 기행 형식으로 된 안내서들, 예컨대 김용성의『한국현대문학사 탐방』, 신경림의『신경림의 시인을 찾아서』, 그리고 김학동의『문학기행 시인의 고향』등이 발간되어 문학인들을 탐방하는 데에 도움을 준다.[1] 그리고 그동안 신동엽에 대한 많은 연구서와 자료들이 출간되었다.[2] 이렇듯 신동엽은 우리들에게 익히 알려져 있지만, 교과서나 문학사 속에서 글과 기억으로만 존재하던 신동엽의 흔적을 더듬어보고 싶었다. 서둘러 카메라와 메모지를 들고 그가 태어나 자랐던 부여로 떠나기로 했다.

부여로 가는 차 안에서 긴급조치 9호는 헌법상 보장된 국민의 기본권을 지나치게 제한하거나 침해한 것으로 유신헌법은 물론 현행 헌법에도 위반돼 무효라는 대법원 판결 소식을 들었다. 당시 집권 세력은 1972년에 이른바 '10월 유신'을 단행하고, 더욱 강력한 통치를 위해 무려 아홉 차례에 걸쳐

---

1   김용성,『한국현대문학사탐방』, 현암사, 1984 ; 신경림,『신경림의 시인을 찾아서』, 우리교육, 1998 ; 김학동,『문학기행 시인의 고향』, 새문사, 2000.
2   구중서·강형철 편,『민족시인 신동엽』, 소명출판, 1999 ; 김응교 편,『신동엽 사랑과 혁명의 시인』, 글누림, 2011 ; 김준오,『신동엽, 60년대 의미망을 위하여』, 건국대학교 출판부, 1997 ; 김응교 글·인병선 유물 보존 공개 고증,『시인 신동엽』, 현암사, 2005 ; 신동엽,『신동엽 전집』, 창작과비평사, 1975 ; 강형철·김윤태 편,『신동엽 시 전집』, 창비, 2013.

긴급조치를 취했다. 긴급조치 9호란 유신헌법 철폐와 정권 퇴진을 요구하는 민주화 운동이 거세게 일어날 무렵 이를 탄압하기 위해 1975년 5월 13일에 내려진 조치가 아니었던가. 이로써 4년여 동안 팔백여 명이 구속되고, 수많은 언론에 재갈을 물렸던 것이다. 1975년 6월『신동엽 전집』(창작과비평사)도 긴급조치 9호를 피해갈 수 없었다. 7월에 판매 금지 처분이 내려졌던 것이다. 이러한 사연으로 볼 때 신동엽의 시가 국가가 검인정한『국어』교과서에 등장했다는 것은 인간이 하는 일에 대하여 다시 생각하게 해준다. 나는 신동엽을 떠올리지 않을 수 없었다.

2. 신동엽이 살아온 길

신동엽의 생애는 이미 여러 사람에 의해 정리되어 있다. 김응교가 글을 쓰고 신동엽의 부인인 인병선이 유물 보존, 공개, 고증을 했다는『시인 신동엽』의 부록에 실린 신동엽 시인의 간추린 생애사는 이렇다.[3] 그는 1930년 8월 18일, 충청남도 부여군 부여읍 동남리 249번지 초가에서 신연순의 장남으로 태어나 식민지 농촌 생활을 하며 자랐으며, 부여 공립 진조(尋常)소학교를 다녔다. 1942년(12세)에는 '내지 성지 참배단'으로 뽑혀 다른 학생 5백여 명과 더불어 보름간 일본을 다녀왔으며, 1944년 부여국민학교를 졸업하고 1945년(15세) 3월에는 전주사범학교에 입학한 후, 1948년(18세) 4학년 때 동맹휴학에 가담하여 퇴학당했다. 1949년(19세)에는 단국대 사학과에 입학하고, 1950년 인민군 치하에서 부여 민청 선전부장을 하였고, 12월에는 '국민방위군'에 소집되어 전쟁터로 끌려갔다가 죽을 고생 끝에 병든 몸으로 귀향

---

3   김응교 글 · 인병선 유물 보존 공개 고증,『시인 신동엽』, 현암사, 2005.

했다. 1953년(23세) 단국대 사학과를 졸업하고, 1957년(27세) 결혼한 후 1958년(28세)에는 잠시 주산농고에서 교편을 잡다가 부여읍 동남리 501-3에서 시작에 몰두하기도 했다. 그리고 1959년(29세)에 장시 「이야기하는 쟁기꾼의 대지」가 『조선일보』 신춘문예에 입선하여 문단에 등장했고, 1960년(30세)에 4·19가 일어나자 『학생혁명시집』을 출간했다. 1961년(31세)에 명성여고에서 학생들을 가르치기 시작했으며, 1963년(33세) 첫 시집 『아사녀』를 출간하고, 1967년(37세)에 「껍데기는 가라」 등과 장편서사시 「금강」을 발표했다. 1968년 6월 김수영의 타계에 이어 1969년(39세) 4월 7일 서울 동선동 집에서 간암으로 세상을 떠났다. 사후 1970년에는 백마강 기슭에 그의 시비가 세워졌고, 1975년 6월 『신동엽 전집』이 출간되자마자 판매 금지가 되었다. 1993년에는 경기도 파주군 금촌읍 월롱산 기슭에 있던 묘를 부여읍 염창리 능산리 고분 맞은편에 있는 부모 산소 아래로 이장하였다. 2003년에는 대한민국 은관문화훈장이 수여되었고, 2013년에는 신동엽문학관이 공식 개관되었다.

3. 언제까지나, 살며 있는 것

나는 신동엽이 살아온 생애사를 중심으로 그의 문학적 행적을 더듬어보기로 했다. 부여에 도착하자마자 가장 먼저 그가 태어났던 생가를 찾았다. 그런데 문제가 생겼다. 김용성과 김준오, 김학동의 저술에는 그의 출생지를 충남 부여읍 동남리 294번지로 기록하고 있고, 김응교와 강형철·김윤태의 저술에는 동남리 249번지로 되어 있었다.

내가 십여 년 전 처음 이곳에 찾아왔을 때만 해도 신동엽이 태어났던 동남리 294번지는 빈터로 남아 있었다. 바로 그 옆에 당시부터 사용하고 있었던 우물도 그대로 사용하고 있었다. 그러나 지금은 부여읍의 시가지가 확장되어 그때와는 전혀 다르게 변한 것이다.[4]

김학동은 294번지 생가터를 공동샘 사진과 함께 소개하고 있다. 누구의 기록이 맞는지 정확한 것은 알 수 없지만, 그저 본능적으로 그가 태어났던 곳을 찾아보고 싶었다. 찾아간들 그가 태어났던 당시의 흔적을 볼 수 없다는 것을 알면서도……. 거의 정확하게 번지를 찾아주는 내비게이션 덕분에 그 곳을 찾았지만, 예상했던 대로 현대식 주택과 건물이 들어서 있어, 옛 모습이라고는 찾을 길이 없었다. 신동엽이 살아 있다면, 그가 태어났던 집을 정확히 기억할 수 있을까. 아마 그도 그렇지 못할 것이다. 그렇지만 우연히 어떤 계기로 이를테면 이번 기행과 같은 기회가 찾아왔을 때, 그가 지금과 같은 건물들을 보고 어떤 생각을 갖게 될 것인가? 나는 몇 년 전에 내가 태어났던 고향을 우연히 찾아봤던 기억이 있다. 내가 살았던 건물의 흔적과 땅의 형태가 바뀌었으므로 찾기가 쉽지 않았지만, 골목길과 폐허로 변한 집들을 통해 그 흔적을 찾을 수 있었다. 그곳에는 적지 않은 자식들을 먹여살리기 위해 박봉에 힘겨워하시던 아버지와 아이들을 돌보면서 가난한 살림을 꾸려가시던 어머니, 그리고 철부지였던 1960년대 후반의 내가 있었다. 1930년에 신동엽은 아버지 평산 신(申)씨 연순과 어머니 광산 김(金)씨 영희 사이에서 장남으로 태어났다. 일찍 타계한 그의 아버지 첫째 부인이 딸과 아들을 낳았으나, 아들은 갓 돌을 넘기고 죽었기 때문에 신동엽은 2대 독자가 된다. 여덟 명의 여동생 중 넷은 어릴 때 영영 이별했다 한다. 신동엽이 태어날 무렵에는 일제의 탄압이 점차 심화되어갔고, 만주사변 이후 기근과 착취가 더

---

4 김학동, 앞의 책, 141쪽. 김학동이 이 글을 쓴 것은 1996년 10월 20일로 되어 있다.

욱 심해졌던 시기였다. 그들이 살아남기 위해 겪어야 했던 고통은 상상하기가 어렵다.

차를 돌려 충남 부여읍 동남리 501-3로 향했다. 골목 입구에는 신동엽문학관과 신동엽 생가를 안내하는 표지판이 세워져 있어, 이정표를 따라 골목 안으로 200여 미터 들어섰다. 흔히 생가로 알려져 있지만 그곳은 신동엽이 국민학교(부여공립심상소학교)에 들어가는 해 이사한 후 줄곧 소년과 청년 그리고 신혼 시절을 보냈다는 집이다.[5] 그곳으로 이사를 간 것이 1938년이었으니 파란 기와로 담장과 지붕이 덮여 있는 지금의 그 집은 옛 모습 그대로일 리가 없었다. 대문에는 '시인 신동엽 생가'라는 현판이 걸려 있고, 대문 왼쪽에는 '시인 신동엽(申東曄) 생가'를 알리는 알림판이 있다. 거기에는 시인 신동엽(1930~1969)에 대한 출생과 학교, 직장, 그리고 문단에 나와 활동한 것을 소개하고 있었다. 또한 "민족문제와 역사의식을 일깨우는 명작을 발표하여 우리나라 대표적인 민족시인으로 추앙받고 있"다는 평가와 함께 "이 집은 신동엽 시인이 소년기부터 청년기를 보낸 곳으로 1985년 5월 유족과 문인들에 의해 복원되었고 2003년 부여군에 기증되었"다고 기록되어 있다. 대문 오른쪽에는 담장 사이에 '신동엽 가옥터'를 알리는 표지석이 있다. 대한민국 등록문화재 제339호로 지정된 가옥터는 잘 보존하여 후손들에게 전승하고자 2007년 7월 3일 등록문화재로 등록하여 보존 관리하고 있다는 부여군수의 알림말이 쓰여 있다. 가옥터 즉 집의 터라는 말이 말해주듯, 그가 살았던 집터에는 원래의 모습과는 다른 집이 복원되어 있는 것이다. 이곳 사람들이 그의 흔적을 보존하려고 애쓴 모습을 볼 수 있었다. 그러나 관리가 어렵다는 이유로 담장과 지붕 등이 바뀐 것을 두고 생가라는 느낌을 가질 수 없었다.

---

5   김용성, 앞의 책, 558쪽.

'생가'라는 곳에는 이제 김학동이 십여 년 전에 이곳을 찾았을 때 미수의 나이를 넘기고도 '정신은 맑고 매무새가 조금도 흐트러짐이 없으셨'던, 그리고 '외아들을 가슴에 묻은 한을 되새기며 홀로 집을 지키고 계'시면서 방문객을 맞이하셨던 그의 부친은 없었다(김학동은 1996년에 그곳을 다시 찾았다).[6] 나는 특별히 관심을 갖고 찾아보기로 했던 것이 있었다. 방문 위에 걸린 그의 아내 인병선이 짓고 신영복 선생이 글씨를 썼다는 '생가(生家)'라는 글과 방 안에 걸린 천상병 시인이 지었다는 「곡 신동엽(哭 申東曄)」이라는 글이었다. 그러나 그것들은 온데간데없고 방문은 열쇠로 잠겨 있었다. 방 안에는 들어갈 수 없다고 하여도 방문 입구 위에 걸려 있다던 생가(生家)라는 글이라도 보고 싶었다.

生家

우리의 만남을/헛되이/흘려버리고 싶지 않다

있었던 일을/늘 있는 일로/하고 싶은 마음이/당신과 내가/처음 맺어진/이 자리를/새삼 꾸미는 뜻이라

우리는/살고 가는 것이 아니라/언제까지나/살며 있는 것이다

글 인병선/글씨 신영복

신동엽의 아내 인병선이 뜻을 담아 새삼 꾸린 바로 '이 자리'에 그녀의 목소리는 없었다. 잔디가 심어진 마당을 거닐어보고, 집안을 한 바퀴 돌아도

---

6   김학동, 앞의 책.

보았지만 감흥이 일지가 않았다. 착잡함을 나만 느낀 것은 아닐 것이다.

4. 인생, 시, 사랑, 혁명

생가 비로 뒤로는 신동엽문학관이 자리를 잡고 있었다. 생가를 빠져나와 신동엽문학관으로 향했다. 2011년 신동엽문학관이 준공되고, 2013년에 공식 개관된 것이다. 건물 왼편에 있는 북카페를 지나 신동엽문학관에 들어서는 입구에는 이곳이 움집터였음을 알려주는 안내표지판이 있다. 안내표지판에는 이렇게 쓰여 있다.

> 이곳 신동엽문학관 부지는 충청남도역사문화연구원이 2005년 11월 22일부터 12월 6일까지 시굴조사를 실시한 결과 백제시대의 저장시설로 추정되는 가로 4.6m, 세로 3.7m 크기의 방형 수혈유구 1기를 확인하였다. 이외에도 조선시대 주거지 2가와 토 도기류 29점, 자기류 32점, 기와류 17점의 유물이 출토되었다.

그러고 보니 부여는 538년 무령왕의 뒤를 이은 백제 성왕(523~554)이 수도를 사비(지금의 부여)로 천도하고 국호를 남부여로 바꾸는 등 관제를 정비하고 국력의 중흥에 힘을 쏟았던 수도였으며, 의자왕을 끝으로 660년 신라와 당나라의 연합군에 의해 멸망한 곳이 아니었던가? 그러기에 어디를 가든 부여는 온통 백제의 유물로 가득하다. 신동엽문학관이 들어선 자리도 예외는 아니었던 것이다.

문학관에 들어서니 정면에 조각가 심정수가 만든 신동엽 흉상이 있다. 조각가 심정수는 원주시 박경리문학관에 있는 박경리 선생 동상과 서울 양재 시민의 숲 공원에 자리한 매헌 윤봉길 의사 동상을 제작한 예술가란다. 신동엽 흉상은 오른손에 펜을 들고, 눈은 정면을 응시한 채 탐방객을 맞이한다.

흉상 오른쪽으로 이어진 신동엽 시인이 걸어온 이야기는 「서둘고 싶지 않다」의 한 대목에서 시작한다.

> 내 **인생**을 **시**로 장식해 봤으면
> 내 인생을 **사랑**으로 채워 봤으면
> 내 인생을 **혁명**으로 불질러 봤으면
> 세월은 흐른다
> 그렇다고 서둘고 싶진 않다
>
> — 신동엽, 「서둘고 싶지 않다」 부분

도드라지게 키워놓은 인생, 시, 사랑, 혁명이라는 시어가 신동엽의 삶을 말해주고 있는 듯하다. 백낙청은 신동엽 시인의 20주기를 맞아 아직도 독자들에게 생생하게 살아 있는 시인으로 평가한 바 있으며,[7] 채광석은 신동엽이 외세가 우리 민족의 분단의 원인이자 장애라는 것을 인식하고, "외세와 그 추종 세력을 몰아내는 통일 열망을 줄기차게 노래한 60년대의 가장 뛰어나고, 「휴전선」의 박봉우를 제외한다면 거의 유일한 시인이었다"[8]고 평가하였듯이, 신동엽은 살며, 사랑하며, 혁명을 꿈꾸었던 시인이었던 것이다.

신동엽문학관에는 그가 1930년 부여읍 동남리 269번지 초가에서 신연순의 장남으로 태어난 것으로 되어 있었다. 앞에서 여러 사람들이 294번지 혹은 249번지를 그가 태어난 곳으로 기록하고 있는 것과는 달리 이곳에서는 269번지로 되어 있어, 어느 곳이 정확한 곳인지 더욱 혼란스러웠다. 그곳에서 일하는 사람에게 물어도 번지는 정확하지 않을 수 있다는 답변을 들었을

---

7   백낙청, 「살아있는 신동엽」, 구중서·강형철 편, 앞의 책, 13쪽.
8   채광석, 「민족시인 신동엽」, 구중서·강형철 편, 앞의 책, 152쪽.

뿐, 정확한 것은 알 수 없었다.

국민학교에 입학하기 전인 1930년대 초반 만주사변과 함께 찾아온 극심한 가뭄으로 온 마을 사람들이 기근을 겪고, 어린 신동엽도 제대로 먹지 못하고 어려운 시절을 보냈던 것으로 기록하고 있다. 식민지하의 가난과 굶주림 속에서 어린 시절을 보내고, 1945년 해방과 1950년 한국전쟁을 거친 후 1950년대 중반 구상회, 노문, 이상비, 유옥준 등과 문학적 교류를 하면서 습작기를 갖고, 1958년 현 생가에 시작에 몰두한 결과 석림(石林)이라는 필명으로 『조선일보』에 장시 「이야기하는 쟁기꾼의 대지」를 응모하여 입선하게 된다. 시인 박봉우의 눈에 띄어 예심을 거쳐 본심에 오른 이 시는 심사위원들 사이에 논란을 일으켰고, 일부 손을 본 뒤 가작으로 결정된 것이다. 「이야기하는 쟁기꾼의 대지」는 총 300여 행으로 서화(序話), 제1~6화, 후화(後話)로 구성되어 있다.

> 당신의 입술에선 쓰디쓴 풀맛 샘솟더군요. 잊지 못하겠어요.
> 몸양은 단 먹뱀처럼 애절하고, 참 즐거웠어요. 여름날이었죠.
> 꽃이 핀 고원을 난 지나고 있었어요. 무성한 풀섶에서 소와 노닐다가, 당신의 가슴으로 날 불렀죠.
>   ─「이야기하는 쟁기꾼의 대지」 서화(序話) 첫 연[9]

쟁기꾼을 통한 대지와의 대화를 내용으로 한 이 시는 조태일에 의하면 대지에 뿌리박은 원초적인 생명에의 귀의를 주제로 한다. 물질문명의 발달로 인한 반인간적, 반생명적 요소를 원초적인 세계와 대비시켜 인간 정신의 구원은 전체성으로서의 대지에서 되찾아야 한다고 주장하고 있다고 해

---

9 강형철 · 김윤태 편, 앞의 책, 56쪽.

석한다.[10]

신동엽은 1963년 3월에 첫 시집『아사녀』를 출간한다. 이 시집에는 「진달
래 산천」, 「풍경」, 「그 가을」, 「정본 문화사대계(正本文化史大系)」, 「이야기하는
쟁기꾼의 대지」 등 발표작 10편과 「눈 날리는 날」, 「빛나는 눈동자」, 「산사(山
死)」, 「산에 언덕에」 등 신작 8편이 수록되어 있다. 조태일은『아사녀』에 수록
된 시를 총평하면서 "그의 원수성 세계에의 그리움이『아사녀』에 와서 보다
짙은 토속어를 구사하면서 지나간 역사에의 막연한 향수로 나타나 있는 듯
이 보인다"고 하면서 "그러한 복고주의적 경향은 현재에 서서 과거를 더듬
어 보고, 현재에 어떻게 용해되어 있는지를 이해하여 미래 설정을 위한 수단
으로 삼으려는 과거 차용인 것으로 보인다."고 하면서도 "그럼에도 추상적,
관념적인 시의 체취를 씻어내지 못하고 있는 이유는 시를 다루는 데 있어서
기교에 관한 문제에 별로 관심을 두지 않았기 때문"이라고 평가한다.[11]

여기에서 원수성의 세계란 신동엽의 독특한 용어에 근거를 두고 있다. 그
는 젊은 날 무정부주의뿐 아니라 노장사상과 동양적 신비주의에도 탐닉했
다 한다. 대부분 그의 시에 나타난 과거나 미래 지향적 태도는 동양적 형이
상학에 기인한 것이며, 그가 사용하고 있는 원수성(原數性), 차수성(次數性),
귀수성(貴數性)도 여기에 근거를 두고 있다. 원수성의 세계란 인간, 자연, 신
이 하나의 공동체 즉 원초적 통일성을 이룬 시대이다. 차수성의 세계는 이런
원초적 통일성이 상실된 분업과 분열의 문화이자 맹목적 기술자들의 세계
이며, 국가 등 모든 인위적인 제도가 인간을 구속하는 세계이다. 신동엽에게

---

10 조태일, 「신동엽론」, 구중서 · 강형철 편, 앞의 책, 98쪽. 강형철은『조선일보』 판본
    과『아사녀』 판본을 참고하여 「이야기하는 쟁기꾼의 대지」의 원본 확정을 제시한 바
    있다. 강형철, 「신동엽 시의 텍스트 연구─「이야기하는 쟁기꾼의 대지」를 중심으로」,
    구중서 · 강형철 편, 앞의 책.
11 조태일, 앞의 글, 101~104쪽.

구원은 다시 원수성의 세계로 돌아가는 것이며 그것이 바로 귀수성의 세계이다.[12]

1967년 1월, 신동엽의 작품 가운데 가장 잘 알려진 시 「껍데기는 가라」가 『52인 시집』(현대문학전집 제18권, 신구문화사)에 발표된다.[13]

> 껍데기는 가라.
> 4월도 알맹이만 남고
> 껍데기는 가라.
>
> 껍데기는 가라.
> 동학년(東學年) 곰나루의, 그 아우성만 살고
> 껍데기는 가라.
>
> 그리하여, 다시
> 껍데기는 가라.
> 이곳에선, 두 가슴과 그곳까지 내논
> 아사달 아사녀가
> 중립(中立)의 초례청 앞에 서서
> 부끄럼 빛내며

---

12 김중오, 앞의 책, 34~35쪽. 여기에서 '수'란 숫자를 비롯하여 운명, 기술, 자연의 이치 등의 의미로서 우주 생성을 해석하는 데 사용하는 용어이다.

13 신동엽문학관에서 만난 사단법인 신동엽기념사업회 상임이사인 김윤태(강형철과 함께 『신동엽 시전집』을 엮은 이)는 「껍데기는 가라」의 최초 발표가 『52인 시집』(1967)으로 알려져 있으나, 최근 1964년 12월에 『시단』이라는 잡지(동인지로 추정됨) 6호에 이미 발표된 바 있다고 하면서 이와 관련된 홍윤표의 「민족시인 신동엽의 '껍데기는 가라'의 첫 발표연대 오류와 연보 바로잡기」(『근대서지』 4호, 2011.12)라는 논문을 소개해주었다. 그에 의하면 현재 『시단』 소유자로부터 문학관에 양도 의사를 간접적으로 들었고, 적정선에서 구매하도록 추진해야 할 것이며, 아울러 전시실 해당 부분도 수정하는 방향으로 준비해야 할 것이라고 말했다.

맞절할지니

껍데기는 가라.
한라에서 백두까지
향그러운 흙가슴만 남고
그, 모오든 쇠붙이는 가라.

—「껍데기는 가라」 전문[14]

『문학』 교과서에도 가장 많이 실렸고, 문학사에서도 가장 비중 있게 다루고 있는 이 시는 많은 평자들의 주목을 받아왔다. 백낙청은 이 시가 "4·19에서 진짜 알맹이에 해당하는 것은 민중들의 외세를 배격하고 민중의 해방을 위해서 심지어 무기까지 들고 일어섰던 동학년 곰나루의 그 아우성, 이것이 4·19에서 우리가 진정으로 살려야 할 알맹이와 통하는 것이라는 점을 신동엽은 60년대 중반의 시점에서 이미 밝혔"[15]다고 평가하고 있다. 구중서는 이 시에서 "'알맹이' '가슴과 그곳까지 내논' 알몸, 모든 쇠붙이에 대치되는 '향그러운 흙가슴'은 귀수성의 세계, 최대재로서의 대지에서 자기 회복을 성취한, 인간다운 인간인 것"이며, 이 기본 바탕에서, "생명의 침투며 파괴며 조직인, 인식의 전부 위에서 한국민족의 역사적 현실의 구체성을 더 파고들어, 4·19, 동학, 국토 분단의 부조리를 용해해내고, 헹궈내려 한 것"[16]이라는 견해를 피력하고 있다. 이 시에서 '중립'의 의미를 조태일이 "핵심, 정상, 근원, 집중, 순수 등의 여러 의미가 뭉뚱그려진 이 '중립'은 바로 영원한 생명의 힘을 나타내주고 있으며 영원한 민중적인 힘을 뜻한다."[17]고 본 점

---

14 강형철·김윤태 편, 앞의 책, 378쪽에서 재인용.
15 백낙청, 앞의 글, 18쪽.
16 구중서,「신동엽론」, 구중서·강형철 편, 앞의 책, 85쪽.
17 조태일, 앞의 글, 110쪽.

은 국제정치학적인 개념을 넘어서는 것으로 보았으나, 백낙청이 언급하고 있듯이 "국제정치적인 의미의 중립도 신동엽 시인에게 절실한 문제였고 그 것이 민족의 화해라는 사상, 반전·자주의 사상과 직결된 것이었음을 알 수 있"[18]다고 한 점은 결코 간과할 수 없을 것이다.[19]

펜클럽 작가기금으로 창작한 4,800여 행에 이르는 장편서사시「금강」을 『한국 현대 신작 전집』(을유문화사)에 발표한 것은 그의 나이 37세 때인 1967 년이다.

> 우리들의 어렸을 적
> 황토 벗은 고갯마을
> 할머니 등에 업혀
> 누님과 난, 곧잘
> 파랑새 노랠 배웠다.
>
> 울타리마다 담쟁이넌출 익어가고
> 밭머리에 수수모감 보일 때면
> 어디서라 없이 새 보는 소리가 들린다.
>
> 우이여! 훠어이!
>
> 쇠방울 소리 뿌리면서 순사의 자전거가 아득한 길을 사라지고
> 그럴 때면 우리들은 흙토방 아래
> 가슴 두근거리며

---

18 백낙청, 앞의 글, 21쪽.
19 김종철은 중립의 의미에 무위의 개념도 내포되어 있다고 지적하고 있다. 김종철,「신 동엽의 도가적 상상력」, 구중서·강형철 편, 앞의 책.

노래 배워주던 그 양품장수 할머닐 기다렸다.

—「금강 1」에서

「금강(錦江)」 첫머리는 이렇게 시작한다. 화자는 순사가 사라진 황토 벗은 고갯마을에서 할머니 등에 업혀 누님과 함께 파랑새 노랠 배웠던 것을 회상한다. 그리고 1960년 4·19, 1919년 기미독립운동, 1894년 동학운동으로 이어지면서 "잠깐 빛났던/당신의 얼굴은/영원의 하늘,/끝나지 않는 우리들의 깊은 가슴이었다"로 「금강」의 서화(序話)에 해당하는 1, 2를 끝맺는다. 그리고 동학운동을 주 내용으로 하는 제1장~제26장에서는 시인의 의식을 대변하는 듯한 '신하늬'라는 인물이 동학의 최제우, 해월과 함께 등장하는 서사시가 펼쳐진다. 착취와 폭거에 분연히 항거하며 일어난 동학운동은 '빛나는 눈동자'이자 '열린 하늘'이었다. 그렇기 때문에 동학운동의 실패는 영원한 실패가 아니라 또 다른 가능성과 희망을 안겨준 것이다.

1894년 3월
우리는
우리의 가슴 처음
만져보고, 그 힘에
놀라,
몸뚱이, 알맹이째 발라,
내던졌느니라.
많은 피 흘렸느니라.

겨울 속에서
봄이 싹트듯
우리 마음속에서
연정이 잉태되듯

조국의 가슴마다에서,

혁명, 분수 뿜을 날은

오리라.

—「금강」 후화 2에서

신동엽은 「금강」 후화(後話) 1, 2에서 동학운동, 3·1운동, 4·19혁명의 실패를 언급하면서 "겨울 속에서 봄이 싹트듯 (…) 혁명, 분수 뿜을 날은 오리라"라고 희망, 예언, 확신하고 있다. 구중서는 "동학운동, 3·1운동, 4·19로 이어진 정신사적 맥락도 결국 신동엽 특유의 귀수성적 생명의 대지에 연결되기를 그는 바란 것이며 그러한 정신적 차원에의 지향점들이 서사시 「금강」 안에 누누이 나타나 있다"[20]고 보았다. 그러나 이 서사시는 시인의 역사관이 다분히 반복적 순환론적인 관점에 입각해 있으며, 투쟁의 지속성에 대한 믿음이 곧 역사의 진보에 대한 믿음으로 직결되는 것은 아니라고 비판받기도 한다.[21]

1969년 신동엽의 나이 39세. 3월 간암 진단을 받은 지 한 달 후인 4월 7일 그는 서울 동선동 집에서 세상을 떠났다.

신동엽문학관 상설전시실에는 사진, 초고와 성적표, 시작 및 생각 노트, 편지, 발간 서적, 그가 읽었던 책 등이 잘 정돈되어 있었다. 김응교가 말했듯이 한국 문학사에서 작가의 가족이 작가 생전이나 사후에 자료를 귀중하게 보존해온 예는 드물다. 신동엽의 경우 부친 신연순과 신동엽 자신, 그리고 부인 인병선의 노력으로 이만큼의 자료를 볼 수 있었다.[22]

그곳에서 생가에서 볼 수 없었던, 그의 아내 인병선이 짓고 신영복이 쓴

---

20 구중서, 앞의 글, 90쪽.

21 김종철, 앞의 글, 73쪽.

22 김응교, 앞의 책, 213~216쪽.

'생가(生家)' 목판과 천상병이 쓴 「곡 신동엽(哭 申東曄)」 시를 담은 액자를 만날 수 있었다.

어느 구름 개인 날 어쩌다 하늘이
그 옆 얼굴을 내어보일 때

그 맑은 눈 한곬으로 쏠리는
곳 거기 네 무덤 있거라

雜草 무더기 저만치 가장자리
에 꽃이 그 외로움을 자랑하듯

申東曄! 너는 꼭
그런 사람이었다.

아무리 잠깐이라지만 그 잠깐만
두어두고 너는 갔다

저쪽 저 榮光의 나라로

哭 申東曄

　전시실을 돌아 나오는 길에 방명록에 쓴 어느 경찰서장이 남긴 글이 인상적이었다. "선생님께서 헤엄치던 비단강 금강은 지금도 흘러가고 있는데…… 님의 긴 흔적만이 여기 있네요. 부여, 행복을 '부여'하는 부여 경찰, 문화와 예술을 아는 경찰이 되겠습니다."
　문학관을 나서면서, 신동엽이 "잡초(雜草) 무더기 저만치 가장자리/에 꽃이 그 외로움을 자랑하듯" 잠깐 살다 간 그런 사람이라는 천상병의 시 구절이 머릿속에 맴돌았다. 문학관 앞뜰에는 설치미술가이자 화가인 임옥상이 만든 그의 대표시 구절들이 깃발처럼 휘날리고 있었다.

5. 산에 언덕에 피어날지어이

문학관을 나서자 신동엽문학관에 기록된 그의 출생지가 궁금했다. 내비게이션이 안내해준 부여읍 동남리 269번지를 가보니 그곳은 부여선거관리위원회가 있는 앞길이었다. 따라서 그가 태어난 곳이 어떤 곳이었는지 알 길이 없었다. 나는 다시 신동엽이 다녔던 부여초등학교(부여 공립 진조소학교)로 향했다. 부여초등학교 정문 앞에서 문구점을 하는 할머니를 만났다. 부여초등학교에 대해 뭔가 정보를 얻을 수 있을까 해서였다. 부여군 은산면에서 시집온 할머니는 팔순이 넘으신 분으로 30년 전 남편과 사별하고 부여에만 사셨다고 하였다. 최근에는 결석으로 한 달 이상을 입원하셨다가 퇴원한 지 얼마 되지 않았다고 하시면서 부여초등학교는 옛날부터 그 자리에 있었다고 한다.

부여초등학교 정문에 들어서니 오른쪽에 '개교백주년기념비'가 세워져 있었다. 경비실에 있는 아저씨에게 신동엽의 시비가 어디에 있느냐 물으니, 그 이야기는 처음 듣는 거란다. 교사 1층에 들어가니 낯선 이를 보고 다가온 그곳 아저씨에게 물으니 잘 모르겠단다. 그가 교실에 들어가 교사에게 문의해본 결과도 모르겠다는 답변만 들었다. 문학관에서 분명 1999년에 그곳에 시비가 세워졌다고 했기 때문에, 나는 직접 그것을 찾아 나섰다.[23] 그의 시비

---

23 신동엽 사후 그의 시비는 1970년 부여 동남리 백마강 기슭, 1990년 단국대학교,

는 서쪽 교사 사이에 한 그루 소나무와 함께 외롭게 서 있었다. 시비에는 "백제,/천 오백 년, 별로/오랜 세월이/ 아니다//우리 할아버지가/그 할아버지를 생각하듯/몇 번 안 가서/백제는/우리 엊그제, 그끄제에/있다.//진달래,/부소산 낙화암/이끼 묻은 바위서리 핀/진달래,/너의 얼굴에서/사랑을 읽었다"는 「금강」 제5장의 한 부분이 새겨져 있었다.

나는 다시 백제교 근처 금강 기슭에 있는 그의 시비를 찾아갔다. 계백로를 따라가다 백제교 남쪽에서 유턴하여 건양대부속 옆 주차장에 차를 세웠다. '반공순국애국지사추모비'를 지나 시인 신동엽의 시비가 보인다. 신동엽이 세상을 떠난 뒤 구상을 위원장으로 한 '신동엽시비건립위원회'가 결성되고, 문인, 동료, 제자 등이 경비를 모아 1970년 4월 18일 부여읍 나성터 백마강변에 시비가 세워졌던 것이다.[24] 입구에는 "부여가 낳은 대표적인 민족시인으로 짧은 인생을 시작 활동에 전념"했던 인물로 시작하는 안내 글이 있다. 네 개의 계단을 올라가면 신동엽 시비 전면에는 그의 시 「山에 언덕에」가 새겨져 있다.

> 그리운 그의 얼굴
> 다시 찾을 수 없어도
> 화사한 그의 꽃
> 산에 언덕에 피어 날지어이
>
> 그리운 그의 노래
> 다시 들을 수 없어도
> 맑은 그 숨결
> 들에 숲 속에 살아 갈지어이

1999년 부여초등학교 등에 세워졌다.
24 김응교, 앞의 책, 179쪽.

그리운 그의 모습

다시 찾을 수 없어도

울고 간 그의 영혼

들에 언덕에 피어 날지어이

—「山에 언덕에」 전문

『아사녀』에 실린 「山에 언덕에」는 중학교 교과서에도 실려 있고, 이곳 백마강변 그의 비문에도 새겨져 있는 시이다. 그러나 비문에 『아사녀』에 발표된 시 전문이 새겨져 있는 것은 아니다. 비문에는 원시의 3연과 4연 즉 "쓸쓸한 마음으로 들길 더듬는 행인아.//눈길 비었거든 바람 담을지네/바람 비었거든 인정 담을지네."가 빠져 있다. 그러니까 시비에는 원문의 1, 2, 5연이 새겨져 있는 것이다. 시비 주위에는 그의 여러 대표시가 다양한 형태로 세워져 있는데, 그중 나무에 쓴 「껍데기는 가라」는 거의 알아볼 수 없게 지워져 있었다. 무성한 잡초와 함께 세월의 흔적을 말해주는 듯하였다.

나는 발길을 돌려 그의 무덤으로 향했다. 경기도 파주군 금촌읍 월롱산 기슭에 있던 그의 묘는 1993년 11월 부여읍 능산리고분(백제 왕릉) 맞은편 앞산으로 이장되었다. 24년 만에 부모가 묻힌 고향에 돌아온 것이다. 그의 묘지를 찾아가는 길은 쉽지 않았다. 입구에 '시인 신동엽 묘소'라는 표지가 있었지만 잘 보지 못하고 지나쳤다가 다시 되돌아왔다. 팻말이 지시한 좁은 길을 따라 끝까지 갔지만 아무런 안내 표지가 없었다. 마침 밭에 나와 있던 아주머니에게 신동엽 묘지를 물으니, 어디에서 왔느냐고 대뜸 묻는다. 그러면서 나와 같은 사람들 때문에 무척 귀찮다는 말을 덧붙인다. 길도 없는데 자기네 땅을 무단으로 다니기도 하거니와, 자세한 안내 표지가 없기 때문에 시도 때도 없이 방문객들이 문의를 해온다. 교과서에 나올 정도로 유명한 사람이라면 군청에서 땅을 사서 길을 만들든지 해야 하지 않겠느냐고 하소연

한다. 얼마 전에 밤 늦은 시각에 두 사람이 찾아와 풀이 무성하게 자란 길을 들어가지도 못하고 결국 꽃다발만 두고 갔다는 말도 전한다. 마침 풀을 제거하고 길이 났기에 신동엽 묘지를 찾아갈 수 있었다. 묘지 앞에 있는 '시인 신동엽(申東曄)의 묘'라는 안내문에는 소재지가 부여군 부여읍 능산리 산 56-2로 되어 있고, 묘지가 월롱산에서 지금의 자리로 옮겨졌다는 것과 시인에 대한 간략한 평가가 제시되어 있었다.

> 시인 신동엽은 장편 서사시 「금강」을 비롯한 분단현실 극복에 역점을 둔 수많은 창작을 통하여 한국현대문학사에 새로운 이정표를 제시한 우리나라의 대표적인 민족시인으로 추앙받고 있다.
>
> — '시인 신동엽(申東曄)의 묘' 안내문에서

묘비를 보니, '1969년 4월 7일 문득 요절 여기 월롱산 기슭에 잠들다'로 되어 있는 것으로 봐, 묘비는 월롱산에 있던 것을 그대로 옮겨온 것으로 보인다. 산속에 어둠이 내리기 시작했다.

6. 맺음말

서둘러 이번 기행의 마지막 행선지로 향했다. 신동엽의 장편 서사시의 제목이기도 하고, 그의 시비가 굽어보고 있는 곳, 금강이다. 낙화암과 백마강 유람선 선착장 그리고 멀리 그의 시비가 보이는 금강변에 앉았다. 해가 지고 있었기 때문에 때마침 여정의 끝을 백마강을 바라보며 마무리할 수 있었다. 금강을 찾은 것은 신동엽의 시와 관련되기도 하지만, 그것보다 신동엽이 「금강잡기(錦江雜記)」(『재무(財務)』, 1963.10)에 언급한 이야기와 관련되어 있다. 18세, 22세, 23세의 어리고 젊은 여승 셋이서 백제가 패망할 때에 애절한 전설을 간직하고 있는 강가의 조그만 고찰(古刹)에 들렀는데, 그녀들은 조약돌이 가득 담긴 바랑들을 허리와 어깨에 졸라매고 나란히 강 속으로 걸어가 죽었다는 이야기이다.

> 이승 저켠 피안(彼岸)의 세계에 무엇을 보았길래 그들은 세 사람이 동시에 서쪽 하늘을 향해 합장하고 행렬지어 한 가닥 미련 없이 점점 깊어지는 물 속으로 걸어 들어갈 수 있었을까. 무엇이 그들로 하여금 멀고 먼 그 겨냥을 향해 아무 잡티 없이 달려가는 빠른 화살이 되게 했을까. ……무거운 자갈 바랑을 몸에 묶고는 흔한 유서 나부랭이, 유품 하나 남기지 않고 깨끗이 일렬로 승천했다고 하는, 그 극적인 죽음 앞에 위대한 예술에서와 같은 법열을 느끼고 있었을 뿐이다. 그들이 바랐던 것은 떠들썩한 이 남은 세상의 소문이 아니고 그대로 슬쩍 숨어버리고 싶었던 것이리라. 나는 요새도 가끔 그 세 여승의 죽음을 생각하면 종교·예술이 지니는 어떤 지상의 자세 같은 것을 그들의 마지막 행렬에서 느끼게 된다.
>
> ―「금강잡기」에서[25]

나는 백제 패망의 고도에 흐르고 있는 백마강 석양을 바라보면서 세 여승의 죽음과 신동엽의 죽음을, 그리고 역사 속에 숨겨간 이름 모를 수많은 죽음을 생각하였다.

---

25 신동엽, 『신동엽 전집』, 창작과비평사, 1975, 349쪽.

제1부 제4차 산업혁명 시대, 서사와 문학교육

제1장 제4차 산업혁명 시대의 인문교육

교육부,『(교육부고시 제2015-74호) 초·중등학교 교육과정 총론』, 교육부, 2015a.

_____,『(교육부고시 제2015-74호) 국어과 교육과정』, 교육부, 2015b.

_____,「창의혁신인재 양성을 위한 대학 학사제도 개선방안」, 2016. 12. http://www.moe.go.kr/newsearch/search.jsp

국제미래학회·한국교육학술정보원,『제4차 산업혁명시대 대한민국 미래교육보고서』, 광문각, 2017.

김정우 외,「과학 기술 문명의 발전과 문학교육의 대응 : 시선추적장치를 통해 본 지능정보사회 시 교육의 한 가능성」,『문학교육학』제53호, 한국문학교육학회, 2016.

니콜라스 카,『생각하지 않는 사람들 : 인터넷이 우리의 뇌 구조를 바꾸고 있다』, 최지향 역, 청림출판, 2011.

레이 커즈와일,『기술이 인간을 초월하는 순간 특이점이 온다』, 김명남 역, 김영사, 2007.

마샬 맥루한,『미디어의 이해』, 김상호 역, 커뮤니케이션북스, 1999.

매튜 D. 리버먼,『사회적 뇌 : 인류 성공의 비밀』, 최호영 역, 시공사, 2015.

미래창조과학부,『제4차 산업혁명에 대응한 지능정보사회 중장기 종합대책』, 미래창조과학부, 2016.

박영숙·제롬 글렌,『세계미래보고서 2055』, 비즈니스북스, 2017.

서울대학교 교육학과 BK21 역량기반 교육혁신 연구 사업단·BK21 핵심역량 연구센터,

『역량기반교육 : 새로운 교육학을 위한 서설』, 교육과학사, 2010.

스티븐 스필버그, 〈에이 아이(AI)〉, 2001.

스티븐 핑커, 『우리 본성의 선한 천사』, 김명남 역, 사이언스북스, 2014.

스파이크 존즈, 〈그녀(Her)〉, 2014.

안종배, 「제4차 산업혁명 시대 대한민국 미래교육의 목적과 방향 설정」, 『제4차 산업혁명 시대 대한민국 미래교육보고서』, 광문각, 2017.

영국 Channel 4, 〈휴먼스 1(Humans1)〉, 2015.6-2015.8.

──────────, 〈휴먼스 2(Humans2)〉, 2016.10-2016.12.

유발 하라리, 『호모데우스 : 미래의 역사』, 김명주 역, 김영사, 2015.

이남식, 「미래 대학 교육 시스템은 어떻게 바뀌어야 하나?」, 『제4차 산업혁명시대 대한민국 미래교육보고서』, 광문각, 2017.

이대희, 「〈사피엔스〉 저자 "학교 교육 80-90%, 쓸모 없다"」, 『프레시안』, 2016.4.26. http://www.pressian.com

일라 레자 누르바흐시, 「다가오는 로봇 디스토피아 : 로봇과 인간의 상호작용을 위해」, 『4차 산업혁명의 충격 : 과학기술 혁명이 몰고올 기회와 위협』, 김진희 외 역, 흐름출판, 2016.

임경순, 「2015 개정 교육과정과 국어교육의 가능성」, 『국어교육』 제159집, 한국어교육학회, 2017.

───, 「전쟁, 기억 그리고 문학교육에 대한 일 연구 : 윤흥길의 『소라단 가는 길』을 중심으로」, 『한중인문학연구』 제56집, 한중인문학회, 2017.

장대익, 『울트라 소셜 : 사피엔스에 새겨진 '초사회성'의 비밀』, Humanist, 2017.

조동성, 「미래 대학 모습은 어떻게 변하는가?」, 『제4차 산업혁명시대 대한민국 미래교육보고서』, 광문각, 2017.

최상덕, 『21세기 창의적 인재 양성을 위한 교육의 미래전략 연구』, 한국교육개발원, 2011.

클라우스 슈밥, 『클라우스 슈밥의 제4차 산업혁명』, 송경진 역, 새로운현재, 2016.

클라우스 슈밥 외, 『4차 산업혁명의 충격 : 과학기술 혁명이 몰고올 기회와 위협』, 김진희 외 역, 흐름출판, 2016.

황태연, 『감정과 공감의 해석학1』, 청계, 2015.

OECD 'Defining and Selecting Key Competencies: Executive Summary' http://www.oecd. org/pisa/35070367.pdf

제2장 디지털 시대의 문학과 문화

고욱 외, 『디지털 스토리텔링』, 황금가지, 2003.

김상환, 「디지털 혁명은 존재론적 혁명－정보화 시대의 철학적 화두 세 가지 : 기술, 언어, 실재」, 『철학과 현실』 40호, 철학문화연구소, 1999.

김성곤, 「뉴미디어 시대의 책과 문화사적 의미」, 『출판저널』, 1992. 7. 20.

김영민, 「책의 운명 : 정보혁명과 '뿌리깊은 진보'」, 『출판저널』, 1997. 7. 20.

김종회, 「새로운 문학의 양식, 하이퍼텍스트 소설의 도전」, 『사이버 문화, 하이퍼텍스트 문학』, 국학자료원, 2005

박인기, 「사이버 문학과 문학교육」, 『문학과 교육』 제15호, 2001. 봄.

발터 벤야민, 「사진의 작은 역사」, 『발터 벤야민의 문예이론』, 반성완 역, 민음사, 1996.

스티븐 데닝, 『기업혁신을 위한 설득의 방법』, 김민주 · 송희령 역, 에코리브르, 2003.

우한용, 「우리시대, 왜 서사가 문제인가」, 『내러티브』 창간호, 한국서사학회, 2000.

우한용 외, 『서사교육론』, 동아시아, 2001.

임경순, 『국어교육학과 서사교육론』, 한국문화사, 2003.

―――, 「디지털 시대, 서사의 생산성과 과제」, 『내러티브』 제9호, 한국서사학회, 2004.

―――, 「이야기 구연의 방법과 의의 연구」, 『국어교육』 제114호, 한국어교육학회, 2004.

―――, 「디지털 시대의 문학과 문화」, 박인기 외, 『디지털 시대, 문학의 길』, 푸른사상사, 2007.

임재해, 「구비문학의 연행론, 그 문학적 생산과 수용의 역동성」, 『구비문학연구』 제7집, 한국구비문학회, 1998.

정과리, 「유령들의 전쟁－디지털의 점령」, 『사이버문학의 이해』, 집문당, 2001.

최병우 외, 『다매체 문화와 사이버 소설』, 푸른사상사, 2002.

최병우, 『다매체 시대의 한국문학 연구』, 푸른사상사, 2003.

최용재, 「영어권 문화의 교육」, 『영어교수 · 학습방법론』, 한국문화사, 1999.

최혜실,『디지털 시대의 영상 문화』, 소명출판, 2003.

한용환,『소설학 사전』, 문예출판사, 1999.

Barthes, B., "ntroduction à l'analyse structurale des récites", 김치수 편저,『구조주의와 문학 비평』, 기린원, 1989.

Bruner, J., *Actual Minds, Possible Worlds*, Harbard University Press, 1986.

─────, *The Culture of Education*, Harbard University Press, 1996.

Folly, J. M., *The Singer of Tales in Performance*, Indiana University, 1995.

Horowitz, S. R. & Samuels, J. ed., *Comprehending Oral and Written Language*, San Diego: Academic Press, 1987.

Leiss, W.,「정보사회의 신화」, 김지운 편,『매스미디어 정치경제학』, 나남, 1990.

Lévy, P.,『지능의 테크놀로지』, 강형식 · 임기대 역, 철학과현실사, 2000.

Lévy, Pierre,『사이버 문화(*Cyberculture*)』, 김동균 · 조준형 역, 문예출판사, 2000.

─────,『집단지성(*L'intelligence collective*)』, 권수경 역, 문학과지성사, 2002.

Lipman, D., *Storytelling Games: creative activitis for language, communication, and composition across the curriculum*, Oryx Press, 1995.

MacIntyre, A.,『덕의 상실(*After Virtue*)』, 이진우 역, 문예출판사, 1997.

Murry, J. H.,『사이버 서사의 미래 : 인터랙티브 스토리텔링(*Hamlet on the Holodeck: The future of Narrative in Cyberspace*)』, 한용환 · 변지연 역, 안그라픽스, 2001.

Ong, W. J.,『구술문화와 문자문화(*Orality and Literacy: the technologies of the word*)』, 임명진 역, 문예출판사, 1995.

Postman, Neil,『테크노폴리 : 기술에 정복당한 오늘의 문화(*Technopoly*)』, 김균 역, 궁리, 2005.

Simmons, A.,『대화와 협상의 마이더스 스토리텔링(*The Story Factor*)』, 김수현 역, 한 · 언, 2001.

https://www.internetworldstats.com/emarketing.htm

http://www.index.go.kr/potal/main/EachDtlPageDetail.do?idx_cd=1346

교육부, 『(교육부고시 제2015-74호) 국어과 교육과정』, 교육부, 2015.

김재용, 「평화와 민주주의를 위한 아시아 작가의 연대」, 『ASIA』 Vol. 1, No. 1, 아시아, 2006.

김찬호, 『모멸감 : 굴욕과 존엄의 감정사회학』, 문학과지성사, 2014.

문영주 외, 「초·중등학교 교육과정 개정고시 제011-361호에 따른 초·중등학교 교과용 도서 편찬상의 유의점 및 검정기준」, 『한국교육과정평가원연구자료ORM 2011-49』, 한국교육과정평가원, 2011.

손홍규, 『이슬람 정육점』, 문학과지성사, 2010.

스탠리 코언, 『잔인한 국가 외면하는 대중-왜 국가와 사회는 인권침해를 부인하는가』, 조효제 역, 창비, 2009.

야샤르 케말, 『독사를 죽였어야 했는데』, 오은경 역, 문학과지성사, 2005.

오은경, 「야샤르 케말의 『독사를 죽였어야 했는데』를 통해 본 명예살인의 메커니즘 연구」, 『한국중동학회논총』 제28-2호, 한국중동학회, 2008.

이난아, 「터키 문단과 언론에 나타난 한국문학-현황과 전망 그리고 제안」, 『세계문학비교 연구』 제26집, 세계문학비교학회.

이대환, 「발간사」, 『ASIA』 Vol. 1, No. 1, 아시아, 2006.

임경순, 『서사, 연대성 그리고 문학교육』, 푸른사상, 2013.

페터 비에리, 『삶의 격 : 존엄성을 지키며 살아가는 방법』, 문항심 역, 은행나무, 2014.

허연주·박형준, 「고등학교 『문학』 교과서에 수록된 외국문학 제재의 성격과 함의 연구」, 『우리말교육현장연구』 제14집 1호(통권 제26호), 우리말교육현장학회, 2020.

Lazar, G., *Literature and Language Teaching: A guide for teachers and trainers*, Cambridge: Cambridge Unversity Press, 1993.

Türközü, G., 「터키에서의 한국어 교육 현황」, 『이중언어학』 제18호, 이중언어학회, 2001.

http://aala.ifac.or.kr 제1회 인천AALA문학포럼/AALA란?

제2부 사건과 기억, 문학교육의 의미망

제1장 전쟁 서사와 소통을 위한 문학교육

가라타니 고진,『탐구 1』, 송태욱 역, 새물결, 1998.

고인환, 「윤흥길의『소라단 가는 길』에 나타난 탈식민성 연구 : 전통 양식의 전용 양상을 중심으로」,『현대소설 연구』31, 한국현대소설학회, 2006.

김동환, 「암호화(暗号化)된 전쟁 기억과 해호화(解号化)로서의 문학교육」,『문학교육학』제33호, 한국문학교육학회, 2010.

김수환, 「문화적 기억과 매체의 고고학 : 흔적에서 네트까지」,『디지털 시대의 컨버전스』, 이화여대출판문화원, 2011.

김윤식, 「6ㆍ25전쟁문학 : 세대론의 시각」,『1950년대 문학 연구』, 예하, 1991.

신응철, 「문화적 기억과 자기이해 그리고 기억 책임」,『해석학연구』제35집, 한국해석학회, 2014.

알라이다 아스만,『기억의 공간 : 문화적 기억의 형식과 변천』, 변학수ㆍ채연숙 역, 그린비, 2011.

오카 마리,『기억 서사』, 김병구 역, 소명출판, 2004.

윤영옥, 「『소라단 가는 길』의 사회문화적 의미와 교육적 가치」,『한국근대문학연구』7-2, 한국근대문학회, 2006.

윤흥길,『소라단 가는 길』, 창비, 2003.

이덕화 외,『전쟁기 문학담론과 집단기억의 재구성』, 역락, 2015.

이정숙, 「6ㆍ25 전쟁 60년과 소설적 수용의 다변화, 그 심화와 확대」,『현대소설연구』45, 한국현대소설학회, 2010.

이태영, 「윤흥길의『소라단 가는 길』에 나타난 일상어의 특징」,『국어국문학』142, 국어국문학회, 2006.

임경순, 「분단문제의 소설화 양상」,『한국현대소설사』, 삼영사, 1999.

───,『서사, 연대성 그리고 문학교육』, 푸른사상사, 2013.

임주인, 「『소라단 가는 길』과『낙원길에서의 결투』에 나타난 치유의 메시지」,『동서비교문학저널』 20, 한국동서비교문학회, 2009.

정래필, 「문화적 기억의 문학교육적 가능성」, 『국어교육』 143, 국어교육학회, 2013.

―――, 『기억 읽기와 소설교육』, 푸른사상사, 2013.

정호웅, 「원혼의 한을 푸는 신성 언어」, 윤흥길, 『소라단 가는 길』, 창비, 2003.

제프리 K. 올릭, 『기억의 지도 : 집단기억은 인류의 역사와 사회 그리고 정치를 어떻게 뒤
바꿔놓았나』, 강경이 역, 옥당, 2011.

―――――――, 『국가와 기억 : 국민국가적 관점에서 본 집단기억의 연속 갈등 변화』, 최
호근 · 민유기 · 윤영휘 역, 민주화운동기념사업회, 2006.

Assmann, J., *Cultural Memory and Early Civilization-Writing, Remembrance, and Political
Imagination*, Cambridge University Press, 2011.

Halbwachs, M., *On Collective Memory*, Chicago(IL) : The Uni. of Chicago, 1992.

제2장 '정신대' 문제를 통해 본 인류 해방을 위한 서사교육

교육부, 『(교육부고시 제2015-74호) 국어과 교육과정』, 교육부, 2015.

박경리, 『토지』 1~20, 마로니에북스, 2012.

강영심, 「종전 후 중국지역 '일본군 위안부'의 행적과 미귀환」, 『한국근현대사연구』 40, 한
국근현대사학회, 2007.

강용권, 『끌려간 사람들, 빼앗긴 사람들 : 강제 징용자와 종군위안부의 증언』, 해와달,
2000.

김윤식, 『박경리와 토지(土地)』, 강, 2009.

김정자 외, 『왜 다시 토지(土地)를 말하는가』, 태학사, 2007.

김지현 외, 『탈식민주의의 얼굴들』, 역락, 2012.

박숙자, 「근대국가의 파토스, '공감'의 (불)가능성―『검둥의 설움』에서 『무정』까지」, 『서강
인문논총』 32, 서강대인문과학연구소, 2011.

안영선, 『성노예와 병사 만들기』, 삼인, 2003.

안홍선, 「12살 소녀들을 정신대로 보낸 어느 일본인 교사의 '참회의 여정'」, 『교육비평』 21,
교육비평, 2006.

여성부 권익기획과 편,『(2002년) 국외거주 일본군 '위안부' 피해자 실태조사』, 여성부권익
　　　기획과, 2002.

──────── 편,『"그 말을 어디다 다 할꼬" : 일본군 '위안부' 증언자료집』, 여성부권
　　　익기획과, 2002.

유종호,「근대소설과 리얼리즘」,『창작과비평』 39호, 창비, 1976.

이상린,『수치심의 철학』, 한울아카데미, 1996.

이상진,『『토지』 연구』, 월인, 1999.

임경순,「'중국 조선족' 소설의 분단 현실 인식과 방향 연구」,『한중인문학연구』 제37집, 한
　　　중인문학회, 2012.

───,『서사, 연대성 그리고 문학교육』, 푸른사상사, 2013.

───,「리얼리즘 소설교육과 서사교육」,『근대, 삶 그리고 서사교육』, 한국문화사, 2013.

───,「재중(在中) 조선인 전 일본군성노예의 서사와 윤리공동체 : 석문자 위안소 거주
　　　자 김순옥의 서사 인터뷰를 중심으로」,『문학치료연구』 제30집, 한국문학치료학
　　　회, 2014.

임경순 외,「제5장 서사교육」,『문학교육개론Ⅱ』, 역락, 2014.

정현기 편,『恨과 삶 :『토지』 비평1』, 솔, 1994.

─── 편,『한 · 생명 · 대자대비 : 토지 비평집 2』, 솔, 1995.

최유찬,『세계의 서사문학과『토지』』, 서정시학, 2008.

───,『『토지』를 읽는 방법』, 서정시학, 2008.

최유찬 외,『토지의 문화지형학』, 소명출판, 2004.

─── 외,『한국 근대문학과 박경리의『토지』』, 소명출판, 2008.

최유찬 편,『박경리』, 새미, 1998.

한국문학연구회 편,『『토지』와 박경리 문학』, 솔, 1996.

한국정신대문제대책협의회 부설 전쟁과여성인권센터 연구팀,『역사를 만드는 이야기 : 일
　　　본군 '위안부' 여성들의 경험과 기억』, 여성과인권, 2004.

한국정신대문제대책협의회 · 정신대연구회 편,『강제로 끌려간 조선인 군위안부들』, 한
　　　울, 1993.

──────────────── 편,『강제로 끌려간 조선인 군위안부들 2』, 한

울, 1997.

──────────── 편, 『강제로 끌려간 조선인 군위안부들 3』, 한
울, 1999.

한국정신대문제대책협의회 2000년 일본군 성노예 전범 여성국제법정 한국위원회 증언
집, 『강제로 끌려간 조선인 군위안부들 4 : 기억으로 다시 쓰는 역사』, 풀빛, 2001.

한국정신대문제대책협의회 2000년 일본군 성노예 전범 여성국제법정 한국위원회 · 한국
정신대연구소, 『강제로 끌려간 조선인 군위안부들 5』, 풀빛, 2001.

Kleinman, A., 『사회적 고통(*Social Suffering*)』, 안종설 역, 그린비, 2002.

Rifkin, J., 『공감의 시대(*The Empathic Civilization*)』, 이경남 역, 민음사, 2010.

Rorty, R., 『우연성 아이러니 연대성(*Contingency, irony, and solidarity*)』, 김동식 · 이유선 역,
민음사, 1996.

岡真理(오카 마리), 『기억 서사』, 김병구 역, 소명출판, 2004.

제3장 재중(在中)조선인 일본군 '위안부'의 서사와 윤리공동체

강만길 외, 『일본군 '위안부' 문제의 진상』, 역사비평사, 1997.

강영심, 「종전 후 중국지역 '일본군 위안부'의 행적과 미귀환」, 『한국근현대사연구』 40,
2007.

강용권, 『끌려간 사람들, 빼앗긴 사람들 : 강제징용자와 종군위안부의 증언』, 해와달,
2000.

강정숙, 「일본군 '위안부'제의 식민성 연구 : 조선인 '위안부'를 중심으로」, 성균관대학교
박사학위 논문, 2010.

김미영, 「역사 기술과 변별되는, 문학의 내러티브의 특성 : 한국인 종군위안부 소설을 중
심으로」, 『어문학』 93, 한국어문학회, 2006.

김정란, 「일본군 '위안부' 운동의 전개와 문제인식에 대한 연구 : 정대협의 활동을 중심으
로」, 이화여자대학교 박사학위 논문, 2004.

김지현 외, 『탈식민주의의 얼굴들』, 역락, 2012.

박보량, 「종군위안부' 역사의 문학적 재현 : 테레즈 박의 「천황의 선물」, 노라 옥자 켈러의

「종군위안부」와 이창래의 「제스처 라이프」를 중심으로」, 상명대학교 박사학위 논문, 2003.

손정미, 「이창래의 『제스처 라이프』에 나타난 전쟁범죄와 트라우마」, 충북대학교 박사학위 논문, 2012.

신행순, 「한국계 미국소설에 나타난 여성 자아 연구 : 「초당」, 「9월의 원숭이」, 「토담」, 「종군위안부」를 중심으로」, 경기대학교 박사학위 논문, 2005.

안홍선, 「12살 소녀들을 정신대로 보낸 어느 일본인 교사의 '참회의 여정'」, 『교육비평』 21, 2006.

여성부 권익기획과 편, 『(2002년) 국외거주 일본군 '위안부' 피해자 실태조사』, 여성부권익 기획과, 2002.

─────────── 편, 『"그 말을 어디다 다 할꼬" : 일본군 '위안부' 증언자료집』, 여성부권 익기획과, 2002.

윤송아, 「〈8월의 저편〉에 나타난 일본군 성노예' 재현의 의미」, 『국제한인문학연구』 8, 국 제한인문학회, 2011.

이상린, 『수치심의 철학』, 한울아카데미, 1996.

임경순, 『서사, 연대성, 그리고 문학교육』, 푸른사상사, 2013.

장미화, 「일본의 아시아─태평양전쟁기 여성동원정책에 관한 연구」, 한양대학교 국제학대 학원 박사학위 논문, 2007.

정신대연구회 · 한국정신대문제대책협의회 편, 『(50년 후의 증언) 중국으로 끌려간 조선 인 군위안부들』, 한울, 1995.

정진성, 「군위안부의 개념」, 『일본군 성노예제 : 일본군 위안부 문제의 실상과 그 해결을 위한 운동』, 서울대학교 출판부, 2004.

한국정신대문제대책협의회 2000년 일본군 성노예 전범 여성국제법정 한국위원회 증언 팀, 『강제로 끌려간 조선인 군위안부들 4 : 기억으로 다시 쓰는 역사』, 풀빛, 2001.

한국정신대문제대책협의회 2000년 일본군 성노예 전범 여성국제법정 한국위원회 · 한국 정신대연구소, 『강제로 끌려간 조선인 군위안부들 5』, 풀빛, 2001.

한국정신대문제대책협의회 부설 전쟁과여성인권센터 연구팀, 『역사를 만드는 이야기 : 일 본군 '위안부' 여성들의 경험과 기억』, 여성과인권, 2004.

한국정신대문제대책협의회 · 정신대연구회 편, 『강제로 끌려간 조선인 군위안부들』, 한
　　울, 1993.
　　─────────────────── 편, 『강제로 끌려간 조선인 군위안부들 2』, 한
　　울, 1997.
　　─────────────────── 편, 『강제로 끌려간 조선인 군위안부들 3』, 한
　　울, 1999.
한국정신대연구소 편, 『중국으로 끌려간 조선인 군위안부들 2』, 한울, 2003.
Clandinin, D. J. · Connelly, F. M., 『내러티브 탐구 : 교육에서의 질적 연구의 경험과 사
　　례(*Narrative Inquiry*)』, 소경희 외 역, 교육과학사, 2007.
Coomaraswamy, Radhika, 「전시군성노예 문제에 관한 UN인권위원회 특별보고서」, 『일본
　　군 '위안부' 문제의 현황과 해결방안』, 국회의원연구단체일본군 '위안부'문제연구
　　모임, 1997.
Kleinman, A., 『사회적 고통(*Social Suffering*)』, 안종설 역, 그린비, 2002.
Lucius-Hoene, G. · Deppermann, A., 『이야기 분석 ─ 서사적 정체성 재구성과 서사 인터
　　뷰의 분석을 위한 이론과 방법론(*Rekonstruktion narrativer Identität*)』, 박용익 역,
　　역락, 2006.
Ricoeur, P., , 『시간과 이야기 1(*Temps et récit I*)』, 김한식 · 이경래 역, 문학과지성사, 1999.
岡真理(오카 마리), 『기억 서사』, 김병구 역, 소명출판, 2004.

제4장 일본군 '위안부' 내러티브와 타인을 위한 문학교육

강영심, 「종전 후 중국지역 '일본군 위안부'의 행적과 미귀환」, 『한국근대사연구』 40, 한국
　　근현대사학회, 2007.
강영안, 『레비나스의 철학; 타인의 얼굴』, 문학과지성사, 2005.
강정숙, 「일본군 '위안부'제의 식민성 연구 : 조선인 '위안부'를 중심으로」, 성균관대학교
　　박사학위 논문, 2010.
김정란, 「일본군 '위안부' 운동의 전개와 문제인식에 대한 연구 : 정대협의 활동을 중심으
　　로」, 이화여자대학교 박사학위 논문, 2004.

동북아역사재단, 『제2차 세계대전의 여성 피해자』, 동북아역사재단, 2009.

변영주, 「조사에 동행하며 – 중국 취재기」, 『(50년 후의 증언) 중국으로 끌려간 조선인 군위안부들』, 한울, 1995.

손종업 외, 『제국의 변호인 박유하에게 묻다(제국의 거짓말과 '위안부'의 진실)』, 말, 2016.

스티븐 핑커, 『우리 본성의 선한 천사』, 김명남 역, 사이언스북스, 2014.

여성부 권익기획과 편, 『(2002년) 국외거주 일본군 '위안부' 피해자 실태조사』, 여성부권익기획과, 2002.

윤정옥, 「중국 무한 답사를 다녀와서」, 『(50년 후의 증언) 중국으로 끌려간 조선인 군위안부들』, 한울, 1995.

임경순, 「고통을 넘어 연대성 모색하기 : '중국 조선족' 소설의 분단 현실 인식과 방향」, 『서사, 연대성 그리고 문학교육』, 푸른사상사, 2013.

──, 「리얼리즘 소설교육과 서사교육」, 『근대, 삶 그리고 서사교육』, 한국문화사, 2013.

──, 「재중(在中) 조선인 전 일본군성노예의 서사와 윤리공동체 – 석문자 위안소 거주자 김순옥의 서사 인터뷰를 중심으로」, 『문학치료연구』 제25집, 한국문학치료학회, 2014.

──, 「'정신대' 문제를 통해 본 인류 해방을 위한 서사(Narrative) 교육 : 박경리의 『토지』를 중심으로」, 『교육논총』 제30집, 한국외국어대학교 교육대학원, 2015.

장미화, 「일본의 아시아–태평양전쟁기 여성동원정책에 관한 연구」, 한양대학교 국제학대학원 박사학위 논문, 2007.

정신대연구회 · 한국정신대문제대책협의회, 『(50년 후의 증언) 중국으로 끌려간 조선인 군위안부들』, 한울, 1995.

정영환, 『누구를 위한 화해인가(제국의 위안부의 반역사성)』, 임경화 역, 푸른역사, 2016.

제레미 리프킨, 『공감의 시대』, 이경남 역, 민음사, 2010.

한국정신대연구소, 『중국으로 끌려간 조선인 군위안부들 2』, 한울, 2003.

대한민국 여성가족부 블로그 '가족사랑' http://blog.naver.com/mogefkorea

제3부 문학의 존재와 문학교육의 가능태

제1장 연애, 시대 상황 속 좌절과 욕망

구명숙 · 김진희 · 송경란 편,『해방이후부터 1960년대까지 한국여성작가 작품목록』, 역락, 2013.

근대문학100년 연구총서 편찬위원회,『연표로 읽는 문학사』, 소명출판, 2008.

김윤서,「장덕조 소설의 젠더의식 연구 : 1950년대 연애소설을 중심으로」, 영남대학교 박사학위 논문, 2017.

송하춘 편저,『한국현대장편소설사전 : 1917-1950』, 고려대학교 출판부, 2013.

이강언,「장덕조의 생애와 문학」,『나랏말쌈』11, 대구대학교 국어교육과, 1996.

이재선,『한국현대소설사』, 홍성사, 1979.

임경순,『서사, 연대성 그리고 문학교육』, 푸른사상사, 2013.

임미진,「1945-1953년 한국 소설의 젠더적 현실 인식 연구」, 서울대학교 박사학위 논문, 2017.

장덕조,「三十年」,『백민』 2월호,『한국단편문학대계 3』, 삼성출판사, 1950.

──,「十字路」,『週刊서울』71, 케포이북스, 1950. 1. 23.

──,「十字路」,『週刊서울』82, 케포이북스, 1950. 4. 10.

──,「十字路」,『週刊서울』83, 케포이북스, 1950. 4. 17.

──,「十字路」,『週刊서울』84, 케포이북스, 1950. 4. 24.

──,「十字路」,『週刊서울』85, 케포이북스, 1950. 5. 1.

──,『(長篇小説) 十字路』, 文星堂, 1953.

──,「장덕조 연보」,『광풍 · 누가 죄인이냐 · 기타』, 민중서관, 1960.

정진석,「(『주간서울』의 영인에 붙여) 광복 후 최초의 시사 주간지에 담긴 시대상」,『週刊서울』, 케포이북스, 2009.

조리,「장덕조 소설 연구」, 전북대학교 박사학위 논문, 2007.

차희정,「해방기 장덕조 소설에 나타난 여성성의 위장과 전유─잡지 게재 소설을 중심으로」,『한중인문학연구』35, 한중인문학회, 2012.

한국문인협회 편, 『한국단편문학대계 3』, 삼성출판사, 1969.

제2장 문학 소통과 수용미학의 비판적 수용

구인환 · 구창환, 『문학개론』, 삼지원, 1987.

구인환 외, 『문학교육론』, 삼지원, 1989.

권오현, 「문학소통이론 연구」, 서울대학교 박사학위 논문, 1992.

권혁준, 「문학비평 이론의 시교육적 적용에 관한 연구 : 신비평과 독자반응 이론을 중심으로」, 한국교원대학교 박사학위 논문, 1997.

권희돈, 「무정의 수용미학적 연구」, 명지대학교 박사학위 논문, 1986.

김대행, 「문학의 개념과 문학교육론」, 『국어교육』 제59 · 60호, 한국어교육학회. 1987.

─────, 「언어 · 사용 · 교육」, 『사대논총』 제40호, 서울대학교 사범대학, 1990.

김안중, 「학교학습의 철학적 기초」, 『학교학습탐구』, 교육과학사, 1988.

김재숙, 「독자반응이론에 의한 동시지도가 유아의 동시감상 및 짓기에 미치는 영향」, 덕성여자대학교 박사학위 논문, 2002.

김재윤, 「한국 현대시에 대한 독자 반응 연구 : 통계적 방법에 의한 독서 실패를 중심으로」, 명지대학교 박사학위 논문, 2000.

레이먼 셀던, 『현대문학이론』, 현대문학이론연구회 역, 문학과지성사, 1987.

로만 야콥슨, 「언어학과 시학」, 『문학 속의 언어학』, 신문수 편역, 문학과지성사, 1989.

로버트 C. 홀럽, 『수용이론』, 최상규 역, 삼지원, 1985.

르네 웰렉, 「문학의 본질」, 『문학이란 무엇인가』, 김병익 역, 문학과비성사, 1983.

박이문, 『예술철학』, 문학과지성사, 1990.

보그랑테 · 드레슬러, 『담화 텍스트 언어학 입문』, 김태옥 · 이현옥 역, 양영각, 1991.

이봉신, 「김소월과 이상의 수용미학적 연구」, 건국대학교 박사학위 논문, 1989.

이상구, 「학습자 중심 문학교육 방안 연구」, 한국교원대학교 박사학위 논문, 1998.

이상섭, 「문학의 언어와 그 해석 문제」, 『문학이란 무엇인가』, 문학과지성사, 1983.

이지영, 「아동독자의 이야기책 읽기 반응 연구」, 고려대학교 박사학위 논문, 2011.

임경순, 『국어교육학과 서사교육론』, 한국문화사, 2003a.

─────, 『서사표현교육론 연구』, 역락, 2003b.

─────, 『서사, 연대성 그리고 문학교육』, 푸른사상사, 2013.

임경순 외, 『문학교육개론』, 역락, 2014.

정범모·주영숙, 『교육심리학탐구』, 형설출판사, 1986.

정은임, 「궁정 실기문학 연구 : 장르 이론과 수용미학적 견지에서」, 숙명여자대학교 박사
학위 논문, 1988.

─────, 『독자반응비평』, 고려원, 1993.

차봉희 편, 『수용미학』, 문학과지성사, 1991.

츠베탕 토도로프, 『구조시학』, 곽광수 역, 문학과지성사, 1983.

토마스 S. 엘리어트, 『전통과 개인의 재능』, 데이비드 로지 편, 윤지관 외 역, 『20세기 문학
비평』, 까치, 1984.

한스 R. 야우스, 『도전으로서의 문학사』, 장태영 역, 문학과지성사, 1983.

Iser, Wolfgang, *The Act of Reading*, The Johns Hopkins University Press, 1980.

Tompkins, J. P.(ed.), *Reader-Response Criticism: From Formalism to Post-Structuralism*, Johns
Hopkins University Press, 1980.

제3장 서사교육의 내용과 방법

교육부, 『(교육부고시 제2015-74호) 국어과 교육과정』, 교육부, 2015.

구인환 외, 『문학교육론』, 삼지원, 2001.

김상욱, 『소설 교육의 방법 연구』, 서울대학교 출판부, 1996.

김성진, 『문학비평과 소설교육』, 태학사, 2012.

김윤식, 『고등학교 문학』, 천재교육, 2014.

김창원, 「문학교육과정의 구성원리」, 『문학교육과정론』, 삼지원, 1997.

로버트 숄즈·로버트 켈로그, 『서사의 본질』, 임병권 역, 예림기획, 2001.

류수열 외, 『문학교육개론 2』, 역락, 2014.

문영진, 「서사교육의 방향 설정에 관한 일 연구」, 『국어교육학연구』 제13호, 2001.

쉴로미드 리몬-케넌, 『소설의 시학』, 최상규 역, 문학과지성사, 1990.

우한용, 「서사의 위상과 서사교육의 지향」, 『서사교육론』, 동아시아, 2001.

우한용 외, 『고등학교 문학 II』, 두산동아, 2013.

임경순, 「서사교육의 의의, 범주, 기능」, 『서사교육론』, 동아시아, 2001.

―――, 『국어교육학과 서사교육론』, 한국문화사, 2003a.

―――, 『서사표현교육론 연구』, 역락, 2003b.

―――, 『서사, 연대성 그리고 문학교육』, 푸른사상사, 2013.

제럴드 프랭스, 『서사학』, 최상규 역, 문학과지성사, 1988.

조동일, 『한국문학의 갈래 이론』, 집문당, 1992.

폴 헤르나디, 『장르론』, 김준오 역, 문장, 1983.

Bruner, J., *Actual Minds, Possible Worlds*, Harvard University Press, 1986.

제4장 이야기 구연교육의 효용성

교육부, 『(교육부고시 제2015-74호) 국어과 교육과정』, 교육부, 2015.

구인환 · 우한용 · 박인기 · 최병우, 『문학교육론』(4판), 삼지원, 2001.

김기창, 『한국구비문학교육사』, 집문당, 1992.

김수업, 「이야기란 무엇인가」, 『함께 여는 국어교육』 57, 전국국어교사모임, 2003 가을.

류수열, 『판소리와 매체 언어의 국어교과학』, 역락, 2001.

박영주, 「演行文學의 장르수행 방식과 그 특징」, 『口碑文學硏究』 제7집, 한국구비문학회, 1998.

서대석 외, 『한국인의 삶과 구비문학』, 집문당, 2002.

신동흔, 「이야기꾼의 작가적 특성에 관한 연구 ─ 탑골공원 이야기꾼들의 사례를 중심으로」, 『구비문학연구』 제6집, 한국구비문학회, 1998.

우한용 외, 『서사교육론』, 동아시아, 2001.

이주행 외, 『고등학교 화법』, 금성출판사, 2003.

이지호, 「연행을 통한 아동의 문학 향유」, 『문학교육학』 제8호, 역락, 2001. 겨울.

이창덕 외, 『삶과 화법』, 박이정, 2000.

임경순, 『국어교육학과 서사교육론』, 한국문화사, 2003a.

———,『서사표현교육론 연구』, 역락, 2003b.

———,「이야기교육, 어떻게 할 것인가」,『함께 여는 국어교육』61, 전국국어교사모임, 2004.

임재해,「구비문학의 연행론, 그 문학적 생산과 수용의 역동성」,『구비문학연구』제7집, 한국구비문학회, 1998.

임형택,「18·19세기의 이야기꾼과 소설의 발달」,『한국학논집』제2집, 계명대, 1975.

장석규,「구비 문학 교육의 효용론」,『구비문학연구』제8집, 한국구비문학회, 1999.

최경숙,「설화에 대한 국어 교육적 접근 방안 소고」,『운정 이상익 교수 정년퇴임 기념논문집』, 서울대학교 국어교육과, 2000.

황인덕,「이야기꾼 유형 탐색과 사례 연구―부여지역 여성 화자 이인순의 경우」,『구비문학연구』제7집, 한국구비문학회, 1998.

———,「유랑형 대중 이야기꾼 연구―'양병옥'의 경우」,『한국문학논총』제25집, 한국문학회, 1999.

Bauman, R., *Story, Performance, and Event: Contextual studies of oral narrative*, Cambridge University, 1986.

Denning, S.,『기업혁신을 위한 설득의 방법(*The Springboard: how storytelling ignites action in knowledge-era organizations*)』, 김민주·송희령 역, 에코리브르, 2003.

Folly, J. M., *The Singer of Tales in Performance*, Indiana University, 1995.

Genette, G.,『서사담론(*Narrative Discourse*)』, 권택영 역, 교보문고, 1992.

Halliday, M. A. K.·Uqaiya Hasan, R., *Language, context, and text: aspects of language in a social-semiotic perspective*, Oxford University Press, 1990.

Rimmon-Kenan, S.,『소설의 시학(*Narrative Fiction: Contemporary Poetics*)』, 최상규 역, 문학과지성사, 1998.

Simmons, A.,『대화와 협상의 마이더스 스토리텔링(*The Story Factor*)』, 김수현 역, 한·언, 2001.

Toolan, M. J., *Narrative: A Critical Linguistic Introduction*, Routledge: London and New York, 1991.

김대행,「언어사용의 구조와 국어교육」,『국어교육』7, 한국어교육학회, 1990.

─────,『문학이란 무엇인가』, 문학사상사, 1992.

─────,『국어교과학의 지평』, 서울대학교 출판부, 1995.

─────,『노래와 시의 세계』, 역락, 1999.

─────,『시와 문학의 탐구』, 역락, 1999.

─────,『문학교육 틀짜기』, 역락, 2000.

─────,「국어교과학을 위한 언어 재개념화」,『선청어문』30, 서울대학교 국어교육과, 2002.

─────,「내용론을 위하여」,『국어교육연구』10, 국어교육연구소, 2002.

─────,『웃음으로 눈물닦기』, 서울대학교 출판부, 2005.

─────,「국어생활, 국어문화, 국어교육」,『국어교육』119, 한국어교육학회, 2006.

─────,「매체 환경의 변화와 국어교육의 방향」,『국어교육학연구』28, 국어교육학회, 2007.

─────,『통일 이후의 문학교육』, 서울대학교 출판부, 2008.

김대행 외,『문학 교육원론』, 서울대학교 출판부, 2000.

───── 외,『하이퍼텍스트의 언어문화 이해교육』, 서울대학교 출판부, 2006.

박경주,「고전문학 교육의 연구 현황과 전망 – 시가교육을 중심으로」,『고전문학과 교육』1-1, 청관고전문학회, 1999.

박윤우,「중등과정 시교육의 현황과 개선 방향 연구」,『문학교육학』18, 한국문학교육학회, 2005.

서유경,「고전문학교육의 실행 현황과 향후 과제」,『국어교육연구』43, 국어교육학회, 2008.

심경호,「한국 고전문학교육의 현황과 과제」,『문학교육학』6, 한국문학교육학회, 2000.

우한용,『문학교육과 문화론』, 서울대학교 출판부, 1997.

─────,「국어과 교육의 회고와 전망」,『교과교육학연구』3-2, 이화여대교과교육연구소, 1999.

———, 『한국 근대문학교육사 연구』, 서울대학교 출판부, 2009.

윤여탁, 「한국문학 교육의 현황과 과제-한국과 중국의 시 교육을 중심으로」, 『한중인문
　　과학연구』 1, 중한인문과학연구회, 1996.

———, 「문학교육의 연구사의 비판적 검토와 전망」, 『문학교육학』 1, 한국문학교육학회,
　　1997.

이삼형 외, 『국어교육 연구의 반성과 전망 : 내용 방법』, 역락, 2003.

——— 외, 『국어교육 연구의 반성과 전망 : 이해 표현』, 역락, 2003.

임경순, 「국어능력 향상을 위한 철학적 기반 탐색-국어교육의 개념과 관련하여」, 『국어교
　　육학연구』 25, 국어교육학회, 2006.

———, 「총체적 언어교육으로서의 국어교육과 문학교육의 중요성」, 『문학교육학』 19, 한
　　국문학 교육학회, 2006a.

장-프랑수아 리오타르, 『포스트모던적 조건』, 이현복 역, 서광사, 1992.

제6장 실용과 실천의 내러티브

강형철, 「신동엽 시의 텍스트 연구-「이야기하는 쟁기꾼의 대지」를 중심으로」, 구중서 ·
　　강형철 편, 『민족시인 신동엽』, 소명출판, 1999.

강형철 · 김윤태 편, 『신동엽 시전집』, 창비, 2013.

구중서, 「신동엽론」, 구중서 · 강형철 편, 『민족시인 신동엽』, 소명출판, 1999.

구중서 · 강형철 편, 『민족시인 신동엽』, 소명출판, 1999.

김용성, 『한국문학사탐방』, 현암사, 1984.

김응교 글 · 인병선 유물 보존 공개 고증, 『시인 신동엽』, 현암사, 2005.

김응교 편, 『신동엽 사랑과 혁명의 시인』, 글누림, 2011.

김종철, 「신동엽의 도가적 상상력」, 구중서 · 강형철 편, 『민족시인 신동엽』, 소명출판,
　　1999.

김준오, 『신동엽, 60년대 의미망을 위하여』, 건국대학교 출판부, 1997.

김학동, 『문학 기행, 시인의 고향』, 새문사, 2000.

백낙청, 「살아있는 신동엽」, 구중서 · 강형철 편, 『민족시인 신동엽』, 소명출판, 1999.

신경림, 『신경림의 시인을 찾아서』, 우리교육, 1998.

신동엽, 『신동엽 전집』, 창작과비평사, 1975.

임경순, 「살며, 사랑하며, 알맹이를 꿈꾸었던 신동엽 시인을 찾아서」, 박호영 외, 『그대 시를 사랑하리』, 책만드는집, 2014.

조태일, 「신동엽론」, 구중서·강형철 편, 『민족시인 신동엽』, 소명출판, 1999.

채광석, 「민족시인 신동엽」, 구중서·강형철 편, 『민족시인 신동엽』, 소명출판, 1999.

제4차 산업혁명 시대의 인문교육 :「제4차 산업혁명 시대의 인문교육」, 『한중인문학연구』

　　　58, 한중인문학회, 2018.

디지털 시대의 문학과 문화 :「디지털 시대, 서사의 생산성과 과제」, 『내러티브』 9, 한국

　　　서사학회, 2004 ;「디지털 시대의 문학과 문화」, 박인기 외, 『디지털 시대, 문학의

　　　길』, 푸른사상사, 2007.

인간의 존엄성을 위한 문학과 문학교육 :「A Study of Literature Education for Human

　　　Dignity : Perspective through Korean and Turkish Novels」, 『國語敎育學硏究(Korean

　　　language education research)』 Vol.55 No.5, 국어교육학회, 2020.

전쟁 서사와 소통을 위한 문학교육 :「전쟁, 기억 그리고 문학교육에 대한 일 연구―윤흥

　　　길의 『소라단 가는 길』을 중심으로」, 『한중인문학연구』 56집, 한중인문학회, 2017.

'정신대' 문제를 통해 본 인류 해방을 위한 서사교육 :「정신대 문제를 통해 본 인류 해방

　　　을 위한 서사교육」, 『교육논총』, 한국외대교육대학원, 2016.

재중(在中) 조선인 일본군 '위안부'의 서사와 윤리공동체 :「재중(在中) 조선인 전 일본군

　　　성노예의 서사와 윤리공동체 ; 석문자 위안소 거주자 김순옥의 서사 인터뷰를 중

　　　심으로」, 『문학치료연구』 30, 한국문학치료학회, 2014.

일본군 '위안부' 내러티브와 타인을 위한 문학교육 :「중국 우한(武漢, 무한) 지역 조선인

　　　일본군 전 '위안부' 내러티브와 문학(내러티브) 교육의 방향」, 『한중인문학연구』

　　　52, 한중인문학회, 2016.

연애, 시대 상황 속 좌절과 욕망 :「장덕조(張德祚) 장편소설 『십자로(十字路)』 연구」, 『우

리말글』 83, 우리말글학회, 2019.

문학 소통과 수용미학의 비판적 수용 : 「문학교육에서 문학 소통과 수용 미학의 비판적 수용」, 『조선-한국학 연구』 7집, 사천외국어대학교조선-한국학연구센터, 2015.

서사교육의 내용과 방법 : 「서사교육의 내용과 방법」, 『조선-한국학 연구』 6집, 사천외국 어대학교조선-한국학연구센터, 2014 ; 「서사교육」, 『문학교육학개론 2』, 역락, 2014.

이야기 구연교육과 효용성 : 「이야기 구연의 방법과 의의에 대한 연구」, 『국어교육』 114, 한국어교육학회, 2004 ; 「이야기교육, 어떻게 할 것인가」, 『함께 여는 국어교육』 61, 전국국어교사모임, 2004.

문학교육의 성과와 과제 : 「한국문학 교육의 성과와 전망 ─ 김대행 교수의 연구를 중심으 로」, 『교육논총』 25, 한국외대교육대학원, 2010.

실용과 실천의 내러티브 : 「알맹이를 꿈꾸었던 시인 : 신동엽론」, 『조선-한국학 연구』 5집, 사천외국어대학교조선-한국학연구센터, 2014 ; 「살며, 사랑하며, 알맹이를 꿈꾸 었던 신동엽 시인을 찾아서」, 『그대 시를 사랑하리』, 책만드는집, 2014.